献给：

一切为捍卫国家荣誉、民族尊严而奋斗、献身的英雄们！

【长篇纪实文学】

立马中条

（增订本）

徐剑铭 郭义民 张君祥 著

陕西新华出版
太白文艺出版社

图书在版编目（CIP）数据

立马中条 / 徐剑铭，郭义民，张君祥著. -- 2版
. -- 西安 ：太白文艺出版社，2020.8（2023.10重印）
ISBN 978-7-5513-1267-7

Ⅰ. ①立… Ⅱ. ①徐… ②郭… ③张… Ⅲ. ①纪实文学－中国－当代 Ⅳ. ①I25

中国版本图书馆CIP数据核字(2017)第188322号

立马中条
LIMA ZHONGTIAO

作　　者　徐剑铭　郭义民　张君祥
策　　划　孙　宏　党　靖
责任编辑　强紫芳　汤　阳
封面设计　王　洋
版式设计　前程排版
出版发行　太白文艺出版社
经　　销　新华书店
印　　刷　西安市建明工贸有限责任公司
开　　本　787mm×1092mm　1/16
字　　数　400 千字
印　　张　31
版　　次　2020 年 8 月第 2 版
印　　次　2023 年 10 月第 2 次印刷
书　　号　ISBN 978-7-5513-1267-7
定　　价　62.00 元

联系电话：029-81206800
出版社地址：西安市曲江新区登高路 1388 号（邮编：710061）
营销中心电话：029-87277748　029-87217872

孙蔚如将军手迹

于右任先生像

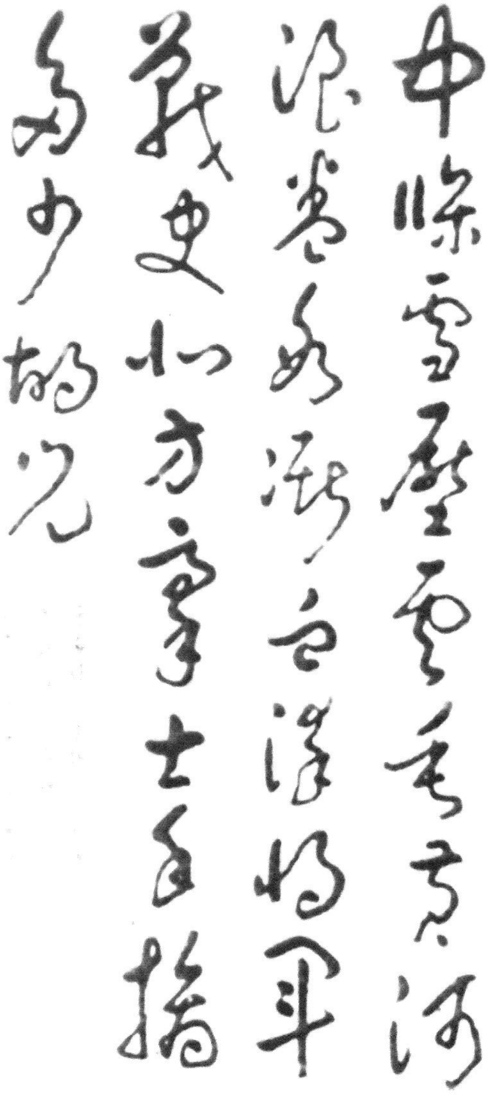

中条雪压云垂，黄河浪卷冰澌，血染将军战史。北方豪士，手擒多少胡儿

于右任《越调天净沙·为中条山抗战书赠孙蔚如将军》

中国国民革命军陆军上将孙蔚如：抗战时期先后任三十八军军长、陕西省政府主席、三十一军团团长、第四集团军总司令，第六战区司令长官（上图为任战区司令长官时摄），新中国成立后任国防委员会委员、陕西省副省长等职

黄河岸边，中条山下新建的抗战烈士纪念碑

序一

关中娃，岂止一个冷字

陈忠实

近在我身边东侧的黄河三门峡，有两则远古神话流传下来。一是说三门峡的形成：水神河伯在与火神共工打斗到崤山时陷入颓败之势，情急时便不择手段，调动天下之水将崤山方圆千里倾入汪洋，人真的“或为鱼鳖”，或攀树求生。灭顶之灾中出来一位英雄，三板斧开三道豁口让洪水泄流，这就是人门、神门、鬼门的三门峡。这位英雄据说是共工，曾经头触不周山，又斧劈三门峡。那座至今依然挺立于急流中的被称为中流砥柱的石峰，作为神话英雄也作为现实英雄的象征，既令人遐思绵绵，也令人肃然起敬。另一则是英雄降伏妖孽的神话故事：齐景公行车到此，一匹拉偏套的马被黄河里突然跃出的一只巨鼋拖入水中，随行保镖古冶子当即跳下河去，斜行五里逆行三里追杀巨鼋，血染黄河。古冶子被尊称为古王，留下古王渡口和古王村传承至今。

我在尽可能简约地复述这两则很适宜给小学生讲述的神话故事时，是再三斟酌过必要性才不厌其烦地以此开篇。就在英雄与邪恶、英雄与妖孽进行过殊死搏斗的这个地方，20世纪30年代末到40年代初，中国军人与日本侵略军也进行过一场长达两年多的战争。他们把不可一世妄言三个月占领中国的日本鬼了拒阻于潼关以外，使其进入关中掠占西北的梦想胎死腹中。日本鬼子不仅未能踏进潼关一步，而且付出了惨重的代价，仅“六六”会战一役，日军排长以上军官的骨灰层层叠叠堆了一千七百多罐。这是中国抗日战争中取得重大战果的战区之一。

这个战区在山西境内的中条山。

横刀立马中条山的中国军队军团长，是杨虎城的爱将孙蔚如将军。他是西安东郊灞河北岸豁口村人，是让我引以为骄傲、敬重和亲近的前辈乡党。

孙蔚如将军麾下官兵，几乎是清一色的号称“冷娃”的关中子弟。

由徐剑铭等三位陕西本土作家创作的长篇纪实文学《立马中条》，叙写的就是60多年前，孙蔚如将军率领关中子弟与日本侵略军血战中条山的一部英雄史诗。

我很早就阅读过几部抗日题材的小说，也看过不少同类题材的电影，如《地道战》《地雷战》《野火春风斗古城》《小兵张嘎》，游击队员李向阳、挥舞铡刀片子的史更新……这些在民族危亡时带有传奇色彩的英雄，一直储存在我的情感记忆里毫不减色，毫不受时世异变审美异变对这些作品评价变化的影响。尽管如此，我还是坦率地说出我的阅读感受：在有关抗日战争题材的艺术品的阅览历程中，《立马中条》给我的冲击是最强烈的。我至今仍然无法找到几句准确的词汇来概括那种感受。我不排除与上自将军下至士兵近距离的乡谊乡情因素，战死了的和仍然健在的英雄，就在我曾去过多回或耳熟能详的大村小寨里。然而，我更确信一种千古不灭、人神共敬的精神——民族大义。这些关中将士无论性格性情具备什么样的地域性物质，在民族存亡的血战中，体现出来的凛然不可侵犯的大义，正是中华民族辉煌千古存立不灭的主体精神。

一条山沟一个村庄一个小镇反复争夺的殊死拼杀，使我的神经绷紧到几乎闭气；一位军官一位士兵的死亡，常使我闭上眼睛心情起伏不忍续读下去；一场大捷一场小胜和一次挫折，使我的情绪骤然飙升起来，又跌入扼腕痛惜的深渊；每一个创造战场奇迹的英雄和每一个壮烈倒下的英雄掠过眼前，我总是忍不住猜想这是哪个县哪个村子的孩子？当我清晰地意识到民族危亡里的大义，正是承担在我的周边乡党的肩头的时候，我的地域性的亲情和崇敬就是最敏感最自然的了。

就是在这种情感里，我阅读着《立马中条》，完全沉浸在一种悲壮的情怀里难以自拔。我自始至终都在心底里沉吟着两个字：英雄！每一个士兵都可以用英雄来称谓，几万士兵又铸成一座英雄群雕，使日本鬼子难越潼关一步。他们之中的任何一个士兵，昨天还在拉牛耕地或挥镰割麦，今天拴上牛绳放下镰刀走出柴门，走进军营换上军装开出潼关，就成为日本鬼子绝难前进一步的壁垒。他们之中的大多数可能只上过一两年私塾初识文字，有的可能是连自己的名字也不会认写的文盲，然而他们有一个关中的地域性禀赋：民族大义。这是农业文明开发最早的这块浸淫着儒家思想的土地，给他们精神和心理的赠与；纯粹文盲的父亲和母亲，在教给他们各种农活技能的同时，决不忽视对国家和民族的忠诚和信义；在火炕上的粗布棉被里牙牙学语的时候，墙头和窗子飞进来的秦腔，就用大忠大奸大善大恶的强烈感情，对那小小的嫩嫩的心灵反复熏陶。一个“冷”字，怎能完全概括这块神奇的土地上一茬接一茬的“娃”的丰饶而深厚的内心世界和情感之湖哩！

只复述《立马中条》里的一个细节。

这是前文提到的“六六”会战里的一个细节。一七七师有一千多名士兵被两倍于己的鬼子包围，经过拼杀后死亡二百多人，余下的八百人被逼到黄河岸边的悬崖上，三面都是绝壁。这八百士兵在短暂的一瞬里从悬崖上跳了下去。下面是被称作母亲的黄河。黄河以母亲的慈爱襟怀包裹了这八百个殊死搏斗后不齿投降的关中“冷娃”。他们都是16—18岁的孩子。他们从关中（也有少数从山西、河南）乡村投到孙蔚如麾下来，不是为了吃粮饱肚，专意就是为着打日本鬼子走进中条山的。他们没有一个人活下来。他们八百人集体投河的那一幕，被山里的村民看见了。活着的这个村民尤其清晰地记得最后一名士兵跳河的情景：悬崖上只剩下最后一个关中籍中国士兵，这是一位旗手。他的双手紧紧攥着他的部队的军旗。那是他和他的父亲和村民们崇拜着的杨虎城创建孙蔚如统率着的西北军的军旗。军旗已经被枪弹撕裂被硝烟熏染，但他仍然双手高擎着。他在跳河前吼唱了几句秦腔。那位活着的当地村民还记得其中两句戏词，是《金沙滩》杨继业的两句——

两狼山——战胡儿啊……天摇地动——

好男儿——为国家——何惧——死——生啊……

孙蔚如将军率官兵在八百壮士跳河的河滩上举行公祭。黑纱缠臂，纸钱飘飘，香蜡被河风吹得明明灭灭。有人突然发现黄河水浪里有一杆军旗，诧异其为何没被河水冲走？士兵下河打捞这杆军旗时，拖出两具尸首来。只见旗杆从一个人的后背戳进去，穿透前胸，这是被称作鬼子的日本士兵的尸体；压在鬼子尸体上边还紧紧攥着旗杆的人，是中国士兵，就是那个吼着秦腔最后跳入黄河的旗手。

我在阅读《立马中条》书稿前，曾经听到过本书作者之一的张君祥先生讲述这个细节。我久久无法化释那两具叠加在一起跃入黄河的中国士兵和被旗杆刺穿背胸的鬼子的具象。我在阅读《立马中条》重温这个过程时，突然联想到西汉大将军霍去病墓前“马踏匈奴”的石雕。后世的人们多是以艺术的眼光和角度，以惊叹的口吻欣赏两千年前的艺术家完成了精美绝伦的构图与雕刻，包括刀法的简洁都呈现着一个时代一个民族的大气和壮气。两千年后一个中国关中籍的士兵，吼着秦腔，用手中仅有的一根旗杆刺穿日本侵略军一个士兵的后背，再把他压到黄河水底，作为祭旗的一个基座，让代表一个民族尊严的旗帜飘扬在黄河母亲的浪涛之中，其内涵和外延的最简单的意蕴，昭示着天地日月河岳之正气，正合着那尊“马踏匈奴”石雕的现代版注释。

我十分自然地归结到关于英雄的命题上来。我在文章开头复述两则有关三门峡的神话故事，都是英雄主义的质地；我再复述八百壮士投黄河的一幕，却更像是惊天动地泣鬼神的英雄主义的神话故事。从三门峡开天辟地的神话到20世纪40年代真实的神话，崇拜英雄，贯穿着整个民族心理的精神历程。我也自然想到，世界上几乎所有民族，都以最虔诚的感情，世世代代传递着颂扬着他们的英雄。英雄总是在危难发生时挺身而出，直面不外乎自然的变异和邪恶势力制造的种种灾难。英雄是正义和善良的化身，驱除邪恶挽救生灵重开新境，使人类得以存在得以延续得以发展。这是一种永恒的精神，也是各个能够延续发展的民族共通共敬的精神。我可以以爷爷的姿态给已经上学的孙子讲三门峡的神话传说，也可以以“马踏匈奴”的雕像向朋友炫耀汉家气象，却绝难以相同的心绪和口吻去讲述那八百个跳入黄河的中国士兵的史实，还有那位旗手。他们都是从三秦大地这家那户的柴门或窑洞走出去进入抗日战场的娃，单是一个“冷”字，岂能概括得了！

我也只有在这本书稿的阅读中，鼻息可感地感知了孙蔚如将军。这位在我刚刚能解知人话的幼年时期就记住了的将军。我就读的西安市三十四中学，就是孙蔚如将军于1935年倡议并捐资兴建的，是西安东郊第一所中学。我的父亲和村子里的村民，我后来的中学同学以及再后来的不少同事，都在传说着孙蔚如将军的故事。他们有的以见过孙蔚如为骄傲；有的以见过孙蔚如的嫡亲乃至旁亲都自豪得很；还有更权威的是孙蔚如将军的同村或同族或近门的人，就荣耀得令我羡慕了。我无缘一睹将军风采，却切切实实感受到一种纯粹民间的敬重和崇拜。这才是最真诚最原本的也是最可靠的社会心理情绪。没有任何功利目的，因而不会因为某些卑污的企图用心而改变，或动摇。一个为民族和国家于危亡时候横刀立马的将军，获得如此敬重和崇拜，不仅是合理的，更是这个民族——具体到关中这方地域的后世子孙的天地良心，不会改变。有这一点，孙蔚如将军就足以告慰九泉了。

我很感动三位作者以如此激扬的文字，书写了这一段史实；我很感动他们背着行李，自费进入中条山，踏访那场战事的知情者时所付出的艰难和忠诚。他们终于把这一场几乎被淡忘被湮没的史实钩沉出来，注入这个民族的血液，也注入这个民族的现实的记忆。作为杨虎城将军、孙蔚如将军和西北军将士的后人，也是一次精神的洗礼和灵魂的慰藉。

（作者系中国当代著名作家，曾任中国作家协会副主席。代表作品《白鹿原》获第四届茅盾文学奖）

序二

永放光辉的民族精神纪念碑

郃尚贤

翻开纪实文学《立马中条》，硝烟弥漫，战马长啸，杀声震天。金戈铁马撼人心弦，催人泪下……六十六年前，孙蔚如将军率三万关中子弟兵，在三百里中条山浴血抗击日本侵略者，用年轻的鲜血和生命奏响的保卫黄河、保卫家乡，终使大西北免遭日寇铁蹄践踏的一曲历史悲歌响彻耳畔；两万多陕军将士的血肉之躯、不屈魂灵铸就的一部气壮山河的英雄战史活生生地展现在眼前。作者说，这部书是“献给：一切为捍卫国家荣誉、民族尊严而奋斗、献身的英雄们”，更使我们这些后来人在人类已经进入21世纪的今天，重新记起了几乎被人们淡忘了的那场血与火的战争。

《立马中条》的精品品格是多方面的：

填补了抗日文学的“空白”。正如作者所说：“由于众所周知的原因，由官员们主持编撰的正史，或蜻蜓点水或闪烁其词，‘犹抱琵琶半遮面’；由亲历者们撰写的回忆录，或张冠李戴或欲说还休，‘王顾左右而言他’；而在这个号称文化大省、文学大省的文化人群中，这件事也因望‘烟锁秦楼’而‘欲说还休’……”因此，全方位书写抗日战争的文学作品，尤其优秀的作品并不多见；特别是着重书写以孙蔚如将军为总司令的第四集团军的陕军抗战史实的文学作品更为稀罕。

《立马中条》的创作出版在这个意义上不仅填补了抗日文学的空白，而且纠正了由于日本人始终没有进入潼关，就在人们心目中留下了陕西人没有抗日的舆论误区，使人们清晰地理解和了解陕西人在抗日战争中的艰苦卓绝、富有民族大义的英勇作为。正如陈忠实在序中所说：《立马中条》“终于把这一场几乎被淡忘被湮没的史实钩沉出来，注入这个民族的血液，也注入这个民族的现实的记忆。作为杨虎城将军、孙蔚如将军和西北军将士的后人，也是一次精神的洗礼和灵魂的慰藉”。更具有特点的是，作者以文学家的视野，对有关史实部分，诸如“血战永济”的胜败论、“晋南会战”的得失谈、“六六战役”的教训、“四一七战役”胜利的经验等，以不为贤者讳，实事求是的原则，都做了适度的分析和评论，恰到好处，还其历史的真实，充分体现了《立马中条》的重要史料价值。有人说，历史是文学中的文化。尊重历史，就是尊重文化，就是尊重民族的血脉。全书比较准确地描述了第四集团军在中条山抗击日寇的历史功勋：击碎了日军三月亡华的骄横，肢解了日军速战速决的企图，打破了日军不可战胜的神话，实现了抗日战争的重要转折点；从而捍卫了我炎黄子孙之尊严，伸张了中华民族之气节，张扬了我中国军人之忠勇，实现了保卫晋南、保卫黄河、保护三秦父老免受日寇蹂躏的光荣使命；彻底打碎了日军妄图越过黄河，拿下潼关，从陕西打开一条通道，向西直取甘、青、新，向南奔袭云、贵、川……的梦想！这就是历史。记住历史的民族，是有希望的民族，“忘记过去，就意味着背叛！”

《立马中条》是一部大书。大就大在大手笔、大场面、大境界。作者的视野不仅局限在陕西军人在中条山抗日战史的范围，而是透过中条山保卫战展现了全国军民在中国共产党倡导的抗日民族统一战线的推动下全民抗日的总体态势。作者在着重描述陕军保卫中条山三年间的战斗生活的同时，还兼顾到了整个第二战区的抗战形势，涉及了川军参战之气势。特别是描述了以朱德、彭德怀为正副总指挥的八路军的抗日壮举，以及对中条山战局的有力支援和策应，充分体现了中国人民面对日寇践踏我大好河山、杀戮我骨肉同胞，中华民族处在生死存亡的危急关头，全民族抗日事业高于一切的大局观念和团结奋斗的民族精神。其中像彭德怀致第四集团军的电报，周恩来关于抗日战争形势的精辟分析、论断，以及百团大战等许多细节，读了让人动情。三百里中条，八百座山峦，埋下了多少三秦儿郎未寒之忠骨啊……会有什么人读《立马中条》这些动人细节而不动容，不心碎，不流泪呢？作者在浓墨重彩描述陕军中条山浴血奋战的英雄史诗的同时，放眼于全民族抗战的大境界讴歌中华民族“精忠报国”“誓雪国耻”的民族精神，是《立马中条》十分精彩之妙笔。

令人遗憾的是1940年建于西安莲湖公园的中条山抗日纪念碑，早已被拆除了；而现在令人欣慰的是《立马中条》又为我们树起了一座光芒四射的、不朽的民族精神纪念碑。它所张扬的这种民族精神，集中体现就是自强不息、厚德载物的民族传统。具体表现在中条山作战的陕军将士身上，就是正如独立四十六旅旅歌所高唱的“生为中华，死为中华！拿起革命武器，誓和日寇战斗到底”的英勇奋斗、不惧牺牲的精神。听，将士们呐喊着“不杀鬼子，誓不生还”冲向敌人阵地，杀得日寇血流成河；看，“宁跳黄河死，不做亡国奴”的八百英雄壮士、八百中国士兵、八百血性男儿、八百炎黄子孙、八百年轻生命扑向黄河，奏响了震惊人寰的生命绝唱……这种“忠勇诚义”的三秦将士们的誓死奋争精神，谱写了中条山保卫战群体英雄谱。在《立马中条》中，我们看到了英雄的将领、英雄的士兵，英雄的母亲、英雄的妻子、英雄的儿女……一句话，讴歌了英雄的人民。中华民族不灭，永远屹立在世界民族之林，正是这种民族精神的巨大支撑。这种精神所张扬的恰恰是：中华民族不向命运低头，生命不息，奋斗不止的品格；这种精神也永远是人类精神生活的支柱，其中所体现的道德观永远是人类生活的准则。它向世人宣告：中国人民是永远不可战胜的，是不可征服的！这是《立马中条》所展示的一个历史真理。这座民族精神纪念碑是永放光辉的，它激励后来人为了建设我们伟大而富强的国家，捍卫来之不易的和平而继续奋斗着，抗争着！

更为令人振奋、令人欣慰的是，《立马中条》揭去了沉积六十多年的历史“蒙尘”，还了陕西军人的英雄本色；还了那些知名的、不知名的为国捐躯的英灵们历史的清白。书中特别引用了毛泽东主席早在 1938 年在追悼抗敌阵亡将军大会上的讲话：“这些人中间，许多是国民党人，许多是共产党人，许多是其他党派或无党派的人。我们真诚地悼念这些死者，表示永远纪念他们。”从而，抹去了半个多世纪以来飘忽迷离的风雨导致的半个多世纪前的那一段历史所蒙上的一层厚厚的尘埃！特别是一些被戴上了什么“反动军官”“伪军家属”“右派分子”“历史反革命”等不实之词的抗战功臣们，洗去了身心上的灰尘，重见了天日。书中告诉人们：曾任陕军副旅长、副师长的孙子坤，曾任炮兵团长兼四十六、四十七旅副旅长的冯迩革等，先后被民政部追认为“革命烈士”……《立马中条》郑重地、深沉地告诫人们：“历史要进步，就要揩去蒙在历史车轮上的灰尘，再用真理的泉水洗净车窗上的污垢。”这样的时代已经到来了。《立马中条》的出版，恰恰是这样一个不争的时代已经到来的事实！抹去了历史的“蒙尘”，抚慰了牺牲的、健在的陕军将士们的心灵，也抚慰了他们后人的心啊！我读《立马中条》，每每在这样一些细节中，都是泪流满面的。

作为一部长篇纪实文学，《立马中条》可圈可点之处，还在于作者透过战争的得失，着力写了人，将所有参战的中国人几乎都写活了。写了人的灵魂、理想、勇气、智慧，从将军到士兵，从军队到老百姓，都有一批可歌可泣、生动感人的人物活在我们心中。如英勇善战、运筹帷幄的将军：孙蔚如、赵寿山、李兴中、李家钰、孔从洲……英雄的母亲：深具英雄气度的孙蔚如老母亲、智护陕军战士的韩阳镇的韩大娘、陌南镇舍生保护小战士的李大婶……英雄的士兵：气吞黄河的八百壮士、至死军旗不倒的旗手……英雄的人民：中条山的老百姓用自己的生命保卫陕军、保卫“军团部”，支援浴血奋战的陕军将士。正如孙蔚如将军所说的，这叫“兵附于民”啊！作者在书中，从文学的视角，以渊博的文史知识和激昂的诗人情怀，着力描写了祖国的大好山河、壮丽的家乡美景，激活着人们的爱国主义、英雄主义的灵气！尤其是作者始终坚持做到了生活真实与艺术真实完美统一，不仅显示了作者扎实深厚的文学功力，更体现了《立马中条》永存的文学与历史的双重价值。

《立马中条》，耸立在人们心中的一座永放光辉的民族精神纪念碑！

（作者系陕西省委宣传部原副部长）

目录

1 第一章 魂兮归来

当年抗日英烈跳黄河的悬崖下，圣天湖上面万只白天鹅翩翩起舞

点击

寿圣寺的钟声悠悠响起，近万名参与者泪雨纷飞……

所有人的心中都在发出悲情的呼唤：罹难英雄，魂兮归来！

专程从美国洛杉矶赶来的胡余锦明老人在做过超度后深情依依地说："我参与这场超度，是因为我的根在中国；我呼唤抗日烈士灵魂归来，是因为他们是民族英雄！他们为国捐躯，为民族尊严慷慨赴难，作为后人，我们永远不能忘记他们……"

清明节是中国人民的传统节日。这一天，活着的人要为已经谢世的亲人举行祭奠活动，以寄托心中永远的怀念与哀思。于是便有杜牧的那首哀婉凄美、流传千古的绝唱："清明时节雨纷纷，路上行人欲断魂。借问酒家何处有，牧童遥指杏花村。"

2007 年的清明时节，就在距"杏花村"不远的山西省芮城县的圣天湖畔，举办了一场民间性质的祭奠活动。圣天湖位于中条山下、黄河北岸，本是黄河改道后遗留在故道上的一泓黄河水，经当地政府整饬改造后，已经成了晋南一个风景优美的旅游景点。但是，这一天在这里集结的一群人却不是来观光旅游的，他们像天下所有祭奠者一样，怀着忧伤悲愤的心情，从陕西西安出发来到了这黄河故道上，凭吊亡灵。他们不是一家人，却在祭奠共同的亲人；他们各有各的名讳，却在祭奠一群不知姓名的亲人。他们只知道，这些被他们洒泪祭奠的亲人有一个共同的名字：中国士兵，绰号"陕西冷娃"。而这群"陕西冷娃"离世的时候，他们都还没有出生。

他们是从已经被揭开"一角"的历史大幕中看到：1939 年 6 月，这里曾发生过一场惨烈的战争，史称"陌南会战"或"六六战役"。是役，凶残的日本侵略者以数倍于我的兵力，在飞机大炮的掩护下，向布防于中条山下平陆、芮城，由陕西主将孙蔚如统领的中国国民革命军第四集团军发动了大规模的进攻！我军开局不利，各部被敌分割包围，情势万分危急！是日下午，当被敌逼至黄河岸边的我一七七师主力在师长陈硕儒指挥下，以置之死地而后生的决绝，回马三枪从敌军中杀开一条血路突围而去后，一队刚刚入伍的新兵被日军堵在码头崖一带。这群年仅十七八岁的娃娃兵与敌血战良久，终因寡不敌众，近三百名新兵倒下了，下余八百多人被迫退至悬崖之上。他们遍体鳞伤，并且枪断弹绝。当日军即将攀上悬崖时，八百壮士高呼着“宁跳黄河死，不做亡国奴”的口号，从悬崖上飞身而下，扑入了中华儿女的母亲河——黄河，壮烈殉国……

岁月在沧桑巨变中流走了六十多个年头，当年壮士们投河殉国的码头崖下，远去的波涛已带着壮士不死的魂灵流入了大海，但黄河改道时，却着意撇出一泓黄河水，化作了今日的圣天湖。于是当地的老百姓便执着地认为，圣天湖的清波中有壮士的鲜血和灵魂。他们的证据有三：一、圣天湖每到夏季便是一湖映日荷花，而这一湖莲荷竟然全是野生的！所产莲藕皆为红芯。二、一个不谙水性的八九岁男孩失足坠入湖中，村里人打捞半日无果，正当家人及乡邻们痛哭失声之际，一抹夕阳下，那孩子被湖水托出了水面，浑身是水却安然无恙。村人惊叹：是壮士们用双臂将孩子举托出来的。三、每到冬季，上万只白天鹅便从四面八方飞来，聚集在圣天湖。一万三千亩冰封雪盖的湖面上，白天鹅一团一簇，像列队的士兵，气势蔚为壮观，声声哀鸣，仿佛是在凭吊牺牲在这里的战友……

话题重回清明节——

参加圣天湖畔这场祭奠活动的有近四十人。发起单位是陕西省民革委员会，而应邀主讲被祭奠者英勇事迹的则是西北大学中年教师张恒。近年来，张恒在繁忙的工作之余，数十次开上那辆破旧的富康车走进中条山，挨村挨户地寻访当年那场战争的目击者、知情人，他要“打捞”

那段沉没的历史。当近百万字的采访记录佐证了历史的真实后，他觉得自己该做些什么了。产生前期行动和后期想法的原因，一是张恒侠肝义胆的性格使然；二是他的家族与这支由杨虎城将军创建的十七路军沿革下来的抗日队伍有着深厚的渊源。张恒的外祖父李青（之春）是第四集团军总司令孙蔚如将军的同窗好友、结拜弟兄，曾被孙蔚如以省长的名义派往宝鸡担任地方官；而张恒之妻的外祖父杨世伍则随孙蔚如上中条山作战，于“六六战役”的太臣阻击战中壮烈牺牲。

寿圣寺举行盛大超度仪式，呼唤抗日烈士魂兮归来

参加这场祭奠活动的除了省民革领导，其余均系当年那场战争参与者的后人。张恒充满深情的讲述令与会者感慨万千，热泪盈眶。

这个清明节没有霏霏细雨，天气晴好，中条山下柳色青青，山色空蒙。祭奠的人们垂首肃立，被点燃的一堆堆纸钱飘着橘黄色的火焰，录放机里播放着低回的哀乐。哀乐声中，飘舞的火焰渐渐熄灭，那堆纸钱化作了一摊灰烬。就在祭奠的人群抹着眼眶里溢出的泪水抬起头来的那一瞬间，晴朗的天空突然刮起一阵旋风！那风呼啸而来，在地上打了个旋儿便又呼啸而去。就在人们一眨眼的工夫，那堆灰烬便飘飘袅袅地飞上了天空……于是人群中有人惊呼："啊，壮士显灵了！""啊，先烈地下有知啊！"……张恒没有呼叫，身材硕壮的他却以脱兔般的敏捷，举起了录像机，录下了这令人感到不可思议的纸钱灰烬升天的画面……

数日之后，一个越洋电话从美国洛杉矶打到了张恒家里。

"张老师吗？我是……"

打电话的人叫胡余锦明，一位年届古稀的美籍华人。她出生于北京。新中国开国大典那天，她曾在天安门前以一位花季少女的美丽与纯真为新中国的诞生而翩翩起舞；多年后她却移居大洋彼岸的美国，并且成为虔诚的佛教徒。胡余女士的丈夫是一位医生，她自己则从事商业活动，家中广有资产却乐善好施，热心于慈善事业。割不断的爱国情结使她把捐助的重点放在了中国的教育事业上，前些年为中国的中小学困难儿童捐了大量助学善款。从2007年起，她每年为西北大学捐资七十万元（人民币）。这个捐赠是她自己"找上门"的，她说她的父亲早年曾在西北大学任教。西大翻出历史档案，果然发现，胡余女士的父亲在1928—1931年间曾任西大校长……这样，身为西大发展办成员的张恒就有幸与胡余女士相交相知，成为忘年之交。胡余女士几次回国赴陕都由张恒负责接待，其间，张恒多次谈起陕军中条山抗战的历史。当讲到八百壮士投河殉国的壮烈场景时，胡余女士几次潸然泪下，叹曰："成仁取义，真是感天动地的英雄壮举啊！"

胡余锦明老人在电话中问："我的电脑里有一张照片，像是在开祭奠会，空中有飘飞的纸钱。这是你发来的么（方言）？"

"对，照片是我拍的，但是……"张恒迟疑了片刻，心想：这照片确实发给了几位朋友，可并没有发往美国啊，怎么会出现在胡余锦明老人的邮箱里呢？

"胡太太，清明节前，我和几十位当年陕军的后人到中条山祭奠八百壮士，突然一阵狂风卷走了烧过的纸钱。我拍了照片，可并没有发给你呀。也许是我操作失误，发错了？”

“唉……”话筒里传来大洋彼岸那位老人的一声幽幽叹息，“不是发错了，这是天意啊！壮士亡魂没有回归故里，岂能安息？他们是在提醒我这个佛门弟子，让我为他们做一场超度呢！”

张恒不信佛，但他知道，胡老太太所说的超度是佛教用语，就是指念佛经或做佛事让亡灵鬼魂脱离苦难。

“这样吧，张老师，拜托你到山西跑一趟，找一个佛教寺院，问问为这些壮士做一场超度得用多少资金。这些费用由我来出……”

张恒既感动又有些惶愧：这种事怎么能让人家出资呢……胡太太大概猜出了张恒的心思，忙说：“这是佛门中事，你们不好出面。再说，我不也是半个陕西人么？就这么定了吧，拜托了！”

张恒再次开着富康车赶奔芮城。途经道教圣地西岳华山时，突然狂风大作，将富康车的前盖掀起，啪的一声巨响，车前的挡风玻璃被击打后呈放射状裂纹，所幸没有碎裂……这情景让从不信神的张恒也心生疑惑：莫不是这场佛事惊动了陈抟老祖了？佛道合一，你何苦要到山西芮城，本省之内的西岳华山就可以、也应当为死难烈士做一场法事，让他们魂归故里啊……

经芮城县政协指点，张恒找到了离黄河最近的一座寺院——寿圣寺。站在灼灼桃花掩映的寺门前，张恒又心生浮想：此寺之名正合天意，寿者，生命也；圣者，圣洁也！这场佛事不正是呼唤圣洁生命的回归么？

一位60开外、身披大红袈裟的老和尚接待了张恒。当张恒说明来意并询问超度费用时，老和尚说：“佛门莫谈钱！施主请随我走动几步。”张恒跟着老和尚绕过舍利塔，走入后堂，老和尚手指内墙，一脸肃然地说：“早年就听师父讲过，这墙上的壁画是元朝留下的。日本鬼子来时，曾动手撬盗，多亏我第四军团官兵及时赶到，打跑了鬼子，这珍贵的壁画才得以保存至今！为我死难官兵超度，乃贫僧及本寺几代僧人的夙愿，岂敢谈钱！施主尽管放心，贫僧将联络秦、晋、豫三省寺院，共同做好这场佛事……”

临别时，张恒送给老和尚一本人民出版社出版的《立马中条》。为全面了解中条山抗战史，张恒曾亲赴北京，从人民出版社自费购买了一百本《立马中条》。

老和尚名释益西，是圣寿寺住持。

美籍华人胡余锦明女士

经过一个多月的筹备，6 月，时隔那场悲壮惨烈的陌南会战结束六十八年，也是八百壮士投河殉国的忌日。中条山下、黄河岸边举行了一场肃穆而隆重的超度仪式，来自陕西、河南、山西各处寺院的和尚和佛门弟子数百人集体诵经，超度壮士亡魂；平陆、永济、芮城三县的群众纷纷赶来，当地公安、武警乃至交通警察都被调来维持秩序；芮城县政府县长，佛教协会主席也走进佛事的行列；通往超度现场的公路不得不临时戒严，禁止非相关车辆通过……

寿圣寺的钟声悠悠响起，近万名参与者泪雨纷飞……

所有人的心中都在发出悲情的呼唤：罹难英雄，魂兮归来！

专程从美国洛杉矶赶来的胡余锦明老人在做过超度后深情地说：“我参与这场超度，是因为我的根在中国；我呼唤抗日烈士灵魂归来，是因为他们是民族英雄！他们为国捐躯，为民族尊严慷慨赴难，作为后人，我们永远不能忘记他们……”老人最后说：“我还要捐资，在这里建一座抗战殉国烈士纪念碑，让我们的后代子孙永远不要忘了他们！”

就在笔者写此书时，张恒打来电话，说由胡余锦明女士捐资四十万元（人民币）建起的抗战殉国烈士纪念碑即将竣工，不日将举行隆重的揭幕仪式……

走笔至此，我想，性急的读者一定会问：六十多年前发生在中条山的那场战争究竟是何等壮烈？八百壮士投河殉国的前因后果究竟该如何解读？第四集团军是一支怎样的队伍？这段历史为什么会被远去的烟尘湮没？究竟是历史的疏忽大意还是人世间的傲慢与偏见……

那就请翻到下一页，听作者从头道来吧！

2 第二章 沧海横流

1938 年 3 月，日军兵临风陵渡，天险潼关告急

点击

母亲的脸上漾出一缕温和慈祥的笑容，轻声说道："我知道，过河以前你会来看我的。"

孙蔚如蓦然一惊："妈，您……知道了？"

母亲平静地说："这么大的事，十里八乡都吵喝遍了，妈咋能不知道！”

孙蔚如扑通一声双膝落地，眼含热泪叫了一声：“妈……”便说不出话来了。

“树棠啊，”母亲幽幽地轻叹一声，“自古到今，没有不打仗的兵。去吧，儿。国家受人欺侮哩，你这个领兵的人就该为国家担沉啊！”

………………………………………………………………

1938 年。西安。

民国二十七年（1938）的春天和往年似乎没有什么两样，依旧是不紧不慢地姗姗而来。灞河岸边烟柳婆娑，大雁塔上乳燕翻飞，郊野的阡陌间一丛丛一簇簇野花开得烂漫而凄迷……然而，生活在这座千年古城中的人们，已经全然无心留意这春天的桃红柳绿了，满城上下风声鹤唳一片惶惶。防空警报没日没夜地发出瘆人的怪叫；小日本的飞机蝗虫似的在天上飞来窜去，炸弹嗷嗷地从天而降，落到哪里，哪里就是烟尘滚滚，墙倒屋塌。而萧条的街市上，各种不祥的消息更让市民们的心头如覆寒霜：

“小日本已经打到风陵渡了！潼关岌岌可危啊……”

“听说蒋鼎文要放弃关中，带着老婆孩子逃跑哩……”

“唉，国难当头，爹死娘嫁人，谁管咱老百姓的死活啊！”

…………

街市传言绝非空穴来风。这一年，正是中国抗日战争最艰苦惨烈的一年，中华民族到了生死危急关头！

历史告诉我们：1931 年的九一八事变后，侵华日军在长达六年的时间里，对中国采取的是层层推进的蚕食政策。然而，1937 年 7 月 7 日，日本鬼子却在夜色中突然张开了血盆大口，妄图一口吃掉中国。那天晚上，卢沟桥头猝然响起的枪炮声，就是他们改蚕食中国为鲸吞中国的罪恶宣言。枪炮声未歇，日军最高统帅部便发出了狂妄的叫嚣："三个月内灭亡中国!"随后，在不到二十天的时间里，我华北重镇北平、天津相继落入敌手。骄狂的日军又兵分两路，以闪电般的速度南下、北进。虽然战局的发展很快就证明了"三个月内灭亡中国"的叫嚣不过是狂犬吠日、痴人说梦，但侵略者攻城略地的速度仍是史所罕见的。数月之中，南下的日军先后占领了上海、常州、扬州、芜湖、徐州、杭州……我江南半壁河山在日寇的铁蹄下呻吟。12 月 16 日，首都南京陷落，国民政府仓皇退守武汉。日本鬼子在制造了惨绝人寰的南京大屠杀后，战火迅即向中原蔓延……而北进的日军则沿着长城线，越过冀中平原，进入山西境内，9 月 15 日攻下大同，11 月 8 日占领太原。在此前后，虽然中国军队在平型关、忻口、娘子关等处组织了几场大规模的阻击，使日军损兵折将，但却未能灭其气焰。1938 年初，日军控制了同蒲铁路，黄河北岸的临汾、运城、永济、平陆等地相继失守；3 月，日军牛岛、川岸师团兵临风陵渡。

中华民族的母亲河——黄河，在秦之左膀、晋之右臂间由北向南呼啸而下，行至晋之蒲州以南、秦之潼关以北便来了个巨龙摆尾，掉头向东，逶迤过中原，奔腾入东海。而黄河北岸的风陵渡正是沟通晋、秦、豫三省的重要渡口，历来为兵家必争之地。占领了风陵渡就意味着：倘举兵渡河，不消半个时辰，屏护大西北的天险潼关便赤裸裸地亮出门户，而横贯东西的交通大动脉陇海铁路也将被拦腰切断。这也正是北进日军要实现的第一个目标：他们要掐断陇海线，使我首尾不能相顾；他们要从陕西打开一条通道，向西北直取甘、青、新，向西南则拿下云、贵、川。

古渡告急，黄河声咽，大西北形势危如累卵！

但是——且慢！

想我泱泱华夏，五千年文明历史，四万万中华子孙，岂是一阵狂风即可吹散的炊烟柳絮？值此倭寇入侵、国土沦陷、民族危亡之际，岂能少了侠肝义胆、慷慨悲壮、忠勇无畏之英雄豪杰？又岂能少了登高一呼而应者云集，共赴国难之惊天壮举？历史已经证明，卢沟桥事变既是日寇鲸吞中国的开始，也为我中华民族全面抗击侵略者拉开了序幕。

经过 1936 年的“双十二事变”，国共两党以民族大义为重，本着共御外侮、共雪国耻的目的，实现了“第二次握手”，建立了抗日民族统一战线。“卢沟桥事变”的第二天（7 月 8 日），以毛泽东为首的中国共产党中央委员会就发表了号召抗战的宣言；7 月 15 日，中共中央向南京国民政府呈交了《中国共产党为公布国共合作宣言》。《宣言》在宣布拥护孙中山先生的三民主义，取消一切推翻国民党政权的暴力政策及赤化运动，取消苏维埃政府的同时，又郑重宣告：“取消红军名义及番号，改编为国民革命军，受国民政府军事委员会之统辖，并待命出动，担任抗战前线之职责……”7 月 17 日，国民政府军事委员会委员长蒋介石在庐山上向全国军民发出了“地无分南北，人无分老幼，皆有守土抗战之责任，皆应抱定牺牲一切的决心”的号召，抗日战争全面打响；8 月 22 日，蒋介石亲自签发命令：委任朱德、彭德怀两位将军为国民革命军第八路军正、副总司令；8 月 25 日，朱、彭遵命就职并通电全国：“日寇进攻，民族危急，敝军请缨杀敌，义无反顾，坚决抗战，东进杀敌……”随即，朱、彭两将军亲率八路军一一五、一二〇、一二九师东渡黄河，开赴晋、绥抗日战场配合友军作战，首战平型关即获大捷，令全国军民精神为之一振。

太原沦陷后，山西大部分城池土地皆被日军占领，但中国军队并未销声匿迹，战争反倒愈演愈烈，山西遂成为北方抗战的主战场。中国军队依靠地利的优势、民众的支持，或组织会战，集重兵与敌血战；或穿插迂回，出奇兵与敌周旋，使日军陷入腹背受敌、左右掣肘、进退维谷的狼狈境地。黄河北岸的晋（西）南战场上，许多城池得而复失，失而复得，双方的拉锯战打得惨烈而迷离。日军虽然一度占领了风陵渡，但其主力被我军揪扯于几处，根本无法聚拢，小股部队又岂敢冒险跨过黄河天堑？正当北方主战场敌我双方呈胶着状态之时，华东、中原各战场上，回过神来的中国军队开始了防御性的反击，徐州会战及台儿庄战役先后打响。日军四下调兵驰援徐州、鲁南，晋南战局开始向有利于我军的方向逆转。随后便有了我三十八军一七七师收复晋西南十三县之局部胜利。这是后话。

当日军占了晋南、虎视关中之际，西安行营主任蒋鼎文（字铭三）顿时吓得变颜失色。这位号称蒋氏“八大金刚”之一，有着“拼命三郎”“飞将军”美誉的老蒋心腹心想：日军一旦渡过黄河，占了潼关，这关中八百里一马平川，何以据守？到时候就只有弃城逃跑一条路了。于是他连忙让家人收拾细软，打点行装，私下调动飞机火车，打发眷属和亲信分别逃向宝鸡、成都。他自己虽然没走，每日里却独守行营，如坐针毡，随时准备一逃了之。

与蒋鼎文的惶惶不可终日形成强烈反差的是，时任陕西省主席、三十八军军长的孙蔚如却一身凛然正气，巍如中流砥柱。真乃是，沧海横流，既可显英雄本色，亦可见懦夫丑态！

孙蔚如，字树棠，是长安县灞桥镇豁口村（今属西安市灞桥区）人，出身于“耕读传家”的书香门第，毕业于陕西陆军测量学校。1915年，19岁的孙蔚如参加了孙中山领导的中华革命党；1917年投笔从戎，加入了陕西靖国军，在北伐战争中屡建战功，从下级军官直升至统军将领；后与杨虎城义结金兰，在著名的“二虎守长安”战役中居功至伟，成为杨虎城最得力的助手。1936 年 12 月 12 日，张学良、杨虎城在西安发动了震惊中外的“西安事变”，以“兵谏”的形式扣留了蒋介石，逼其停止内战，举兵抗日。事变期间，孙蔚如担任西安戒严司令，统一指挥调动西安周围五十公里内的各路军队，不日又被任命为新组建的抗日援绥第一军团军团长兼军事顾问团召集人。孙将军赤胆忠心，恪守职责，为保证张杨二将军兵谏成功和“西安事变”的圆满解决及抗日民族统一战线的建立做出了重大贡献。12 月 25 日，“西安事变”和平解决，张学良将军护送蒋介石回南京。张学良从此“黄鹤一去不复返”。次年 3 月 28 日，蒋介石又以出国考察为幌子，迫使杨虎城将军远走异国他乡，从而褫夺了杨的兵权。在此之前，蒋介石任命孙蔚如为陕西省政府主席。（“西安事变”后，省主席一职由曾任杨部参谋长的王一山代理，孙征得杨虎城的同意后接受了任命。）5 月 7 日，南京下令撤销西安绥靖公署及十七路军总指挥部，所属部队缩编为三十八军。军长由孙蔚如兼任，辖十七师，师长赵寿山；一七七师，师长李兴中及三个陕西警备旅，两个直属团。杨虎城出国前，在公馆召见他最信得过的兄弟孙蔚如，嘱其牢记兵谏之初衷，务必带弟兄们参加抗战……这个殷殷嘱托自此成为孙蔚如矢志不渝的最高宗旨。然而，杨虎城走后，蒋介石又调他的亲信蒋鼎文到西安任行营主任，对孙蔚如实施辖制。

孙蔚如临危受命，身兼省主席、三十八军军长两个重要职务，深深感到使命之沉重。他在整饬陕西政务、军务的同时，密切注视抗战时局的变化，随时准备请缨杀敌，洗雪国耻。“七七事变”发生后，孙蔚如拍案而起：倭寇欺我太甚！旋即召集部属，声讨日寇罪行，商讨抗日大计。而正在庐山参加蒋介石举办的“军官训练团”的赵寿山也于 7 月 8 日向蒋介石呈交了请缨抗战书。得到蒋的批准后，于 7 月 12 日回到西安。经过几天紧张准备，7 月21 日，十七师在三原县誓师出征。孙蔚如亲赴三原做战前动员，号召十七师官兵奋勇杀敌、报效国家，也为陕西争光。

为使部队尽快投入战斗，孙蔚如亲自下令，调动铁路运输部门用火车运送部队。孙蔚如在车站送行时与赵寿山执手相望、坦陈心声：“寿兄率军先行一步，待弟整顿好后方即率后续部队赶赴前线。兄韬略过人，治军有方，此行必能打出我西北军人之威风。”

赵寿山（字杜亭）是陕西户县（今属西安市）人，与孙蔚如同为陆军测量学校学生，又是结拜兄弟。赵寿山生于1894 年12 月17 日，孙蔚如生于1896 年1 月31 日，因此，孙平素称赵为寿兄。

十七师和五二九旅与八路军并肩作战收复晋东南十六县

前排左起：任弼时、彭德怀、赵寿山、姚警尘；后排左起：杨尚昆、陆定一、杨法震、马文彦、冯一航、常汉三

赵寿山说：“树棠，你就放心吧，愚兄这个前部先行定当不辱使命！”

赵寿山率十七师走后不久，孙蔚如又派一七七师五二九旅（旅长许权中）、军直教导团（团长李振西）奔赴抗日战场。十七师东出潼关，经郑州转道，沿平汉路北上，到河北的保定后，正赶上保定保卫战。第二战区南路前敌总指挥卫立煌将军见到西北军，拊掌大笑："好，来得早不如来得巧！"立即命令赵寿山率部参战，副军长段象武在战前做了动员。与随后赶到的许权中的五二九旅、李振西的教导团在井陉口、雪花山、娘子关一带设防，以劣势装备与装备精良的日军血战了十五个日日夜夜，给日寇以沉重打击，我军也付出了惨重代价。娘子关一战，李振西的教导团与敌铃木旅团血战两天两夜，牺牲了两千多人。在随后的忻口战役中，许权中的五二九旅奉命在忻口正面设防阻击。此前在此设防的友军无一能守三日，而五二九旅却整整坚守了十四天。前后几次血战，西北军所表现出来的英雄气概令总指挥卫立煌赞叹不已，曾五次通电参战各部，对西北将士提出嘉奖。而身在西安的孙蔚如得知赵寿山等人在前线英勇作战的消息后，心情很是振奋，于元旦前夕，欣然命笔写出《抗敌歌》交报社发表。诗中称西北军在平汉线上的诸战为"此是中原第一战，风云锐利如疾电"，并以"指顾燕儿几点青，定与鸭绿归禹甸"的豪迈诗句，激励前方将士奋勇杀敌，赶走日本侵略者。1938 年 2 月，赵寿山的十七师和许权中的五二九旅奉命进入晋东南太行山开展游击战，归属朱德、彭德怀两位将军指挥。同年 5 月，赵寿山、许权中所率部队配合八路军，一举收复了上党地区十六个县（国民党报纸称之为晋南大捷）。

作为西安行营主任的蒋鼎文在敌人尚未到来之前就乱了方寸，安排亲属逃跑，必然造成西安市民的人心慌乱。对于这一点，孙蔚如心里是清亮的。但是，他却并未公开出面阻止蒋鼎文的行为。在西北军中，孙蔚如素以儒将著称，处事沉稳干练、张弛有度。就军事序列而论，三十八军归西安行营辖制；就人际关系而言，蒋鼎文是蒋介石的嫡系，是受蒋指使来监督自己的。若为个人计，孙蔚如并不是怕蒋鼎文，但身处国难当头之时，孙蔚如就不得不考虑如何稳定陕西上层之局势了。对于带兵打仗，抗击日寇，孙蔚如心里自有主意。他不指望蒋鼎文能扛起抗战大旗，大年三十逮只兔子——有它过年，没它也过年。但他必须稳住蒋鼎文，至少不要让他在蒋介石面前告自己的黑状，以至于坏了抗战大计，辜负了虎城将军之重托和三秦父老的期望。所以，对蒋鼎文安排亲属逃跑之事他佯装不知，不置一词。但是，对老百姓中间出现的惶恐情绪，他觉得自己必须站出来说话，以安抚民心，鼓舞士气，同时也从侧面“敲”一下蒋鼎文之流。

孙蔚如以军长名义通令全军：“凡我陕西官兵，皆应守土抗战；倘有闻警先逃，不事抵抗者，定以军法从处!”

孙蔚如以省主席名义发表告民众书：“同胞们，我们要叫日本鬼子知道，中国人是不怕死的，中国人是不好欺辱的。我要死，他日本鬼子也要拿几条命来换！用我们整个民族的头颅和鲜血，与日本鬼子拼到你死我活！看他七千万鬼子，经得起我们四万万同胞起来大刀一挥么!”

孙蔚如出席西安各界人士救亡大会并发表演讲。将军一身戎装，满面凛然，高大魁伟的身躯透出百战将军的英风豪气。他引经据典、纵横古今，列举了我中华民族抵御外侮，力挫强敌之战例和英雄人物，阐明抗战必胜的道理。最后，将军掷地有声地说道：“今日军兵犯黄河，虎视关中，形势是很严重。但是不要怕，我西北军将士绝非酒囊饭袋。寿山将军早已率我部与日寇交上火了，让小日本领教了我们陕西冷娃的厉害！本人作为陕西省主席、三十八军军长，决不辜负三秦父老的厚望，决不会让日寇踏上我关中一寸土地！请诸位贤达仁人看着我：我孙某上有高堂慈母，下有妻子儿女，倭寇不灭，家人决不生离陕西！孙某倘有食言，百姓皆可诛之!”

会场上掌声雷动。一白发老者动情地说：“将军忠勇，秦人皆知。当年刘镇华领镇嵩军围攻西安，将军镇守东北城垣，曾向老百姓盟誓：若城破，钟楼当为吾死处！此言声犹在耳，将军今又以倭寇不灭，家人决不生离陕西为誓，真乃惊天地泣鬼神也！老朽虽年逾古稀，无力为将军牵马坠镫，但儿孙满堂，随时听候将军差遣！”

会场上有人带头高呼：

“愿随将军，驱逐倭寇！”

“保卫黄河，保卫关中！”

…………

孙蔚如没有正面批评蒋鼎文的怯敌，但这些公告、通令、演讲以及赵寿山率部在冀晋战场上浴血抗战的事实，均使蒋鼎文受到了震动，他开始为自己的沉不住气而后悔了。他想：“目前抗战正处于紧要关头，老百姓抗战的呼声甚高，自己作为最高统帅的亲信，坐镇西安，却打算携眷弃城而逃……此事传出去，岂不惹国人耻笑？也让委员长脸上无光？唉，实在是昏庸哪！”

于是，在一次军事会议结束之后，蒋鼎文请孙蔚如留步。当会议室只剩下两人时，蒋鼎文说：“树棠兄义薄云天，寿山兄勇冠三军，鼎文自叹不如，深感汗颜啊！”

孙蔚如听明白了蒋鼎文的弦外之音，也相信他此时此刻说这番话可算得上是真情流露，他必须借此机会送个顺水人情，便接过话头说道：“主任过奖了。委员长雄才大略，统筹全局，值此抗战紧要关头，派蒋主任坐镇西安，使树棠心中有了底气，说话也就硬气多了。至于陕军之抗战，仍须仰仗主任的支撑啊！”“哪里，哪里……”蒋鼎文尴尬地摆了摆手，又问，“不知树棠兄对西北之战局有何想法？是屯兵关中等待与敌决战呢，还是树棠兄率部出征为好？”

这个问题是孙蔚如早就反复思考过的，当初送赵寿山出征时就对赵说过他“随后就到”的话。那决不是一句虚伪的承诺，孙蔚如一生也从不做食言之事。对于西北的战局，他曾夜夜秉烛而立，站在军用地图前反复思考……黄河在鸡鸣听三省的潼关掉头向东，黄河北岸就有了大小渡口九个，其中最大的是连通陕西的风陵渡、河南的茅津渡。日军一旦在黄河北岸站稳了脚跟，从哪个渡口渡河都会对关中造成威胁。晋南战场经过半年多的拉锯战，日军目前虽然还无力渡河作战，但其野心是不会就此收敛的。因此，此处将来还会有恶战。黄河乃天然防线，潼关乃咽喉要塞，若要保卫关中，此两处是兵家必借之势。自古以来，对侵略者最有效的抵抗当然是拒敌于国门之外。以此推理，将陕军屯于黄河北岸与敌死战，力保黄河不失，应是最明智的选择了。这些话他以前没有跟蒋鼎文说过，因为一说就会传到蒋介石的耳朵里。他了解蒋介石：心胸狭隘，凡事武断又多疑，特别是对非嫡系的“杂牌军”。你给他提的主张，他首先想到的不是你出于公心，而是怀疑你是否另有他图。但是，渡河作战，拒敌于黄河北岸的决心孙蔚如是早已下定了。他在等待时机。

如今，蒋鼎文摆出一副不耻下问的姿态，孙蔚如觉得该放个口风，探探对方的虚实了，于是便说道：“以卑职拙见，我军应渡河作战，在黄河北岸设防，拒敌于黄河彼岸，方能确保关中无虞。”

蒋鼎文说：“树棠兄所见极是！只是……”蒋鼎文沉吟着，似有难言之隐。

“主任有何想法，但请明示。树棠身为军人，纵为国捐躯，亦在所不辞。”孙蔚如朗声说道。

蒋鼎文这才慢吞吞地说：“目前，晋南战场虽呈胶着之势，但日军凶焰正盛，我军倘开进晋南，只怕损失惨重，又未必稳操胜券啊！”

这时，窗外又响起凄厉的防空警报声。街市上人影晃动，乱作一团，呼号声、诅咒声、孩子们惊恐的号哭声随夜风飘来……孙蔚如站起来，面色冷峻地伫立于窗前，半晌没有说话。

防空警报声终于停了下来。

孙蔚如长长地嘘了口气，望着灯火稀疏的街市，问蒋鼎文："前日，《国风日报》将我在总理纪念仪式上的讲话中关于台儿庄战役的一段话摘要发表了，不知蒋主任可否看到？"

"看到了，看到了。"蒋鼎文随手拿过一张报纸，翻了翻，说，"树棠兄持久战之说，倒是与委员长所见略同。这话是怎么说的？噢，在这儿……'须知我国反抗侵略的战争，其唯一武器，厥为持久战略，愈持久则愈使敌人困难，愈于我军有利。其过程中之胜败，实不必过于重视。'此论确有道理，只是目前还有许多人不甚理解，兄弟也尚在琢磨之中。"

孙蔚如说："日寇去年 7 月 7 日挑起'卢沟桥事变'，至今半年之久，正是彼气盛之时。若让其一鼓作气，则我危矣！我军与其交手多次，虽胜少负多，却挫了贼之锐气，迟滞了他们推进的速度。以树棠愚见，这就是我军的胜利。此番我军若开进晋南战场，依黄河天险与敌周旋，日久必使敌气衰落。刚才主任说的'胶着'二字甚妙。我们就是胶，粘住他，拖住他，拽住他，直到他精疲力竭。其间之局部胜负实不必看得太重。当然，这需要我军付出牺牲，甚至是血流成河的牺牲。但是，如果没有这种牺牲，长安城内，恐怕连拉响防空警报的机会都没有了！俗话说，养兵千日，用兵一时。现在正是该我辈军人挺身而出的时候了啊！若能以军人的牺牲换来百姓的安生，我等身为军人，又有什么可迟疑的呢……"

蒋鼎文频频点头："孙兄所言极是。兄弟定会将此意呈请委员长定夺。"

孙蔚如对蒋鼎文说的这番话，绝非一时心血来潮，这是他思考了很久的。他对战局发展了如指掌，对蒋氏的心思也摸得很清。他知道，一旦这个想法传给蒋氏，蒋介石肯定会允准他率陕军渡河作战的。胜了呢，是他老蒋运筹有方；一旦失败了，这支曾让他陷入狼狈之中的杂牌军又有什么值得他眷恋的呢？这些，孙蔚如全都想过。但是，作为军人，国家存亡事大，他自己别无选择。苟利国家生死以，哪顾个人安与危！而以他对战局的分析，以他的持久战之理念，对坚守黄河，拒敌于黄河北岸，他是有信心的。

蒋鼎文与孙蔚如对话过后不久，蒋介石电召孙蔚如到武汉述职。孙向蒋坦陈了自己的主张，蒋介石让孙等待命令。随后，蒋又召省政府秘书长杜斌丞到武汉。这一切预示着：陕西的政局将会有变数。

孙蔚如从武汉回来后，即电令驻防黄河西岸合阳一带的第一七七师师长李兴中渡河作战。李兴中率部（缺五二九旅）从合阳之夏阳渡抢渡黄河，以迅雷不及掩耳之势纵横于黄河东岸，仅用十几天时间，便收复了永济、虞乡、临晋、猗氏等县，打出了威风。国内舆论界纷纷发表消息：一七七师旬日奋战，连克晋南十三县。

李兴中，字时甫，1890 年生，河北省宁河县（今属天津市宁河区）人。早年毕业于保定陆军军官学校一期。后投于冯玉祥将军麾下。1926 年 5 月，参加“五原会师”，任国民联军总司令部参谋处处长，参加过西安解围的军事行动。1933 年，冯玉祥在蒋介石的武力威逼下宣布下野后，李兴中返回北平，在家闲居。西安绥靖公署主任杨虎城因久慕李将军之忠勇，遂派人赴北平邀李兴中出山，到西安共图大计。1934 年初，李兴中就任西安绥靖公署参谋长；12 月参与“西安事变”，并在《解放日报》发表署名文章，表明西北军坚持全民族抗战的坚定立场；十七路军缩编时，李兴中被任命为一七七师师长……

李师长的晋南大捷让秦晋军民均感到振奋，但是，舆论界并不知道，孙蔚如为何在这个时候突然派出这支奇兵突袭晋南。

孙蔚如是在为主力部队渡河作战做准备：一是火力侦察晋南日军之虚实，二是尽可能地扫除障碍。即使这些目的达不到，也给日军一个敲山震虎的警告。因为，从老蒋召他到武汉述职，到召杜斌丞到武汉密谈，孙蔚如对老蒋的用心已猜出十之八九……果然，就在晋南捷报传来之时，孙蔚如先后接到由蒋介石签发的两道指令：一是免去孙蔚如省主席职，省政府改组；二是组建三十一军团，孙蔚如任军团长，辖三十八军、九十六军、独立四十六旅、独立四十七旅……着孙蔚如择日率军团渡河，于黄河北岸之中条山布防。

蒋介石为北战场确定的一条原则是："中条山、洛阳、潼关三点，必须守住。"而在中条山设防阻敌正是孙蔚如谋划已久的事。

时为 1938 年 6 月下旬，距"卢沟桥事变"几近一年。

新组建的三十一军团，三十八军由赵寿山任军长；九十六军由李兴中任军长；三十八军十七师师长仍由赵寿山兼任，后换成耿志介；九十六军一七七师师长初时由李兴中兼任，渡河作战前夕，孙蔚如调原十七师副师长陈硕儒接任此职；独立四十六旅（原警备二旅）旅长为孔从洲；独立四十七旅（原警备三旅）旅长为王镇华；教导团团长为李振西，骑兵团团长为孟庆鹏，属军团部直属部队。军团的组建实际上是三十八军的升格和原属地方部队的警备旅的入编。

蒋介石在签发作战命令的电文中向孙蔚如下达了死命令：三十一军团以扼守中条山，阻敌南下，保卫黄河安全，确保陇海铁路畅通为任务，在任何情况下不得回撤黄河右岸（即南岸、西岸）。

同时，蒋介石还告知孙蔚如：已电令在晋东南作战的赵寿山部之第十七师和李兴中部之五二九旅开赴中条山，归还建制，由孙蔚如统一指挥。

孙蔚如率陕军出征的消息一经披露，西安城里当即掀起轩然大波。首先是市民于欢呼雀跃中奔走相告：孙将军要带兵过河了！有孙将军立马中条，小日本就过不了黄河啦！这下咱西安有救了……其次便是一些知识分子的幽幽叹息：陕军渡河拒敌，固然有利于关中防备，但这是老蒋借刀杀人之计呀！有人则反驳：老蒋虽有借刀杀人之心，还要看这刀利不利，能不能砍下别人的头。孙将军乃大智大勇一代名将，岂能伸着脖子任人宰割？此番中条对决，鹿死谁手，两说着呢。

虽然有诸多忧虑，诸多争议，但这一消息对三秦父老的鼓舞与激励仍是空前的。西安工商界、教育界以及党政机关立刻发起声势浩大的声援活动。街市上张灯结彩，大幅标语在市中心的钟鼓楼、皇城广场、火车站、东西南北门城楼或凌空而下或横空飞架："坚决支持孙蔚如将军东征!" "驱逐鞑虏，还我河山!" "送我健儿出雄关，挥刀斩得小楼兰!"……

西安各界欢送陕军东征大会在西安易俗社剧场隆重召开。是日，西安军政大员、各界知名人士、地方耆老巨贾悉数到会；剧场门外聚集了数千名爱国学生和普通市民。从里到外，气氛热烈而悲壮，口号声、欢呼声此起彼伏，泪水伴着歌声飞。

但是，欢送会的主角孙蔚如将军却来得很晚，直到离原定的开会时间仅剩下五分钟时，他的那辆黑色轿车才开到了易俗社门口。

走出小轿车的孙蔚如神色凝重，似乎满腹心事。

他是从他的老家豁口村赶回来的。

孙蔚如是位孝子。部队就要渡河作战了，此一去战事凶险，生死未卜，临行前，他要去看看他的高堂老母。

那天上午，他只带了两名警卫，骑马出城赶奔离城二十多里的豁口，行至离村一里多的地方，三人同时下马，牵马而行。这是母亲给他立下的规矩。母亲说过："你长年在外，妈和一家老小全靠乡亲们帮衬照应。你官做得再大，也不能在乡亲们面前摆架子。啥时候回家，坐车就在村外下车，骑马就在村外下马……"孙蔚如谨遵母训，任何时候都要在离村一里之外下车、下马，步行进村。见了乡亲们亲亲热热打声招呼，恭恭敬敬回答乡亲们的问候。

在堂屋里，他见到了年近古稀的母亲。他是来向母亲辞行的，但站在白发老娘面前，他却感到了惶然，不知道该怎样向母亲提起这件事。儿行千里母担忧。如今，儿要带兵上前线打仗了，母亲能不揪心么？

母亲的脸上漾出一缕温和慈祥的笑容，轻声说道："我知道，过河以前你会来看我的。"

孙蔚如蓦然一惊："妈，您……知道了？"

母亲平静地说："这么大的事，十里八乡都吵喝遍了，妈咋能不知道！"

孙蔚如扑通一声双膝落地，眼含热泪叫了一声："妈……"便说不出话来了。

"树棠啊，"母亲幽幽地轻叹一声，"自古到今，没有不打仗的兵。去吧，儿。国家受人欺侮哩，你这个领兵的人就该为国家担沉啊！"

说着，母亲伸出双臂要扶儿子起来，但孙蔚如却直直地跪着不起来，哽咽道："妈，儿子不孝啊！"

母亲摇摇头："儿啊，你这话说得不对。妈看过老戏，知道啥叫唇亡齿寒。你带兵过河，把河东的老百姓安顿住了，咱关中的乡亲们就免受糟害了，妈这边也就安生了。这才叫大孝哩！起来吧。妈给你擀面去，吃了饭你就走，别操心家里，有乡亲们哩！"

母亲的话自始至终说得安详平静，但字字句句却如雷霆震撼着儿子的心灵。孙蔚如满面泪痕，重重地给母亲磕了个头，这才站起来对母亲说："妈，您放心，儿一定会回来的……活着回来看您！"

母亲用手指小心地为儿子揩拭眼角的泪痕，喃喃地说："好，回来，我儿活着回来。妈等你……"

母亲的手指在儿子脸上缓缓滑过，那一刻，40多岁的百战将军仿佛回到了童年……每当自己在外面受了欺辱，母亲总是这样用手指为儿子揩泪："我娃不哭，噢，不哭。有妈在哩……"

孙蔚如离家的时候，母亲没有出来送他，一个人在堂屋里默默地坐着。那是母亲在为出征的儿子默默地祈祷啊……妻子李定荫送他，从堂屋送到大门口，再从大门口送到村口的官道上，却一言未发。孙蔚如说："侍候好咱妈！"妻子点头。孙蔚如说："招呼好孩子……"妻子点点头。孙蔚如说："我已向民众盟誓：倭寇不灭，家人决不生离陕西。你要记住！"妻子重重地点了点头："记住了！"将军临上马前，妻子仰起脸来，将军这才发现，妻子已经哭成泪人儿了……

卫士牵马过来，将军接过马鞭，正欲上马，忽见村口站着上百位乡亲，为首的是灞惠乡乡长兼灞桥镇镇长孙作藩。孙作藩与孙蔚如年龄相当，但在族中辈分很高，在当地也极有声望。孙作藩走到将军面前，手牵着战马的缰绳，望着比他高出一头的孙蔚如，神色凝重地说："树棠，你只管带兵过河打鬼子，我给你把人供上。灞桥镇，豁口村有的是能跟鬼子拼命的冷娃！"另一位老者喊道："咱村里家家都要有男人上战场，一家也不落！"上百位乡亲齐声呼应："对，一家也不落！"

孙蔚如向孙镇长深鞠一躬："作藩爷，拜托了！"

将军翻身上马，在马上向乡亲们抱拳施礼，随后马上一鞭，说声："走！"那匹红鬃马昂首扬蹄，绝尘而去。

易俗社剧场外热烈的气氛很快驱散了将军心中的离愁别绪，他一面挥动着手臂向群众致意，一面快步走上主席台。

一身戎装的孙蔚如站在主席台上，胸前的徽章闪闪发亮，他庄重地向在场的各界人士行了个军礼，一阵海潮般的掌声过后，孙蔚如发表了简短而铿锵的讲话："保卫家国，乃军人之天职！如今日寇入侵，社稷危倾，黎民涂炭，孙某身为军人，岂敢苟且！抗日杀敌，共赴国难，既是孙某职责所在，也是虎城先生的殷殷重托。孙某不才，蒙各位如此拥戴，感激涕零，终生难忘！余将以血肉之躯报效国家，舍身家性命以拒倭寇。孙某今日之言，亦为我军团将士之心声：誓与倭寇血战到底！但闻黄河水长啸，不求马革裹尸还……"

剧场内掌声又起，如潮如雷；剧场外爆竹冲天，如焰如炽。

翌日，孙蔚如策马赶奔位于玉祥门内的第四十六旅旅部。往日，孙蔚如多乘坐那辆黑色的福特轿车出门，今天却特意骑一匹枣红骏马在街市扬鞭驰骋。他要以这种姿态给市民一份信心。此前，他已命令孔从洲的四十六旅为渡河先遣部队，开往黄河西岸的朝邑集结待命。今天他要与孔从洲"虎帐谈兵"，做一次朋友式的谈话。

孔从洲（字郁文）也是西安灞桥人，时年31岁，个子不高却英气逼人，且骁勇善战。1921年，杨虎城被军阀排挤到陕北，手下部队被缩编为陕北镇守使暂编骑兵团，驻守榆林地区的靖、安、定三边地区。与杨有金兰之交的孙蔚如义无反顾地追随杨到了"三边"，出任中校团附。因杨在榆林养伤，军务由孙主持。孙在训练部队，剿灭土匪的同时，又兴办学校，旨在提高当地汉蒙民众的文化水平；开办军事教导队，为杨部培养军事人才。教导队于1923年春在安边开办，孙亲自负责招收学员。学员皆是各地进步青年学生，孔从洲就是其中一名。教官多是受过正规军校训练的青年军官，有赵寿山、刘光甫、段象武等。安边教导队虽然开办时间不长，却培养了不少优秀的军事人才，这些人多数成为杨虎城部的骨干——如孔从洲、吴岱峰等（孔、吴以后又成为共产党部队的指挥员）。杨虎城部队向来有“测、保、教”之说，即：杨部多数军官出自陕西陆军测量学校、保定陆军军官学校和安边教导队。

孔从洲是孙蔚如和赵寿山的学生，并且与孙蔚如“沾亲带故”。但孙蔚如待人宽厚，平易近人，这次谈话也的确像朋友间的促膝谈心。

孙蔚如示意孔从洲，让孔的卫士退了出去，然后深情地说：“杨先生当初领导我等发动‘西安事变’，就是要停止内战，实现抗日。那时，你是西安城防司令，我是戒严司令，皆为先生之膀臂，对先生的初衷是完全理解的。现在，经过各方面的努力，抗战总算开始了，也轮到我们显露身手的时候了。咱乡里人有句粗话：是骡子是马，拉出来遛遛。咱这回就遛遛，让乡党们看看咱究竟是骡子还是马！”

说到这里，孙蔚如又仰天出了口长气，心情沉重地说：“杨先生已经回国了，他是要带兵参加抗战的啊！可蒋介石却将他扣留了。能否回来，难说啊！现在只能靠我们了。此次开赴中条山，必是一场旷日持久的恶战。郁文，你此行是打前站的，责任重大啊！杨先生之夙愿，切切不可忘记！过河后先在蒲州安营扎寨，加固防御阵地，以拒日寇。等我近日交割完省府手续，即刻过河。保卫中条山就是保卫关中，保卫大西北，我等须抱定与中条山共存亡的决心啊……”

孔从洲忽地从座位上站起来，双腿并拢，向孙蔚如行了个庄严的军礼：“军团长放心，郁文定当一马当先，与中条山共存亡！”

三日后，独立四十六旅在黄河西岸的朝邑举行了隆重的东渡誓师大会。面对围观、送行的上万名朝邑百姓，孔从洲勒马军前，举拳宣誓，三千多名健儿的吼声惊天动地：

“我为中华生，我为中华死！坚信抗战必胜，誓死抗战到底！我不杀敌，敌必杀我；若要自救，必先杀敌！凡我官兵，共同勉之！”

围观、送行的老百姓也跟着吼叫起来。吼声里夹杂着呜呜的哭声，百姓们满面热泪地喊道：

“将军，一路保重！”

“弟兄们，杀鬼子去啊！”

阴霾重重的天空突然闪出一道裂缝，亮煌煌的阳光便洒了下来。

青年将军孔从洲一声号令：“出发！”

万众欢呼声中，四十六旅官兵昂首挺胸奔向中华民族的母亲河。

母亲河以如雷的涛声为儿子们壮行！

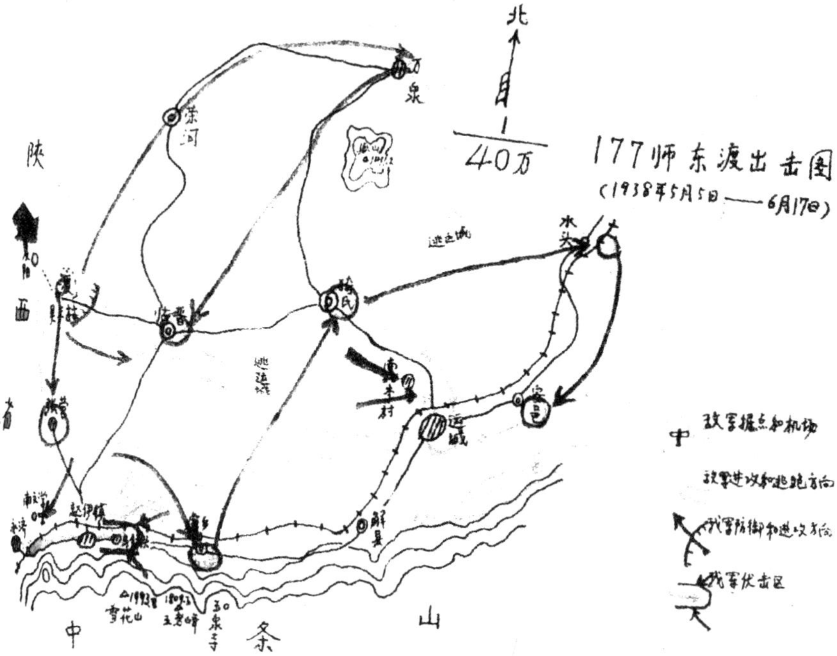

第四集团军晋南中条山抗战态势图

3 第三章 大军东去

沙场点兵，誓雪国耻

点击

马夫从船上牵下孙蔚如的枣红马。那马抖了抖鬃毛，发出咴咴长嘶，抖落一身的河水。

孙蔚如翻身上马。几名军官和文职官员也相继上了马。

随着一声“出发”的口令，士兵们跑步前进。

阴沉沉的天空猝然滚过一声沉雷。

大雨滂沱。

烟雨迷蒙中，将军的战马扬蹄狂奔。

孔从洲率独立四十六旅官兵从朝邑的大庆关强渡黄河，在风陵渡以北的永济蒲州旧城安营扎寨。此处正对中条山西麓的制高点尧王台。此时，一度被敌人占领的风陵渡已被我一七七师夺回，但孙蔚如断定，日军必定还会卷土重来。因此，电令孔从洲在蒲州至尧王台之间构筑坚固的防守阵地，以防敌增兵后，沿同蒲路南下，再犯风陵渡。

7 月 12 日。西安城内的东教场。

战马萧萧，刺刀闪亮，亲自披挂上阵的三十一军团军团长孙蔚如“沙场点兵”，举行渡河作战前的誓师大会。

由杨虎城将军苦心培育的十七路军，鼎盛时期有七万之众，连年征战多有耗损，加之蒋介石的分化、瓦解、收买，到“西安事变”后仅剩下四万余人。(“西安事变”后，杨部主力之一，第七军军长冯钦哉率部投靠了蒋介石。这也就给蒋介石撤销西安绥靖公署及十七路军总指挥部、将杨部缩编为一个三十八军制造了借口。）全面抗战爆发后，段象武、赵寿山率两万之众上了河北、山西；渡河作战前，李兴中、孔从洲又先后带了近万人先期过河；警备一旅正在河西布防，已归蒋鼎文指挥，孙蔚如可带之兵仅剩下独立第四十七旅、教导团、骑兵团、教导大队和军团部直属机关人员，总数六千余人。这基本上可称得是“倾城之兵”了。

教场是古人操演军队、比试武艺的军用场地。西安东教场是汉代留下的。两千年风云跌宕，有多少金戈铁马从这里呼啸而出赴疆场，有多少英雄豪杰在这里盘马弯弓竞风流……斯人已逝而狼烟未散，古教场上又集结了一支抗击倭寇扫灭狼烟的铁军。

这支铁军几乎是清一色的“陕西冷娃”。他们身挎长枪，背挂大刀，齐齐整整地列队在古教场上。7 月的阳光火辣辣地照在那充满青春稚气的脸上，汗珠儿扑扑嗒嗒地落在东教场的黄土地上，而这些大小伙仍像铁柱般耸立着，岿然不动。

教场门外，人山人海，数以万计的市民箪食壶浆，等待着为壮士们送行。战马长啸，军团长孙蔚如在几位青年军官的簇拥下策马驰入会场。孙蔚如时年四十有二，正值英年，加之身材高大，相貌堂堂，骑在马上，更显得威风凛凛，气宇轩昂。

“弟兄们辛苦了!”孙蔚如向士兵们挥手致意。

“军团长辛苦!”士兵们齐声回应。

孙蔚如下马，龙行虎步地走上东教场的点将台。点将台上空横架一条红色横幅，上书：国民革命军第三十一军团东征誓师大会。

首先举行的是授旗仪式：西安行营主任蒋鼎文代表中国国民革命军军事委员会，将一面绣有“中国国民革命军第三十一军团”字样的大旗郑重地交到孙蔚如手中。孙蔚如行罢军礼，将军旗交与旗手，转身面对台下的官兵。

赤色的军旗在烈日下熠熠生辉，将军的讲话在古教场上激荡飞扬。

“弟兄们，日本鬼子已经打到黄河边了，欺侮到咱家门口了，咱们该怎么办?”

台下响起如雷的怒吼：“驱逐鬼子，血战到底!”

“好！三秦父老要的就是这句话，本军团长等的也是这句话！年前我就说过：中国人是不怕死的，要我死，他小日本也得拿几条命来换！现在，赵军长、李军长、孔旅长都已经带着弟兄们上去了，几个回合下来，他小日本也没什么了不起的！今天，本军团长亲自带弟兄们东渡抗日，誓与倭寇血战到底，决不让鬼子犯我黄河，跨入我关中半步！弟兄们，有这个信心么?”

六千将士齐声呐喊：“有!”

独立第四十七旅旅长王镇华带领士兵们宣誓：

“我为中华生，我为中华死……”

这时，教场门外响起一阵鼓声，如天空滚过一阵惊雷，紧接着，数十名赤膊的汉子抬着七八面大鼓拥进教场。擂鼓的汉子将古铜色的胳膊抡圆了，裹着红绸的鼓槌上下舞动，如游龙盘旋。大鼓的四周是几十个手持锣镲的老汉。锣鼓手们敲出的点子是陕西人特有的“威风锣鼓”，如闪电、如雷鸣，听得人热血沸腾!

锣鼓声骤然停住，一个中年汉子从锣鼓队中间跳了出来，双手背后，仰面朝天，“啊……嗨……”一声叫板，身后便响起了秦腔板胡激扬的旋律。

那汉子唱道：

擂鼓（啊）三通响天外，
白袍将军上马来!
十万雄兵威名在，
直杀得鬼子痛悲哀。
杀他个血流成河归大海，
杀他个尸骨堆山无处埋。
将军威名传万代，
立马（啊）中条（他）谁敢来!

孙蔚如对身旁的王镇华说：“《斩单童》，正宗的黑头戏。把词改了。”

“改得好，攒劲!”

威风锣鼓再次响起，士兵的队列开始向场外走，围观的老百姓自动让开一条道。队伍走过时，市民又挤着向前靠，把手里拎的、怀里揣的、篮里挎的东西争着抢着向战士们怀里塞：

“娃呀，拿着，刚煮好的鸡蛋。”

“乾州的锅盔，拿好!”

“坊上的饦饦馍，热的。”

一个坊上人打扮的小伙挤到阅兵台前，双手举着一只大老碗，大声地说：“长官，我是老孙家的伙计。俺掌柜叫我给你送一碗羊肉泡，还煎火着呢！你吃……”

孙蔚如笑了：“好，回去给三娃子说，谢了。等我打完鬼子，天天到你楼上吃去。”

回民老孙家的羊肉泡在西安城里名气很大。当年杨虎城在时，经常带一帮弟兄到那里去。杨虎城一进门就直呼掌柜的乳名：“三娃子，叔来了!”……看到这冒着热气的羊肉泡，孙蔚如又想起了杨先生，心中不禁涌上一阵凄凉。

从东教场出来，部队浩浩荡荡地向西安火车站行进，一路上所路过的街道都站满了人，除了市民，还有不少学生。学生们打着横幅，呼着抗日救亡的口号，唱着悲愤而凄婉的救亡歌曲：“我的家，在东北松花江上……九一八，九一八，从那个悲惨的时候……”当部队在车站广场列队等待进站时，一阵激越的鼓号声响起，学生们的歌声变成了雄壮的《义勇军进行曲》：“起来，不愿做奴隶的人们，把我们的血肉，筑成我们新的长城……”

西安火车站的站台上也早已是万头攒动，人声鼎沸。

杨虎城先生的挚友、省政府秘书长杜斌丞带着省政府文职官员、西安各界名流士绅在车站上为孙蔚如送行。

杜斌丞举着一杯酒对孙蔚如说："将军忠义，天地可鉴！杜某备薄酒一杯，以壮行色。祝将军早奏凯歌！"

孙蔚如接酒杯在手，说道："谢先生吉言。树棠守土有责，自当奋勇。"

"不过……"杜斌丞向前一步，双手抱拳，切切地说："杨先生滞留武汉，吉凶难卜，陕西之政局，唯将军一柱擎天！请将军多多保重，多多保重啊！"

孙蔚如双唇紧闭，抬头望长天而凝思，片刻后，说："我知道……"猛地转身，向送行的人群敬了个军礼，朗声说道："请众位回去吧。我孙某决不辜负各界之厚望！"

孙蔚如下令："出发！"

"呜……"汽笛长鸣，满载出征将士的列车启动了。

孙蔚如本来是打算和将士们一道乘火车走的，但西安的几个军政大员却执意要用小车送他到华阴。这些人多是与他共事多年的朋友。现在，他要带兵上前线了，而省主席一职已由蒋鼎文兼任，也就是说，省里的军政大权攥在了蒋鼎文一个人手里。这些杨虎城的旧部心里没着没落，他们要借为孙蔚如送行之机，和孙多待一会儿算一会儿。在去华阴的路上，孙蔚如对这些老部下、老朋友说："我走以后，诸位要以大局为重，不要和蒋鼎文闹别扭，一切为了抗战。军队在前方作战，还要靠后方的支援呀！咱们一定要向共产党学习，看看人家的胸怀。为抗战，人家连军队都交给政府了，咱还有什么可计较的……"送行的官员们频频点头称是。

当天下午4时许，孙蔚如在华阴车站与官兵们会合了。华阴车站上也有不少送行的群众，孙蔚如再次以军礼向群众致谢。

部队在华阴稍事休息便徒步向北，向黄河边上的朝邑行进。

三十一军团的军团部设在朝邑郊外的成家庄。孙蔚如在这里一面做着渡河的准备，一面用电台指挥着李兴中、孔从洲在黄河东岸的军事行动。一七七师参谋处长苏济吾，奉李兴中之命过河向孙详细汇报了河东的布防情况。

这天，孙蔚如到练兵的操场上巡视，见许多士兵都是光着膀子练拼刺刀、格斗，有的相互扭在一起，在地上翻过来滚过去，浑身被汗水、尘土糊成了泥蛋蛋，仍撕扯着互不松手。

孙蔚如笑着说："跟乡里娃们打捶一样，不打出血来不松手啊！"

一个连长向孙蔚如敬了个礼，说："报告军团长：我们王旅长说，咱跟日本鬼子的武器没法比，比的就是个蛮劲、勇劲。所以，咱现在主要是练摔跤，练拼刺刀。"

"好，这话说得好！狭路相逢勇者胜嘛，拼就拼他个你死我活！不过，枪法也得练，到了战场上，能一枪撂倒就不用两枪，不是就把子弹省下了么？"孙蔚如很为士兵们这股拼命的精神而感动。

"是！"那连长敬个礼，转身甩脱了上衣，向一个刚刚获胜的大个子士兵扑过去："咱俩来比试比试！"

孙蔚如转到操场的东南角，忽然发现有两个穿着农民衣服的小伙子双手被捆着吊在一棵大树上，一个排长正用皮带抽他们。那排长一边抡着皮带一边骂道："狗日的，叫你跑！狗日的，你还有脸回来……"

孙蔚如喊了声："住手！"快步走到树下。

"怎么回事？为啥要打他们？"

那排长见是军团长，连忙扔下皮带，敬了个礼，气喘吁吁地说："报告军团长，这两个家伙原本是俺排的机枪手，上个月开了小差，今儿个又跑回来了，还想当兵。军营不是饭馆子，由了他了！俺先收拾他一顿，给弟兄们做个娃样子，看谁还敢开小差!”

“噢……是这样。那你打算咋办?”

“收拾一顿，叫他们滚么!”

孙蔚如不紧不慢地说：“叫我看啊，该滚的大概应该是你。”

小排长一时怔住了。

孙蔚如向身后随行的副官招呼一声，让他把正在操练的士兵们叫过来。士兵们呼啦一声跑过来，在军团长面前站好队。孙蔚如对那个小排长说：“把这两人给我松绑，放下来。”

小排长只好遵命。

两个被松绑的“逃兵”眼泪巴巴地望着军团长。

孙蔚如对二人说：“当着这么多弟兄的面，我问话，你们可要老实回答噢。”

二人点头：“老实，一定老实……”

“叫什么名字?”

“徐二虎。”

“张黑龙。”

“噢，一龙一虎，都是歪人么！听口音不是陕西人?”

“跟陕西人一样。俺爷爷辈上就从山东逃荒到了朝邑。”

孙蔚如知道，朝邑一带的人，多数都是从山东、河南逃难来的，几十年了，也确实跟陕西人一样了，就是有些人的口音没改过来。

“你排长说你们开了小差，现在咋又跑回来了?”

黑龙刚想开口，却被二虎用手拨拉到身后：“长官，我说。为啥开小差，我就不说了。如果长官要枪毙，能不能先把这账给俺俩记下？这回，俺是听说孙军长要带弟兄们过河打鬼子哩，俺俩一商量，就又回来了。求求长官，让俺弟兄俩跟你过河打上一仗，一人杀上两三个鬼子，然后你再按军法把俺俩毙了。俺死也值了！”说着，二虎扑通一声双膝落地，身后的黑龙也跟着跪下了。

孙蔚如忽然觉得眼眶有些潮润。

士兵中有人喊了一声：“军团长，让他俩去杀几个鬼子吧！”

孙蔚如俯身拉起下跪的徐二虎和张黑龙，回身面对着列队的士兵，深情地说：“弟兄们，论军法，开小差是该从严惩处的。可是，他们又回来了。为什么要回来呢？为了打鬼子。听说我们要过河打鬼子，连开小差的人都主动回来了，都要上前线跟鬼子拼命了，这仗，我们能打不赢么？二虎说，让他俩杀两三个鬼子再接受军法处置，这话硬气！今天我也把话搁这儿：你们要是杀两三个鬼子，我就给你们披红戴花，开小差的事咱一风吹！来，马上给他俩把军装换上，入列操练！”

二虎、黑龙热泪满面。在场官兵无不动容。

连日来，孙蔚如和参谋长陈子坚等人，一次又一次地站在军用地图前，研究着渡河后的作战部署。作为陕军的最高指挥官，他对整个战场敌我双方的态势要做出准确的判断，运筹帷幄，决胜千里。战争，对于指挥员是智慧的考验。

7 月 17 日，第一战区副司令长官卫立煌将军给孙蔚如发来电报，电报称：“奉委座（16 日）令：关于中条山各隘口之防守，应确由三十一军团孙蔚如部担任，由卫副长官统一指挥，军团部亦应渡河指挥。”

卫立煌在电报中明确划分了三十一军团的防区：平陆、芮城、安邑、解县、虞乡、永济、猗氏、临晋、万泉、荣河等县及侯马、牛家凹（安邑北三十二里）间同蒲铁路以西及侯马、河溪间浍河、汾河以南地区。

电报还进一步明确了三十一军团的主要任务：以主力联系河防部队，

扼守中条山各要点；确保茅津、太阳、永济（风陵渡）等渡口；掩护同蒲铁路以西一带的主要路口。

电报要求孙蔚如尽快将三十一军团的部署情况除向战区司令部汇报外，还要向蒋介石直接报告。

孙蔚如对此早有准备，接到卫立煌电报后的第二天（18日）即向军委会和蒋介石报告了军团的兵力分布及具体军事部署。

就渡河军事部署致蒋介石电（摘要）：

"……窃查：本军团除十七师（欠五十一旅及补充团之两营）及一七七师之五二九旅，在晋东南阳城、晋城一带，归卫副长官指挥作战外，在晋西南三角地区之部队为：九十六军之一七七师（欠五二九旅），警备第三旅，三十八军之警备第二旅、十七师之一〇二团，又补充团之两营及教导团、特务营。就现有兵力部署如下：（一）以警二旅（独四十六旅）坚守永济据点，以确保大庆关、风陵渡及中条山西端隘路之安全。（二）以十七师一〇二团扼守虞乡以西中条山各隘路，并相机策应永济守军之作战。（三）以一七七师（欠五二九旅）扼守虞乡（不含）以东至解县附近中条山各隘路。（四）以警三旅（独四十七旅）机动使用于汾河以南、同蒲路以西、中条山以北九县间地区内，并依情况策应永济、中条山各守备之作战。（五）以十七师补充团之两营，由铁道输送，接茅津渡、太阳渡之防务。（六）教导团、特务营由军团部掌握，为预备队。以上部署除解县及茅津渡、太阳渡外，其余部队概已于本日前到达指定地点……"

这份电文还指出了中条山现有防务存在的薄弱环节及其可能给以后的战局带来的不利影响。最后，孙蔚如向蒋介石和卫立煌提出：现在，敌军已由磨河村山口（安邑通茅津渡大道）窜入，已进至张店附近，距茅津渡约四十里。如该敌南犯，又需相当兵力拒之。以我部现有兵力及以上部署，显然无力扼守，请尽快将十七师（欠一旅）及一七七师之五二九旅归还建制，使我部“兵力稍裕，得以摧挫顽敌”。

这份由军团长孙蔚如亲自签名发出的电报先是传到了国民政府军事委员会军令部。

军令部对孙蔚如的军事部署及对中条山局势的分析很是赞赏，说孙真有点“未出茅庐，便知三分天下”的奇才。他们哪里知道，从“卢沟桥事变”之日起，孙蔚如就时时刻刻注视着战局的发展。山西战局出现了危情之后，孙就把目光定在了黄河北岸的三角地带，料定这处兵家必争之地必有旷日持久的争夺战，要想保卫陕西，自己的军队迟早要拉到这里作战。于是便未雨绸缪，派李兴中、孔从洲率部先期渡河，李、孔随时有电报报告军情。如此，孙蔚如岂有不谙战局之理？

军令部根据孙电报上的请求，向军委会提出处理意见：“查一七七师之五二九旅现在阳城、晋城大道以南，第十七师在邵源镇北方。该方面之敌近无积极行动。综合各方面情报，敌有从运城直驱风陵渡企图。我在中条山守兵过少，似应准孙蔚如之请，将一七七师之五二九旅及十七师归还建制，增强晋南。”

归还建制之说，是蒋介石在免去孙蔚如陕西省主席，组建三十一军团时就答应过的。但老蒋对任何人都会留一手，他要看看你孙蔚如是否听我的话，对渡河作战积极与否。如果孙不听话，他随时都会有“朝令夕改”的举措。现在，他看到孙蔚如已经到了黄河西岸，又对中条山的战局和防务情况说得一清二楚，心也就放下了。7 月22 日上午10 时，蒋介石用电报向卫立煌下达命令：“（孙蔚如）恳准将十七师（欠一旅）、一七七师之五二九旅归还建制等情，似可照准。”

就在蒋介石给卫立煌的电令发出的当天，孙蔚如让参谋长陈子坚下达了夜渡黄河的命令。

这是一个没有星月的夏夜，天黑得伸手不见五指，空气闷热而干燥。士兵们的衣服已被汗水浸透，湿得能拧出水来。

紧临黄河的是一个半岛似的旧城池，称大庆关（亦称：临晋关），我先期赴山西作战的部队多从此处过河。

站在大庆关上，听黄河咆哮的涛声惊心动魄，让人突然感到一种悲壮与雄浑。

涛声是远古的呼唤，五千年中华民族的文明史伴着不息的涛声谱就：英雄泪，壮士血；金戈铁马，羌笛胡笳；旌旗长缨，鼓角号炮；风萧萧，雨潇潇；雾茫茫，雪皑皑；长河落日，青山忠骨；江山易帜，岁月更迭；大浪淘沙，豪强梦灭……黄河涛声忠实地见证了五千年变幻的历史风云。

涛声是母亲的嘱咐，八千里母亲河日日牵挂着两岸儿女的安危：临风酒旗，十里城郭；村前沃野，村后学堂；河边柳，路边杨；左邻有俏女，右舍有俊郎；燕子呢喃，唢呐声声；渔歌互答，山曲对唱；河南稻菽，河北高粱……孩儿啊，你要保护好咱的家乡，咱的父老乡亲啊！王师北定中原日，家祭无忘告乃翁！涛声是黄河儿女的誓言：生是中国人，我辈当自强；驱倭寇，除强梁；杀鬼子，斩豺狼；生当为人杰，死亦为鬼雄；头掉了碗大个疤，二十年后又是一条好汉；留得子胥豪气在，三年归报楚王仇；倭寇不灭，誓不生还……黄河以雷鸣般的涛声将我英雄儿女的誓言送向浩浩长空！

渡河开始了——

黑黝黝的河面突然闪出星星点点的亮光，几十条木船在河面上颠簸起伏。浊浪排空，时而将木船抛上浪尖，时而又沉入波谷。船上的士兵手握钢枪，炯炯的目光投向河的东岸，一旦对岸有动静，河中便会组织密集的火力网压住敌人。

孙蔚如与参谋长陈子坚、秘书长李百川等要员同乘一船。看到这壮阔的渡河场面和在波涛中上下闪烁的火光，想到即将展开的黄河保卫战，孙蔚如心潮逐浪，他微笑着对陈子坚说："子坚兄乃饱学之士，今夜之景，何不吟诗而记之?"

陈子坚长叹一声："真乃是大军东去气如虹啊！下面没词了。树棠兄才是真正的才子呢，你那《抗敌歌》写得真好，大气磅礴，才华横溢。今夜呀，还是听你的。"

李百川也说："何止是《抗敌歌》，将军所吟之诗皆有吐纳风云之气。我至今还记得五年前将军的《定军山谒武侯墓》，头两句是：'定军山下郁苍苍，虎斗龙争古战场。'气势雄浑啊！如今这中条山也是虎斗龙争的古战场，将军必有佳句，我等洗耳恭听。"

"好！"豪情勃发的孙蔚如不再推辞，"兄弟献丑了。"

将军挺立于船头，船在波谷浪峰间起伏，不消七步，便有"七绝"冲口而出：

炯炯欃枪照亚东，
炎黄世胄运何穷！
凉风午夜长河渡，
扫尽强权见大同！

李百川首先击掌叫好："好一个'凉风午夜长河渡，扫尽强权见大同'！不仅意境贴切，更见将军鸿鹄之志！只是，小弟愚钝，不解将军首句之‘欃枪’二字为何意，可否赐教?”

陈子坚说：“欃枪乃彗星之别称。国人历来称彗星为灾星。灾星出现，即有刀兵之灾或天灾人祸。依弟愚见，将军诗之首句意为日寇侵犯亚洲，凶焰正烈，我炎黄子孙正面临着生死存亡的考验。不知妥否?”

孙蔚如说：“子坚兄所解甚是。正因为民族危急，我等才午夜渡河，与敌血战，受此征尘之苦哟!”

李百川刚想说什么，忽然听到夜空中远远传来飞机的轰鸣声，声音由东向西，越来越近。

大船上的人们有点慌乱，李百川也不禁心里一紧：此刻，船行中流，若飞机扔下炸弹，该如何抵挡?

孙从容自若，他悄声对陈子坚说：“传令，渡河船只立即熄灭灯火。”

“熄灭灯火!”

“熄灭灯火!”

几十条渡河船只熄灭了灯火，河面上霎时漆黑一片。涛声淹没了士兵们的呼吸声，午夜的黄河只有风涛的呼啸。

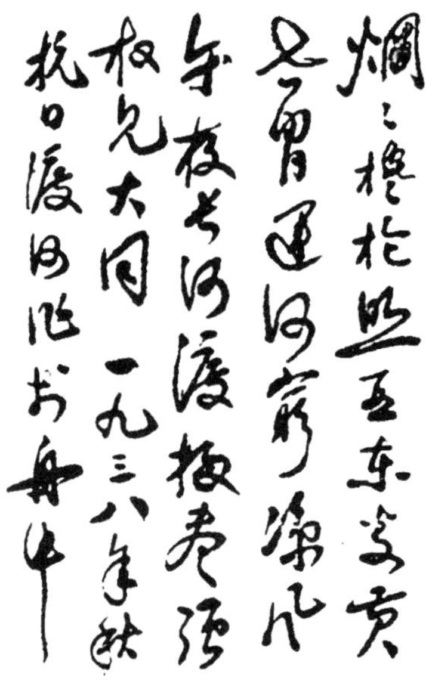

孙蔚如渡河诗

突然，离渡河船队不远处的河面上，亮起了一束束灯光，灯光映照下，河面上似有船只在漂浮。这边船上的官兵发出一阵低低的惊叹声，不知那是何人的船只，又是何人夜间渡河。

只有孙蔚如、陈子坚微笑不语。

敌机已经飞到了黄河上空，炸弹嗷嗷地落了下来。只见那几条亮着灯光的船只发出一阵阵噼噼啪啪的响声，灯火熄灭了，小船碎裂了，我渡河部队的船只却毫发未损。

原来，这是孙蔚如、陈子坚和作战参谋处的谋士们事先设计的防御措施。军团部在朝邑成家庄小驻时，孙蔚如就发现黄河上空经常出现敌人的飞机，显然这是敌人对黄河的空中封锁。为了保证渡河的顺利，避免渡河中战士们流血牺牲，孙蔚如想出这样一个办法：渡河部队船只下水之前，先将几只空船放过去，停在河的东岸。驾船的士兵则先期躲在船上，一旦出现敌机，这边的船只全部熄火，那边的士兵在船上点起火把后迅速离去。这样，鬼子的飞机炸毁的只是几只空船。待敌机飞走后，我渡河船队再全速前进。

敌机果然中计，在空中朝着有火光的地方扔下炸弹后便扬长而去。

弄清了这个玄机之后，惊魂未定的文职官员们纷纷跷指惊叹："此计与诸葛亮草船借箭有异曲同工之妙啊！"

大军在黎明前全部渡过了黄河，在河的东岸集结待命。

马夫从船上牵下孙蔚如的枣红马。那马抖了抖鬃毛，发出咴咴长嘶，抖落一身的汗水。

孙蔚如翻身上马。几名军官和文职官员也相继上了马。

随着一声"出发"的口令，士兵们跑步前进。

阴沉沉的天空猝然滚过一声沉雷。

大雨滂沱。

烟雨迷蒙中，将军的战马扬蹄狂奔。

迷蒙烟雨中，横亘于黄河北岸的中条山清晰可见，而大庆关渡口的涛声却渐去渐远。

沉雷、骤雨，预示着一场恶战即将到来。

4 第四章 背水结阵

黄河东流去

点击

六官塔下一片庄严的沉寂。

赵寿山首先打破沉寂："树棠之心，可昭日月！我老赵表个态：一旦仗打起来，哪里吃紧，你一个电话，我立即拍马杀到！若贻误军机，赵某自当提头来见！"

十几位将军一齐鼓掌："寿兄侠肝义胆，我等敢不效仿！"

晚风轻拂，落日熔金……

三十八军军长赵寿山骑着一匹白马，沿着沟壑纵横的中条山下一条由平陆向芮城方向的山路狂奔。马蹄在碎石间溅出火星，战马在夕阳下汗水涔涔。赵军长面色冷峻，一路上一言不发，只顾扬鞭催马，几名跟随于后的副官和卫士更是紧张得大气不敢出一口。

这位带着十七师弟兄们在冀、晋战场上与日本鬼子血战了整整一年的西北名将，素以熟稔战阵、长于韬略而著称，一年之内，他率部几乎参加了华北主战场的各大战役，不仅得到朱德、彭德怀、阎锡山、卫立煌等人的赞赏，连从来对他心存戒备的蒋介石也不得不承认：寿山善战。担任娘子关前线总指挥的第二战区副司令长官黄绍竑在国民党的《扫荡报》上发表评论华北战场的文章中称：“在华北战场上，真正抗战的将领只有两个半人。其中一个就是赵寿山。”

孙蔚如带兵渡河前夕，赵寿山接到卫立煌电令，让他即刻率本部赶赴晋南，与孙蔚如会合，归还建制。于是赵寿山连夜率部从晋东南的高平出发，路上又与日伪军打了几场遭遇战。部队到达平陆后，赵寿山将指挥部设在茅津渡以北五里的马沙涧。刚刚安顿好住处，就接到孙蔚如的电报，说军团已经过河，司令部设在芮城之六官村。赵寿山急忙让参谋拿来地图，从地图上找到了六官村的位置。赵寿山在地图前沉思良久，忽然一拍桌子，冷冷地对副官说：“赶快备马，跟我去见军团长。”副官转身退出时，听到军长说了声：“荒唐，这不是胡闹么!”

赵寿山与孙蔚如是孩提之交，又是同窗好友、结拜兄弟，平日里二人无话不谈。今天，当他看到孙蔚如将司令部设在了中条山西端的六官村时，心里是又急又火，顾不得一路的鞍马劳顿，立即要找孙蔚如。他要当面坦陈利害，劝孙将司令部赶快换个妥当之处。

山西境内最有名的山是太行、吕梁，与它们相比，中条山应当称作

“无名之辈”。中条山位于山西的南部，它东西走向，状如一把硕大的牛角号；东西长约三百里，纵深宽约六十里；山之两侧衔运城、永济、芮城、平陆、虞乡等十余县；其东北与太行山相连，西北与吕梁山成犄角之势。中条山虽然名声不大，但却是一个战略要地，原因就是它离黄河太近了。它的东端，抵到了黄河的胸腔上，西端在黄河东岸的永济戛然而止；由西端向南，五十里处即为风陵渡。可以说，它就是天工用鬼斧神工在山西南部、黄河北岸砌出来的一道高墙，天然地成为守卫黄河的一道屏障。让人们稍感遗憾的是：天工在砌筑这道“墙”的时候，最后一刻大概是体力不支了，（西端）在距黄河东岸几里地的地方草草收工。结果，山之端与河之岸之间便有了一条狭窄的道。这条隘路从永济直通风陵渡。同蒲铁路沿中条山北麓由东向西，到了永济便顺着这条隘路向南铺设，直抵黄河北岸的风陵渡。永济可以说是守护黄河渡口的一个门户，拿下永济就可以避开中条山而直扑风陵渡。好在从永济到风陵渡之间五十里的狭路上，还有个可以“拦路阻截”的韩阳镇。但永济城一旦失守，仅靠一个韩阳镇防守起来就很困难了。

尽管有缺憾（这种缺憾只是从军事防御的角度而不是平常百姓出行的角度)，中条山在抵御日军的进攻方面所起到的作用仍是巨大的。这一点，从中日双方战争的推演过程就可以看出来：“卢沟桥事变”后的一个多月，日军便打开冀、晋之通道，四个多月便占领了山西首府太原，当年年底兵临中条山，甚至一度占了风陵渡。可从那时到孙蔚如屯兵中条山，长达八个多月的时间里，日军在中条山下始终是“走一步退两步”畏葸不前，眼巴巴地看着黄河水浪卷波涌，古潼关鸡鸣报晓而不能渡河登关。由此可见中条山屏护作用之大和中国军队防守之顽强。

早在抗战全面打响之初，中国最高军事当局就看到了中条山防务的重要性。当局将这里与二战时期法国为防德国入侵在法德边境筑起的

“马其诺防线”相比，称这里是中国的“马其诺防线”，指定山西境内第二战区司令长官阎锡山和守卫平、汉兼顾中原的第一战区司令长官程潜（后为卫立煌）携手联防，致使凶焰万丈的日军在这里屡屡碰壁，未能越“雷池”一步。

但是，随着拉锯战的旷日持久和中国军队损耗的加重，中国当局也意识到了：这里毕竟还不是坚不可摧的“马其诺防线”，暂时的稳固并不等于永久的固若金汤；日军没能过河，客观上也与整个战局的掣肘有关。只要日寇亡我中国之心不死，这里的攻防之战就会愈演愈烈，黄河天堑被敌突破的危险就随时存在。

事实上，就在孙蔚如接到渡河作战命令之前，徐州会战及鲁南诸战役均已结束，驻华北各地增援的日军也归还了原来的建制，晋南的日军又夺回了运城、安邑、夏县等地。日军在运城重新集结、休整，正策划着对中条山新的扫荡。孙蔚如的部队正是利用这个时间差渡过了黄河。一过河，孙蔚如就接到了李兴中军长的报告，说连日来太原之敌不断用火车向运城一带运送部队，敌人的飞机也天天向运城西南部做低空飞行扫射，意在侦察我军防务。看来，敌军有可能于近期内向中条山西部发动进攻。

孙蔚如立即下达部队布防命令：

九十六军以一七七师（欠五二九旅）占领中条山二十里岭，在直岭水峪口、王官峪、雪花山一线各隘口凭险构筑工事，准备固守，并派出部队对解县、虞乡、永济境内的铁道线实施警戒；

独立第四十七旅活动于解县、虞乡、永济以北游击作战；

已在永济驻防的独立第四十六旅加速构筑尧王台及蒲州城东北的正面工事以备坚守；

教导团在韩阳镇附近选择中条山与黄河滩之间的有利地形构筑预备

阵地。

这个部署是三十一军团过河后首次排兵布阵，其目的就是严防日军沿中条山北麓进犯永济，继而进攻风陵渡。孙蔚如根据各方面的情报断定，日军首战必先取永济；而我军只有打好永济保卫战，才有可能挫敌锋锐，进而为我军完成中条山全线布防争取时间。

孙蔚如将军团指挥部设在中条山最西端半山腰间的六官村。这里是永济与芮城的分界线，北望永济城隐约可见，俯瞰韩阳镇近在眼底，南眺风陵渡遥遥在望，西听黄河浪声声入耳……一旦战斗打响，孙蔚如真的成了亲临火线作战指挥了。因此，赵寿山认为，这太危险，“简直是胡闹”！

军团部军法处驻地

孙蔚如住所姚芝田家

更令赵寿山焦虑的是，陕西军队在中条山与黄河北岸之间狭长的地域布防，前面一山之隔是日军重兵集结的运城，后面是滔滔黄河，明摆着是一个背水结阵的架势。背水结阵历来为兵家之大忌。虽然历史上也有人弄险用过这种战法，如项羽之巨鹿之战，韩信之井陉之战，皆为战争史上背水一战、置之死地而后生的著名战例，但那是在冷兵器时代，又是速战速决的单场战事。如今我军是来打持久性的防御战的，岂能如此排兵布阵？就实力而言，我三十一军团全部集中起来也不过三万余人，而敌军仅两个师团的兵力就在我军之上，且后援兵力充足；我军最具杀伤力的也不过是几十门落后的迫击炮，而敌军有远程山野炮、装甲战车和由数十架飞机组成的飞行大队，无论空中、地面都占有绝对优势。纵观中条山之山势，北麓坡陡，南麓坡缓，敌军一旦从北麓攻上来，便能对我军形成破竹之势。而我军的背后只有天险黄河，没有退路。

赵寿山年轻时就是位追求进步的热血青年，这些年，虽身为国民党高级将领，心里却始终是向着共产党的。他的军队中有不少军官都是共产党员。赵寿山本人与周恩来等中共高层领导人有过多次亲密接触，又与八路军的两位司令朱德、彭德怀交情甚厚，特别是彭德怀，已经到了肝胆相照的份儿上。蒋介石对赵寿山一直心存猜忌，这次赴中条山前不久，老蒋还召他到汉口谈话，表面上是对他在前线作战之功提出表扬，实际上是要窥探赵之虚实。而赵寿山对老蒋的奸险多诈是早就看透了，他深知老蒋对所谓的杂牌军都不放心，尤其是对给过他天大难堪的杨虎城的十七路军。对于这次调防中条山，赵寿山一眼就看出老蒋是“用心不良”。

暮色苍茫中，赵寿山走进了半山腰间的六官村。

从山下通往六官村的山道上，孙蔚如的警卫营三步一岗、五步一哨，戒备森严。哨兵们见了赵寿山，啪的一个立正敬礼：“军长辛苦了！”

看到弟兄们精神抖擞的样子，赵寿山的心情也好多了。他用鞭梢子在一个小卫士的屁股上轻轻抽了一下，笑骂道：“碎崽娃子，一身贼膘！”

孙蔚如的军团指挥部设在村子中间一个普通农户家中。这家的主人叫姚成泰，和孙年龄相当。日军扫荡中条山时，村里的不少房屋都被鬼子烧了，不少村民遇害。幸免于难的姚成泰对日本鬼子恨之入骨。当孙蔚如的军需在村子里为指挥部选址时，姚成泰恳切地说：“让孙司令住俺屋吧，俺屋有地方。”姚的家是个独院，上房是一明两暗，在村里也算宽敞之家。孙蔚如就将指挥部设在了姚家，将军法处、特务营置于西邻，将参谋处安排在东邻，对面是马号；电台、机要室设在姚家后面的三个独门独户的院子里。安顿下来时，孙蔚如当天就召开作战会议，分析目前态势，指挥各部布防。军团部的电台也开始了紧张的工作。一种大战将至的紧张气氛弥漫于指挥部四周的几个农家小院里。

这天黄昏，忙碌了一天的孙蔚如刚坐下来端起一杯茶呷了一口，姚成泰双手捧着一只大老碗进来了：“孙司令，娃他妈做的刀削面，鸡蛋臊子、油泼辣子。娃他妈叫我先给你端一碗。你尝尝，口味不对让她重调。”

孙蔚如站起来，接过老碗放到桌上，对姚成泰说：“兄弟，我这里有炊事员哩，不敢老麻烦你们。你家的日子也难场哩。”

姚成泰双手在粗布汗衫上上下摩擦着，一副欲言又止、惴惴不安的神态：“孙……司令……你……”

孙蔚如笑了：“兄弟，有啥话你说嘛。你是这儿的主人，我们是客，有啥难为情的?”

“嘿……嘿……”姚成泰一脸憨笑地望着孙蔚如，“是这事，俺一家子都敬佩司令，司令住俺屋是俺烧了高香了。俺娃他妈说，你跟孙司令说一下，叫咱田娃子拜他为干爹……嗯……不知道能成不?”

孙蔚如说：“就这事？哈……哈，这当然能成嘛！多了个儿子是喜事嘛!”

姚成泰喜出望外，一转身，从屋门口就“牵”出个八九岁的小男孩来：“田娃子，快给你干爹磕头!”小男孩怯生生地站着，两只小眼珠一动不动地望着孙蔚如。孙上前用大手抚摸着小男孩留着一个小辫儿的小脑袋，亲切地说："头就免磕了。田娃子，给干爹说，想要啥?"

田娃子用手指了指孙腰间佩的手枪，孙立即卸下来给了孩子。不料田娃子接过手枪便用枪口对住了干爹的胸口，嘴里"叭叭……叭叭"地喊着。勤务兵吓得脸都黄了，伸手就要从孩子手里夺枪。孙蔚如摆了摆手："甭怕，枪里没子弹。"满屋子的人都笑了起来。

当年的田娃子，名叫姚芝田，成人后曾在"抗大"学习，解放战争时担任过彭德怀的警卫连连长，参加过抗美援朝战争，现已离休。忆及当年这段经历，姚先生至今仍喜形于色。

这时，门口站岗的警卫兵喊了一声："报告，赵军长到!"

"噢，寿兄来了!"孙蔚如惊喜地叫了一声，起身就要去迎接。姚成泰赶忙拉着儿子姚芝田往外走。

赵寿山走进院子，与孙蔚如碰了个面对面。

虽然是孩提之交、金兰之好，但这是在军团部，当着众多部下的面，赵寿山还是恭恭敬敬地向军团长敬了个军礼。

孙蔚如一把拉住赵寿山的手，热切地说："寿兄，快……快请。"

一对兄弟，两位将军，手挽手地走进农家小院中的军团指挥部。

指挥部设施简陋，一张方桌，几把长椅，与西安城里的军部是天壤之别。只有一处是相同的，房子里墙上挂着孙蔚如手书的四个大字：兵附于民。这是孙蔚如带兵多年永不更移的信条，也是他治军思想之基础。

方桌上，姚成泰送来的刀削臊子面还冒着热气。

两位将军说了几句话，孙蔚如忽然转了话题："噢，寿兄，这碗刀削面是房东刚送来的，你快把它吃了。快。"

赵寿山说："跑了半天，还真饿了。那我就不客气了。"

天已经完全黑了下来。

孙蔚如吩咐勤务兵：“去看看赵军长带的人安顿好了没有。告诉他们，赵军长今晚住我这儿了。”

孙蔚如的热情让赵寿山有些感动。自己带兵在外，征战一年，出生入死，今天与结义兄弟战地重逢，得兄弟赤诚相待，真是“度尽劫波兄弟在”啊！但他不会因孙的这份热情款待而放弃对孙的“忠谏”。而这次“忠谏”一半是出于对战争的考虑，一半是为了兄弟之间的情义。

这一晚，两人几乎是彻夜长谈。孙蔚如自然是要问赵寿山这一年征战中的刀光剑影，而赵寿山对此却轻描淡写：“打仗么，谁不是提溜着脑袋玩命呢？没啥！”

到了下半夜，赵寿山终于忍不住了，这时他觉得和他对面而坐的不是比自己官大一级的军团长，而只是那个在学校和自己一块吃、一块住、一块嬉闹的同窗好友孙树棠。他要像学生时代一样无拘无束地向这位同窗倾吐自己的心声了。

“树棠，你是装傻呀还是真傻？你怎么能把你的指挥部摆到牛角尖上，不要命啦？”

孙蔚如早就料到，这位仁兄此番征尘未洗就匆匆赶来，必是来找他理论的：司令部摆到前沿，部队背水结阵，这些都有悖兵法常规，赵寿山不会看不出来。而依赵的秉性和两人的交情，看出来就不会藏着掖着。孙蔚如不急于解释，只是温厚地笑着说：“噢，这是一件事。还有啥，你都说出来。”

“当然要说。”赵寿山脸上没有一丝笑意，接着说道，“你不要看我不在西安，可我啥事都知道，心里明得跟镜儿一样。蒋介石让你当这个军团长，就是为免掉你的省主席，达到他抓陕西政权的目的。你看，现在蒋鼎文既是西安行营主任，又是省主席，西安城里还有咱弟兄们的立足之地吗？蒋家人把陕西的军政大权揽到怀里，又打发你到中条山来，名义是让我们守护黄河、参加抗战，骨子里行的却是借刀杀人之计，目的就是要消灭异己。这一点，我不信你看不出来！杨先生把弟兄们交给咱们，咱要是把这支队伍葬到中条山，将来有何面目去见杨先生啊！树棠，你可要把眼放亮啊！别的不说，就说眼下吧，老蒋给咱下的命令是死守中条山，任何情况下都不得渡河回撤，逼得咱背水为营，这不是要借日本人之手把咱干掉又是啥？黄河南岸，胡宗南带了多少军队？八十军、七十六军、二十七军、九十军……兵力比咱多出几倍，武器装备就更不用说。可老蒋却让胡宗南按兵不动，不但不许他们支援我们，还要胡宗南监视我们。无论在任何情况下，不许三十八军、九十六军后撤南渡。这就是老蒋给胡宗南下的命令。”

孙蔚如默默地听着义兄赵寿山的慷慨陈词，心里潮涌般翻滚着苦涩之水。他完全理解，赵寿山这番话是出于对陕军、对自己命运的关切之情。这些分析也有道理，可他能说什么呢——带兵打仗二十多年了，这些道理我孙蔚如真的就不懂么？老蒋的用心我真的就看不透么？寿兄啊，不是这样。树棠不是真傻而是装傻，真的在装傻啊！你作为一军之长，作为我的金兰之交，可以在我面前一吐为快；可我作为这支部队的总领，我该找谁说去？我得从大局着眼啊！当前的大局是什么？是日寇在践踏我大好河山，是日寇在杀戮我骨肉同胞，是中华民族正处在生死存亡的危急关头，是全民族的抗战事业高于一切！为了抗战，张学良将军置他的国民革命军副总司令的辉煌头衔于不顾，杨虎城先生置自己的身家性命于不顾，断然发动“双十二事变”，把天戳了个窟窿，迫使老蒋放弃内战，领导抗日；为了抗战，共产党把自己的军队都交给老蒋指挥了。这就是大局，这就是民族大义啊！不错，老蒋是想借刀杀人，消灭异己，可他打出的是抗日的旗号啊！我能说我不去么？那我岂不成了千夫所指的罪人么？我们的军队不也成了被老百姓唾弃的军队了么？杨先生在被迫无奈的情况下，把军队交给了你我，不就是因为你我是他最信任的弟兄么？不就是你我最能理解他发动兵谏的初衷么？我曾向先生盟誓：无论在任何情况下，都要恪守先生的夙愿，坚持抗战到底。我纵然一死，也不会背弃前言！现在，就算老蒋为我挖了个坑，我也得跳！因为跳到坑里抗战还有得一搏；不跳呢，龟缩在西安城里，非但遭百姓唾骂，也为老蒋提供了除掉陕军的口实。既然站着是一刀，跪着也是一刀，为什么不站着呢？不要骂我浑，换你到我这个位位上，你也得这么做……

按说，孙、赵是无话不谈的挚友，但孙蔚如此刻却不能把自己的想法和盘托出来。大敌当前，大战在即，作为“三军主帅”，他不能把对当局的情绪流露出来。抗战的首要条件就是国人的团结，国共两党的团结，军队与军队的团结，军队与政府的团结统一。赵寿山和他的三十八军是中条山保卫战的绝对主力，孙蔚如觉得自己首先要让这位老兄放下成见，全力备战。

孙蔚如以平缓口气对赵寿山做了这样的解释：

“指挥部设在六官村是从西安出发时蒋鼎文主任提出来的，他说这里离陕西近，便于联系。现在虽说我们已归卫立煌指挥，但西安还是咱补给的大后方嘛，我得把人家的面子搁住。另外，我想的是：指挥部设于阵前，对军队的士气是一种鼓舞。毕竟，这次过河的大多数弟兄还没跟日本鬼子交过手，我这个当军团长的先给弟兄们壮壮胆嘛！事色不对的时候，咱再换地方不迟。

“背水结阵是犯了兵家之忌，但也不是没有取胜的先例吧？何况，中央给我们下的命令就是死守黄河，我们也只能与黄河共存亡，背水而战，不给自己留退路了！寿兄，凡事都有变数，就看人咋样闹活了。再说，这种命令也不是专对咱下的，中央对各部的命令都有一条：各守防地，不许向其他防区撤退。这也表明中央对抗战是铁了心的嘛！

“当初，你领兵出来时，西安不是有人说，这是把羊往狼口里送哩吗？可事实咋样，你赵寿山还不是打出了一路的威风！

“借刀杀人之类的话，只能是推测，眼下当紧的是做好应敌的准备，寿兄，这些话还是不说为好，免得冷了弟兄们的心……”

赵寿山说：“兄弟，说句掏心窝子的话，我也知道，你坐在这个位位上自有你的难言之隐！我不是为你担心嘛！急呀！万一有个闪失……”赵寿山说不下去了。

孙蔚如说：“天不早了，睡觉。”

赵寿山听出来了，孙蔚如说这句话的声音有些发颤。

山村里响起了雄鸡打鸣的叫声。

赵寿山在六官村住了三天。

第三天是孙蔚如召集的军事会议，团长以上的军官齐聚于六官村。

孙蔚如先让各路指挥员汇报了各自的准备情况：工事的构筑、军需的储备、情报的搜集、士兵的情绪……各部的战前准备都做得不错，士兵们的抗战情绪普遍很高，用李振西的话说叫“摩拳擦掌，跃跃欲试”。大家唯一提到的困难就是兵力不足，怎么布防都有捉襟见肘的感觉……

听完汇报，孙蔚如对大家说：“各位辛苦了！五六天时间，把准备工作做到这个份儿上，着实不易！树棠向各位行礼了。”说着，抱拳致意。众人说：“还是军团长辛苦。”孙接着说：“从各方面的情报分析，敌人的进攻很快就要开始，目前是山雨欲来风满楼哪。敌强我弱，敌众我寡，这是不争的事实。对此，指挥员心中要有个数，给士兵们也要讲清楚，我们今后遇到的，场场都是恶仗、硬仗。士兵们情绪高昂，摩拳擦掌这很好，但是，打仗不是过家家，没跟鬼子交过手的士兵大概还有好奇心，初生牛犊不怕虎嘛。要给他们讲清楚，对日本鬼子，既不能畏之如虎，也不能麻痹轻视。像长坂坡当阳桥上的张翼德那样三声喝断当阳桥，吓退阿瞒百万兵是不可能的，要准备打持久战。古人说，狭路相逢勇者胜，上下同欲者胜。勇气是重要的，团结更重要。上下同欲就是官兵心怀同一种愿望，那就是：驱逐倭寇，保卫黄河！而要做到上下同欲，诸位，首先是咱们自己要做出榜样来，既要鼓励士兵们的杀敌勇气，更要体恤下属，善待士卒。弟兄们跟着我们背井离乡、抛家舍业地到战场上跟鬼子玩命，不易呀！”

说到这里，孙蔚如忽然觉得心口堵得慌，眼眶泛潮，似有泪水要夺眶而出。他静了静神，仰起脸来望着房梁，努力控制着不让自己在部下面前落泪，可三天前发生的一件事却清晰地浮现出来——

那是军团部进驻六官村的第二天。

六官村四周林木葱郁，空气清新，虽是夏季，山上仍是山风轻吹，景色宜人。部队从大城市刚刚开进这深山老林，指挥部上上下下的人对这里的山野风光赞叹不已。那天下午，孙蔚如的马夫李茂绪见孙正在院子里和几位参谋商量着什么，心想，这会儿司令不会用马，何不把马牵出去遛遛，自己也在山林间看看风景。主意已定，李茂绪悄悄解开拴马绳，牵着一匹马就朝外走。正走之间，迎面来了一头公驴，两头畜生在山道上狭路相逢，那头公驴突然发起情来，伸出长脖子向马面上靠。那马躁气地把头一扭，用咴咴的叫声表示了它的不满：骚情啥哩嘛，野驴！那公驴好像觉得伤了它的自尊心，顿时咆哮起来，连踢带咬向那马发起进攻……李茂绪大惊，这野驴起性攻击战马的事他还是第一次遇到，这狗东西要是伤了将军的坐骑那还了得！李茂绪转身发现了一把铁锹，抄起铁锹就朝驴身上抡：“叫你骚情，叫你骚情……”他的本意是想把驴赶走，为战马解围，不料一时情急出手就失了轻重，那驴身上顿时淌出血来。浑身是血的驴哀哀号叫着向前跑了几十米，四蹄一软便瘫倒在地。村民们闻声赶来，那驴已气绝身亡了。一个老汉趴到驴身上号啕大哭：

“我的驴啊……你死得好惨啊……”

村口警戒的士兵慌忙将这消息报告给司令部。孙蔚如闻讯立即带人赶到出事现场。看到围观的村民神色阴郁，听到驴的主人撕心裂肺的哭声，孙蔚如脸色大变，厉声喝问：“怎么回事?”李茂绪扑通一声双膝跪地：“司令，是我来，是我来。我一着急，出手重了……我该死!”

李茂绪身如筛糠，泪雨滂沱……

李茂绪是孙多年的马夫，对孙忠心耿耿，对孙的坐骑比对自己的孩子还亲。孙也对李很信任。可眼下的事怎样收场?血流遍地，驴儿气断，村民沉郁，主家哭喊……而这事偏偏发生在大敌当前陕军初到立足未稳的关键时刻。

孙蔚如面冷如铁，狠狠地从牙缝中迸出几个字来：“军法从处……毙!”

站在身旁的军法处执行人员立即上前反绑了李茂绪。李茂绪也是条汉子，此时已是没有了眼泪，一副俯首待戮的悲壮。

“这就要枪毙啊?”人群中一个老汉惊呼了一声，“不就是一头驴吗?”

围观的几十位村民这下傻眼了，刚才还对打死驴的军人心存怨气，为驴伤感，一看要枪毙人，大伙儿的心情忽地就向人倾斜了……

“长官，刀下留人啊！咋说人命也比驴命金贵啊!”那个呼叫的老汉哭喊着带头跪下了，霎时间，在场的村民几乎全跪下了。哀求刀下留人的声音响成一片。孙蔚如连忙扶起老者，又请村民们站起来说话。

孙蔚如大声地对村民们说：“乡亲们，我的马倌犯了罪，我先向大伙儿请个罪。驴死了一定会得到赔偿的。乡亲们说得对着哩，人命比驴命金贵。可我带的是一支军队，军队就有军队铁的纪律，谁犯了军纪都得依军法处置，包括我这个军团长。军法上就有不得侵害百姓财物的条款，他把老百姓的驴都打死了，能不军法从事吗?军队要打仗，要打败鬼子，靠什么？靠的是老百姓的支持啊！他跟我多年，今天要处决他，我咋能不心痛！可军法不容情啊！乡亲们听说过诸葛亮挥泪斩马谡吧？军法如山啊，乡亲们！”

在场的村民沉默了。

孙蔚如对李茂绪说：“兄弟，走好！家里的事不用操心，有我呢！”说完，手一挥，转身走了。

忽然，他听见了身后传来李茂绪的一声呐喊：“孙司令，下辈子我还给你喂马呀！”

孙蔚如脚步骤停，以手掩面……

执法人员押着李茂绪往村外走，不少村民也跟了过去。就在这时，村民中唯一一个不曾给孙蔚如下跪求情的人，向着孙蔚如抱拳施礼：“将军留步！可否听老朽一言？”

孙蔚如回头望去，见此人年纪在七十开外，长髯垂胸，目光炯炯，一副仙风道骨，知道必是山中隐居之高人，便忙打躬还礼：“老先生有何见教，树棠洗耳恭听。”

长髯老人也不再谦逊，手指着拥向村外的人群，正色说道：“既如此，那就请将军刀下留人。容老朽啰唆几句，将军再行定夺不迟。”

孙蔚如稍事沉吟，站在他身后的军法处处长立即小声对一名下属说：“发啥瓷呢？快去让停下呀……”

那名下属快步向村外赶去。

长髯老人向前几步，神态沉稳地对孙蔚如说：“军团长纪律严明，体恤百姓，此情堪赞！然，恕老朽不敬，此事过也！子曰‘过犹不及’，凡事都要讲个度方好。将军主张兵附于民，甚好！可战乱岁月，民也要依附于兵的保护啊！方才听那壮士呐喊，说来生还为将军喂马，真乃忠勇侠义之士也！当今倭寇犯境，大战在即，正是用人之际，将军何必让一侠士去为一头牲畜抵命呢？”

孙蔚如刚想说话，那老人却伸手拦住，说：“我知道将军想说什么，将军此举意在让民众服膺，然否？可将军方才已经看到，众多村民皆跪地为壮士求情，将军若杀了那壮士，岂不冷了百姓之心！此谓‘过犹不及’也！请将军三思！”说完，那老人捋了捋胸前长髯，再次抱拳施礼，不等孙蔚如表态，便飘然而去。

“高人！”望着老人远去的背影，孙蔚如心中暗自惊叹……

军法处处长悄声问：“军团长，李茂绪该如何处置？”

孙蔚如答道：“饶他一命，令其军营为兵。以军团名义发一告示，向民众道歉，赔偿加倍……”

事后，姚成泰告诉孙蔚如，那老人的先祖曾在明朝为官。老人往日在太原赋闲，太原沦陷后，回到村里躲避战乱，不料，日寇又兵犯晋南……

会议结束了，众将官纷纷朝外走，孙蔚如叫住了大家：

“请诸位留步！六官村位于中条山之南麓，地灵必出人杰，历史上这个村里出过六位朝廷命官呢！村北有个六官塔，是个观赏风景的好地方。诸位不妨随我一同前去欣赏一下中条风光。打仗的事嘛，也不在这一时片刻。”

六官村北果然有一座高高的土山，山上有一座八角玲珑古塔，据说是清乾隆年间修的，取名六官塔（六官塔后来被日军炸毁），是为了向世人炫耀六官村出过大官。

赵寿山、李兴中、孔从洲等十几位将官跟着孙蔚如登上土山，站在了六官塔前。孔从洲兴奋地说：“打了这么多年仗，走南闯北的，可和弟兄们成群结伙地逛风景，这还是头一回啊！”

李兴中说：“大战前夕，放松放松也好。你看咱寿兄，前方打得狼烟滚滚，他还气定神闲地与人下棋呢。那才叫大将风度，临危不乱！”

赵寿山笑了笑，说：“时甫兄，哪天碰到咱俩合兵一处时，下几盘如何?”

李兴中连连摆手:“我棋臭,棋臭,不是你的对手。”

孙蔚如趁机插话:“时甫兄过谦了!谁不知道你出身名门,琴棋书画,无所不精,我等望尘莫及啊!不过,输赢皆是哈哈一笑的事,打起仗来,二位兄长可要二马盘槽,并肩作战噢!”

李兴中豪迈地说:“军团长尽管放心,一旦开打,时甫知道该怎么干!”

孙蔚如对即将开始的战局有更深层的思考:战场一旦拉开,敌人必会采用各个击破的战术。那么,敌人首先会把矛头对准谁呢?三十八、九十六两军相比,赵寿山的三十八军是杨虎城的骨干队伍,战斗力和装备都比较强;而李兴中的九十六军则是由几股地方武装合并后新组建的,实力稍逊一筹。陕西人的话,吃柿子专拣软的捏。敌人很可能会先拿李兴中部试刀。而只有赵寿山与李兴中同心同德,同仇敌忾,互相策应,方可防止被敌人各个击破。这是他作为军中主帅必须要做的工作。他领大家来,也是想借景抒情,增进各位将官的团结。

站在六官塔前,云淡天高,心胸顿时开阔起来。南望是滔滔黄河,黄河彼岸,是天险潼关和雄伟的三门峡;西望还是滔滔黄河,黄河彼岸,是渭北高原和一望无际的八百里秦川。唯北方不堪回首:国土沦陷,山河破碎;日寇猖獗,百姓涂炭……

孙蔚如说话了:“不知诸位弟兄此时此刻有何感慨?树棠初来时就登临此地,看到我中华河山之壮美雄浑真是热血沸腾啊!于是又想到,如果黄河失守,日军过河后长驱直入,中原危矣,关中危矣,我作为中国军人该有何面目再望一眼这大河大川?那一刻,我真想面南而跪,对黄河说:放心吧,这里有我呢!可是诸位,要守卫黄河,我军之中没有单臂擎天之人啊!只有大家伙儿把手挽紧了,才能筑成铜墙铁壁啊!我军目前是背水结阵,断无退路!诸位都是久经沙场的名将,个中道理,无须我再啰唆了。树棠这里拜托了!”

六官塔下一片庄严的沉寂。

赵寿山首先打破沉寂:“树棠之心,可昭日月!我老赵表个态:一旦仗打起来,哪里吃紧,你一个电话,我立即拍马杀到!若贻误军机,赵某自当提头来见!”

十几位将军一齐鼓掌:“寿兄侠肝义胆,我等敢不效仿!”

孙蔚如兴奋地说:“好!但使龙城飞将在,不教胡马度阴山!树棠不才,昨日赋得《满江红》一阕,今日献丑,为诸位助兴。”

山风骤起,松涛阵阵,将军背依中条,面对黄河,昂首长吟:

立马中条,长风起,渊渊伐鼓。怒眦裂;岛夷小丑,潢池耀武。锦绣河山被蹂践,炎黄胄裔遭荼苦。莫逡巡,迈步赴沙场,保疆土。

金瓯缺,只手补;新旧恨,从头数。挽狂澜,做个中流砥柱。剿灭天骄伸正义,扫除僭逆清妖蛊。跻升平,大汉运方隆,时当午。

众人鼓掌叫好。赵寿山赞曰:“立马中条,有气势!唐时洛阳守将单雄信有马踏五营,那是攻势;树棠这立马中条,正应了我军当前的任务:坚守!立马中条谁敢来!”

秘书长李百川说:“气势夺人,实不在岳武穆之下啊!”

…………

送诸位将领下山时,孙蔚如一一握手道别。

孔从洲刚刚上马,孙蔚如向他招招手,说了句:“明天我到永济城去看看。”

5 第五章
东原壮歌

永济城下我军四十六旅炮兵阵地

点击

杨法震让五名机枪手一字排开，头前开路。五挺轻机枪嗒嗒怒吼着，织成一个扇面形的火力网，三百名壮士杀开一条血路，冲出了敌人的包围。

在通往栲栳镇的路上，日军在黑水村撒有警戒哨，在唐家营驻有预备队。杨法震对士兵说："兵贵神速，要打就打他个冷不防，见一个撂倒一个，见两个撂倒一双！"说着，从一名机枪手手里夺过一挺机枪："给我吧。"机枪手说："那我咋办？"杨法震随手甩过自己的驳壳枪："小子，过一回团附的瘾吧！"

第二天，孙蔚如和赵寿山带着军团参谋长陈子坚和一个作战参谋，在蒙蒙细雨中来到永济城巡查防务。

永济县城就是历史上的蒲州。爱看戏的人都知道，三国戏中的关公出场时常自报家门，"某姓关名羽字云长，蒲州解良人氏"，说的就是这里。蒲州城东北三里处有个古老的寺院，名曰普救寺。元代戏曲家王实甫的传世之作《西厢记》，写的就是发生在普救寺内的一段惊世骇俗、凄美缠绵的爱情故事，蒲州城、普救寺也由此而名播天下。其实蒲州的历史本来就很悠久，相传是舜帝的都城。蒲州城在黄河东岸，与陕西的朝邑隔河相望，老话常用"三十年河东，三十年河西"形容沧桑的变迁，人生的无常。这句老话就出于此处。特殊的地理位置，决定了它在历史上的特殊作用。蒲州既是秦晋通好的桥头堡，又是兵家必争之地，西汉名将韩信曾在这里大败魏军，而唐朝的安禄山则在这里挥兵渡河，进犯长安。1938 年 3 月，侵华日军占领了永济，又顺势南下，攻下了风陵渡。时隔不久，孙蔚如命李兴中率一七七师从合阳夏阳渡过河，很快就收复了永济。在收复永济的战斗中，一七七师得到了王子敬率领的平民县游击队的全力配合。（平民县亦称朝邑县，在黄河西岸，属陕西。王子敬是该县游击队副大队长。而参与永济之战的那支游击队却是他在永济当地组织起来的，队员多为当地人。）我军攻下永济后，与平民县游击队联手，大闹同蒲路，炸铁道、割电线，使日军陷入狼狈之地。我军一鼓作气，又收复了晋南的十二个县。但日军并不死心，多次反扑，永济城也几度得而复失，失而复得……孙蔚如大军过河前，孔从洲按孙蔚如的指令，率四十六旅在永济城郊布防。孙蔚如深知永济在战略上的重要性，怕四十六旅独木难支，遂电请西安行营主任蒋鼎文，欲调在河西担任河防任务的警一旅归还建制，过河加强永济的防守力量。但蒋鼎文用种种借口推诿，最后只让警一旅一团团长张剑平带了两个营的兵力过河，并说，这是借给孙蔚如的。孙蔚如让张剑平的两个营归属孔从洲指挥，进驻永济城（即蒲州旧城，为叙述方便，下文一律称永济），担任守城任务。

日军占领永济时，烧杀奸淫，无恶不作，手段之残忍令人发指。永济百姓提起鬼子就恨得咬牙切齿。孙蔚如的部队赶走鬼子后屯兵永济，得到了满城百姓的真心拥戴，抗日的热情空前高涨。

孙蔚如一行走进永济城，见街市上到处张贴着抗日标语："秦晋一家人，赶走小日本!""誓与日寇血战到底!""大刀向鬼子们的头上砍去!""保卫家乡，保卫黄河!"……独立四十六旅的宣传队员们正在街头演出宣传抗战的节目，围观的群众里三层外三层，不时有人发出悲愤的呼号："向鬼子讨还血债!"一呼百应，声震市井。

孙蔚如对陈子坚说："老百姓抗日情绪这么高，仗打不好，我军真是愧对河东父老啊!"

陈子坚说："我在想，如果我们守不住中条山，让鬼子进了关中，那我们就更成了千古罪人了!"

孙蔚如说："真到那时，树棠唯有跳黄河以谢天下!"

孔从洲、张剑平领着十几位军官陪同孙蔚如等人走进临时作战指挥部。孙蔚如说："不要沏茶倒水，不要那么多礼节。郁文，说说你布防的情况吧。”

孔从洲说声“是”，随即摊开地图，向孙蔚如汇报了部队布防态势。

地图上清晰地标明：永济城外的东、北部，从中条山北麓的制高点尧王台到黄河岸边的丰乐庄，独立四十六旅已组成一条弓形的防御线；防御线最大的特点就是挖了一条一丈多深二丈多宽的战壕，状如游龙巨蟒，横在永济城外。四十六旅的主阵地在孟明桥，七三六团（团长张履骞）在右翼，防临晋方向之敌；七三八团（团长郑培元）在左翼，防运城、虞乡之敌；尧王台制高点上有一个营驻守；一线之内，还有二线工事，孔从洲的旅指挥所就设在一、二线工事之间。各处的工事基本完成，永济城外的防线统称东原。

孙蔚如说：“待会儿领我去看看。”

接着，张剑平汇报了永济城防部署。张剑平过河后，仔细审视了永济城的地形，深感自己所带的两个营要固守永济，显然兵力不足。但作为军人，他不能向上司提什么要求。于是，他带着部队将东、南、北三个城门均用土夯实，只留下靠近黄河的西门。又引黄河之水注入护城壕，在城外架设了铁丝网，修建了碉堡。时间虽很短，但工事却修得很到位。

孙蔚如笑着说：“剑平，你现在是借来的部队，是友军，但可不敢见外噢。”

张剑平一个立正敬礼，神色凝重地说：“报告军团长，剑平永远是三十八军军人，你的部下！如有外心，请军团长军法从处！”

孙蔚如大笑：“我是跟你说笑哩！我还信不过你张剑平吗？你父张灵涵先生是辛亥革命的老人，你也是将门虎子呀！”

孙蔚如语重情长地说：“诸位，我军初到中条山，立足未稳。我们的任务是以中条山为屏障，力保黄河不失。这就要我军在中条山筑成一道钢铁防线。现在军团各主力部队尚未到达各自的位置，因此，永济保卫战一是挫敌锋锐，二是为我军深入中条山腹地布防结阵争取时间。诸位责任重大啊！”

孔从洲说：“请军团长放心，我部当拼命死守，打好中条山第一仗！”

孙蔚如站起来，大手一挥：“走，带我们看看去。”

…………

1938 年 8 月 8 日，一个黑暗而燥热的夏夜。

午夜时分，孔从洲在指挥所里接到军部密电：敌牛岛师团三千余人，已从运城出发，越过虞乡正向永济开来。

孔从洲立即下令：东线各部立即进入阵地，准备战斗！

凌晨 4 时许，位于东原窑店村的我军防线前方，突然响起一阵机枪的嗒嗒声。

战士杨志文（西安灞桥人）准备举枪还击，刚一抬头，一颗子弹便打在了他的头上，杨志文啊的一声栽倒在地。

永济城外的东原保卫战在一个关中汉子飞溅的鲜血中拉开了血红色的帷幕，也拉开了三万三秦男儿浴血中条山的序幕！

日军的十余门大炮同时向我东原阵地开火，九架飞机上下盘旋着向我阵地上投掷炸弹。从中条山下的西姚温到黄河岸边的丰乐庄，我军二十多里的防线上火光冲天，狼烟遍地。

孔从洲传令各部：沉着应战，躲过敌人的三板斧后再做还击！

六官村军团部里，孙蔚如、陈子坚、李百川守在电台前，密切注视着东原形势的变化。

孙蔚如对发报员下令：“告诉孔旅长，让他随时报告战况。”

孙蔚如在地图前凝视片刻，回身对参谋长陈子坚说：“敌军来势汹汹，东原防线过长，恐怕坚持不了多久。通知独立四十七旅王镇华，做好增援准备。”

从凌晨4时到正午时分，东原阵地岿然不动，日军的三次进攻均被我军打退。阵地前，横七竖八地躺着鬼子的尸体。而我军左翼之七三六团也伤亡惨重。由当地群众组织的战地救护队冒着敌人的炮火抢救伤员，搬运尸体，救护队中也不时有人倒下。

敌人在坦克的掩护下，向我孟明桥阵地发起猛攻。当鬼子拥上孟明桥时，那个曾经当过逃兵又主动回到部队的山东汉子张黑龙一把甩掉沾满鲜血的军衣，大吼一声：“日你娘，老子跟你拼了!”抡着大刀就朝鬼子扑去。其他战士见了，也纷纷甩衣抡刀，与鬼子展开了白刃格斗。

张黑龙中弹倒下时，伸出滴血的臂膀，向天上摇了摇五指揸开的手，喃喃地说：“五……五个……老子够本了……”

拥上孟明桥的鬼子被我军杀退了。

孔从洲亲临东原前线指挥作战。这时，一架敌机从天上一个俯冲，在我军阵地上做超低空飞行，机翼摧折了阵地前一棵细高的白杨树。透过机窗，孔从洲看到驾机的鬼子狞笑的脸，不由得怒火中烧：“狗日的鬼子也太他妈欺侮人了！机枪手，给我打!”

三挺机枪同时向天开火。那架敌机狼狈而逃。

孔从洲让勤务兵叫来十七师补充团（一〇二团）团附杨法震，指着地图说：“敌人猛攻东原，正面阵地压力太大。你速带一个营，从水峪口冲出去，绕到敌人后面的栲栳镇，从背后狠狠敲他一下。”

“是!”高大英俊、一脸书生气的杨法震向旅长行了个军礼，手中的驳壳枪一挥：“弟兄们，跟我走!”

杨法震让五名机枪手一字排开，头前开路。五挺轻机枪嗒嗒嗒怒吼着，织成一个扇面形的火力网，三百名壮士杀开一条血路，冲出了敌人的包围。

在通往栲栳镇的路上，日军在黑水村撒有警戒哨，在唐家营驻有预备队。杨法震对士兵说：“兵贵神速，要打就打他个冷不防，见一个撂倒一个，见两个撂倒一双！”说着，从一名机枪手手里夺过一挺机枪：“给我吧。”机枪手说：“那我咋办？”杨法震随手甩过自己的驳壳枪：“小子，过一回团附的瘾吧！”

士兵们见团附亲自端着机枪在前面开路，顿时精神大振，个个像下山猛虎，一路猛冲猛打，将黑水村的几十名、唐家营的上百名鬼子打得蒙头转向，尸体横陈。

从9日黄昏冲出水峪口，到10日晚8时开进栲栳镇附近的北古城，一天一夜时间，杨法震带的一个营士兵，几乎没有片刻的停歇。一进北古城，士兵们像放倒的麦秸垛，东倒西歪地躺了下来。一个小战士靠在树上睡着了，嘴里却断断续续地说着：“好乖乖……长坂坡……赵……赵子龙好……么……”

杨法震是陕西兴平人，黄埔军校武汉分校第六期学员，在军校时就加入了共产党。1927年，蒋介石叛变革命，血腥屠杀共产党人，武汉的党组织遭到破坏。杨法震只身回西安，干过一段新闻，后被杨虎城招至麾下，任三十八军少校参谋；“双十二事变”后，任渭北警备司令部参谋。1938年春，他随孙子坤的一〇二团驻防韩城，担负韩城的黄河防务；7月，随孙蔚如将军赴中条山作战。

杨法震也累得睁不开眼了，坐在一家农户堂屋的椅子上打盹儿。女主人是一位白发老人，老人劝他到炕上躺一会儿，说：“娃呀，看把人累成啥了！”杨法震沉重地摇了摇头：“不定啥时候鬼子又来了。我打个盹儿就行，年轻人嘛……”

眼睛闭上了，大脑还在活动，恍惚中又回到了黄河滩上。那天，刚刚接到军团部渡河作战的电令，妻子方向知就来了，手里牵着4岁的儿子杨鉴。小杨鉴一进门就扑进爸爸的怀里。杨法震抱起儿子，问方向知："你咋这会儿来了?"

妻子说："在西安欢送孙将军出征时，我就听说你们也要过河，赶忙就带娃来了。看看你嘛!"

杨法震笑眯眯地说："那你就算赶巧啦，我们团马上就要出发了。"说着，在儿子的小脸上重重地亲了一口："宝贝儿子，长大了哟!"

勤务兵站在门外喊道："报告杨团附，孙团长让部队集合呢!"

杨法震对妻子说："行啦，上战场前，老婆也见了，儿子也抱了。走吧，我送你。"

方向知说："我还有话给你说哩。"

"边走边说吧。军令如山啊!"

杨法震抱着孩子，和妻子一块儿走到黄河滩上。

"有啥你说吧。"

方向知一双明亮的大眼睛闪着激情，她说："我想好了，要跟你一块儿过河打鬼子！笑啥哩嘛，就算我拿不起刀枪，当个文书总可以吧？别忘了我是省立一中的学生！再不成，当个救护队员总行吧?"

杨法震感动了。他知道妻子是位侠骨柔肠的女子，在学校时就是学生运动的活跃人物。现在国难当头，又要随夫出征，其情堪赞啊!

身后响起嘹亮的军号声。

杨法震把儿子交给妻子，朗声说道："好，就这么定了。你先把鉴鉴送回西安，叫咱二姐照看着，等我过河后就写信通知你。到时候咱就是穆桂英、杨宗保并马杀敌了。"

方向知兴奋地说："说定了噢？我等你消息!"

杨法震深情地望了妻子一眼，迈着军人的步伐匆匆离去。

方向知将儿子举过头顶，对儿子说："给你爸说，多杀几个鬼子!"

儿子伸着小脑袋，用稚气的声音高喊：“杀……杀鬼子噢！”

河滩上起风了，长风掀起黄河浊浪拍打着岸边的山石，响声如同万马驰奔。

黄河滩上，一个年轻秀丽的女性，抱着年幼的儿子，目送丈夫走进出征的队列。

…………

黎明时分，北古城的东北方向响起一阵枪炮声。有情报表明，日军从运城方向调集七百多步、炮兵增援永济。北古城是从运城通往永济的必经之处。杨法震立即命令全营战士在公路两旁埋伏，并嘱咐士兵：“沉住气，等鬼子进入有效射程之内，听我口令，一齐开火。”

天色大亮，东南方向果然荡起一股黄尘。一辆牵引着大炮的军车在前，后面是十几辆满载鬼子兵的军车，车上插着膏药旗，浩浩荡荡地向北古城开来。

杨法震悄声对一名机枪手说：“你给我瞄准了，先把前面那辆炮车的司机放倒！”

机枪手自信地说：“没麻达（麻达：陕西方言，麻烦，问题。没麻达即没问题），保管让那小子第一个见阎王。”

眼看鬼子的炮车进入了我军的有效射程之内，杨法震大手一挥：“打！”身旁的机枪第一个响起，敌炮车驾驶员哇的一声怪叫，头便耷拉到了车窗外。与此同时，埋伏在路旁的战士们一齐开火，公路上顿时弹如飞蝗。

无人驾驶的炮车醉汉似的踉跄了几步，猛地横在了路边。紧随其后的一辆汽车来不及刹住，咣的一声撞在炮车上，紧接着一辆撞一辆，十几辆车撞得东倒西歪。被撞倒的汽车起火爆炸了，鬼子们哇哇乱叫着从翻倒的车厢里拼命往出爬，爬出来的身上带着火苗四散狂奔。一个军官模样的鬼子挥着刀向士兵们咆哮，大概是让他的士兵不要慌。说时迟，那时快，从路北边的树丛里忽地跃出一名举着马刀的我军士兵，怒目圆睁，大吼一声：“我操！”手起刀落，鬼子军官霎时身首异处。

“好样的！”埋伏在两旁的士兵一阵欢呼，齐刷刷地跳出来，向着四散的鬼子猛烈射击。战士们一时杀得性起，竟端着枪挥着刀向运城方向追去。

这时，杨法震从望远镜中看到，东北方向又腾起一股黄尘，估计是又有敌人的援兵开来，马上命令号兵吹号，召战士们回撤。

仅此一场阻击，日军损失汽车七辆、山炮一门，士兵一百多名。

杨法震带兵撤至伍姓湖，后又接旅部命令，移至栲栳镇西南方向的上高市、下高市设防阻击敌人。

由于杨法震在敌后的骚扰与阻击，东原防线的形势趋于缓和。但杨法震的这一个营却成了日军的眼中钉。8 月 15 日清晨，大雾弥漫，日军的步兵、骑兵、炮兵分三路向上高市、下高市杀来。一路有敌兵五百多人，附山野炮七门，由青池屯攻我正面；另一路二百多人，附山野炮两门，由栲栳镇攻我左翼；右翼阵地则有敌兵五百多名从白堡头突进。

经过数日激战，杨法震所带的一个营已不足三百人了，而三路鬼子有一千二百多人。我军根本就没有长腿武器，鬼子却有大炮九门。实力实在是太悬殊了。一位营附对杨法震说：“不如请孔旅长派兵支援吧？”杨法震说：“孔旅长派我们出来，就是要减轻东原阵地的压力，现在我们再向孔旅长求援，东原防线还要不要？永济还要不要？亏你想得出来！”

杨法震对士兵们说：“我们的任务就是从背后牵制敌人，现在敌人集中兵力对付我们，正是我们想要的结果。弟兄们，我们没有退路，只有在此与敌决一死战了！我想问弟兄们一句：有怕死的吗？”

二百多名陕西冷娃用最简单的陕西方言表达了他们视死如归的气概：

“怕个屌啊!”

这句粗鲁的回答让这位书生团附感到一股火辣辣的冲动。

东面、北面的炮声响了。

鬼子潮水般涌了上来。

杨法震坚守在前沿阵地，指挥士兵们用机枪步枪手榴弹猛烈还击，连续打退了鬼子的三次进攻。

下午5时许，日军的第四次进攻开始了。这次，鬼子改变了进攻套路，兵力多集中在左翼。杨法震也将士兵们转移到左翼。战斗正打到紧火处，敌人的一颗子弹击中了他的右腿，只见他身子一歪，倒在地上。排长宁必成（共产党员）赶快跑过来，一把扶起杨团附，又向旁边的战士喊：“快，快扶团附下去。”

杨法震猛地挣脱了宁必成的搀扶，忍着剧痛对宁必成说：“别管我……抄家伙……打!”

宁必成刚一转身，又一颗子弹飞来，打在了他的肩胛上……杨法震让士兵把宁必成抬下去，自己则举起手枪，朝着狂奔而来的敌骑兵射击。从战斗打响到这一刻，他已经放倒了十三名鬼子兵。但是，鬼子也认出了这个高个子就是我军的指挥官，刹那间，七八挺机枪一齐朝杨法震射击。

杨法震山一样的身躯倒下了。

身旁的勤务兵和几位战士扑过来，痛哭失声：“杨团附啊!”

杨法震血流如注，染红了地上一片青草，他用最后的一丝力气说道：“黄河子孙……保卫黄河……”说完，头一歪便气绝身亡了。

杨法震时年33岁。

炮火硝烟，马蹄黄尘，遮住了西天残阳。

上高市失守了，三百三秦健儿血染沙场。

东原防线再度吃紧。

日军集中了三十辆装甲车在前面开道，上千名鬼子向着我主阵地孟明桥发起冲锋。

我军以机枪、手榴弹阻击敌军。孔从洲令七三八团团长郑培元带两个营的战士，从侧面打击日军的腹部。

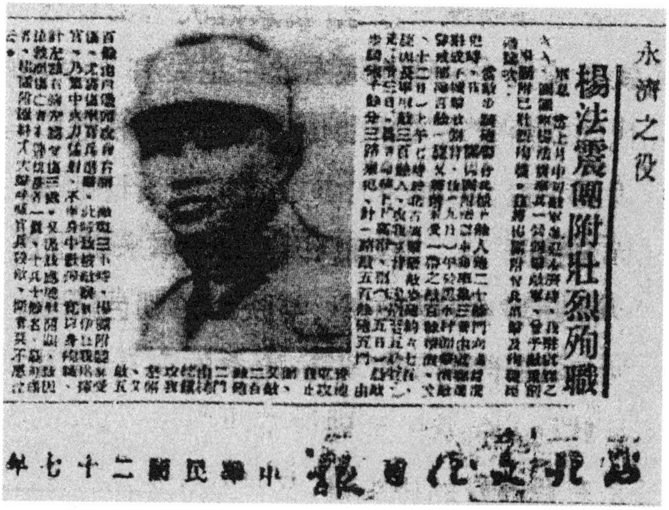
永濟之役

楊法震團附壯烈殉職

西北文化日報　中華民國二十七年

《西北文化日报》上关于杨法震牺牲的报道

独立四十六旅副旅长兼七四一团（炮兵团）团长冯迩革，从战斗打响就一直守在孟明桥主阵地之右侧，指挥炮兵作战。当日军的装甲车冲上孟明桥时，冯迩革亲自操炮，炮弹准确地击中了敌军的装甲车。装甲车瘫痪了，鬼子掉头回窜。正在这时，有士兵报告：左侧阵地上，我军一门大炮被鬼子夺去了。

冯迩革怒火中烧，骂了一句：“混蛋，怎么能把炮丢了！”说完翻身上马，后边有一个排的士兵紧紧跟随，向着中条山方向追了过去。追到山脚下，果见十几名鬼子推着一门大炮向前移动。冯迩革举枪打倒一个鬼子，后面的战士一齐开枪，又有几个鬼子兵应声倒地，其余的如丧家之犬，丢下大炮向山上逃去。

冯迩革让士兵把失而复得的大炮推回左翼阵地，随即便厉声斥责炮兵连长："大炮就是炮兵的生命，人在炮在，炮毁人亡！再出这等事，别怪我枪不认人！"

冯迩革是陕西武功人，比杨法震小两岁（1907 年生），曾在西安王曲军官学校炮科学习军事，后加入杨虎城部，参加过"二虎守长安"和"西安事变"（事变时任炮兵营长），此次是随孔从洲先期过河作战的。渡河前，他曾在大庆关以炮声向河东敌军示威，有"冯团长炮震大庆关"为百姓传颂。永济战役前夕，冯迩革升任四十六旅副旅长兼七四一团团长（后调任四十七旅副旅长兼辎重团团长）。

东原阻击战打得惨烈而悲壮。军团长孙蔚如的指挥部就在东原防线的右上方，可谓"山下旌旗在望，山头鼓角相闻"。鏖战五日后，独立四十六旅在歼敌数百名的同时，自己也损失惨重。孔从洲电请军团派兵支援。孙蔚如马上命令早已准备多时的独立四十七旅王镇华旅长派一个团，增援孟明桥；又命令驻守永济的警一旅一团抽一个连出城作战。

两路援军开到，坚守阵地的官兵军心大振，一夜之间打退了敌人九次进攻。

日军见正面久攻不下，又损兵折将，只好退兵至上高市附近暂时休整，并策划新的阴谋。

东原防线上硝烟散去，恢复了平静。

但是孔从洲心里却很不平静，他不认为敌人会就此善罢甘休。他对七三八团团长郑培元说："告诉弟兄们，千万不敢盲目乐观！抓紧修复工事，严防鬼子反扑。"接着又问郑培元："怎么样，你撑得住么？不行就下去搂一觉。"

从战斗打响到现在，郑培元已经五天五夜没有离开阵地了，两眼熬得布满了血丝，衣服上血迹斑斑，弹痕累累。

郑培元眯着眼摇头：“不困是假话。但我这人心大，只要枪炮声一停，哪怕十分钟我也能去和周公说会儿话。哈……哈，没事的。”

郑培元回到阵地，立刻带着士兵修复工事准备迎接更惨烈的战斗。

但是，日本鬼子却再也没来攻打孟明桥。

8 月 15 日黎明，郑培元忽然听到阵地的东南方向响起了激烈的枪炮声。东南方向是中条山北麓制高点尧王台，那里只有我军一个营的兵力防守。准是敌人见主阵地攻不下来，改用迂回战术，从尧王台沿中条山北麓偷袭我侧背。郑培元马上用电话向孔从洲汇报。孔旅长说：“鬼子这一招很毒。一旦让他们占了制高点，就会形成俯冲之势。杨健的一个营不够，你马上带人上去。孟明桥这边有我哩。”

郑培元带着张志馥的预备营，从尧王台西面冲上山去。

驻防尧王台的一个营，在鬼子大炮机枪的突然袭击下，人员已经损伤了三分之一。营长杨健已身负重伤，情势十分危急！

天上有飞机，地上有大炮，鬼子正漫山遍野地向尧王台上攀爬。而我军的火力在炸弹与炮弹的双重压制下，已经施展不出威力了。

眼看着鬼子就要逼近尧王台，突然间一声呐喊声震山谷：“弟兄们，冲下山去，和鬼子挽蛋蛋！用刺刀捅狗日的！”

郑培元听出来了，这是副旅长冯迩革的声音……原来，郑培元冲上山后，冯迩革放心不下，便对孔从洲说：“杨健怕是撑不住了。尧王台事关全局，我上去看看！”当他带着一个排的人冲上来时，果见日军已经兵临台下，于是便发出一声怒吼。这一声怒吼也提醒了郑培元，郑培元瞪着布满血丝的眼睛，随手抄起一把步枪向山下冲去。

“捅狗日的啊！”一群陕西冷娃呐喊着，向山下冲了过去。

一场白刃相搏开始了。战士们开始是和鬼子拼刺刀，刺刀挑弯了，就和鬼子抱在一起“挽蛋蛋”。双方扭在一起，鬼子的大炮也不敢放，飞机也不敢扔炸弹。尧王台前一场血肉相搏，直杀得天地变色，血肉横飞……冯迩革、郑培元、张志馥皆加入了白刃相搏的队伍。冯迩革个头大，臂力过人，一把刺刀竟连挑了九名鬼子。但是，日军仗着人多，仍在不停地向上冲。

连长傅宝山、排长侯维森在和鬼子的拼杀中壮烈牺牲。另有两名排长倒在了血泊中奄奄一息……我军阵地出现大面积缺口。

就在这紧急关头，孔旅长上来了。当他看到一侧阵地无人指挥，而一名虎头虎脑的小战士用刺刀挑翻了两名鬼子后又反身准备杀入敌群时，不由得心头一热，向小战士招招手，说道：“小老虎，我命令你为代理连长，指挥战斗。”小战士咧嘴一笑：“小老虎？我？好，我就是小老虎。弟兄们，跟我来！”语音未落，身后又跃出一个人来，大声对孔旅长说：“报告孔旅长，我是营部文书赵书文。我愿协助小连长指挥！”

赵书文是位共产党员。

经长时间的搏杀，尧王台终于守住了，但东西两侧的两个小高地却被鬼子占领了。

随郑培元上来的预备营营长张志馥，命令火线受命的“小老虎”连长和赵书文从正面往上冲，自己和副连长徐永亮带兵从两侧袭击。经过一阵猛攻，两个小高地失而复得，尧王台阵地转危为安。不幸的是，“小老虎”牺牲了！

趁着战斗间隙，孔从洲做战斗动员。他以悲愤的心情说道：“为了减轻我正面阵地的压力，杨法震团附带着一个营的弟兄打到敌人背后，血战五昼夜，杨团附为国捐躯了……”

孔旅长声音哽咽了。

尧王台上响起声声怒吼：

“为杨团附报仇!”

“为死难弟兄报仇!”

“跟日本鬼子拼到底!”

在孔从洲、冯迩革、郑培元的率领下，战士们同仇敌忾，以一当十，鬼子绕道尧王台偷袭永济的阴谋破产了。孟明桥、尧王台仍牢牢掌握在我军手里。

东原保卫战，孔从洲手下的几员战将——孙子坤、杨法震、冯迩革、郑培元、张志馥，都是功不可没的人物。

然而，以后相当长的一段时间，历史被罩上沉重的幕罩，致使壮士蒙尘，英雄末路，给后人留下怅然长叹!

当然，这是后话，还是留待后面的章节另行评说吧。

8 月16 日，永济城外的形势又一次发生了生死大逆转。

这次进攻永济的日军是敌牛岛师团之三十九旅团。旅团长高木义人见从孟明桥、尧王台都打不进去，一周时间，自己却损失了官兵千余人，气得他暴跳如雷，大骂手下的几个大队长：“废物，统统的废物！皇军纵横千里，势不可当，难道就栽在孙蔚如的手下了么？小小的永济也攻不下来，叫我怎么向川岸长官交代?”

日军一名叫大九宝利的大队长，3 月间永济失陷时，曾率队耀武扬威地开进永济，他是屠杀永济老百姓的刽子手，后被我军赶出城去。这小子在中国打了一年的仗，对中国军队的特点多少有些了解。

大九宝利对高木义人说：“太君，支那军都是悍匪，不怕跟我们正面较量，他们怕的是侧击。皇军要攻永济，可绕过尧王台，沿中条山北麓的山根悄悄地打过去。太君请看这里……”大九指着地图，仔细地讲述了他的偷袭计划。

“哟西哟西！这个办法可用。”高木大声叫着，面露喜色。

8 月 15 日夜，天上下着小雨，日军以真野大队为前部，沿着中条山山根，开始了绕道偷袭。

16 日清晨，孙蔚如在六官村指挥部接到孔从洲的电话，说鬼子采取突然袭击的办法，一夜间相继占领了我军的西姚温、解家坟、万固寺。我军腹背受敌，永济城防告急。

面对战局的大逆转，孙蔚如十分镇定。他知道敌我兵力悬殊，孔从洲坚守到这个份儿上，已是拼尽全力了。而以他持久战的理念来分析这场战事，在我军立足未稳的形势下，能给进犯之敌迎头痛击，迟滞敌军之攻势，就是有功。我军的防御来日方长，不必苛求每战必胜。当然，作为统军之帅，必须要求部下每战必全力以赴，不到最后时刻，不能轻易撒手。按照这个理念，孙蔚如觉得永济城外的阻击战仍有一搏。于是急令教导团李振西团长率部出击，限 16 日黄昏时分夺回万固寺、西姚温等阵地。

6 第六章 血战永济

张希文烈士

被日军损毁的万固寺大雄宝殿残址

点击

张希文腿部连中数枪，倒在地上血流如注。一个小战士扑过来，搂着浑身是血的张营长哭着说：“营长，营长，你要挺住啊！”

张希文慢慢地睁开了眼睛，吐了一口鲜血，用力推开小战士：“冲……冲出去！快，这是命令……活一个是一个。”说着，凄然一笑：“兄弟，你还年轻啊！”

小战士泪飞如雨。

李振西是甘肃人氏，但他带的教导团却是最具“陕西冷娃”特色的队伍，被誉为“铁军”，是孙蔚如手中的一张王牌。早在 1937 年 7 月，赵寿山奉命率十七师东征，蒋介石就“钦点”教导团随行，足见该团之神勇。在河北滹沱河边，教导团曾击溃日军一个联队；在冀晋交界的井陉口、娘子关、旧关阻击战中，教导团以“杀敌一万，自损八千”的英雄气概，与敌死磕，全团两千七百多名弟兄打得只剩下一百多人。亲眼看见其作战的国民党高级将领卫立煌、黄绍竑、孙连仲等对此赞叹不已。战地记者陆诒为教导团坚守旧关采写的特写《旧关之战》在《大公报》发表；著名剧作家宋之创作的同名话剧亦在上海公演；联华电影公司战地摄影记者吴永刚拍摄的《娘子关之战》，则真实地记录了战争的惨烈和教导团的英勇。

此次开赴中条山，孙蔚如命李振西团驻守永济至风陵渡之间的韩阳镇，一是作为保卫风陵渡的第二道防线，二是担负军团部的警戒任务。

8 月 15 日晚，日军的雨夜偷袭，使永济城外的防线一夜之间失去了作用：翻过孔旅挖下的“游龙沟”工事，日军对永济城已形成了兵临城下之势；而占领了万固寺、西姚温的日军，又有可能再次对尧王台发起进攻。为迅速扭转这种不利局面，孙蔚如在命令李振西带两个营收复万固寺、西姚温、解家坟，协助孔从洲旅恢复原有阵地的同时，又电令移防于栲栳镇的第九十六军独立四十七旅的樊雨农团就近出击，从敌之背后牵制敌人。

情势紧急，李振西自知责任重大：既要收复万固寺，又担心日军来攻韩阳镇，教导团兵力有限，他必须精心调配。经过一番紧张的思考后，李振西命令预备队直属连和第二营进入韩阳镇以南的预备阵地，让他们密切注意日军的动向，自己则亲率三营向万固寺方向攻击前进。三营营长张希文一马当先，全营战士奋力冲杀，于下午4时许击退了万固寺的日军，重新占领了万固寺。但是，紧接着形势却出现了意料之外的变化。万固寺耸立着一座十三层古塔，那塔玲珑精致，气韵生动，但塔下却是一片密密的竹林。被击退的鬼子凭借竹林掩护向后撤退。三营官兵见初次与鬼子交手就打了胜仗，打得鬼子四散而逃，兴奋之情难以自抑。士兵们呐喊着："追啊，杀鬼子呀！"漫山遍野地向前追击。这时，天近黄昏，又下起了毛毛细雨，茫茫雨雾中，早已不见了鬼子的身影。三营追进一处古柏参天、灌木丛生、荒坟野冢密布的地方，细雨蒙蒙中，林子里一片漆黑，唯有猫头鹰发出一声声瘆人的叫声，叫得人浑身直起鸡皮疙瘩。等战士们冲出来，才知道这地方叫杨侍郎坟。过杨侍郎坟走不了半里地，又是一片黑乎乎莽苍苍的坟地，叫解家坟。到解家坟时天已经彻底黑严了。李振西带着一个童子军连刚穿过杨侍郎坟，张希文就赶过来向李振西报告："从万固寺溃逃的鬼子穿过杨侍郎坟和解家坟，估计已逃到了西姚温村。三营已追到了西姚温村的南口，正准备稍事休息向里冲哩。"

李振西问："鬼子是不是逃进西姚温了？"

张希文说："我们一路追赶，他不到西姚温还能逃到哪里？"

李振西让部队暂且停下，在解家坟安顿好临时指挥部。解家坟离西姚温不过三四里，一旦打响，这里也便于指挥。

战局瞬息万变，为防不测，李振西给四十六旅指挥部打电话，询问西姚温的情况。指挥部回答说："西姚温村没有敌人，是我军郑培元团的一个营。"

张希文说："这才怪了！我已派侦察兵侦察了三回，村里明明是鬼子么？"

李振西又问四十六旅指挥部："到底是咋回事？我们的侦察人员说村里没有咱们的人嘛。"

这时，军团长来电话了。孙蔚如在电话上说："据四十六旅报告，说西姚温驻扎的是他们的队伍。现在，日军已攻下了尧王台，望你赶快行动，从解家坟攻打尧王台。现在已是快半夜了，天明前必须夺回尧王台。"

李振西感到左右为难，他气呼呼地对张希文说："今天晚上夺不回尧王台，天一明，鬼子的飞机来了，这仗怎么打？可现在就去攻尧王台，万一西姚温驻扎的是鬼子，我们不就腹背受敌了么？"

张希文果断地对李团长说："是敌人也罢，不是敌人也罢，我现在就带人打进去，龙潭虎穴咱闯他一回！"说完，转身就走，走了几步又回过身说："团长，你先在这儿待一会儿，半小时后，听不到枪声你就进村。反正要攻尧王台，也是我们打头阵嘛。"

西姚温村是一块大洼地，东北南三面都是下去容易上来难的阶梯形，只有西面是进出都比较方便的斜坡。张希文营就是从南面进村的，也就是说，都是从阶梯上跳进洼地的。

此刻，已经是凌晨 1 点多了。

半个小时过去了，李振西见西姚温村里没有任何动静，正准备带童子军向前移动，突然，从村子中间嗖的一声升起一束绿色信号弹，绿光一闪，西姚温村顿时枪声大作。李振西心里一紧："坏啦，中了敌人埋伏了！”

没等李振西回过神来，只听身后叭叭两声枪响，对面一棵大柏树上哇的一声惨叫就掉下一个人来。枪是李振西的卫士打的。从树上掉下来的是一名鬼子兵，手里还抱着一挺轻机枪。荒坟雨夜，谁也没有想到，杨侍郎坟、解家坟都藏着鬼子。他们有的躲在坟头后面，有的躲在树后或荒草之中，只等西姚温枪响，出兵断我后路。李振西背靠的那棵大树对面就有鬼子的一挺机枪正对着他。幸亏卫士手疾眼快，两枪就要了鬼子的小命。

杨侍郎坟、解家坟同时响起了枪声。

李振西只好带着一连的童子军与埋伏在坟地里的鬼子展开一场雨夜混战。

与此同时，张希文的三营也被鬼子困在了西姚温村中。

战局何以如此危急？

原来，敌军迂回夜袭，相继抢占了万固寺、西姚温；孔从洲一面向军团部求援，一面重新调集兵力，组织反击，力图恢复失地。他命令郑培元团长带着临时抽调的骑兵团两个连、旅部一个连和警一旅一个连去收复西姚温。西姚温位于尧王台脚下，孔从洲对郑培元和几位连长说：“西姚温上可守护尧王台，下可威胁孟明桥，位置非常重要。现在西姚温已落入敌手，将我军整个防线打乱了，你们一定要尽快把它给我夺回来。”

但是，西姚温的凹形地势易守难攻，敌人的火炮压得我军战士抬不起头来。战士们数次冲锋都不能靠近村子。黄昏时分，我军担任主攻的六连反被鬼子包围。连长张志林率部拼死突围，血战中排长孙荣生和四十七名士兵壮烈殉国……由于部队被打散，又没法与旅部联络，故而四十六旅旅部误认为西姚温又夺回来了。更要命的是：就在我军攻打西姚温失败的同时，日军趁机攻占了尧王台。

张希文带队从阶梯形的路上进入西姚温村时，村里没有任何动静。“莫非是我真的搞错了?”他想。但他还是下令让战士们保持警惕，做好战斗准备。当全营战士赶到村口时，敌人的信号弹腾空而起，刹那间，村里村外同时响起了枪声。这一突然变故，让全营的战士都愣住了。

“别慌!”张希文喊了一声，随即举起手枪，向前方连开三枪。

“咴……咴……”一阵战马的嘶鸣声响起，张希文打中了一匹拴在前面一个院子门口的战马。

张希文说：“弟兄们，看来咱们中了埋伏，只有拿命与鬼子拼了!”

这时，雨越下越大，天空中响起了一声惊雷，划过一道闪电。闪电的光亮中，张希文看到战士们一个个神色冷峻，像一座座森森铁塔。

“张营长，”一个战士喊道，“渡河誓师时咱就说过，我为中华生，我为中华死！现在到时候了。你下命令吧，多杀一个赚一个!”

“对，多杀一个赚一个。”战士们齐声吼道。

张希文手指前方，说：“瞧，前边拴马的院子可能是鬼子的指挥部，先端了它。”

战士们一哇声地向前冲去。有几个身手敏捷的从大门两侧跃上了墙头，另有一个排的战士一面射击一面朝院子里冲。

敌人的火力从四面八方汇聚过来。

刚刚爬到墙头的战士在密集的弹雨中栽了下来。

白亮白亮的闪电光中，殷红的血在飞溅。

冲进院子的士兵向几间屋子猛烈扫射。但院子里只有五个鬼子，有四个被击毙了，只有一个军官模样的家伙，躲在一棵树后放冷枪。

张希文手起枪响，一枪击毙了那个鬼子。

张希文大喊一声：“撤!”

战士们迅速撤出大院，各自寻找掩体，咬着牙，瞪着眼，机枪步枪手榴弹一齐开火，向包围上来的鬼子还击。

滂沱大雨中，我军战士手中的机枪“嗒嗒嗒”地怒吼着，喷出的火花如一簇簇跳动的火苗。

天，渐渐亮了。呼啸了一夜的狂风骤雨也悄然隐去。

坟地里的战斗持续了半夜，虽然枪声不绝，但因天黑，雨大，林子里伸手不见五指，加上双方都在利用坟头或大树做掩体，所以伤亡都不太大。雨一停天一亮，李振西才发现坟地里的鬼子比我们的队伍多出一倍还多。李振西觉得不可在此与鬼子纠缠，便集中三挺机枪，组成一道火力防线，命令童子军边打边退。但鬼子仗着人多势众，集中火力咬住我军不放。正在万分危急的时刻，教导团的第一营从郑家坟方向赶来了。营长殷义盛对李振西说：“你带上娃娃们撤，我掩护。”

这一夜，风雨交加，电闪雷鸣，六官村的军团指挥部里，孙蔚如一夜没有合眼。东原防线被鬼子撕破，派出增援的教导团又遭遇鬼子的埋伏；永济城已被鬼子层层包围，一场守城血战在所难免……这种结果孙蔚如事前不是没有思量过，毕竟敌人的兵力多我数倍，武器更比我精良，过河第一仗能打到这个份儿上，也可谓“三军用命”了！话虽如此，但一想到被鬼子包围身陷绝境的李振西、张希文，想到永济城里的张剑平，想到上千名陕西官兵年轻的生命危在旦夕，作为陕军的总指挥，他们的乡党，他的心里岂能不痛？可作为三军主帅，他却要强令自己冷静，再冷静……独立第四十六旅已经从被撕破的防线上撤下来了，孙蔚如命令孔从洲带着队伍向中条山腹地集结。永济城里的张剑平部已经撤不出来了，城破也是早晚的事。现在只有让李振西尽快摆脱敌人的纠缠，立即撤回韩阳镇，靠李振西之英勇，作为二道防线的韩阳镇还有一拼……孙蔚如冷静而不无痛苦地思索着。

李振西刚刚冲出解家坟，孙蔚如的电话就打来了："振西，你部逆袭西姚温，已为四十六旅的撤退争取到了时间。现孔从洲部已全部安全撤出，你部速回韩阳镇！"

"可是……"李振西只觉得鼻子一酸，用嘶哑的嗓音凄切地说，"张希文的第三营还困在西姚温啊！"

电话里，孙蔚如沉默了……

西姚温村中，枪炮声依旧不绝于耳。

李振西于泪眼蒙眬中向军团长发出刚毅的声音："军团长，我知道了，马上撤回韩阳镇！"

李振西与张希文情同手足，此刻张希文身陷绝地，自己又身负重任而不能分身去救，李振西能不心如刀绞么？可他心里明白，自己身旁的童子军连已牺牲过半，四五十个第一次上战场的娃娃，即使全部冲进西姚温，也只能是白白送死；而永济一旦失守，韩阳镇就成了保卫风陵渡的最后一道闸门，何况，从韩阳镇沿中条山西麓上山，只消一顿饭的工夫，六官村就暴露无遗了。一面是战友被困，自己却无回天之力；一面是防线危急，自己责任重大。李振西反复掂量后，觉得自己只能回兵防守韩阳镇了。于是，他对身旁的卫兵说："通知殷营长，边打边退，回韩阳镇。"

卫兵哽咽着问："那……张营长呢？"

李振西厉声吼道："叫你去你就去，啰唆㞞哩！"说着，自己却双手掩面，泪水滚滚而下。

李振西朝着西姚温的方向望了几眼，默默地低下了头："希文兄弟，当哥的对不住你了！愿天公有眼，保佑你杀出重围吧。"

西姚温的巷战已演变为短兵相接的肉搏战了。我军官兵怀着"多杀一个就多赚一个"的狠劲，用刺刀、马刀、枪托与鬼子格斗。鬼子外围的火力无法施展，气得站在一堵山墙外的鬼子大队长真野“巴格巴格”地狂叫。真野的身旁站着一个为他当翻译的伪军，那伪军对真野说：“报告太君，我认出来了，他们是在娘子关跟皇军打过仗的那个教导团，全是陕西冷娃，不要命的家伙！”

“噢，娘子关？”真野不由自主地打了个冷战，“我的这只耳朵就是让他们咬掉的。陕西人，大大的凶悍！马上向旅团报告，让他们速派援兵。”语音未落，一颗子弹嗖地飞来，吓得真野猛一低头，虽然躲过了死神，但帽子如枯叶般飘落下来。真野大惊，掉头跑回院子。

一场血肉横飞的恶战从清晨打到中午，张希文营仅剩下不足百人，而鬼子的尸体也摆满了街道。惊魂未定的真野急令士兵回撤，他要等东姚温的援兵到来后再报此仇。

张希文也是遍体鳞伤，见敌人往后退却，便命令我军士兵不要追击，赶快从西南方向的斜坡向村外突围。

但是，缺胳膊断腿的伤兵太多，百十名士兵相互搀扶着，行进缓慢。伤兵里有人哭喊：“营长，让我们留下吧！多给几颗子弹就行了！”

十几个伤兵齐声哀求：“让俺们留下吧！”

张希文颤声说道：“好兄弟，你们不能死。快，快走！”

部队艰难地挪动到村西头，迎面就碰上了东姚温增援的日军，而后面，真野挥着指挥刀也哇哇叫着追上来了。

张希文面冷如铁，语重如山：“弟兄们，为国捐躯的时候到了！跟狗日的拼了吧！”

战士们齐声呼应：“跟狗日的拼了！”

一团黑云倏忽间遮住了正午的太阳，天公落泪了。

张希文和他的士兵们疯了，狂了，什么也不顾了，能走的走，不能走的爬，一窝蜂地向坡上冲去，喊杀之声悲壮凄凉……鬼子在坡上架起十几挺轻重机枪，弹如飞蝗，我军士兵纷纷倒在了血泊之中。

张希文腿部连中数枪，倒在地上血流如注。一个小战士扑过来，搂着浑身是血的张营长哭着说："营长，营长，你要挺住啊！"

张希文慢慢地睁开了眼睛，吐了一口鲜血，用力推开小战士："冲……冲出去！快，这是命令……活一个是一个。"说着，凄然一笑："兄弟，你还年轻啊！"

小战士泪飞如雨。

（据战后统计，逆袭西姚温之战中，侥幸冲出来的只有两人，小战士是其中一个。）

鬼子发现了在血泊中举枪还击的死对头，十几挺机枪一齐向张希文疯狂射击。

2005 年 7 月 12 日，张希文烈士之子张振基在永济西姚温抗战烈士纪念碑前洒泪祭拜先烈

年仅 28 岁的张希文壮烈殉国。鬼子们围到他身边时，惊骇地发现他那年轻英俊的面庞上仍漾着凄美的微笑。而这令鬼子胆寒的微笑，是烈士生命的转换和延续，永远激励着同胞们的心。

张希文是陕西渭南人，曾参加过刘志丹等人领导的“渭华暴动”，后入黄埔军校，为第九期学员，是许权中、阎揆要的好友（许、阎均为共产党员，抗日将领），“西安事变”时任连长，在戒严司令孙蔚如和城防司令孔从洲指挥下，防守新城东门。抗战爆发后，随教导团渡河东征，以顽强英勇而著称。

孙蔚如将军在他所撰写的《第四集团军在中条山抗战经过》一文中深情地写道：“敌旅将我西姚温阵地突破，我张希文营向该处逆袭，肉搏一昼夜，该营全部殉国，我主力及炮兵得以安全转移，厥功甚伟。”

张希文牺牲时，其妻刘桂兰年方 24 岁，儿子张振基不满 3 岁。刘桂兰得知丈夫阵亡的噩耗后，如五雷轰顶，当场昏了过去。后来，听亲友们说希文是为国捐躯，为保卫家乡而死的，刘桂兰毅然揩干泪水，挺直了腰杆。她含辛茹苦哺育烈士遗孤，每日背着孩子田间耕作，终生守节。其子张振基亦发愤读书，考入北京工业大学，毕业后在西安某国防企业任工程师。1979 年，65 岁的刘桂兰积劳成疾，不幸去世，临终前紧紧攥住儿子的手含泪叮嘱：“娘与你爸虽未能白头到老，可他这辈子活得值，是娘一生的念想啊！你一定要把你爸的遗骨找到，娘在阴曹地府也就心安了……”

有道是英雄罹难，苍天见怜！1996 年，山西省在修太（太原）风（风陵渡）高速公路时，筑路工人在西姚温村附近的黄土里发现了许多骨骸和武器的残片。据当地年长者回忆，抗战时期这里曾发生过一场血战，陕西军队不少人在这里牺牲了。于是永济市政府便多方查找资料，求教当地群众，经过两年多的努力，最终确认：这些残骸就是当年张希文营死难官兵的遗骨。永济市政府怀着对先烈们虔诚的敬仰，将烈士遗骨装入六十个大木箱，并于 1998 年 8 月 17 日在西姚温为血战永济中牺牲的烈士们举行公葬及纪念碑揭幕仪式。市政府派人将张希文之子张振基请到会场。张振基带着全家人泣泪长拜，在场的永济百姓陪着张振基共祭英灵。会场上的恸哭之声令青山垂泪，黄河黯然。

1984 年，张希文被中华人民共和国民政部追认为革命烈士。

张希文及三营战士在西姚温罹难之后，日军迅速将全部兵力集结于永济城下。

孙蔚如率陕军渡河的目的就是要在三百里中条山布下钢铁防线；而日军趁我军立足未稳之时便向永济扑来，就是要打乱我军作战部署。因此，永济战役就是我军渡河后与日军的首次交锋。而此战的核心正是蒲州城（永济）的争夺和较量。当我军的外围防线被敌人突破后，永济城面临着一场血战，这也是我军此役最悲壮惨烈的一幕。

…………

8 月 17 日，守卫在永济城内的警一旅一团团长张剑平得知城东的防线已被敌人撕破，尧王台、西姚温、万固寺等主阵地全部失守的消息后，知道永济城已经完全处在了日军的包围之中，生死的考验已经无遮无掩地摆在了他们的面前。张剑平过河时，只带了两个营，东线吃紧时，孔从洲又调走了一个连；现在城内只剩下五个连，加上团部的各类人员，总数不足六百人。而攻城的日军至少也在我五倍以上，且有飞机和远程火炮相助，永济城破在所难免。但是，我部既然担负着守城的任务，理应拼尽全力，与鬼子血战到底！

下午 1 时许，永济城已被鬼子团团围住，敌人的大炮没鼻没眼地向城中轰击，飞机也张牙舞爪地在永济城上空扔下一颗颗炸弹，古老的城墙在猛烈的炮火中颤抖，夏日的太阳在弥漫的硝烟中混沌。

我军在永济城的东、南、北三面开火，奋力还击。一阵激战，鬼子的第一次攻城被我军打退了。

张剑平疾步登上东城墙，见三营营长邓祥云（因作战勇敢，打起仗来不要命，人称邓疯子）正在给战士们做战前动员。“邓疯子”大声吼道：“现在的阵势弟兄们都看见了，不用我说，咱们的任务是死守永济。一句话，守住了，咱们是英雄；守不住，永济就是咱们的坟墓。弟兄们听好了：即便是死也要站着，决不能便宜了狗日的小鬼子。现在，趁这会儿还有点时间，谁想给家里写信，快写。家里有儿子的要给老婆交代一句：等咱娃长大了，只要鬼子还在，就让他当兵杀鬼子。”

一个壮壮实实的高个子兵说：“信不写了，这话咱早就给媳妇交代过了。”

另一个年轻的士兵说：“唉，可惜咱还不知道丈母娘在阿搭呢。”

士兵中有人笑了起来，这一笑不要紧，霎时间引来全场人一阵狂放的大笑，笑声中有人扯着喉咙吼了一句秦腔：“单童一死心还在，二十年（啊）报仇（哋）某再来。”

张剑平拍手喝彩：“唱得美，攒劲！让狗日的小鬼子听听！”

邓祥云向团长敬礼：“报告团长，弟兄们准备好了。人在城池在，没有一个孬种！”

张剑平目光炯炯，举起一只滴血的大手，向永济城西边一指，大声问道：

“弟兄们，黄河的西边是哪里？”

“陕西！”士兵们齐声回答。

张剑平挥动手臂，激情飞扬地说：“对，是咱们的陕西，专出冷娃的地方。现在日本鬼子想过黄河了，不想叫咱老陕活了，那是白日做梦。只要弟兄们记得咱白发高堂在陕西，咱先人的老坟在陕西，就明白了这仗该怎么打。保卫晋南就是保卫黄河；保卫永济就是保卫陕西，保卫咱的家乡！弟兄们，小鬼子已向我们开炮了，我们咋整？”

“宰了狗日的!”

“阉了驴日的!”

“与狗日的小鬼子拼到底!”

炮声又起，鬼子的二次攻城开始了。

张剑平初入永济城时，为加强防御力量，曾在西门挖沟直通黄河，将黄河水引入永济护城河。日军为了越过护城河靠近城墙，便用汽车拉来棉花包，妄图填平护城河。但我军守城官兵用炮火猛烈阻击，鬼子根本无法在护城河上铺出一条路来。鬼子只好放弃这个怪招儿，在炮火的掩护下从城门外发动攻势。

邓祥云下令战士进入城头阵地，守住垛口，自己则甩掉军衣，穿件衬衫，在城墙上奔跑着，指挥着。他要求士兵们看准了再打，一颗子弹要换一个鬼子的人头。

一个小个子士兵伸手拽了邓祥云一下，悄声说：“叔吔，我打倒一个鬼子就给我左边这个兜里塞一个石子，这是我在黄河滩上捡的。等我死了，你把我兜里的石子掏出来，给俺大（爸）捎回去，能成不?”

邓祥云说：“能成，只要我活着。”

小个子兵是邓祥云同村的，人称“牛蛋儿”。

牛蛋儿用手比了个“八”字，嘿嘿一笑说：“我已收拾了他一个班了!”

忽然，一颗子弹从城外飞来，正好打在牛蛋儿头上，牛蛋儿一声未吭倒在垛口上。

邓祥云眼里滴血，一把将牛蛋儿搂进怀里，从他上衣口袋里，果然掏出了八颗被血染红的小石子。

被黄河波涛冲磨得光滑圆润的石子上，糊满了一个黄河子孙殷红的鲜血。

“邓疯子”真的是发疯啦，他从地上抄起一挺机枪，站在城墙垛口一阵狂射，嘴里不停地怒骂着："狗日的……狗日的……叫你张……"

正当邓祥云给机枪换子弹的时候，背后有人用双手紧紧抱住了他："三哥啊，不能这么干啊！弟兄们还等你指挥哩！"

邓祥云回头一看，是他的门中兄弟邓俊生。

邓俊生指着东北角急切地说："三哥，那边又被鬼子炸了一个口子，咋办?"

邓祥云怒目圆睁，厉声说道："还能咋办，顶上去嘛！"说着，举起手枪就朝缺口处冲去。

邓俊生和十几个士兵紧随其后。缺口上已爬上来了一个鬼子。邓俊生一枪就击中了他，让那个鬼子来了个"空中飞人"。

"空中飞人"引来敌人更猛烈的炮火。城墙如冰山似的塌了下来。

邓祥云倒下了……那件白色的衬衫染成了血红血红的颜色。

邓俊生抱起三哥的尸体大放悲声："三哥呀……"

鬼子兵拥上了东城墙。守城的士兵与鬼子展开了肉搏。

鬼子的大炮炸开了我军用土封堵起来的东门，正当鬼子拥向城门的当儿，从城里的街道上大步流星地跑过一个人来。跑到离城门十几米的地方，那人以极快的速度连续扔出四颗手榴弹。火光闪处，一只脚刚刚跨进城门的三个鬼子顿时被炸得血肉横飞。这一突然变故让攻城的鬼子一下子乱了阵脚，前拥后挤大呼小叫人撞马马踏人乱作一团。

扔手榴弹的是团部的老炊事员。

这位年近半百的火头军眼瞅着城池将破，怒火化作一股骇人的力量。只见他发疯似的冲进库房，抱起十颗手榴弹就朝外冲。张剑平问："你做啥呀?"

老火头军倔倔地说："你别管！下午这顿饭我要让阎王爷给我做哩！"

十颗手榴弹，手里抓四颗，腰里别六颗，外加两把切菜刀，老火头军满脸杀气，直奔东门。

没等被老火头军的手榴弹炸乱了阵脚的鬼子回过神来，老火头军便手舞两把菜刀冲了过去，在敌群中左劈右砍，边砍边骂："你狗日的来，你……"那架势活像《水浒传》里怒劫法场的黑旋风李逵。

鬼子兵抱头鼠窜，嘴里呜里哇啦地叫着："疯子！疯子……"

"疯子"杀到护城河桥头，日军的一辆装甲车迎面开来。

老火头军沟壑纵横的脸上露出一丝怪异的笑："嫽！寻着不如碰着!"把菜刀向空中一甩，仰天一声呐喊："爷走啦!"双手拉响了别在腰间的六颗手榴弹。

一声巨响，火光冲天，鬼子的装甲车一头栽进了护城河，老火头军与鬼子同归于尽了！

老火头军的悲壮之举吓傻了鬼子，也激励了我军官兵，只见一队头扎绷带，身挂血衣的战士呼叫着冲杀过来，在东门口与鬼子撕扯在一起……

北门的战斗也十分惨烈。

北城墙早已被敌人的大炮炸得到处是豁豁牙牙的了，一团团附刘天照所带的第五连士兵也死伤大半，刘天照也是浑身泥血。他让战士们集中火力，封锁护城河桥，他知道：最后的时刻到了。

刘天照低头下望，只见护城河面漂满了尸首，有鬼子的，也有我军士兵被鬼子火炮炸伤后坠进护城河的。河水一片血红。

日军见北门久攻不下，又匆忙调来三门火炮，所有的炮口都对着城楼。

刘天照和一百多名士兵全部阵亡。

鬼子从东门、北门拥进城内，我军被迫转入巷战。而令张剑平没有想到的是，城中心的钟楼上也响起了枪声。打枪的全是一伙身穿便衣的敌人。张剑平恍然大悟：这些家伙是汉奸伪军，肯定是战前混进城的。

敌人里应外合，我巷战士兵腹背受敌，大多数已壮烈牺牲。城内到处是鬼子的膏药旗，疯狂的鬼子到处杀人放火，古老的蒲州又一次陷入血雨腥风的笼罩之中。

设在南门里的张剑平的指挥部已处在鬼子的三面包围之中。

但是，张剑平不在，指挥部里只有秘书陈浩生、勤务于登博泥塑似的端坐在已经断了线的电话机前。这是两位白面书生，他们在冷静地守望团部，冷静地迎接死亡。

东门、北门失守后，张剑平对指挥部的几个弟兄说："连我们的预备队、警卫班、炊事员都开上去了，现在轮到咱几个了！"

张剑平正准备带指挥部的所有人都上去，电话响了。

军团长孙蔚如在电话里说："剑平，城里的情况我知道了。弟兄们尽力了！现在，四十六旅已撤进山里了，教导团也回到了韩阳镇，你相机行事吧！能带上弟兄们杀出来就不要认死理。记住，我们要的是持久战！"

张剑平颤声说道："军团长……城池失守，剑平无能啊！"

电话线被炸断了。

张剑平立即带人上了南城墙。登城时才发现，陈浩生、于登博没有跟来。

南城墙也被敌人炸开了一个巨大的缺口，守城的士兵只剩下四十多个人，且皆已负伤。

张剑平说："东门、北门已破，永济城已被鬼子占了，我等守也于事无补。军团长说，后面还有大仗，我们能冲出去一个是一个。弟兄们，突围吧……"

守南门的四连连长冯民安已经牺牲，自动担起指挥责任的余排长也身负重伤。余排长对张剑平说："团长，我是冲不出去了。谁还有手榴弹，给我留下。我来掩护你们！"

张剑平下令："把余排长给我架上走。"

两个战士弯腰要拉排长，不料余排长伸手就从两个小战士腰里摘下三颗手榴弹，吼叫着说："快，保护团长突围！别管我！"

张剑平转身一看，余排长已抱着六七颗手榴弹，纵身跳下城墙，身子落在鬼子的人窝里，手榴弹炸响了。

张剑平等人从漂满尸体的护城河泅水而过，先后又有十多名官兵在血色的河水中中弹身亡。

此时，已是下午6时许，一轮惨淡的夕阳正朝着滔滔黄河幽幽地坠落。

夕阳下，永济城西门外的黄河水面上，忽然浮出几十个我军士兵的身影，有的抱着木板，有的两手空空，人影儿在河面上时隐时现，漂漂荡荡。奇怪的是，平日波浪滔天的黄河此刻却变得格外平缓，格外温柔，好像母亲多情的手臂，将苦难的儿子托起来，一直送到了对岸的沙滩上……有人将这千古奇观报告给鬼子，鬼子旅团长大喜："哇，原来这里的黄河可以泅渡哇！"第二天，鬼子来到河边，却见黄河浊浪排空，吼声震天，吓得鬼子目瞪口呆……这不是作者的杜撰，这是永济战役的幸存者、86岁的陈涛先生亲口讲给我们的。陈老先生还说："那时的黄河很宽，是现在的两倍。弟兄们从黄河游过来，实在是奇迹，是老天有情啊！"

喋血蒲州城，是永济战役最为惨烈的一幕，六百多名官兵在城外防线被突破、孤城被铁桶似的围住后，浴血苦战五小时之久，牺牲五百多人。其悲壮之举，可歌可泣！中国最高统帅部于8月26日以蒋介石的名义发来电报："自张团长以次牺牲壮烈，特电慰勉。"

蒲州之战牺牲的主要军官为：团附刘天照（河南嵩山人）、营长邓祥云（陕西蒲城人）、四连连长冯民安（陕西长武人）、五连连长王继纯（陕西三原人）、八连连长刘兴文（陕西蓝田人），以及副官焦文杰、韦和亭、郑廷献等。其他为国捐躯的五百多名官兵（包括那位舍命杀敌的老火头军、余排长等），因此役幸存者至今已大多作古，无法核查出牺牲者真实姓名。不过，有两位烈士的身份尚有悬疑：一是那位团附，有资料称其为刘天照，而几年前发现的永济阵亡烈士纪念碑上却刻的是团附刘耀堂，团附只有一个，那么，此人极有可能是刘耀堂，天照为其字号；另一个就是那个叫牛蛋儿的小战士。据邓祥云同村的老人回忆：永济战役中，他们村（蒲城上王乡张王村）有五个人参战：邓祥云、邓祥林、邓进元、邓俊生、邓正宝。战后仅有邓俊生一人生还。而五人中，只有邓正宝是邓祥云的侄子辈，邓正宝年纪最小。这牛蛋儿很有可能就是邓正宝在部队上的绰号……既然一时还无法查清烈士们的真实身份，我们就用一句话来表达我们的哀思：一切为中华民族的生存与解放事业而牺牲的烈士们都将永垂不朽！

对于某些回忆录中称“张剑平弃城而逃”的说法，我辈不敢苟同。公平地讲，张剑平尽力了！而用这场战争的最高指挥官孙蔚如将军抗战持久论的观点来解释，张剑平在城破之时率众突围的行动，一切尽在不言中。

日军倚仗武器装备精良，屡次进犯中条山

张剑平是陕西长安县（今西安市长安区）人，1904 年生。其父张灵涵是保定陆军学校第一期学员，曾与张凤翙、井勿幕等一同参加辛亥革命。张剑平19岁投笔从戎，屡立战功，从参谋升至团长。永济之战，张剑平在城中苦守月余，率两营之兵力与日军对抗。据三十一军团（后为第四集团军）战报表明：永济之战我守城官兵虽大部牺牲，但日军死亡更甚。

张剑平于1949年随国民党溃军飞到台湾，1956年以国防部高级参谋的身份退役。他一生擅长诗词书画，喜欢收藏，两岸关系尚未解冻之日，即托人从台湾辗转寄给西安一位朋友《郑成功名帖拓片》一幅，以传达思乡之情。生前曾多次以书信形式叮嘱其大陆子女，要勤奋工作，为国家尽忠效力。信中还深情地表述了他盼望祖国早日统一的夙愿。

1988年秋，张剑平先生在台北逝世，享年84岁。

…………

关于血战永济，有一事不能不提：此役，敌我双方反复争夺的万固寺，是唐开元年间建造的一座庙院，与普救寺、玉泉院齐名，历来香火极盛。寺内不仅有造型精巧的十三层宝塔，而且有气势庄严的大雄宝殿、无梁殿等建筑物。日军占领万固寺后，放火烧毁了殿堂，如今的万固寺只剩下些断壁残垣。无梁殿里，有上百块浮雕图案的巨幅砖雕，图案造型之精美令人叹为观止，是世界上罕见的艺术品，也是我国建筑艺术和佛教文化中的国宝。日军在放火烧寺之前，就将这些砖雕揭了下来，随后便运到日本去了。

不知是什么原因，日军在万固寺留下了一块砖雕。而看到这一块砖雕上那精美的浮雕图案，更让我们为大量被盗的国宝感到痛惜！

那座古塔还在，塔身上被日军炮击的两个弹洞清晰可见。

日本侵略者给我中华民族造成的心灵伤害又怎会消失呢？

7 第七章 智守韩阳

教导团坚守阵地

点击

身后那女子却站了出来，两只毛眼儿扑扑闪闪地望着李振西，干脆地说：“我是他没过门的媳妇。俺大让俺过河看看他还活着没。活着就给长官请会儿假，跟俺拜个堂，他还是你的兵，俺不拦他，不误你们打仗的事。”

李振西和魏鸿纪同时露出惊愕之色："哦，还有这事儿?"

李振西问："女子，那你就不怕今天拜了堂，明天又要打仗？这枪子儿可不长眼，认不得谁是新郎官哟!"

女子倔倔地说："不怕。俺大说咧，就是明儿个守寡，俺也是打过鬼子的人的家属!"

魏鸿纪情不自禁地脱口赞道："好样的，这才是咱陕西的女人!"

李振西含泪离开西姚温，带兵回到韩阳镇。不久，就听到了永济城失陷的消息。

这消息不仅使这位铁军团长痛心疾首，也感到自己所面临的形势更加严峻了。因为，永济既失，能够对风陵渡起到屏护作用的就只有韩阳镇了。

军团部电令教导团：立即在韩阳镇部署阵地、加固工事，阻击日军南犯。

韩阳镇距风陵渡约三十里，它东靠中条山，西连黄河，山河之间的距离六七里，在此设防，确有"一夫当关"之势。以教导团的骁勇，是足以抵挡一阵子的。然而，张希文营在逆袭西姚温中全部殉难，现在全团只剩下两个营了。以两个营的兵力与两三千装备精良的虎狼之师抗衡，其难度是可想而知的。李振西团长曾做过设想：如果日军挟攻陷蒲州之勇，马不停蹄、人不卸甲地向韩阳镇杀来，则韩阳镇危矣，教导团危矣。然而，西姚温一战，日军已经知道了在韩阳镇设防的正是血战娘子关的教导团，心里先怵了三分；而永济一战，不仅使他们损兵折将付出了惨重的代价，更使他们的士气大伤。因此，日军三十九旅团指挥官高木义人便向他的上司川岸师团长请示，要求歇兵三日，休整队伍。

这三天，正好为教导团加固工事，部署兵力腾出了时间。

此前，教导团已在这里修筑了不少工事，但根据眼下的局势，工事还得加强。

同蒲铁路从韩阳镇到风陵渡的这一段，因战争早已瘫痪了，沿途有的是铁轨、枕木、石子，这就给我军筑工事修堡垒提供了得天独厚的物资条件。李振西亲自指挥各营战士日夜修筑工事，深挖战壕，又增建了一些碉堡。为了打好韩阳镇守卫战，孙蔚如带着参谋长陈子坚等人从六官村下到韩阳镇观察地形，检查工事。李振西向孙蔚如报告了他的部署："主体工事修在韩阳镇以南三里的辛店村北一线，在韩阳镇只设我军警戒点。这样，一旦敌军开来，我警戒哨迅速报告，待敌军从韩阳镇一露头，便会暴露在我军火力之下。辛店以南的匼河塬将成为我们的第二道防线，即使敌人突破我辛店阵地，匼河亦可作为我军退守的阵线。"

孙蔚如说："嗯，这个部署不错。韩阳镇既是我军观敌瞭哨的岗台，也是一道屏障。振西，韩阳镇之战的重要性我就不多讲了，只想告诉你一句话：坚守得越久越好！你李振西在娘子关守关拒敌可是名扬天下了哇！"

李振西向孙蔚如敬个礼，坚定地说："请军团长放心，此战不会比娘子关逊色。"

孙蔚如临走时问李振西："你的魏团附呢？那小子是个人才啊！"

李振西对军团长说："这我知道。好钢放到刀刃上，我给那小子派了个绝活。军团长，你就等着看好戏吧。"

为了给加固工事争取时间，李振西从团部直属连抽调出一支精干的队伍，一律身着当地农民服装，称为便衣队，由团附魏鸿纪带领，在韩阳镇内和附近的竹林中潜伏下来。李振西给便衣队的任务是：一、随时观察敌军动向；二、遇见鬼子的小部队就设法骚扰他一下，为我们多争取一些修工事的时间。

娘子关战役中的教导团官兵合影。中间为负伤的李振西团长，左一为张希文团附

魏鸿纪是陕西富平县庄里镇人，年仅25岁。他是在娘子关战役中因营长钟期恭身负重伤而临阵被任命为营长的，此次赴中条山作战又晋升为教导团团附。魏鸿纪最大的特点是头脑机灵，身手敏捷，看过《水浒传》的人都说他像“浪子燕青”。

韩阳镇的老百姓曾多次受到日军的蹂躏，对鬼子恨之入骨，因此，魏鸿纪的便衣队进镇后，群众便舍着命保护他们。魏鸿纪住在一位姓韩的老大娘家里，韩大娘对他说：“娃呀，你就待在咱屋里别动，观敌瞭哨，跑脚送信的事包在大娘身上了。”韩大娘说到做到，她联络镇上的老汉老婆，组成了一支真正的“便衣队”。老婆们或端着板凳坐在街口纳鞋底，或挎个篮篮佯装走亲戚；老汉们则在草滩放羊或在路上拾粪，一有风吹草动就向便衣队报告。便衣队分散住在各家，队员之间的联络、魏队长命令的传达也是由老汉老婆们负责。魏鸿纪这才认识到，孙军团长的“兵附于民”真是克敌制胜的法宝。

日本鬼子在永济城里“休整”了三天，这三天，他们狂喝滥饮，疯狂纵欲，抢掠奸淫，无恶不作！三天后，旅团长高木义人仍觉得自己没有“玩”够，不出战又怕上司问罪，于是就派出一个步兵中队和一个骑兵小队先到韩阳镇转转，装装样子。

在此之前，日军的侦察机已在韩阳镇周围飞行了几次，发现我军正在镇南三里外的辛店构筑工事，便料定镇子里没有我们的部队。日军的先遣队大摇大摆地开进了韩阳镇。自动担任巡哨任务的老汉老婆们早将这消息报告给了魏鸿纪。机灵的魏队长立即向队员们布置了扰敌计划，他要好好地教训这些不知天高地厚的小鬼子。

鬼子照例要在镇子上搜查一番。

三个鬼子、一个汉奸翻译，嘻嘻哈哈耀武扬威地闯进魏鸿纪藏身的韩大娘家，用刺刀指着躺在炕上装病的魏鸿纪问：“什么人的干活？”

韩大娘从容镇定地答道：“我儿子。有病。”

“什么病？”

“虎烈拉。”

“嗯？虎烈拉？”鬼子歪着头看着伪翻译。

翻译小脸蜡黄：“太君快走！虎烈拉就是霍乱，传染病，要死人的！”说完赶紧捂住嘴巴，唯恐躲避不及。三个鬼子也面面相觑，惶惶溜去。

魏鸿纪一个鲤鱼打挺，一骨碌从炕上爬起，扒着墙头向街上查看。

日色过午，在镇子上折腾了个鸡飞狗跳的鬼子们，东一堆西一群地聚在街上，开始大吃大喝，猜拳行令：古斯台、啪斯台……狂呼乱嚎，毫无戒备。

叭叭叭，魏鸿纪朝天放了三枪。

枪声一响，神兵天降，只见屋顶上、墙头上、院子里、竹林中、麦垛后呼啦啦闪出上百名身穿便衣、手持枪支的汉子，齐声呐喊着：“杀鬼子啊……”刹那之间，机枪、步枪、手榴弹一齐开火。鬼子一阵鬼哭狼嚎，顿时乱作一团，有的连身子还没来得及站起就倒卧在血泊中。这场突然袭击，没用一刻钟，鬼子两个步骑中队十有八九被我便衣队击毙，只有十几个侥幸漏网的骑兵，如丧家犬般向北逃窜。此役，我便衣队除几名轻伤外，未折一人。

韩阳惊魂，小鬼子两天没敢出窝。

李振西对魏团附大加赞赏：“你不单是干掉了一群鬼子，也给咱多赚了两天的时间。去外面看看吧，咱这里可是明堡暗道，壁垒森严，够他小日本喝一壶的。”

一位参谋说：“不出意外，守他一月四十天不成问题。”李振西带着魏鸿纪在工事群中指指点点地查看着，忽然发现一个穿着红衣裳的人影一闪就闪到一座碉堡的后面。

“什么人？出来！”李振西想：孙军团长早就制定下军规：禁烟、禁赌、禁嫖。渡河前又一再重申。大战将至，阵地上怎么会有女人的身影？哪个小子活得颇烦了？

一个年轻士兵低着头从碉堡后面走出来，身后跟着的果然是个穿红衫子的女子。

“报告团长……她……她是俺屋给我寻下的……媳妇……才从河那边过来……她……”小兵娃子吓得结结巴巴地说不出囫囵话来。

身后那女子却站了出来，两只毛眼儿扑扑闪闪地望着李振西，干脆地说：“我是他没过门的媳妇。俺大让我过河看看他还活着没。活着就给长官请会儿假，跟俺拜个堂，他还是你的兵，俺不拦他，不误你们打仗的事。”

李振西和魏鸿纪同时露出惊愕之色：“哦，还有这事儿?”

李振西问：“女子，那你就不怕今天拜了堂，明天又要打仗？这枪子儿可不长眼，认不得谁是新郎官哟!”

女子倔倔地说：“不怕。俺大说咧，就是明儿个守寡，俺也是打过鬼子的军人的家属!”

魏鸿纪情不自禁地脱口赞道：“好样的，这才是咱陕西的女人!”

李振西只觉得心里一酸，他觉得他被这女子感动了。他想了想，说：“请假是不行。这样吧，我在辛店给你们找间房，你俩今天就在这儿拜堂成亲。我跟魏团附给你们主持婚礼。咋向?”

那女子重重地点点头：“能成!”

小战士的脸涨得通红：“长……长官，这……这……”

李振西用大手把小伙的头一拧，悄声地说：“叫你小子也做一回男人!”

李振西让军需在村里租了间房子，又贴红挂彩地布置了一番。房东听说是团长给兵娃子在战场上办婚礼，又惊又喜，从柜子里搬出一床崭新的花被褥，对军需说：“这是给我儿准备下的，没等拜堂，俺娃就被鬼子害了……今儿个就当给我娃办事吧……”说完，老汉仰脸长长吁了口气。

天快黑时，一场特殊的婚礼开始了。李振西、魏鸿纪和团部的几位参谋、副官都来了；一伙小兵娃子趴在窗外叽叽咕咕，说说笑笑。

一个憨头憨脑的童子军问一个大兵：“结婚是弄啥呢?”

大兵不耐烦地说：“去去去，回去问你爸你妈去。”

童子军凄然地说：“俺爸俺妈早都死咧。”

另一个老兵嬉皮笑脸地说：“笨屃，结婚就是男人和女人在炕上挽蛋蛋哩。”

小童子军挠着光脑袋说：“那咱跟鬼子挽蛋蛋咋不是结婚？哄我这瓜娃呢吧？”

大兵们一阵大笑：“娃呀，你屎不懂。”

婚礼进行到拜高堂时，屋里人都怔住了：这会儿上哪请他们的父母去啊？

倒是那新娘机灵，她羞羞答答地对李振西和魏鸿纪说：“两位长官坐端，你们就是我俩的高堂！”说着，拉起新郎俯身就拜。这一拜，竟然长跪不起，方才还刚强爽直的女子此刻却哽咽起来。

这时，村里的几个年轻婆姨在院子里唱起了民歌——

亲口口哟拉手手，

咱们两个就朝那山圪塄里走……

李振西做了个吆赶的手势，对看热闹的官兵们说：“走走走！让小两口多热乎一会儿。”

当天晚上，魏鸿纪带着一个排的便衣队员，乘坐五只小船驶到了黄河西岸的富民村（属朝邑）。在村民王有善的引领下向北疾行十余里。王有善指着韩阳镇以北一个灯火稀疏的村庄说：“那就是马庄。”

原来，魏鸿纪在去参加婚礼的路上，碰到了韩阳镇的韩大娘。韩大娘说，听马庄的一个亲戚说，今天下午鬼子用汽车拉了几车的枪炮子弹，就堆在麦场里用篷布盖着。看样子鬼子要打过来了……听到这个消息，魏鸿纪脑瓜子一转，决定当天晚上就夜袭马庄。为了迷惑敌人，他选择了迂回到黄河西岸、再渡河绕到敌人背后的方案，让鬼子死都死得稀里糊涂。

便衣队又乘船到河东马庄。王有善摸进村叫出了他的妹夫赵瑞祥。赵瑞祥一听要炸鬼子的弹药堆，兴奋地说：“太好啦！狗日的鬼子把我们庄的人糟蹋扎咧！走，我给你们带路。”

便衣队员猫腰前进，走到离鬼子堆放弹药不远的地方，见鬼子的一支巡逻队打着手电从南边过来了。魏鸿纪让二班长迎上去，干掉巡逻队。二班长手一挥，八九条枪一齐开火。魏鸿纪趁机带人箭一般飞奔。赵瑞祥手一指：“那就是弹药堆！”魏鸿纪一声令下，几十颗手榴弹瞬间便在弹药堆上炸开了。轰隆……敌人的四五个弹药堆同时炸响，震得整个村子都在颤抖……

魏鸿纪喊一声：“撤！”三十多名便衣队员飞快向河滩跑去。

这时，马庄南北均响起了枪声，南边的向北边打，北边的向南边打。便衣队员一蹦三尺地叫着：“打得美！狗日的把驴日的往死里打！”

魏鸿纪也笑着说：“狗咬狗，两嘴毛。咱不看热闹了，回。”便衣队乘船顺流而下，天不明又回到了辛店。

8 月22 日清晨，恼羞成怒的鬼子调集飞机、大炮和三千多名步兵，气势汹汹地越过韩阳镇，向我辛店阵地杀来。

跟鬼子打了一年仗的李振西深知鬼子作战的规律，他们是死守着步兵操典的教条不放，那就是：“以火力压倒敌人，然后以冲锋摧毁之。”所以，当鬼子的飞机、大炮对我阵地狂轰滥炸时，李振西命令士兵守在碉堡里不要动，养精蓄锐。一旦炮声停了，就是鬼子要发起冲锋了。那时，我军迅速进入工事，在鬼子离我们五六十米的时候，工事、战壕、碉堡一齐开火。这个打法十分有效，鬼子的每次进攻都是在我阵地前撂下一片尸体后而溃退。鬼子兵不善夜战，天一黑就缩了回去。我军到了晚上除了整修工事就是吃饭、休息。而魏鸿纪的便衣队却不让敌人有安生的时候，天天晚上分成几个小分队深入敌后骚扰，搅得鬼子日夜心惊胆战。

不幸的是，三天之后，便衣队夜袭盘底村，在炸毁了敌人三辆装甲车之后，魏鸿纪让队员们撤退，自己在后面掩护，一个鬼子军官发现了他……一颗子弹打在魏鸿纪的胸膛上……

便衣队员们把魏队长背到辛店时，魏鸿纪对李振西只说了半句话就闭上了眼睛：

“壮……志……未……酬……我……”

“鸿纪，我的好兄弟啊……”“铁军”团长李振西痛哭失声，在场的官兵潸然泪下……

8 月 27 日，《西京日报》刊发战地记者王若华写的消息《风陵渡保卫战》，文中对魏鸿纪壮烈殉国深表哀悼。

小小的韩阳镇上，连续十几天炮火连天、杀声震地，双方在这里所消耗的弹药足可以堆成一座小山，但李振西的防御体系却始终岿然不动。黄河南岸的潼关能听到韩阳镇的炮声，而韩阳镇的辛店阵地上，我军也能听到陇海铁路上汽笛的长鸣。每当听到车轮和汽笛的声音，李振西团长的脸上都会露出欣慰的笑容。

微笑的不止李振西一人，六官村军团部的孙蔚如和他的将士们也在笑。黄河涛声依旧，陇海笛声依旧，关中无恙，山河依旧。一代儒将孙蔚如一时情动于心，便想起唐人王昌龄那首著名的《出塞》，于是提笔泼墨，将王诗稍作改动，写出“但使秦城飞将在，不教胡马度潼关”条幅一帧，对陈子坚说：“等见到振西，可赠之。”

李振西团的坚守，不仅在当地老百姓中传为神话，而且在各方都引起了震动。西安方面，大小报社都派记者来采访，各种社会团体都派人来慰劳；河南方面，一直隔岸观火的胡宗南派他的作战参谋到教导团调查防守战术，问李振西克敌之“秘方”；设在重庆的国民政府军事委员会政治部召开记者招待会，政治部主任陈诚骄傲地说："敌人的一个旅团，被我们风陵渡桥头阵地的一个团挡住了好多天，打破了日军占领风陵渡、炮击潼关、威胁陇海铁路的企图。这就叫一夫当关，万夫莫开呀!"

教导团创造的另一个奇迹是：双方你攻我守，激战半月，日军尸横遍野，而我军却少有伤亡，连以上的指挥员竟毫发未损。

日军终于"猴急"了，也终于醒悟：死搬硬套步兵操典，除了每天丢些尸体外，不会有什么进展的。9 月初，日军川岸师团长根据旅团长高木义人的请求，从运城、虞乡、夏县等地又调来二十几门平射炮、十几门重炮，飞机也换上了重型炸弹，开始了空中和地面的全面轰炸。三天之中，鬼子的步兵竟然没有露面。炮火硝烟遮天蔽日，许多民房被炸成废墟，树木竹林被烧焦。但是，我军工事并未因此而被摧毁，士兵也没有多少伤亡。

鬼子是在进攻我军两周后才灵醒过来的，而李振西在敌人发动炮火攻势的当天就灵醒了。他发现炮火连天中不见一个鬼子兵出来，就知道鬼子要干什么了。于是他连夜命令士兵捆扎了许多稻草人，将这些稻草人竖在战壕边沿吸引敌人的炮火炸弹，战士们则躲在碉堡下面的地道里。几天下来，稻草人"牺牲"了不少，血肉之躯的官兵们除几名哨兵外大都平安无事。三天后，鬼子用催泪弹开道，二十多辆装甲车、两千多名鬼子冲过了我军的外线战壕。但我主阵地上十几座碉堡组成的火力网，又一次叫鬼子饱尝了失败的滋味。

日军旅团长高木义人对教导团的"软硬不吃，生冷不惧"大伤脑筋，走投无路时，他又想起永济城外防线久攻不下时部下给他出过的主意：中国军队最怕侧击。于是他决定如法炮制。可是，西面是黄河，显然无法利用，那就只有远程迂回了。高木义人派出一个步兵大队，让他们从虞乡、解县接合部的王官峪爬上中条山，翻过中条山的分水岭，经芮城沿黄河北岸通过永乐镇，从侧面进攻风陵渡。

永济战役为三十一军团进入中条山腹地赢得了时间，此时，王官峪已经有我九十六军一七七师的一个营在防守。但是，韩阳镇方面教导团屡挫敌锋的消息让刚刚进驻这里的守军忘乎所以了，他们根本没想到这会儿会有敌人打王官峪的主意。

王官峪位于五老峰东侧，这里山岭苍翠，林木葱郁，泉水叮咚，山谷幽深，是一个休闲的好去处。清朝户部尚书阎书铭曾在峪中修了一座别墅，每到夏日必携家小到此避暑休闲。一七七师进驻王官峪时，李兴中将军部设在阎书铭的那座虽经百年风雨却风雅犹存的山间别墅里，只派了一个营的兵力在峪口至山腰间扼守。从五六月间奉命渡河，李兴中率一七七师连克晋南十三县，接着又参加了永济保卫战，部队已成疲惫之师。鞍马劳顿的李将军知道，永济之战不过是个序幕，扼守中条山，后面的战斗将更加残酷。所以，他想在这里让部队稍作休整。

但是战争的残酷往往表现在当你意想不到的时候它却猝然降临了。

枪声……枪声先是从峪口响起，越来越近，很快就到了半山腰间。这时，有哨兵慌慌张张地跑来报告："鬼子……鬼子冲上来了！"

李兴中问："有多少敌人？"

哨兵答："山里有雾，看不清。反正不少。"

九十六军目前正在各处设防，且主力多在南麓的芮城地面，李兴中一时无法调动，就只好向军团部发电报，说日军已从王官峪突破，望军团部调兵增援。

这时，鬼子已将我军逼到了山顶上。天已黄昏，山里又是雾岚重重，李兴中只好命令战士们撤退。

鬼子从王官峪下山，窜入芮城地界。

日军突破王官峪，迂回袭击风陵渡的消息传到了教导团后，李振西就开始考虑这一仗该怎么打了。

根据芮城一带坡大沟深的地理特点，李振西断定，日军即使一路上不遇抵抗，也需两天之后方能到达风陵渡。教导团目前还可以在韩阳镇守上一阵子。但是到那时，教导团就陷入腹背受敌的困境了。韩阳镇一面是黄河滩，一面是中条山，这个狭窄的地段一旦形成腹背受敌之势，必然是全军覆没。教导团在旧关（娘子关）战役中，虽然打出了威名，但人马却几乎丧失殆尽，只好拉回陕西重整旗鼓。这次扼守辛店二十余日，加上前面收复万固寺、逆袭西姚温，这支新补充的队伍也伤亡过半。更令人伤感的是，手下两员大将张希文、魏鸿纪已先后殉国。这些天，如果不是工事坚固，民众支持，怕是早就重演旧关战后无兵可带的凄凉一幕了……想到民众的支持，李振西唏嘘不已。从战斗打响以来，当地的老百姓真是舍着身家性命支持我军啊！没有韩阳镇群众的掩护和通风报信，便衣队何以藏身又何以屡屡偷袭得手？魏鸿纪牺牲后，朝邑的渔民仍然天天夜间撑船过来，给我军送来做好的蒸馍、锅盔、油泼辣子，然后再载着便衣队过河，迂回至敌后骚扰袭击敌人。黄河两岸老百姓给我军供应的熟食，竟然使我军二十天内没有开火做饭，此情真是天高地厚啊！须知晋南是饱受日军践踏之地，河西是贫瘠荒凉之乡，两地的老百姓一直过的都是吃糠咽菜的日子啊！

《三国演义》中，街亭一失，沿途各点的抵抗不过是为迟滞魏军的进军速度而已，连孔明也知道大势已去，用空城计唬走司马懿之后便悄然兵撤汉中。作为以保卫风陵渡为目的的永济之战，永济的城池失陷就预示着风陵渡的不保。我教导团在狭窄的道路上苦守多日，屡挫敌锋，使我三十八军、九十六军和独立四十六、四十七旅等部得以在中条山腹地集结部署，陇海铁路得以畅通多日，已经是很了不起的事了！为将之道，在于审时度势，决定去留。以中日两国、两军目前之战争态势，恶仗还将长期打下去；而三十一军团立马中条，保卫黄河的战斗也将是长期的、艰苦的。这一点，军团长孙蔚如是再清醒不过的。因此，我军就不可对一城一地之得失而过分看重，更不可做无谓的牺牲，要为后面的战斗积存力量……想明白这些，李振西决定趁日军两面夹击之势未成之前撤出韩阳镇。

李振西的想法与孙蔚如不谋而合。孙蔚如在电话中对李振西说："教导团能在韩阳镇守这么久，连我事先也没想到。如今日军突破王官峪，李兴中请求增援，我看你们还是撤下来吧。第一步先撤到六官村视情况而定。军团部也要撤，先撤到麻沟再说。"

李振西即令全团于午夜过后撤出阵地。

但是，午夜1时许，正当部队有序地撤退时，孙蔚如的电话又打来了："战区来电，卫长官要你们继续坚守，非有命令不能撤退。"

李振西问："那军团长的意思呢?"

孙蔚如沉吟片刻，低声说道："我的意思我早就说过了么!"说完就挂了电话。

李振西跟随孙蔚如多年，深知孙处事稳健，在以抗日为重的前提下，孙不愿与上司闹矛盾；而作为杂牌军的陕军，又处处受制于人。现在，战区司令长官与军团长的命令都摆在团长李振西面前，李振西就必须想出一个两边都能搁住的办法。但无论办法想得多巧，都会比原计划多增加些难度。对此，李振西唯有怅然长叹……

李振西下令让已经撤到中条山脚下的队伍掉头转回，进入阵地。他的计划是：待天明之后抵挡一阵子再行撤出。但是，苦战多日的士兵一旦踏上撤退之路，军心士气必然由昂扬一下子滑入倦怠，再让他们回头，用一句现代时髦用语就是"找不到感觉了"。而连日受挫的日军却看出了我军准备撤退的迹象，为了泄愤，鬼子倾巢而出，步兵、炮兵、骑兵、装甲车、飞机一拥而上，很快就将教导团分割成几块。李振西的指挥部也被两百多名鬼子团团围住。

局面的糟糕还远不止于此：军团部来电，六官村也被鬼子包围了，军团部正在突围。参谋长陈子坚在电话上问李振西：“你们还能坚持多久？多坚持一会儿就能为军团部减轻撤退的压力……”

李振西正准备说“我们也被包围了”，话未出口，电话线断了。

好在李振西事前就做过应付危局的部署，他让第一营紧靠中条山布阵，一旦形势危急时，可迅速向山上的六官村撤退，保护军团部。激战至中午11时许，一营在营长殷义盛带领下已经冲到山腰，占据有利地形阻击鬼子，掩护军团部撤退。二营在黄河滩上与敌鏖战。由于战场狭窄，敌我双方兵力交叉，鬼子的飞机大炮用不上，我军边打边退，二营大部也已突出重围，沿中条山西端上了山。

李振西和指挥部一干人均被困在辛店。李振西下令甩掉指挥部里的“坛坛罐罐”，所有人都拿起武器与鬼子对抗。此刻他想的是：只要一营能冲到山上，保护军团部安全转移，这一仗，我李振西纵然一死，也无愧于三秦父老了！

下午3时许，围攻指挥部的日军背后突然响起一阵激烈的枪声，鬼子顿时四散而逃，为李振西指挥部队突围闪出了一条道路。李团长一看，是二营营长李成德带着一个排的战士从敌人背后杀来。原来，李成德带二连突围至山脚下，问战士：“见到李团长了吗？”有战士回答：“没见啊！”李成德惊呼一声不好，急忙让副营长带人上山，自己则亲率一个排杀了个“回马枪”，到指挥部救出李振西及团部人员。

李成德问：“团长，你没事吧？”

李振西说：“没事，擦了点皮！”

李成德双枪齐发，全排士兵组成一个半圆形火力网边打边撤。打到山脚下，李振西回头一看，身后已没有一个我军士兵了。排长何文献及全排士兵全部壮烈牺牲……李振西悲痛地低下了头……

李振西、李成德到六官村后，军团部已是人去楼空。危急时刻，是赵寿山军长亲率一队人马，从东、南两面击退了鬼子；西面也有李振西一、二营的顽强阻击，致使穷凶极恶的鬼子围剿我军团部的阴谋未能得逞。

已是下午4时许，昏黄的太阳开始坠落。

六官村里，满街满巷到处躺着教导团的士兵，有挂彩的伤员，亦有累得爬不起来的士兵。从早上打到这会儿，士兵们水米未进，又极度疲劳，烂泥似的横七竖八地躺在地上，但一个个脸上都露出了笑容。

李振西正想叫部队集合，六官村口炮声响了，鬼子号叫着向村里冲来。我军士兵一下子又来了精神，连忙爬起来准备做殊死一搏。李振西想：军团长已安全撤走，此地又何须再让弟兄们白搭上性命呢！于是他下达了命令："不要打了，各部自选道路，各自为战，到麻沟会合。"

自此，三十一军团渡河后的第一仗拉上帷幕。

我们在查阅各类资料（包括参加过这次战斗的将士们所写的各种回忆文章）时，发现对这场战争的描述虽大同而仍有小异。应当说，这是不奇怪的，因为战场场面很大，战事激烈，局势瞬息万变，不同的人，所处的位置不同，职位不同，看到的情况也自然会有差别。但对这场战事的评说所存在的偏颇却使人感到有必要做一更正——当然，这也是一家之言。有人说，永济之战是以我军的胜利而结束；有人说，由于孙蔚如指挥不当，致使我军此役溃败。我们认为，两种说法都欠公允。从局部战役来说，我军应当是失败了——东原失守，永济沦陷，韩阳撤兵，乃至风陵渡再次落入敌手，我们都不能不承认这是我军的失败。但是，从战略全局来看，这场战争又不能简单地用失败二字来做结论。因为，第一，我军面对敌人数倍之兵力，以劣等的武器与鬼子交手，打得鬼子不得不多次增兵和增添武器，挫了敌人的骄狂之气，也提高了我军民抗战的勇气。第二，我军渡河作战的目的是在中条山布防，以做长期抗战之准备，这是事关抗战全局的重大决策（用抗战最高统帅部的理念就是“用空间换取时间，用时间争取胜利”）。而我军以三万之众要在三百里中条山完成防守体系，就需要时间，何况中条山不是“空山不见人”的闲静之处，许多重要峪口都有鬼子据守，那里的争夺战也打得很激烈（本书囿于篇幅，未做详述）。永济之战为我军完成布防争得了时间，我军在这一时间基本上完成了军事部署。因此，日军虽然占领了风陵渡，但仍然不敢渡过黄河。三百里的中条山防线，造成了他们无法克服的前进障碍和后顾之忧。从这个意义上来说，永济之战应是战略上的胜利。

由于通讯不灵，战局多变，指挥员在某个时段，某个局部战术上出现失误在所难免，我们既不必为贤者讳，也不必苛责。

战争，毕竟不是书房作书，绣楼织绣，茶楼品茶，花棚莳花！

唯罹难诸君，令人戚然……

永济战役结束不久，西安易俗社编剧樊仰山先生便创作了秦腔剧本《血战永济》。这部充满爱国主义、英雄主义的大戏演出后，在古城西安引起强烈震动，极大地激发了古城人民支援抗战、参加抗战的爱国热情。这部戏的开场词是这样说的：

闻胜勿骄败勿馁，
不能成功即成仁。
但得杀敌保疆土，
纵死也留万古馨。

8 第八章 转战东延

转战途中

点击

聚攒了一个下午的浓云终于被风雷撕裂了，瓢泼大雨从天而降，雨声淹没了山间的一切声响，大风将山上的树木摇得东倒西歪。日军的探照灯在沉沉雨雾中变得昏黄暗淡，比煤油灯亮不了多少。

午夜的狂风骤雨，掩护我军首脑机关顺利地通过了敌人的炮火封锁线。山上的鬼子做梦也不会想到，虽在中条山下层层设防，可打得他们焦头烂额的中国军队的指挥官，竟然从他们的眼皮底下从从容容地走了过去！

纵使风雨无情，怎挡虎胆英雄！

……………………………………………………………………………………

教导团陆续撤到六官村前的半小时，孙蔚如已率军团部离开了六官村。至此，中条山西部防御战的第一阶段已告结束。孙蔚如决定将指挥部向东转移，率部进入中条山腹地，继续指挥陕军作战。

解六官村之围，帮孙蔚如安全转移的正是他的结义兄弟赵寿山。

接到九十六军军长李兴中关于日军越过王官峪，迂回陌南镇向芮城扑来的报告后，孙蔚如感到事态严重，立即电令：已在平陆归还建制的三十八军军长赵寿山速派十七师到陌南镇，从背后追击敌人；独立第四十七旅由同蒲线以北返回中条山追击敌人，对由永济南进之敌实施侧击；正向平陆方面前进的四十六旅掉头向西，向军团部靠拢；教导团从韩阳镇相机撤退……

接到军团部电令后，赵寿山心里万分焦急。他想：现在杨虎城仍被扣在老蒋手里，西北军的领导重担压在孙蔚如肩上，而眼下的中条山防御战又刚刚开始，万一主帅孙蔚如有个闪失，我赵寿山将来有何面目再见杨虎城将军？有何面目面对支持我军东渡抗日的三秦父老？何况，我与孙乃义结金兰的兄弟……想到这里，赵寿山急呼士兵备马，他要亲自带两个团的兵力追击敌人，以解六官村之围。

正当日军从山道上向六官村发起进攻时，赵寿山将军拍马杀到，两个团的官兵一拥而上。围攻六官村的日军并不知道这里是我军团指挥部，见我军来势汹汹，便悻悻而退。

孙蔚如握着赵寿山的手动情地说：“多蒙寿兄相救……六官村之争，兄弟我认输了!”

赵寿山长长嘘了口气：“这话说得外气了，谁叫咱是生死兄弟呢!”

赵寿山留下一个营保护军团部转移，自己则率余部返回平陆。分手时，孙蔚如让赵寿山加紧构筑茅津渡之防线，因为日军在占领风陵渡后，下一步必然要向茅津渡进犯。

六官村的老百姓眼泪汪汪地站在村口为部队送行，争着抢着给官兵们塞东西：蒸馍、锅盔、油旋饼、煮鸡蛋、煮苞谷棒、熏肉熏鸡……一边塞东西一边哽咽着说：“回来噢……”

孙蔚如的房东姚成泰拉着儿子的手对孙蔚如说：“司令，你别看这碎碎个人儿，心里头与你亲着哩！我真想让你把他带上走。田娃子，干爹要走了，快叫干爹!”

姚芝田叫了声“干爹……”哇的一声哭了。

孙蔚如俯身摸了摸干儿子的“光葫芦”，眼里也有点湿润了，说：“儿子呀，等你长大了，打鬼子的事就轮不上了。好好给干爹长出息，将来为国家好好出力吧!”

看到送行的村民越来越多，孙蔚如一步跃上一个半米多高的土台，他深情地望了望一个多月来与其生死相依的六官村乡亲，轻轻叹口气，双手抱拳，对村民说：“父老兄弟们，敝军在此月余，对大家多有打扰，承蒙父老兄弟们悉心照料，孙某不胜感激！如今，因战事吃紧，我等不得不暂离此地。日寇凶残，但多行不义必自毙，望父老兄弟们竭诚团结，共御顽敌。待战事平歇，倭寇扫除，孙某再来看望大家……军情紧急，马前一躬，诸位请回吧!”说完，跳下土台，翻身上马。

山道上哭声一片。

将军跃马挥鞭，高大魁伟的身影眨眼间隐入青山绿水之中。

暮色苍茫时节，部队已转过两座山头。孙蔚如忍不住回头西望，口中自言自语："不知振西情况如何?"

陈子坚说："教导团有铁军之称，振西又胆略过人，我想，他们此刻应当是已经进入六官村了。"

"可是……"孙蔚如欲言又止，望着暮色中的莽莽苍山，发出一声幽幽的长叹。

只有陈子坚能听懂这叹息声中的隐衷——

教导团在韩阳镇苦守多日，虽屡挫敌锋，打出了陕军的威风，但毕竟是一滩之地，两营之兵，要想利用韩阳镇彻底击退来犯之敌，是很不现实的。这一点，孙蔚如多次向陈子坚说过。为将帅者，固然要鼓励战士们血战到底的勇气，但决不可墨守成规，拿士兵的生命做没有胜算的赌注。为一城一地把人拼光了，后面的仗怎么打？当韩阳镇阻击战取得了出乎预料的胜绩，日军于屡次挫败后再度增兵的时候，孙蔚如便与陈子坚等人商量，让教导团撤下来。可命令刚刚发出，卫立煌却发来措辞严厉的电报，严令教导团死守阵地。接到电报后，孙蔚如心里一沉，暗暗叫苦。他对陈子坚说："这时候，我要公然违抗卫长官之军令，我个人得失事小，势必会影响到我军抗战大计！无论如何，卫立煌在中央军中还是位力主抗战的将军，我们不能跟他闹别扭。现在的办法，也只能靠振西相机行事了……"

可正是因了这份电报的掣肘，韩阳镇风云突变，致使两难中的教导团陷入危境……

孙蔚如的叹息，正是一位为顾全抗战大局不得不忍辱负重的杂牌军将领的郁闷之情!

孙蔚如问陈子坚："给振西说清了吧？麻沟，在麻沟会合！"没等陈回答，他自己却拍了一下脑门："唉，昏啦！这话是我亲口对振西说的呀！"

一夜行军，至东方破晓时，军团部进了麻沟村。孙蔚如下令"就地休息"，又对陈子坚和李百川说："等不到振西，我们就不走。生要见人，死要见尸！"

饭做好了，孙蔚如刚刚端起饭碗，就见哨兵急头绊脑地跑过来："报告军团长，李……李团长……回来了！"

孙蔚如霍地站起来，挥手让陈子坚等人跟上，急匆匆向村口迎了过去。

李振西果然在百十名士兵的簇拥下走了过来。

"振西……"孙蔚如双手搭在李振西的肩膀上摇了又摇，喃喃地说，"兄弟有功，愚兄有过呀……"

李振西郑重地向孙蔚如行了个军礼："军团长，振西虽然鲁莽，心里清亮着呢！我就一句话，只要留一口气在，就在你的帐前听令！"

这时，教导团的散兵们也从四面八方三五成群地走进麻沟。伤员们被弟兄们搀着、扶着、背着，所有的士兵都是浑身血迹，衣衫褴褛，脸上却依然挂着不屈的神色。

李振西对一营营长殷义盛下令："集合！"

数百名血迹斑驳的士兵挺胸列队。

李振西大声说："弟兄们辛苦了！你们不愧是军团的一支铁军，咱们陕军的骄傲！现在，弟兄们从死人堆里爬出来了，可爬出来干啥？"

数百名士兵一哇声吼道："打！打日本鬼子！"

孙蔚如很受感动，对军团部的官兵们说："一个'打'字，气壮山河！这就是教导团，这就是铁军！一息尚存，决不言败。我军有此精神，何愁倭寇不灭！”

忽然，孙蔚如发现这些士兵的后面站着两个农民打扮的人，看样子显然不是李振西手下之兵，却跟着士兵一起举拳呼喊，忙问：“后面那两个是哪来的？”

那两个人见孙将军问他们，赶忙踮着脚，仰着脖子向孙蔚如招手：“司令，你忘咧？俺俩是六官村的阉猪的。”说着拨开人群朝前挤。

“阉猪的？噢……”孙蔚如想起来了，那天他坐着滑竿到山下的韩阳镇视察，回来时，见路边躺着两个浑身是血的农民。孙蔚如赶忙叫抬滑竿的士兵停下，让副官徐鸿恩去看看那两人是否活着。徐副官回报说，是六官村两个阉猪的匠人，腿上、颈上有刀伤，人还活着。孙蔚如当即下了滑竿，让人把其中一个年长的抬上，另一个让士兵背上，送回六官村，交给军医抢救治疗。

后来听说那两人是叔侄俩，平日游走乡间靠阉猪为生。那天下山碰上了几个从王庄溃逃的鬼子兵，鬼子便拿他爷儿俩出气，用刺刀朝他们身上戳。爷儿俩带着伤夺路而逃，半路上就昏倒了……

两个阉猪匠走到孙蔚如面前，扑通跪倒在地。那年长的说：“俺爷儿俩的命是司令捡回来的，俺今生今世跟着司令走！昨儿黑，俺回村听说司令开拔了，俺就跟兔娃说，走，咱撵孙司令去。狗日的鬼子差点要了俺爷儿俩的命，今儿个咱也要狗日的鬼子拿命来偿！司令，求你把俺爷儿俩收下吧！”

那个叫兔娃的小伙说：“司令，你别看俺不会打枪，阉猪可是一刀准。逮住鬼子，把狗日的全阉了！”

在场的官兵一阵大笑。

“哎，你笑甚哩？”兔娃一本正经地说，“把狗日的都阉了，鬼子不就断种了么？看他们以后咋样害人！”

孙蔚如也被这小子的憨劲逗笑了，这一笑，似乎把心中多日的郁闷也扫光了。他对李振西说：“这爷儿俩就交给你了。这下子，教导团又多了个兵种。哈！这就叫英雄不问出处，杀敌不论手段！”

麻沟地薄人稀，显然不宜做军团部驻扎之地，部队在麻沟歇息半宿，四更天便出发了。

翻沟越涧，山路越走越窄，有的地方只能单人通过，战马也要人牵着过去。而愈往深处走，中条山才愈显出其风光之旖旎：飞瀑流泉，苍松翠柏，茂林修竹；野花摇曳，山雀啼唱，雨燕斜飞，猿猴长啸；左竹篱右茅舍，前小桥后清溪；白云悠悠，山风轻轻，雾岚袅袅，山道弯弯，青山隐隐，林海苍苍……一路上的好景色，让刚刚在烈火硝烟腥风血雨中与死神擦肩而过的官兵们，禁不住啧啧称奇：爷呀，世上还有这样美的地方……知识分子出身的秘书长李百川叹曰：“真是翠柏荫峰，清泉灌顶，美不胜收哇！记得唐人韩愈写过中条山的诗：‘条山苍，河水黄，浪波沄沄去，松柏在山冈。’树棠兄，此刻可有诗兴否？”

孙蔚如也正沉浸于大山的美景之中，见问，随口答道：“愈见山河壮美，愈觉心事沉重，真是眼前有景道不得啊！”

陈子坚说：“是啊，想我泱泱华夏，像这样风光秀美之处可谓恒河之沙，数也数不清啊！可如今，不知有多少山川都在日寇铁蹄下呻吟呢。面对大好河山，我辈军人，深感汗颜呀！”

“所以，”孙蔚如说，“我辈才立马中条，力挫倭寇。一是为山西民众，晋南山河；二是为我三秦父老，关中沃野。”

部队行至傍晚，进入中条山深处。见两山之间，有两个村落南北对峙，南名“水幽”，北谓“神西”，皆处群山环抱之中，有松林为屏，清溪为带，远远望去，恍若世外桃源。

孙蔚如率部来到村前，嘱咐军士小心行走，不可惊扰村民。待走进村口，众人都被眼前的景象惊呆了……

村中男人，蓄长辫者有之，穿长袍者有之，倒也不算太稀奇；唯村里的女人，个个是发绾顶髻，钗环罗插，身穿大红大绿宽袖罗衫，与戏台上的清代女人几无二致。几个小士兵看得眼都直了，悄声问老兵：“这是弄啥哩？演戏？没见戏台子么？”

村里人一看拥来这么多跨马背枪的男人，也都怔住了：胆大点的和当兵的大眼瞪小眼地凝视，胆小点的跟头趔趄地朝自己家里跑。

孙蔚如令军士不要擅入农家，只在村口的松林间、小溪旁歇息，自己和陈子坚、李百川一行，观光游览似的缓步向村中走去。行至一座小院前，孙蔚如请一位白发老者留步，以亲切随和的口吻向老者打听村里的情况。

“老人家，请问这里是属于哪个县管的地界啊？”

老者用迟疑的目光将孙蔚如等人打量了好一阵子，开口问道：“你们是做甚的？到这搭做甚来了？”

“我们是国军，到这里抗日，就是跟日本人打仗来的。”

“日本人？”老者更迷糊了，“哪来的日本人？倒是听到山外头放炮哩，好像说是跟俄国人打仗哩嘛，得是八国联军又打来了吗？”

天哪……抗日战争已经打了一年多，中条山周围炮火连天，日军几进几出，这深山老林中的人竟浑然不知，记忆还滞留在八国联军侵华时期，简直是天方夜谭啊！孙蔚如暗自骂道：阎老西呀阎老西，你玩的愚民政策可真够一绝啊！

李百川忍不住问老者：“老人家，你知道如今是什么年月么？”

“甚年月？”老汉自信地说，“俺咋的不知道甚年月？而今是阎锡山当皇上的年月么！”

几位将军相对无言。

再往村子里走几步，忽见前边一座欧式教堂出现在眼前，看样子是早年外国传教士修建的。足见外国殖民主义者对中国的文化渗透是无孔不入，连这个与世隔绝的深山老林也没有放过。

水幽、神西皆属于芮城地界。如今，山北已成了敌人的占领区，此处也不宜我军久留。于是，孙蔚如命兵士在村外宿营。好在是夏末秋初，山中清爽宜人，兵士们倒是睡了个久违的囫囵觉。

第二天早上，军团部继续东进。一路上，孙蔚如心里总有一种苦涩的滋味。他想起初进六官村时，见那里的民风很是粗陋，年轻妇女竟赤着上身晃着奶子在村中行走；男人更甚，男孩子十二三岁就娶媳妇。孙蔚如就让部队宣传队在村里组织开展革除陋习移风易俗活动。可惜时间太短，未见成效。而今转战途中又见水幽、神西的封闭愚昧比六官村有过之而无不及，不由得心生郁闷，思前想后……我中华民族遭到列强欺凌，百年蒙羞，究其内因，无不与文明进程的迟滞有关！即使赶走倭寇，倘我民族不能自省自强，着力追赶世界文明潮流，何日方能摆脱受人欺侮之苦哇？

“吁……”将军望着莽莽青山不住地长叹。

青山无言！

…………

就在孙蔚如率军团部沿中条山南麓向东转移的同时，在永济得手的日军派出多支部队，穿插于芮城、平陆之间，力图打乱我军防线。军团部转移期间，机要电台日夜不停，接收各路情报，传达孙蔚如将军的指令。

黄河以北、中条山以南的狭长地段中，形势一日三变，扑朔迷离。

数日后，军团部在芮城的江口村再次被日军堵截。

前面是强敌，背后是黄河，军团部几乎是身陷绝境了。我军各部均被日军牵制，加之通讯失灵，与各部一时联系不上；日军的炮火猛烈，骑兵在山间到处搜索。形势十分危急！

孙蔚如召开紧急会议，听取大家的建议，研究如何脱险。

风光秀美的中条山王官峪

陈子坚说："看这阵势，日军现在还不知道我们的真实行踪。但是，以我们现在的兵力，要掩护军团部突围是不可能的。如今之计，可电请卫立煌长官，请他让河对岸的部队派船接应我们过河。三五日内，此处局势必有转变，到时候我们再过来。不然，一旦敌人摸清我们的行踪，必集结重兵攻之，军团部恐有灭顶之灾啊！"

李百川也说此计可行。

孙蔚如沉吟良久，觉得这不失为权宜之计，但战区那边会怎么想呢？

孙蔚如说："我看可先向卫长官发报请示一下。一定要向卫长官说清情况，并声明，三日之内即原路返回。"

陈子坚很快起草了给卫立煌的电报稿。

孙蔚如在电报上签过字后，叫机要员晋震梵过来，对晋说："发报之前，再与赵军长、李军长联络一下，看能不能联系上。"

晋震梵走后不到十分钟，就听见他惊喜地喊了一声："军团长，三十八军的电话接通了！"

孙蔚如疾步走向机要室，边走边说："真乃天不灭曹！"赵寿山的三十八军就在平陆西部的中张村。

但是，接电话的不是赵寿山，而是三十八军参谋处处长于寿亭。于寿亭说赵军长到外面查看地形去了。孙蔚如便让于通知赵寿山，速带部队来解江口之围。

孙蔚如撕碎了给卫立煌的电报。他相信赵寿山。

赵寿山回电：请军团长少安毋躁，江口之危，于公于私寿山皆不敢稍有懈怠。

赵寿山令十七师殷锐敏团（一〇二团）、李维民团（九十七团）和张恒英加强营，连夜向陌南挺进。

赵寿山说："拿下陌南镇，江口之围不战而解。各位重任在肩，务必奋力拼杀！"

九十七团团长李维民（后升任旅长）是位标准的山东大汉，他手里提着一把转盘冲锋枪，对赵寿山说："军长，你就瞎好吧！"说完就一马当先向陌南方向杀去。

拂晓，陌南镇枪声骤然响起。

镇上的日军从睡梦中惊醒，够鞋顾不及拾帽子，一窝蜂跑了出来，凭借镇上的工事拼命阻击我军。

战斗从拂晓一直打到日色过午。

李维民与殷锐敏和张恒英商量："咱们都从正面打，火力拼不过鬼子呀！不如你二位一个迂回到镇北，一个迂回到镇南，等你俩把鬼子的火力吸引过去，正面的进攻就交给我了。看我咋样收拾那伙龟孙子！"

李维民让战士们同时扔手榴弹。在手榴弹腾起的烟雾中，殷锐敏、张恒英迅速带着队伍向两侧迂回。

当镇子南北两侧同时响起枪声时，鬼子的阵脚顿时乱了。

李维民一看是时候了，霍地站起身来，用纯正的山东话喊道："弟兄们，抄家伙，跟我上啊！"士兵们齐声呐喊："抄家伙，上啊！"

两名小号兵吹起了嘹亮的冲锋号。

李维民端着冲锋枪，铁塔似的身躯如离弦之箭向前飞奔，冲锋枪喷出的火花呈弧线形绽开。在他的左右，上千名陕西冷娃边打边冲，势如群虎下山，勇不可当。

鬼子被这排山倒海之气势镇住了，一时军心慌乱，不由自主地向后退却。

殷锐敏、张恒英看到敌人的正面阵地动摇了，也让号兵吹响了冲锋号。嘀嘀嗒嗒的号声和将士们的喊杀声，在陌南镇上空汇成凄厉而激扬的旋律。

日军一名军官咆哮着用军刀砍倒了一名后退的士兵，但兵败如山倒，砍死十个也难遏溃败之势。

下午5时，整个陌南镇全是我军官兵，鬼子的尸体满街横陈。

陌南镇是芮城东部之重镇，在陕军驻防中条山的两年多时间里，这里的争夺战一直没有中断过。我军此次攻打陌南，主要是为解江口之围，所击溃之日军也非主力，后面的陌南之战将更为激烈。

在陌南镇被我军收复的当日，九十六军和四十六旅又收复了芮城县城，十七师也在安邑击退了日军的增援部队，江口之围遂得以解除。

孙蔚如得报后，心里的一块石头落了地，下令军团部立即转移。

如果说，从六官村撤出时，孙蔚如对军团部下一个落脚点还不太明确，那么，经过江口之围，孙蔚如已经清醒地看到了：日军正在调兵遣将，冲击我军刚刚布下的防线；平陆、芮城已经成了战事激烈的主战场，而位于平陆境内的茅津渡将成为日军攻击的重点。因此，军团部必须在平陆指挥作战。

天边响起沉闷的雷声，团团黑云向着中条山上空聚拢。看来，一场大雨在所难免。

孙蔚如的贴身副官徐鸿恩（陕西乾县人）看了看满天的乌云，忧郁地说："军团长，雨就要来了。山路本来就不好走，再遇上大雨，只怕……"

"噢，鸿恩，你啥时候变得胆小了？"孙蔚如明知徐鸿恩是出于对自己的爱护，可为了鼓舞士气，他却用批评的口气教训了徐鸿恩，"记住，军人上战场，天上下刀子，该走还得走！"

孙蔚如在隆隆雷声中跨上了战马。

沉重的乌云让夜幕提早降临了。

部队在夜色中经过紫花沟、桃花涧和杏林村，逶迤进入中条山。午夜行至二十里沟时，前面两座山头上有日军的探照灯在晃，两股闪亮的光束交叉着朝山下照射。借着晃动的灯光，隐隐可见山头上排列着数十门大炮，看来这里是日军的炮兵阵地。孙蔚如命令部队停止前进，下马与几位参谋商量对策。

"敌军若发现我们，必用炮火封锁道路。我们现在退是不可能了，只有夜闯'鬼门关'了。通知部队，扔掉用处不大的行李辎重，马卸铃铛，马蹄用布包住；无论是官是兵，一律下马步行……"孙蔚如下达了闯关的命令。

聚攒了一个下午的浓云终于被风雷撕裂了，瓢泼大雨从天而降，雨声淹没了山间的一切声响，大风将山上的树木摇得东倒西歪。日军的探照灯在沉沉雨雾中变得昏黄暗淡，比煤油灯亮不了多少。

午夜的狂风骤雨，掩护我军首脑机关顺利地通过了敌人的炮火封锁线。山上的鬼子做梦也不会想到，虽在中条山下层层设防，可打得他们焦头烂额的中国军队的指挥官，竟然从他们的眼皮底下从从容容地走了过去！

纵使风雨无情，怎挡虎胆英雄！

孙蔚如率军团部从六官村撤离后，经麻沟集结、神西小驻、江口解围、二十里沟闯关，转入平陆境内之葛赵镇后，十多天的日夜兼程，早已是人困马乏。孙蔚如下令在葛赵休整十余日，后又东移至车村暂驻，至9 月底经张峪而达东延村。军团部从此在东延村安营扎寨。

中条山以南、黄河以北三百余里的狭长地带是西宽东窄。孙蔚如在六官村的指挥部距黄河仅四十里；而东延村几乎就在黄河岸边上，与南岸的陕县隔河相望；与茅津渡的平行距离不足十里。孙蔚如料定日军下一步的进攻重点必是茅津渡，所以又一次把指挥部设在了前沿。

不过这次他与赵寿山并未就此发生争论，因为三十八军军部就设在与此毗邻的西延村。

针对军团部转移期间日军对我防线的冲击，孙蔚如在东延村召开了会议，重新调整兵力，部署防线：以独立四十七旅王镇华部于虞乡一带游击作战，随时注意运城方面敌军之动向；以三十八军主力之十七师驻防茅津渡；其余各部沿中条山布防，担任芮城、平陆各峪口的防务，并对解县、安邑、夏县之敌实施监视、遏制。总的兵力部署是九十六军重点在芮城，三十八军重点在平陆。孙蔚如在会上对永济之战做了总结，他认为这一仗虽然失利，却打出了西北军队的英风豪气，结果比预期的还要好。但谈及杨法震、张希文、邓祥云等为国捐躯的将士时，孙蔚如却禁不住悲从心来……最后他说：“日军将中条山视为北方战场上的盲肠之患，必欲除之而后快。今后，他们必然会倾晋南之兵进攻中条山。请诸位务必做好打大仗、恶仗的准备……”孙蔚如再次重申了抗日持久战的观点，勉励将佐们在任何情况下都不要泄气，坚信最后胜利一定属于我们。

本来，日军是想挟永济战后之余勇，一鼓作气摧毁我军的中条山防线，但我军凭借先行一步之利，屡挫敌锋；日军也深感自己已成了疲惫之师，不宜再战，只好收兵回营。以后的两个多月内，一直未敢轻举妄动。

但是双方都没有闲着：我军加紧修筑工事，布置防务；日军则重新集结兵力，准备更大的攻势。

这期间，军团的各军、师、旅、团的宣传人员也忙碌起来，他们在附近村镇做抗日宣传；恢复因战乱而停课的学校，由宣传队员担任教师，动员孩子们重回教室；按照孙蔚如的指示，举办成人、妇女识字班；进行移风易俗的宣传教育……

看到孙蔚如的部队不仅能打鬼子，而且体恤百姓，实打实地为老百姓办事，中条山一带的群众拥军抗日热情空前高涨。孙蔚如兴奋地说："有民众助我，何愁中条不保！"

10 月底，孙蔚如接到战区司令长官卫立煌急电：接中央谕，着孙蔚如即日赴重庆，向委员长当面述职。

孙蔚如将军务托付给赵寿山后，立即动身，夜渡黄河，至洛阳乘机飞赴重庆。

9 第九章 立马中条

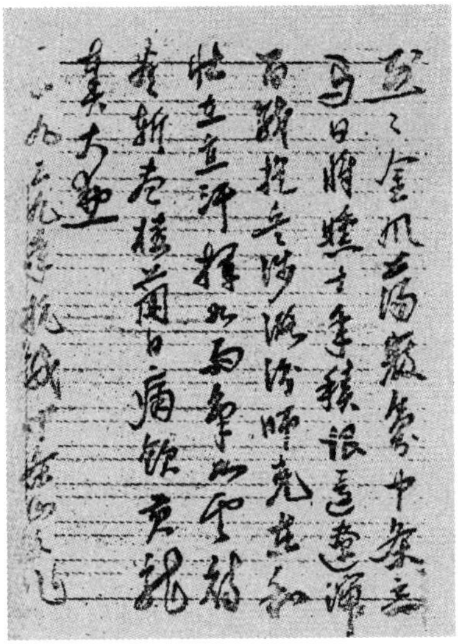

孙蔚如诗

点击

“树棠过谦了。”蒋介石说，“河东一仗，虽蒲州城破，却也给日军还以颜色嘛。军委会各部都对我说了，看来你们西北军还是很能打仗的嘛。”

“委员长过奖了。国难当头，西北军官兵唯以抗战杀敌为使命，岂敢有半点懈怠。”孙蔚如说。

“不过，”蒋介石突然板下脸来，阴阳怪气地说，“听说你的军中有不少共党分子，你要多加提防，不可让他们毁我大计。”

孙蔚如站起身来，严肃地说：“我军浴血中条，众志成城，未见有共党作乱。委座不可……”

宋美龄温声细语地说：“好啦，不谈这个了。如今是两党合作抗战时期，军中有共党也不足为怪。共党的军队目前不也是受委员长调遣么？树棠，委员长是给你提个醒儿，小心也好。”

飞机从洛阳起飞，越关中平原，过秦巴山脉，向山城重庆飞去。

孙蔚如将军靠舷窗而坐，微闭双目，思绪如窗外云海，层层叠叠，舒卷起伏……

在战区卫立煌长官处逗留半日，卫长官设宴送行。这位从抗战之初就担任二战区南路前敌总指挥，后又任第一战区司令长官的国民党上将，曾亲自指挥过冀、晋、豫、皖各个战场的对日作战，战功卓著，深得国人敬仰。酒席之间，卫立煌对西北军之忠勇强悍倍加称赞，提起赵寿山、许权中、孔从洲、李振西等更是喜形于色。他说：“华北战场参战部队数十万人，事后人们评说最骁勇者为‘两个半人’：一是冯治安，另一个是赵寿山，‘半个’说的就是李振西。足见西北军之威风……”对于孙蔚如在中条山三个多月来的防御战，卫立煌评价更高，他说：“黄河三门峡段有中流砥柱为中华奇观，贵军驻防中条，亦可谓一柱擎天啊！”

话题转入当前战局，卫立煌神色阴郁起来："目前中国之抗战已进入最艰难的时期，我军虽然取得一些局部胜利，但总的战局仍是颓势。当初调三十一军团渡河作战，一来是为加强中条山防务，阻止日军进犯豫陕；二来是为策应武汉会战。如今，武汉会战以武汉三镇失守、委员长率中央政府移都重庆而告终，此情令国人堪忧啊！"

孙蔚如说："卑职以为，我军与日寇对阵，应用持久战略，以我华夏国土之广阔，民众之众多，与敌周旋。其过程中之胜负，一城一池之得失，实不必过分看重。如今，虽中央两次迁都，但中央尚在；虽我军多败，我军尚存。尤其有李长官宗仁和你卫长官等诸多抗日名将坐镇中原，别人我不敢说，我孙蔚如是吃了定心丸的。敝军奉命防守中条，倘有差池，蔚如自会到长官帐前俯首引颈……"

卫立煌拍了拍孙蔚如的肩膀，切切言道："树棠不愧为虎城将军帐前虎将！难怪虎城会将西北军托付于你。只是……"卫立煌示意两旁副官、卫士们退出，凝神思索了很久，才对孙蔚如说："虎城将军目前之处境我亦深表同情。听说虎城出国前，你曾派王俊到南京找委座，说你愿代虎城领罪，恳请委座放虎城回陕主政。可有此事？"

孙蔚如说："确有此事。'七七事变'后，我还亲自晋见委座，再次恳请委座放杨先生回陕。杨先生经营陕西多年，在各界威望极高，当此国难之际，应由他领衔抗日才是啊！至于我……"

"好好好，就此打住。树棠，你听我说。"卫立煌见孙蔚如情绪有些激动，连忙截住话头，"我今天请你小酌，就想说这件事。此番赴重庆述职，委员长面前，切不可重提放杨虎城之事。个中缘由，我不说你也明白。当前最重要的事是抗战。你不要猜测委座对西北军有什么想法，你现在手中握着兵权，尚可率三万精兵拒日寇于黄河北岸，这就是你的主动。万一你一言不慎，惹恼了委座，被他削了兵权，不仅是我军前少一良将，你岂不是也落个报国无门的下场么？树棠兄，此乃肺腑之言，请切切死记！”

卫立煌所说的道理，孙蔚如早就想明白了。所以，当他听到赵寿山等人在他面前直言不讳地揭穿老蒋阴谋，说这是老蒋要借日军之手铲除异己，消灭杂牌军时，便断然地说：“这不可能。”后来有人拿出一张日军的画刊来找孙蔚如，让孙看那上面画着的一幅漫画：中条山下，一个身穿破旧军服，扛着破枪，身上标着“杂牌”二字的军人，前心是日军的刺刀，后心是中央军的刺刀……孙蔚如看过后淡淡地说：“这是鬼子的离间计……”有人私下议论，说孙蔚如是拿着明白装糊涂，可谁能真正地理解这位临危受命的西北军主帅呢？倒是卫立煌一语道破孙蔚如的心思：无论如何，手握陕西兵权，尚可率三万之众拒敌于黄河北岸，“挽狂澜做一个中流砥柱”，这就是主动，这也是杨虎城的夙愿啊！

尽管他承认卫立煌的“此番赴渝，不可顶撞老蒋”的忠告是对的，但一想起多年来与自己肝胆相照、情同莫逆的杨先生身陷危境，自己却不能出手相救，孙蔚如心里还是十分痛苦。一路上他独坐舷窗边，闭目无言。

蒋介石在重庆他居住的公馆接见了孙蔚如。蒋介石为笼络人心，常在他居处接见要员，并要其夫人宋美龄作陪，以示亲和。数日前刚从江城武汉退居山城重庆的老蒋明显带着疲惫之态，而第一夫人宋美龄倒是风韵依旧，仪态雍容。

必要的礼节过后，宋美龄说：“树棠不必拘礼，请坐下叙谈。这是委员长与你的私人会晤嘛。”

蒋介石说：“坐吧。朋友之间，随便些好。”

孙蔚如落座，正想向蒋介石汇报中条山防务，宋美龄却先说话了：“达令，我常看中央报纸，西北军在晋南一带打得不错。看来树棠果有儒将之风啊！”

孙蔚如不卑不亢地答道：“卑职奉命驻防中条保卫黄河，上仗委座运筹有方，下赖全军将士沙场用命，蔚如一介书生，不足论及。”

“树棠过谦了。”蒋介石说，“河东一仗，虽蒲州城破，却也给日军还以颜色嘛。军委会各部都对我说了，看来你们西北军还是很能打仗的嘛。”

“委员长过奖了。国难当头，西北军官兵唯以抗战杀敌为使命，岂敢有半点懈怠。”孙蔚如说。

“不过，”蒋介石突然板下脸来，阴阳怪气地说，“听说你的军中有不少共党分子，你要多加提防，不可让他们毁我大计。”

孙蔚如站起身来，严肃地说：“我军浴血中条，众志成城，未见有共党作乱。委座不可……”

宋美龄温声细语地说：“好啦，不谈这个了。如今是两党合作抗战时期，军中有共党也不足为怪。共党的军队目前不也是受委员长调遣么？树棠，委员长是给你提个醒儿，小心也好。”

蒋介石挥挥手，说道：“今天就说到这里吧。树棠，你还有什么要求，尽管讲好啦。”

孙蔚如见老蒋问他还有什么要求，心中怦然一动。他真想再次恳请老蒋释放杨虎城，但这念头只是鲤鱼打挺，一闪就沉下去了。他想起了卫立煌的忠告，暗暗告诫自己：抗战大局要紧……于是，他轻轻地嘘了口气，对蒋介石说：“我军装备不济，请委员长再给我军调拨五百挺机枪，五千支步枪。不知可否？”

蒋介石说：“可以。”随手给孙写了个条子。

孙蔚如告退时，蒋介石说：“中条山交给你了。该我办的事我会有安排的。”

孙蔚如和老蒋打了多年交道，对老蒋的政治手腕是心知肚明的。此次接见，老蒋摆出一副温和之态，就是要稳住孙蔚如，让杂牌军死心塌地为其卖命，同时也堵住孙为杨说情之口。

但是孙蔚如是“以不变应万变”，你有你的千条计，我有我的老主意。老主意就是领兵抗日。只要你老蒋不剥夺我的兵权，不让我落到报国无门之地就行。我领兵抗日，不是为你老蒋卖命，我是为中华民族效命，为秦晋百姓效命。让孙蔚如感到高兴的是，老蒋批的这一批枪支，武装一个师绰绰有余，也可谓不虚此行了！

这批武器在重庆领运不便，孙蔚如便找总参谋长何应钦签字，打算到宝鸡（宝鸡是国民党军队在西北的重要仓储地）后再领。为什么有了蒋委员长的御批还要找参谋长签字呢？因为孙蔚如对国民党官场和军队的腐败了如指掌，亦深恶痛绝。蒋介石虽为最高统帅，但国民党官场信奉的是“县官不如现管”，所以孙蔚如要让何应钦为这批枪械加个“双保险”。但是，当他从重庆返回途经宝鸡，让他的随行参谋到宝鸡军械库领货时，“双保险”也不保险了：中央最高军事当局的两位“县官”的签字，居然在一个小小的军械库主任面前一文不值！

那个佩着少校军衔的主任只在批条上扫了一眼，便冷冷地说：“这里无货，到西安领去吧。”

孙蔚如的随行参谋只好扫兴而归，向孙蔚如如实汇报了碰壁的经过。

平素以儒雅著称的孙蔚如也不由得开骂了：“什么东西！谁不知道宝鸡仓库枪械如山，他明明在故意刁难我们嘛！”

参谋说：“军团长，还是到西安军械库试试吧。君子不与小人置气。西安总归要好办些。”

到西安军械库仍然是碰了钉子。那些歪瓜裂枣的军需官是既不认蒋委员长，也不认何总长，更不看西北军主帅的面子：“宝鸡大库都没货，我们哪有呀?”“可这是委座和何总长批的呀!”孙蔚如的参谋生气地追问。

那个称作主任的人歪着小脑袋，不屑一顾地笑了笑，反问一句:“那你为啥不让委座和何总长给你发呢?”随后又嬉皮笑脸地说，“我这里的几杆破枪，卖了也不够弟兄们下一回馆子哩。”

参谋明白了，这是要敲竹杠。

参谋把话传给孙蔚如。孙拍案而起:“我找蒋鼎文理论去，小小的军需竟敢如此放肆，还有王法么?”

参谋伸手拦住将军:“军团长，中央军那伙龟孙子你还不知道?他们是过河都想让尻子夹些水呢。你找到蒋主任又能咋?他心里啥不知道?依我看，咱们还是给人家点儿好处吧。息事宁人，息事宁人。”

“唉!官场腐败至此，怎不令沙场卖命的弟兄们心寒啊!”

孙蔚如自幼苦读圣贤之书，终生恪守忠孝礼义廉耻的古训，轻钱财，崇刚正，在国民党高级将领中，是为数不多的既无产业又无商号亦不贪不占者之一，尤其憎恶官场贿赂之风。但如今战事吃紧，我军装备低劣，好不容易得到老蒋的这点儿“恩赐”，又怎能为一时之怨愤而轻易放弃了呢?

孙蔚如背对着参谋，愤愤地说:“去吧，去吧，你看着办吧!”

真是将军的无奈，无奈的将军啊!

那位参谋拉上第三十一军团驻西安办事处处长赵雨晴一起去，两人好说歹说，又给军械库主任送了件水貂大衣，这才领出了两百五十挺机枪，两千五百支步枪，与批条上的数目整整打了个对折。

令孙蔚如稍感欣慰的是，这批武器中，有数百挺俄国造的新式转盘机枪。这种枪既有步枪的轻便，又有机枪的连发功能，战场上用途很大。

为领这批枪支，孙蔚如在西安整整滞留了三天。

从孙蔚如渡河作战之日起，中条山这座在西安鲜为人知的山脉，便一夜之间成了西安人魂牵梦绕的地方。人们知道了它是黄河的屏障，知道了它是陕西乃至大西北的屏障，更知道了那里正在进行着一场残酷的战争；而这场战争的胜负将直接关系到陕西的安危，古长安的安危；这场战争的侵略者是灭绝人性的日本鬼子，而以血肉之躯与之血战的则是陕西的三万多名英勇不屈的官兵，三万多名骨肉相连的三秦子弟！那里每天都有人从血泊中站起来，怒吼一声“保卫黄河，保卫陕西”，跃出战壕与鬼子以命相搏……三万多名是个什么概念？以西安当时的人口计算，几乎每一家都会与官兵沾亲带故：儿子、侄子、外甥、女婿，三叔、四舅、五姨夫，同门、同宗、同窗、同事……西安人怎能不为中条山战事而日夜揪心啊！

那个时期，西安城里最红火的是两种人：沿街吆喝着卖报纸的，每天的报纸一出来，立马会被一抢而光；八仙庵摆摊算卦的，从早到晚都有人围着，求先生给算算俺娃在河东是死是活……

为中条山战事而揪心的何止西安百姓？随着华北、华东、中原大片国土的沦陷，西安已成了抗战的大后方。从平津流亡西安的学生，从山东、河南逃难而来的难民，以及从江苏、浙江、上海、武汉撤下来躲难的商贾、官吏，也都无时无刻不在注视着中条山的风云变幻。一旦中条山失守，日军渡过黄河占了关中，他们又该向何处流亡，何处栖身啊？

所以，当得知中条山抗战主帅孙蔚如回城的消息后，有关系的，千方百计要与孙蔚如见上一面；没关系的，寻情钻眼也要托人打听打听，孙将军咋样，胖了还是瘦了，精神头还好么？他们要从主帅的神情上辨析战局的吉凶。

那三天，孙蔚如住处天天宾客满堂，从早到晚，求见者络绎不绝。副官、警卫说破了嘴皮子也挡不住来人的死缠硬磨：“只跟孙将军说一句话，就一句话！”“只看孙将军一眼还不行吗?”“只耽误孙将军一分钟时间！”……

在一拨接一拨的接待中，孙蔚如主要讲了如下几个问题：

——我军官兵虽有伤亡，但士气昂扬，决心不辱使命，不负乡亲们厚望，与鬼子血战到底，力保黄河不失，潼关不失，关中无恙；

——感谢父老乡亲的关怀与资助，没有你们的支持，我军就难以在晋南立足；

——战争还要长期打下去，目前是最艰苦的阶段；

——对阵亡官兵深表哀悼，对他们的父母家人深切慰问。

有位年轻的女记者问：“孙将军，前一段听说你在江口被围，已经全军覆没了。可有此事?”

孙蔚如大笑：“你看我不是活得结结实实的吗？记者小姐，请记住我的话：我孙蔚如既敢领兵过河作战，就不怕为国捐躯。但是，我早就说过，日本人要让我们死，他也得拿几条命来换。士兵们一人得换他三五个，我这个当军团长的，少说也得七八个鬼子的命来换吧？哈哈……”

孙蔚如对记者们说：“感谢报界朋友的关心，希望你们经常到中条山采访，及时报道前线的战况。我知道，西安父老们的心天天都悬着呢！至于诸位的安全问题，请朋友们放心，有我孙蔚如在，就有你们在……”

其实，孙蔚如的心也时时悬着哩。军中不可一日无帅，何况战局变幻莫测……领到枪支，孙蔚如只向夫人李定荫嘱咐了几句，便连夜起程，奔中条山而去了。

孙蔚如回到东延村三十一军团的指挥部没几天，便接到中央电令：三十一军团改编为中国国民革命军陆军第四集团军，任命孙蔚如为集团军总司令；除军团原有编制外，另调四十七军入编；该军军长李家钰兼任集团军副总司令。

关于第四集团军组建的时间，各种资料、回忆录说法不一，有说8月的，有说10月的，有说11月的，还有称是在1939年初。我们认为：应当是11月初较为准确。理由是：武汉会战是在1938年10月下旬结束的（有史料表明，国民党中央政府于10月25日撤出武汉）；蒋介石是在武汉会战结束、国民党军队撤离武汉的前夕才逃往重庆的；而孙蔚如是在重庆向蒋介石述职的，第四集团军又是在孙蔚如述职归来后才宣布组建的。依此推算，第四集团军绝不可能是八九月份组建的，最早也应是10月底或11月初。

现在，我们要简要地说一说李家钰和他的第四十七军。

号称天府之国的四川，因地域辽阔，山川雄浑，又与中原关山阻隔而成为历史上几多英雄成就帝业的地方，如西汉之刘邦，三国之刘备。大概也正是受二刘启发，到了民国前后，四川是群雄并起，有枪便是草头王，形成了军阀割据的局面。各路军阀常年争斗不息，闹得个天府之国鸡犬不宁，民不聊生。

忽一日，军阀们不打了；不仅不打了，而且联手了。

这一日，就是1937年“七七事变”之后的某一日。

他们不打了，是因为他们听到老百姓愤怒的叫骂声：“好你个龟儿子，日本鬼子在杀中国人，不去打鬼子，自己人打自己人，你们算啥子军队么?”

他们不打了，是因为在老百姓的叫骂声中猛然清醒了：国难当头，弄不好就要当亡国奴哩！

他们要联手，是因为他们知道：誓不两立的国共两党都联合起来抗战了，我们都是四川人，咋个就不能联合起来共同打鬼子呢?

几个军阀巨头中，最早站出来向中央请缨的就是李家钰（字其相）。他是四十七军军长兼四川省边防军司令，四川蒲江人氏，时年47岁。

李家钰向国民政府军事委员会委员长蒋介石发了一份电报：“窃维国难至此，已达最后存亡关头，应恳钧座立即下令全国，一致动员，挥师应战，还我河山，严惩群奸，以雪公愤。职军正事整顿，士气激昂，倘蒙移调前方，誓当执殳赴难。迫切陈词，伫候训尔！”

大刀向鬼子们的头上砍去

8 月 18 日，四川的几个军阀巨头、生死冤家，刘湘、邓锡侯、刘文辉、李家钰、孙震终于坐到了一起，商量着如何组建川军抗日队伍，开赴抗日前线一事。

刘湘说：“而今国难当头，我们再在这里自己人打自己人，真个就成了中华民族的不肖子孙了！”

邓锡侯说：“而今有一句歌咋么子唱来，‘大刀向鬼子们的头上砍去！’对，谁先砍了鬼子的脑壳才算英雄哩！”

李家钰说：“诸位老兄所言极是，而今天下的事，唯抗战为最大的事！只要让我带兵抗战，掉脑壳也不会皱一下眉头！”

几个人想到一块儿去了，说干就干，于是便公推刘湘为首领，让他出面向老蒋请缨。

不料，几个幡然醒悟的军阀难得的抗日热情，却被人当头泼了几盆冷水——

蒋介石给第二战区司令长官阎锡山打电话，阎锡山是山西的土皇上，听说要给他派来几个四川的土皇上，心想：一山岂能容得二虎？当时就说：“我这里用不着，免了吧。”

老蒋又给程潜、顾祝同等人打电话，均遭到婉言拒绝。因为，中央军对这伙儿躲在四川盆地混战的号称“双枪将”（步枪、大烟枪）的杂牌军，历来就瞧不上眼，觉得他们非但帮不上忙，反倒会成自己的累赘。

李家钰火了：“他中央军瞧不起杂牌军，咱就自己拉上去跟鬼子拼一火！”

老蒋把电话打到第五战区司令长官李宗仁那里，李宗仁笑了：“好啊！我是“韩信点兵——多多益善”，叫他们都到我这里来吧。”

李宗仁想的是：诸葛孔明将稻草人都能当兵使，何况川军是大活人，再不行也比草人强吧！再说，川军多年来一直火并，如今能联合起来请缨抗日，该是多么了不起的民族精神啊！这种时候，怎么能让他们报国无门呢？

川军们对李宗仁的仗义收留十分感激。在以后由李宗仁指挥的徐州会战及台儿庄大战中，川军是豁着命跟鬼子死磕的。台儿庄大捷，使李宗仁名扬华夏，其中川军功不可没。

川军靠抗日战场上的英勇杀敌重新塑造着自身的形象。

但李家钰的四十七军却是被时任二战区南路总指挥卫立煌收留的。1937年9月，李家钰率部出川北上抗日。上万人的部队翻越被李太白称为“难于上青天”的蜀道，翻越横亘于川陕两省之间的秦岭，从温热的夏末秋初直走到北风呼啸的冬天才到了宝鸡，再从宝鸡乘火车开到晋东的长治。下车时，大雪纷飞，川军们还穿着夏天的半截裤，冻得浑身抖如筛糠。

尽管是衣不遮体，食不果腹，但川军是抱着抗日杀敌不怕血染沙场的狠劲来的，是憋着一口不甘被人下眼观的血气而来的。李家钰一来就向卫长官请战，率部在晋东战场纵横冲杀，打出了川军的血性和军威。1938 年 2 月，李家钰亲自指挥的东阳关保卫战，川军与倭寇血战三天三夜，击溃了穷凶极恶的日军，确保东阳关不失。同年 4 月，李家钰奉命转战晋西南。其时正逢日军对中条山实施大扫荡，而四十七军却奇袭安邑、平陆、芮城，佯攻夏县、闻喜，猛攻日军在晋南的据点运城，使平陆、芮城、安邑失而复得。9 月于平陆之张店凭险阻击南犯之敌，使日军攻占茅津渡的计划落空……前面我们说过，在孙蔚如率陕军过河之前，晋南三角地带的战局是中日双方呈胶着状态，这种局面的形成与川军的忠勇是分不开的。

李家钰诗曰：

男儿持剑出乡关，
不灭倭寇誓不还。
埋骨何须桑梓地，
人间到处是青山。

真男儿矣！

正在夏县以北游击作战的李家钰，接到改编的命令后，立即率部进入中条山。

孙蔚如与李家钰紧紧握手：“辛苦了，其相兄！”

李家钰谈笑风生：“守土抗战，何言辛苦！能在树棠兄帐前听令，实为其相此生之大幸哟！仗怎么打，总司令只管发话，我李家钰是指哪打哪，没得二话。他中央军不是瞧不起咱们这些杂牌军么，咱就打出个样儿来让龟儿子们看看！”

孙蔚如说：“其相兄乃川中名将，树棠书生气重，打仗的事还要老兄你多多支招儿哟!”

李家钰与孙蔚如并肩作战仅有一年时间，二人却成了肝胆相照的生死之交。1939 年 9 月，李家钰升任第三十六集团军总司令。1944 年，在著名的豫西会战中，李家钰为掩护孙蔚如第四集团军撤退，率残部与日军死战，直至被逼到麦田里仍坚持指挥战斗。当他被日军团团围住，连身边的警卫员都倒下了之后，这位川中名将抄起警卫员的冲锋枪向鬼子猛烈扫射，他留在世间最后的声音就是一阵狂放的笑声和一句“川骂”：“龟儿子，老子不服……”

李家钰是抗战中阵亡的十名国军上将之一。（李家钰阵亡后，忠骨被运回四川，成都各界举行万人公祭；《新华日报》评论称：“李家钰将军杀敌殉国，是应受到全国人民尊重的。”国民政府追封李家钰为陆军上将。1984 年 5 月，中华人民共和国民政部追认李家钰为抗日阵亡革命烈士。）

在山西抗战史册上，成立于 1936 年 9 月的牺盟会是占有十分重要一页的。牺盟会全称为“山西省牺牲救国同盟会”，仅从这个名称就可以看出，这是由一批抱着必死信念从事抗日救亡运动的忠勇之士组成的地方性群众组织。牺盟会组织庞大，省内各县都设有分会。在中国共产党的帮助和推动下，牺盟会组织起工、农、青、妇、儿童等抗日救亡团体，成员遍布全省城乡；“七七事变”后，又建立了抗日决死队、工人武装自卫队、政治保卫旅等抗日武装力量，为山西的抗战做出过重大贡献。抗战初期，山西的土皇上、国军第二战区司令长官阎锡山也对牺盟会表示支持（1939 年以后阎锡山开始取缔并镇压牺盟会）。

牺盟会以抗日为最高宗旨，因此，当看到孙蔚如将军所带领的陕军在中条山抗击日军的英勇事迹后，晋南各县的牺盟会纷纷主动找到陕军司令部，表示全力支持孙蔚如将军，要人给人，要粮给粮。随后他们出力跑腿，搜集敌情，传送命令，掩护部队，救护伤员……成了孙蔚如的一支编外“特种部队”。

孙蔚如军团部在六官村驻扎时，曾接到由蒋介石签发的军委会密电。密电提出了鼓励伪军起义参加抗战的规定：凡伪军起义参加抗战者，一军仍编为一军，一师仍编为一师，并颁发正式番号和经费。孙蔚如对参谋长陈子坚说：“咱们的部队在抗战期间，中央只会找借口裁减番号，绝不会给咱增加番号。这个规定倒是咱们增加番号和经费的办法。”于是，孙蔚如让陈子坚从军团部直属部队中挑选出四十名有文化且头脑机敏的士兵，由陈直接进行培训，三周后，分别派往晋南各地，打入伪军内部，专门做伪军的策反工作。虽然这项工作直至 1939 年秋才见成效。（晋南皇协军司令戚文平经策反人员耐心工作后愿意起义。孙蔚如趁机向蒋介石要了一个新编第三十五师的番号。但因起义受阻，只有戚部副司令白云飞带两千人投奔中条山，不够一个师。孙蔚如即呈请蒋介石，将白云飞的部队与独立四十六旅合编为第三十五师，孔从洲任师长，隶属三十八军。）由于策反人员的努力，使晋南伪军大多处在举棋不定状态，无形中也削弱了敌人的力量。

中条山有一支颇具实力的游击队，司令叫杨振邦，是烧木炭出身。军团部在六官村时，杨振邦主动率部来投。中条山游击队有近两千人，又熟悉地形，孙蔚如便让杨振邦带队在山中继续打游击，骚扰敌人，待时机成熟时再为他申请编制。杨振邦带游击队在永济、芮城、虞乡一带神出鬼没，偷袭日军，亦成为孙蔚如手下一支机动武装。

第四集团军拥有赵寿山的三十八军，李兴中的九十六军，李家钰的四十七军（该军辖两个师：一〇四师，师长李青廷；一七八师，师长李宗舫）；再加上直属的李振西的教导团，孟庆鹏的骑兵团，雷振起的特务营及两个学兵队，总兵力已逾四万；外围又有牺盟会、游击队及晋南广大民众的支持与策应，可谓兵强马壮，占天时得地利人和。军心大振，民心大振。于是，将军立马中条，极目黄河，仰天长吟：

烈烈金风荡寇氛，
中条立马日将曛。
十年积恨还辽沈，
百战提兵涉潞汾。
师克在和壮在直，
汗挥如雨气如云。
待看斩尽楼兰日，
痛饮黄龙奏大勋。

10 第十章 盐池夺盐

我军奇袭敌后

点击

孙蔚如问司务长："村里的乡党真是断了盐了么？"

司务长说："这碎崽娃子说的也是实情，村里人是没盐吃了。可他也不能偷咱部队的呀！"

孙蔚如绷着脸问："那你说让他偷谁去？"说完，转身就朝外走。

司务长赶上来，小声地问："总司令，那贼娃子咋办？"

"放。"

"盐呢？"

"叫他拎走。"

"可咱的盐也不多了啊！"

"我知道了。"

……

晨雾笼罩山村，山色朦胧，树影朦胧；远处一声鸡啼，近处两声犬吠，更显出劫后山村的空寥凄清。

将军手执长剑，在窑洞前的一块空场子上舒臂展腰，闪转腾挪：虎步荡起脚下轻尘，剑锋劈开头顶迷雾；寒光过处，一缕熹微悄然无声地漫上林梢。

闻鸡起舞，习拳练剑，是将军从少年时代起就养成的习惯，即使戎马倥偬也从不倦怠。

第四集团军的司令部设在东延村一张姓富户家中。这是一个坐北朝南的土崖，下面砌着几孔窑洞，上面是栋二层小楼；窑洞前是一块很大的空场子，可供司令部警卫人员出操用。每天早晨，不等警卫出操，孙蔚如就在这里完成了他的晨练。为他担任警卫的是他的贴身副官徐鸿恩。

和中条山下大大小小的村镇一样，东延村的老百姓也在日寇的多次扫荡中饱受摧残。孙蔚如进村伊始就听到了村民们含血带泪的控诉：

每次鬼子一进村，带队的官佐就宣布解散。那些鬼子兵立刻像疯狗一样满村子乱闯。牵牛抓鸡不是最主要的，他们糟害的是女人。村里一名只有15岁的姑娘，被七八个鬼子撵到麦子地里。鬼子用刺刀挑开姑娘的衣裤，光天化日下轮番在姑娘身上发泄兽欲。姑娘的父亲提着一把铡刀冲过来跟鬼子拼命，没跑到跟前就被鬼子乱枪打死了。一次，村里的十二名妇女躲进了村外的一孔破窑，不幸被鬼子发现了。鬼子冲进破窑，拽出一个年轻女子，女子失声呼救：“婶呀，姨呀，救救我……”窑内的十一名妇女一齐冲出来，手挽手组成一道人墙护住年轻女子。这下惹恼了鬼子。鬼子小队长一声嚎叫，十二名妇女全部被捆绑起来。鬼子将妇女们逼到窑顶的土崖上，每人用刺刀挑起一名妇女。十二名可怜的女人被刺刀挑起抡到了空中，又甩落到崖下。鬼子们狂笑着扬长而去。

“畜生啊!”村民们咬牙切齿，声泪俱下。

一群村民跪倒在孙蔚如面前，哀哀求告：“长官啊，你们是中国人的军队，一定要为乡亲们报仇哇!”

将军的心在颤抖，血在呼啸，泪在滚动。他俯身搀起一位老者，双手抱拳，斩钉截铁地说：“乡亲们，你们的话，蔚如记住了！记住了!”说完，将军强忍泪水，转身向司令部走去……自渡河以来，这样的哭诉，这样的场面，孙蔚如已经不是第一次听到、遇到了，每当此时，孙蔚如都无法控制自己的感情，但他又知道自己不能在老百姓面前轻弹泪水，只好稍作劝慰便匆匆离去。回到司令部，他便面壁而立，长时间的沉默不语……

我们在采访中见过年逾八旬却精神矍铄的徐鸿恩老人，这位孙蔚如将军忠诚的卫士告诉我们：“一般人认为，凡百战将军者皆为铁石心肠的人。其实不然，孙将军就是一副侠骨柔肠。说来你们怕是不信，孙将军爱流泪。每当听到百姓诉苦之声，每当一场大仗结束，听到我军官兵伤亡的消息，将军都会黯然神伤，悄然落泪。有时候只剩下我在他跟前时，他甚至会痛哭失声……”

将军，你为何落泪?

古往今来，掠夺者的贪婪疯狂酿成战争的血腥，而在血腥的战争中倒下的，哪一个不是母亲经历了十月怀胎阵痛后生下的血肉之躯？眼看着骨肉同胞横遭蹂躏生灵涂炭，眼看着一个个鲜活的生命在汩汩流淌的血泊中倒下，怎不使侠骨柔肠的将军黯然神伤？想那些沙场殒命的将士，哪一个没有拄杖倚门盼儿归的白发高堂？哪一个没有手牵娇儿唤夫郎的年轻妻子？“可怜无定河边骨，犹是春闺梦里人！”“醉卧沙场君莫笑，古来征战几人回？”……战争，无论是以掠夺为目的的侵略者还是以反掠夺为目的的自卫者，所付出的代价都是平民百姓的鲜血与生命！因此，即使那些运筹帷幄决胜千里的百战将军也会悲怆长吟：“劝君休说封侯事，一将功成万骨枯！”

“无情未必真豪杰。”一个不知道体恤士兵生命、体恤百姓苦难的将军决不是一个好将军！

孙蔚如做完晨练，正欲踅回司令部，忽然听到不远处传来恶狠狠的叫骂声：“狗日的，叫你偷！上回把你饶了，你还得了锤了……看我不把你狗日的小腿卸了……”接着便是哀哀的哭声、告饶声：“长官，我再也不敢了……”

孙蔚如紧皱眉头，向徐鸿恩示意：“走，看看去。”

孙蔚如走进司令部的伙房，见司务长手里拎着一条鞭子，正在抽打一个双手抱头躺在地上的村民。

“咋回事？”孙蔚如一把夺过司务长手里的鞭子，冷冷地问道，“凭什么打人？”

司务长一个立正敬礼，显然是余怒未息：“报告总司令，这小子前天就来偷盐，让我逮住了，看他也可怜，把他饶了。今天他又来了，还……还拎了个大布袋。出槛门打了个趔子，这小子是贼性不改嘛！我……”

那偷盐的是个年轻人，他趴在地上抬起头，用惶恐的眼神望着孙蔚如：“总……司令……我……也是实在没办法呀……你……”

孙蔚如说：“你站起来说话。”

那人挣扎着站起来，双手交叉着搭在肩头，龇牙咧嘴地呻吟着，看来这顿打挨得不轻。

“老乡，为啥要三番两次地偷部队的盐啊?”孙蔚如不愠不火地问。

“总司令啊！我不是贼娃子。我这是实在没办法了。村里家家户户都没盐吃，已经快一个月了。日本鬼子霸着盐池，拿钱也买不上盐呀！老人说，人不吃盐身上要长白毛，脖子上要长血疙瘩哩！我这才偷偷地在你灶房里抓了一把盐。村里乡亲们知道了，都求我再弄一点儿……我看那个长官上回把我没咋的，就硬着头皮又来了……唉，我这是可怜乡党们才做贼哩……总司令，你就把我饶了，偷下的盐我都给你放下还不行吗?”说着就跪下给孙蔚如磕头。

孙蔚如问司务长：“村里的乡党真是断盐了么?”

司务长说：“这碎崽娃子说的也是实情，村里人是没盐吃了。可他也不能偷咱部队的呀!”

孙蔚如绷着脸问：“那你说让他偷谁去?”说完，转身就朝外走。

司务长赶上来，小声地问：“总司令，那贼娃子咋办?”

“放。”

“盐呢?”

“叫他拎走。”

“可咱的盐也不多了啊!”

“我知道了。”

孙蔚如早年曾随杨虎城在陕西的旬邑、麟游一带驻扎过，那里流行的克山病（俗称大骨节病）据说就是因为少盐缺碘而造成的。男人个儿矮腿短（俗称柳拐腿），脖子上长着硕大的肉瘤子（俗称瘿瓜瓜）。看来那偷盐的村民也实在是出于无奈。孙蔚如想：不管是为东延村的乡亲还是为自己的部队，这件事一定要尽快想办法解决。

走进司令部，孙蔚如就站在地图前查看盐池的位置。

秘书长李百川进来了，问："总司令又要谋划什么大战啊？"

"盐。"孙蔚如的目光仍紧紧地盯在地图上。

"盐，盐怎么啦？"

"噢……"孙蔚如转过身来，对李百川和刚刚进来的陈子坚说，"想打盐池。老百姓已经断盐多日，我军的盐也维持不了几天了。这样下去不行，一定要设法搞一些盐回来。不然，今天是老百姓偷我们的盐，改天就该骂我们不关心百姓死活了。"

李百川说："盐为百味之首，没盐的日子是不好过。"

陈子坚说起盐来更是头头是道："晋南的这个盐池可是有年头啦。从宋朝至今，盐池都是华北重要的食盐产地。据说日产食盐上万斤哩！山西、河北、河南包括咱们陕西老百姓所食之盐多是出自此处。前年，日军侵入晋南，这里的盐就被鬼子用火车运往东北，作为制造弹药的原料了。山西人民没盐吃，就连咱西安城里也到处抢盐哩！"

"抢盐？"孙蔚如手臂一挥，激情澎湃地说，"对，咱就来个虎口抢盐！我的意思是派一支奇兵偷袭盐池。请当地牺盟会的同志秘密组织群众，有马牵上马，有驴拉上驴，没驴没马的掮些大麻袋。等咱的部队打下盐池，就像当年李闯王开仓放粮一样，让老百姓上去，能驮多少驮多少，能背多少背多少。打盐池的部队采取闪电袭击，护着老百姓抢完盐就撤退。你们看……"孙蔚如快步走到地图前，用手指着安邑一带，说："这盐池在安邑东南，张店正西，离咱这里不过六七十里。盐池东西长约四十里，南北宽五六里。部队从这里插进去，打开一个缺口，老百姓就可以放手抢盐了。"

“此计可行。该派谁去呢?”陈子坚说。

孙蔚如、李百川几乎同时说出一个人来:“李大个儿,李维民。”

孙蔚如一面让陈子坚通知十七师师长耿子介,让九十七团团长李维民做好战斗准备,一面让机要员向一战区司令长官卫立煌发报:平陆一带百姓断盐多日,生活甚苦;我军存盐无多,难以维持;职欲派精兵一支奇袭盐池,以解军队与百姓燃眉之急。请钧示。

卫立煌当日即回电:此计可行。已嘱参谋长郭寄峤过问。可向郭直接报告。胖乎乎的十七师师长耿子介对山东大汉李维民说:“老弟是孙总司令直接点将啊!此行关系国民生计,更关系总司令之厚望。全师官兵任你挑选,不惜一切代价,一定要从虎口里把盐抢回来。”

李维民袖子一挽,说:“师长,有我李维民在,你就赌好吧!”

既然是奇兵偷袭,李维民就不准备多带人马,只从他团里挑了一个营的战士,用一半士兵前行,实施偷袭;另一半则化装成老百姓,加入抢盐的队伍。偷袭的队伍在距盐池七八里的一个村子里停下来,李维民命排长袁启亚带几个士兵,化装成村民到盐池侦察。

袁启亚外号“二憨子”,其实一点儿不憨。他是杨虎城夫人谢葆真的中学同窗,后投笔从戎,经谢推荐,当上杨虎城将军的贴身卫士,在“西安事变”中也是有功之臣。杨虎城出国前,安排袁启亚到十七师去投赵寿山,并嘱咐他:“日寇大军入侵,吾辈军人杀敌保国,责无旁贷!”袁启亚的憨,一是他对杨虎城的忠贞不贰;二是打起仗来敢玩命,在乏驴岭、高平关诸战中,抡起大刀片子跟鬼子死拼;三是有一副热心肠,乐于给人帮忙办事。这些特点惹得军长赵寿山都把他叫“袁二憨子”。在中条山期间,袁二憨子被人传为美谈或笑谈的故事不少,其中尤以“二憨子帮人娶媳妇”最为人津津乐道。

永济之战后,部队在向中条山腹地转移途中,袁启亚排在一个小山村里驻扎了几天。那天，村里一位小脚老婆找到袁启亚，哭哭啼啼地哀求长官救救她儿媳妇。袁启亚叫老人坐下，慢慢说。老婆断断续续讲了事情的原委——

老婆和她儿子都在村里给财东家干活。仗一打起来，财东就逃得没影了。丈夫前几年去世了，她和儿子牛娃住在村里一孔破窑洞里，孤儿寡母相依为命。丈夫在世时，曾给儿子定了一门亲事，在对面沟里。可家里穷，娶不回来。前两天亲家捎话过来，说保长手下的一个狗腿子三天两头到家来，想欺侮女子哩，叫这边赶快想办法把女子接过来，兵荒马乱的也不要讲究啥礼数了。可山大沟深，那边又是保长的势力，谁敢过去呀！村里人说，你去找部队，找当官的，请他们帮个忙。老婆这才找来了。

袁启亚听明白了，也急了：穷山沟里的人说个媳妇多难呀，这忙得帮！他立马召来三个班长和排里的文书，一块儿开了个“抢媳妇”会。袁排长那副严肃的神气活像在大战开始前主持“军事会议”。

一名排长说：“我的爷呀，抢媳妇？这要叫司令知道了，非枪毙咱不可！”

袁启亚说：“咱是帮老百姓抢媳妇哩，又不是咱胡骚情哩，怕啥？我今儿个把丑话说到前头：路上谁敢动人家女子一指头，招呼我的大嘴巴子哟！”

虎背熊腰的一班长包占标拍着胸口说：“排长，抢媳妇的事交给我。你带弟兄们帮老婆收拾一下，瞎好也得有个洞房嘛。”

袁启亚说：“你甭急，叫我给咱再拾掇几样东西。”

抢亲的队伍中午出发，下午 3 点多就回来了。袁启亚带着一帮子士兵站在沟畔上迎接，村里的人也扶老携幼地在村口张望。山沟底传来一阵鼓乐声：一支破唢呐，一面破腰鼓，一面破锣，奏出荒腔走板的迎亲曲。等接亲的队伍出现时，沟畔上的人全都笑得前仰后合。新媳妇坐的“轿”竟然是一张八仙桌，四条腿朝上，三面围了些红布，两边绑了两根木杆，四个背枪的士兵抬着这奇特的花轿，边走还边唱和道：“哥哥你走西口，妹妹我实难留……”

这一套仪式是袁启亚和小文书“策划”的，桌子、唢呐等家什都是他和文书在村里搜寻来的。

袁启亚问村里人：“咋样？这架势也像娶媳妇的吧？”

村里人一哇声地说：“像！美着哩！”

当天，牛娃和新媳妇在袁排长帮他们布置的窑洞新房里成了亲。第二天，牛娃妈领着一对新人来找袁启亚。新人一进门就向袁启亚跪下磕头，牛娃妈更是千恩万谢。袁二憨子慌忙扶人：“快起来，快起来，这礼我可受不起哟！”

包占标笑嘻嘻地说：“俺排长不会让你白磕这个头的。对吧，排长？掏啊！”

袁启亚连忙在自己身上搜，搜出身上仅有的五块钱，给牛娃随了礼。

牛娃一家走后，袁启亚给了包占标一拳：“你小子又把我二憨子捉了一回。这礼钱一出，连包烟也买不起了。”

士兵们哈哈大笑。包占标说：“给，烟袋锅子管你抽够。”

…………

李维民团长派“袁二憨子”带人侦察，只一天时间，“二憨子”就把情报带回来了。

“真个是，心诚则灵啊，团长！我到盐池旁边的赤牛村一打听，你猜咋的？盐池换防了。日本鬼子一个中队全被调到山那边打仗去了，盐池只有皇协军的一个中队，不到两百人，招不住咱收拾。咱正好趁他们防务松懈的时候打进去。”袁启亚一口气报告了他侦察到的情报。

李维民说："好，天赐良机！我马上给上边报告。你去准备吧。"

的确是良机，但却不全是"天赐"——

孙蔚如在完成了指挥转移和各作战部队的重新布防后，曾命令在中条山北麓布防的各部不断出击，在同蒲线上骚扰日军，使其不能向永济、风陵渡方面有恃无恐地增调兵力。这期间，我军曾偷袭永济，又在北麓与日军多次交手，搅得日军昼夜不宁。日军旅团长只好将守盐池的部队调到同蒲路，盐池由伪军暂行看守。

孙蔚如接到耿子介、李维民关于盐池防务的报告后，果断下令：抓住机会，速战速决！

看到孙司令那副风风火火的劲头，参谋长陈子坚笑了："树棠兄素以儒将著称，今天这事倒有点儿绿林豪杰之气啊！"孙蔚如也笑了："这叫事到着急处，必有出奇处！守着咱中国人自家的盐池，咱岂能看着咱的父老乡亲受没盐吃的熬煎！"

牺盟会发动群众抢盐的工作也已就绪。

李维民不仅作战英猛，而且颇有计谋。他找来两名山西籍的士兵，如此这般布置了一番。二人领命而去。

这是个北风呼啸天寒地冻的日子。

盐池旁边的赤牛村里，伪军中队长黄金旦摆宴席为自己完婚，守盐池的伪军士兵多数都来凑热闹，地方乡绅也来捧场。黄金旦披红挂花，猪腰子脸上堆满了比哭还难看的笑，打躬作揖地回应着来宾的祝贺。唢呐鼓乐齐鸣，鞭炮齐响，场面热闹而混乱。

黄金旦这小子胆大心黑。日军把防守盐池的差事交给他的第二天，这小子便开始联络一些商人，做起了盗卖食盐的生意，不到半月，便成了腰缠万贯的暴发户。至于盐池防务，他根本没往心里放。他想的是：这里是皇军的地盘，谁吃了豹子胆敢到这里来偷抢。万一有人来，他也不准备拿他手下的人去玩命。这年头，有枪便是草头王，拼完了我这百十号人，我还不得拿棍要饭去啊！不如趁此机会，能捞一个算一个。这么大的盐池，少个百儿八十吨盐，他日本人能看出个屌!

三天前，一夜暴富的黄金旦拎着王八盒子闯进村里的一个富户人家，用枪顶着主人的脑门说：“把你女子嫁给我，三天后成亲!”说完，朝天上放了三枪，扬长而去。那家财主不敢得罪黄金旦，只好应了这门亲事。

天近黄昏，黄金旦已经喝得醉眼蒙眬了，一个伪军来报告：“张店镇来人送礼，要见队长哩!”

黄金旦歪着脑袋，摇着胳膊：“把礼收下，让他入席……喝……喝……见我个屌啊!”

这时，七八个身穿农民服装的年轻人大摇大摆地闯了进来。

“哎，送礼咋能不见新郎官呀？黄队长，恭喜恭喜……”来人用晋南话和黄金旦打着哈哈。

没等黄金旦睁开醉眼，叭叭叭，七八条枪同时开火，新郎官只哼了一声便栽倒在地……宴会大乱，伪军四散奔逃。

与此同时，盐池西门也响起了激烈的枪声。

李维民一马当先，双枪齐发，两百多名士兵旋风般冲进盐池西门。伪军猝然间根本无心还击，胡乱放了一阵枪便作鸟兽散。不到一袋烟的工夫，盐池就被我军控制。这时，从盐池四周，呼啦啦闪出一支上千人的抢盐大队，骡欢马叫，人声鼎沸，抢盐的大军拥进盐池。英姿飒爽的平南县牺盟会女会长田芳英大声招呼着乡党们：“快装，快撤，少抛撒啊……”

李维民命令部队散开，形成一个很大的警戒圈，自己则手持双枪，骑着战马，在盐池门口巡查。盐池有三米多高的围墙，上面有岗楼，我军在岗楼上架起了机枪。

九十七团的抢盐队也加入了老百姓抢盐的行列。李维民交代：“不要霸道，不准跟老百姓闹仗。各装各的。”

黄金旦被击毙，伪军群龙无首，虽有几次反扑，却均被我军击退，消息又一时传不到日军那里，抢盐风波竟持续了三天。抢盐的老百姓越来越多，局面出现混乱，一些生意人也混入其间。十七师师长耿子介向孙蔚如请示后决定：凡来运盐者，每人每次收取五角钱的管理费，不论是骡子是马，尽满里装驮；一般老百姓拎个一袋半袋的，一律不问……

（关于盐池夺盐，各种回忆文章中说法不一。另一种“版本”说，夺盐系五二九旅所为，参加行动的主要是五二九旅一〇五七团二营，营长王汝昭；先期夺取盐池的是该营一个排，排长郭明昭。但该“版本”说的是夺盐行动从盐池以南的曲村突破，而本书所述的是从盐池以西的赤牛村进攻。细节也不尽相同，这里权且存疑。但有一点是可以肯定的：这次夺盐是由孙蔚如总司令策划，并引起一战区司令长官卫立煌高度重视的重要军事行动。）

据袁启亚先生说：“我们进入盐池后，发现到处是堆积如山的盐，‘山’头上覆盖着厚厚的一层尘土，有的上面都长出了榆树和野草。可见日军封锁盐池，就是要断我军民食盐，用心何其歹毒！”

三天后，运城方面的日军得到消息，派兵来夺盐池。而我方军民联手，已抢得大量食盐，夺盐行动全面告捷。孙蔚如电令耿子介，让部队迅速撤出盐池，回到各部防地，阻击日军新一轮扫荡。

盐池夺盐不仅打破了日军对我军民的食盐封锁，而且赢得了中条山人民群众对第四集团军的高度赞扬，进一步密切了军民关系。而军民关系的融洽，是战争胜负的决定性因素。孙蔚如将军在其回忆录中写道：“兵在附民。我军纪律良好，军民融洽。敌与我对战三年，两指挥部相距不及百里，而敌不知我指挥部之所在。（二十八年“六六”、二十九年“四一七”两战役中，均获得敌人全部命令，其附图所记我总部、军部、师部地点，完全错误，且敌机经常轰炸我阵地，却从未在我高级指挥部投弹，是为明证。）这全因军民一体，共保秘密，敌探不得进入之故。”

1940 年 10 月，第四集团军奉命调至豫西，不久中条山沦陷。对此，孙蔚如分析说：“友军接防后，中条山沦陷。军民交恶，亦为一大原因。”

此论精辟！

11 第十一章 雪压冬云

关于玉泉寺之战的报道

点击

一个高大壮实的士兵对李团长说：“团长，咱们的子弹不多了，搬石头吧。在乡里时，我能搬起一只碌碡哩！”

"对，用石头砸狗日的！砸死一个算一个。"

"砸完石头就跟他狗日的挽蛋蛋。"

"咬也咬死他几个！"

士兵们一个个眼中喷火，牙关紧咬，一副殊死一搏的气势。李家骥的眼眶红了……李家骥双手抱拳，深情地说道："弟兄们，我们虽非同年同月同日生，却有幸同年同月同日为国捐躯！记住我：李家骥！倘有来生，我将与弟兄们一起上山打柴，过河脱鞋，回到家同喊一声'娘'……"

"娘……"一百多名士兵面对苍山，发出啼血的呼唤！

晶莹的雪花轻盈地飘落，三百里中条山银装素裹，玉树临风，一派冬日的娴静、妖娆。

但是日本鬼子却以无情的炮火狼烟摧残着秀美的山河，撕裂着冬日的娴静。

1939 年 1 月 23 日，日军兵分六路向我中条山发起了第四次扫荡。

正如孙蔚如在六官村时所分析的，敌军将采取各个击破的策略对付我军。此次扫荡，日军的攻击重点是九十六军扼守的中条山西段防线，而首当其冲的则是九十六军独立四十七旅王镇华部防守的玉泉寺和苍龙峪。

玉泉寺位于中条山西段的腹部，与北麓之虞乡、南麓之芮城形成一条斜线上的三个点。永济战役后，王镇华率部在此设防。根据孙蔚如将军游击作战的指令，王镇华曾多次派出奇兵向北俯冲，掐断同蒲路；向南突进，袭击运城境内的日军。搅得日军惶惶不可终日。此次日军川岸师团以七十七联队与八十联队（中岛部六十六旅），配以飞机五架、大炮二十门，从芮城、虞乡两面夹击玉泉寺，必欲拔掉这个“眼中钉”。

一夜之间，山南山北的各个峪口全被日军堵死了。24日，日军的大炮架在山北石佛峪口的屯里村，一排排的炮弹从清晨至中午不停地向玉泉寺飞去；五架盘旋在玉泉寺上空的飞机，轮番投掷炸弹，整座山头都被硝烟笼罩。一棵棵苍松古柏倒下了，一团团积雪融化了，乱石穿空，浓烟蔽日，古老的玉泉寺在剧烈的轰炸中战栗。

下午2时许，炮声初歇，日军八十联队队长中岛骑在马上，挥舞着军刀，狼嚎似的指挥着数千名鬼子朝山上爬。白雪覆盖的山坡上，鬼子兵如一片片蝗虫在蠕动。此时，我军前沿部队已从峪口退至山腰的五老峰，旅指挥部已撤至玉泉寺的前面，阻击芮城方向来犯之敌。在五老峰工事上执行阻击敌人任务的是独四十七旅七四一团，团长是李家骥。

李家骥，字龙超，河北省静海县人。他20岁投笔从戎，考入保定陆军军官学校（第六期学员），毕业后分到国民革命军，历任排长、连长、营长等职；1924年参加北平起义，后经邓宝珊介绍投杨虎城部，任营长、团长职务；参加过“西安事变”。1937年6月，杨虎城被迫出国，李家骥与苏济吾、王照南到上海为杨送行。李曾对苏、王说：“虎不能离山。杨将军不应该离开部队，应托病到三原东里堡疗养，借机与红军联络。”同年9月，李家骥奉命驻防禹门口，在这期间曾派出游击队东渡入晋，袭扰敌后，破坏日军交通。1938年7月，他又奉命东渡，北袭万泉，夜取河津，强占荣河，夺回安邑，嵋阳之战中又率部重创日军，大长我军士气。

李家骥爱兵爱民，军纪严明，练兵有方，品格高洁，曾多次获模范军人称号。

面对数倍于我之日军，李家骥一派临危不惧的大将风度。他告诉士兵们：“山高路滑，鬼子行如蜗牛。不要急，等敌人靠近了再打。”

鬼子进入我军有效射程后，李家骥一声令下，机枪、步枪、手榴弹全面开花。正在山坡上攀爬的鬼子纷纷向山下滚落。敌首中岛的战马也被打中，中岛大叫一声从马上栽了下来。但那小子却没毙命，从地上爬起来后，疯狂挥动着战刀，逼着鬼子兵继续向上冲。

李家骥仍然是老办法，让敌人靠近了再打。从下午直打到黄昏，打退了鬼子的七八次进攻。日军见攻不下来且伤亡惨重，只好退至峪口。当夜，日军将峪口封锁，大炮时断时续地向山上发射炮弹。

李家骥正在指挥士兵连夜修复被炮火炸毁的工事，旅长王镇华来了。

王旅长说："敌人分六路进攻，七三九团在苍龙峪也和鬼子交上手了。现在我们是腹背受敌，坡大沟深路滑，增援部队也上不来。龙超兄，这是一场恶仗啊！"

李家骥说："请王旅长放心，我团今天已打退鬼子多次进攻，弟兄们心气儿高着哩！我粗略估算了一下，光今天放倒的鬼子我们就够本了，明天就是赚的。"

王镇华拍了拍李家骥的肩膀，感叹地说："龙超兄胆识过人。好，这里就交给你了。明天南面稍有缓解，我马上带人过来！"

夜深了，敌人的炮火也越来越稀了，李家骥对士兵们说："弟兄们打个盹吧，明天还有恶仗要打哩。"

雪还在下，山风卷着雪花，扑打着工事里的士兵。这天是腊月初六，距春节没有几天了，冰天雪地里的士兵们难免会有些思乡之情。爱兵如子的李团长深深知道士兵们的心，他深情地对士兵们说："快过年了，我知道弟兄们想家，我也一样。可鬼子不让我们过年啊！我们就只能跟他拼。只有拼倒了鬼子，咱们的父老兄弟才能过个安稳年。"他让士兵们三五成堆，相拥相靠着休息，以抵挡风雪的侵袭。他自己却带着警卫员在工事里轻轻地走动着，巡视着，一夜没有合眼。

翌日。天刚破晓，鬼子的轰炸又开始了。

激烈的战斗直打到下午4时许，敌人硬是仗着人多势众，攻到了我军工事前沿。

李家骥命令士兵退出工事，退到五百米以外的一片松林里，稍事休整后，李家骥怒吼一声："冲啊！"第一个冲出松林，手中的冲锋枪喷出一梭子愤怒的子弹。紧随其后的士兵们如下山猛虎，呐喊着冲了下来。立足未稳的鬼子顿时乱作一团。这时，王镇华旅长带着警卫连赶了过来，一阵猛冲猛打，我军阵地失而复得。

帮着李家骥夺回阵地后，王镇华旅长又折回玉泉寺阵地。阵地犹在，而带兵阻敌的副旅长邱铁生却不幸阵亡了。

…………

东延村。第四集团军司令部。

孙蔚如总司令已经一天一夜没有合眼了。日军这次出动了五六千之众，中条山西部各处都在激战中。司令部里的电话、电报昼夜不断。孙总司令、陈参谋长、李秘书长日夜守在机要室，随时听取各部战况，发出指令。

对于日军进犯中条山，孙蔚如有着充分的思想准备，但对于敌人在十冬腊月冰天雪地中举重兵来犯，多少还是有些出乎意料。当苍龙峪、玉泉寺等处战况传来时，孙蔚如立即陷入深思：日军此举目的何在？很快，他就想明白了：日军在不宜作战之时突然发难，其目的就是各个击破，打乱我军防线，消灭我有生力量。孙蔚如亲自摇通副总司令李家钰的电话，向李家钰谈了自己的判断。

李家钰虽然是集团军副总司令，却不在司令部参与指挥。这位倔强的川军名将是抱着与日军血战、在战斗中洗雪川军往日不良名声之目的来的。集团军组建之初，李家钰就婉言谢绝了总司令孙蔚如并肩指挥的邀请，他说：“家钰率军出川，志在与鬼子沙场一搏，让老百姓和国人看看我川军是不是打不得仗的龟儿子！司令部有树棠兄坐镇，子坚诸兄辅佐即可。家钰决心与阵地共存亡。”随后，他按司令部部署，率四十七军在中条山中东部、南部的垣曲、毛家山、侯家岭等处驻防，直接面对运城、夏县之敌，军部设在离防地最近的南村。在粉碎日军第三次扫荡的战斗中，李家钰亲临前线指挥，川军奋勇杀敌，受到卫立煌通电嘉奖。

李家钰非常认同孙蔚如对敌情的判断，他说：“鬼子想分而歼之，我军不宜与其纠缠，但也不能让他觉得我们好欺负，一击即溃。我军应凭借居高临下之有利条件，狠狠揍敌人一顿，然后相机撤退。”

孙蔚如说：“其相兄所言正合我意。”

对于西部战局，司令部也有人沉不住气，主张调兵增援。孙蔚如却面如冷霜，沉默不答。他何尝不知道这冰天雪地中作战的艰苦，又何尝不为弟兄们的流血牺牲而心痛！但是，他不能调兵：一是我军各部均兵力不足，防务力量捉襟见肘；二是日军集重兵于西部，目的就是要消灭我军有生力量。中条山下沟壑纵横，又是风雪迷茫的严冬，增调兵力必然会造成更大的牺牲，不仅于西部战局无补，而且正中敌军下怀。

25日夜，孙蔚如突然向教导团团长李振西下了一个奇怪的命令：拂晓前，即令一〇〇师出发，迅速插入敌后，造成声势，以缓解一七七师之压力。

发报员李寿一愣神，怀疑自己耳朵出了毛病，一〇〇师？哪来的一〇〇师啊？但他不敢多问，只是有意将“一〇〇师”几个字念出声来，看看司令有什么反应，司令却不动声色地转身离去。

这是孙蔚如根据最高统帅部的批示谋划的一着棋。统帅部指示：“各战区务以各种积极手段，采取攻势游击，使敌穷于应付。”据此，孙蔚如让李振西抽出一个加强营的兵力，配上发报机和番号，以“师”的名义插入敌后打游击。李振西将这个任务交给了一营营长殷义盛。于是，殷义盛“平步青云”，一下子就由营长变成了“师长”。殷义盛身手灵活，头脑机敏，是一位打穿插游击战的高手。永济之战中，他就是凭着这套功夫在西姚温、韩阳镇两次帮团长李振西脱离险境的。

殷义盛于次日凌晨率“新编一〇〇师”，以动如脱兔之势，从中条山中部穿过。一路上顶风冒雪，爬沟越涧，殷营长皆身先士卒。遇到坡陡路滑处，殷营长效仿三国时魏将邓艾偷渡阴平的办法，让士兵们用棉衣、毡毯裹身向坡下滚去。当天下午越过同蒲线，进入敌军占领的夏县地界。一入敌后，殷义盛便打出“新编一〇〇师”的旗号，声东击西，游击作战，沿途还故意撒下作战命令、安民告示之类的文件。那上面盖的师部大印竟然是用肥皂刻出来的！

突然冒出的“一〇〇师”打得鬼子晕头转向。

当这支奇兵奔袭敌后之后，孙蔚如即下令驻守苍龙峪、玉泉寺之独立四十六旅七三九团、七四一团，相机撤出阵地。

此时，已是26日下午。

苍龙峪阻击战也打得十分惨烈。

进攻苍龙峪的是日军从永济调来的部队。日军于24日曾向苍龙峪发起了多次冲锋，均被张英三的七三九团击溃。25日夜，日军调集三门重炮，布架在直对我主阵地的王庄村以东的高地上，26日凌晨便炮轰苍龙峪。张英三团长命令士兵在掩体内隐蔽，待鬼子冲上来时再打。果然，日军在炮轰过后便向山上蠕动。鬼子虽然人多，但毕竟是雪中爬山行动迟缓；而我军是居高临下，有绝对的地理优势。日军的三次冲锋皆被我军击溃。苍龙峪的山坡上，白雪已被染成了血红色。这一片片血红中，就有被我军击毙的日军大尉迟野三郎。这小子是从韩阳镇赶来送死的。

我军亦有近半数的伤亡。

不甘失败的日军再次增加兵力，向我军阵地疯狂反扑。

持续了两天的大雪在黄昏时骤然停了，西天竟然露出了一缕昏黄的阳光。

张英三团长正在指挥士兵们阻击鬼子，电报员报告：司令部来电，让我部相机撤退。

张英三知道，敌人不仅武器精良，而且援兵不断，再拼下去，必然是全军覆没。但是，鬼子已经逼近了我军阵地，我军如仓皇撤退，必遭鬼子背后袭击。怎么办？

正在这时，从阵地的西侧，从西天残阳滑落的方向，猝然响起了一阵密集的枪声。这枪声让敌我双方都愣住了。正在冲锋的鬼子停住了脚步，齐刷刷地将枪口转向了西侧。而就在这一瞬间，张英三从枪声中很快判断出来了：这是当地的游击队在为我军打侧应。于是，张英三果断下令，命令机枪连集中全部火力向山下扫射，其余士兵迅速撤出阵地。

正在为西边的枪声而发蒙的鬼子，兜头又遭一阵机枪横扫，顿时乱了方寸。

被打中的和没被打中的全都扑倒在山坡上。而等那些活着的鬼子爬起来再往上冲时，我军阵地上已空无一人了。

策应我军的地方游击队在用“冷枪”放倒五十多名鬼子后，也迅速在山林间隐匿了。

这是杨振邦的队伍，是奉孙总司令的指令从雪花山赶来的。

小小的一个苍龙峪，让鬼子损兵折将，又让本以为可以全歼的中国军队从自己的眼皮底下安全撤离，鬼子旅团长关元六暴跳如雷，用战刀指着苍龙峪口号叫着：“死啦死啦地，烧……”

日军在苍龙峪口放手抢掠，抢走大牲畜二十多头、猪羊二百多只，粮食、衣物无数。关元用枪逼着村长，让村里为被我军击毙的迟野三郎立碑。鬼子临走时，一把火烧毁了民房四百余间。

新中国成立后，那块迟野三郎的墓碑铺在韩阳镇供销社门口，任行人踩踏。

…………

与苍龙峪相比，玉泉寺的形势更为严峻。

经过两天两夜的苦守，在打退了敌人数十次进攻后，我军已伤亡过半了，剩下的也疲惫不堪且多数挂彩。更严重的是弹药所剩无几，食物也吃完了，士兵们只能大把大把地往嘴里塞雪团儿。而鬼子又抢占了距我军不足五百米的一个山头，我军居高临下的优势已不复存在。可以说，如果不是鬼子不善夜战，我军阵地早已失守了。

王镇华带着所剩无几的警卫连，已和李家骥合兵一处。26 日下午，当最后一次打退敌人的进攻后，王镇华接到了司令部撤退的命令。

王镇华与李家骥在身后的玉泉寺内紧急商量撤退方案。

李家骥说："王旅长，敌人已经封锁了北面的凤柏峪和石佛峪，我们从这里根本无法冲出去。现在唯有从玉泉寺南面撤退。芮城方面的敌人防线比较薄弱。王旅长你带上部队突围出去，我带一部分弟兄在北面继续阻击敌人。等你们撤出后，我再撤。"

王镇华说："那不行。孙司令让我们撤，我们就全部撤出，怎能让你留下呢？"

李家骥说："总司令让我们撤是为了保存实力，减少牺牲。对不？可是你看，北面的敌人离我们这么近，一旦我军全部撤出，北面敌人必然要扑过来，南边的敌人再把后路一堵，那样，我们还有路可退吗？王旅长，打仗历来都是我听你的，这次你就听我一回吧！"

"可是……"王镇华泪水盈眶，半晌说不出话来。

李家骥微微一笑，平静地说道："我从军之时，家母虽未在我背上刺

‘精忠报国’，但她老人家却告诫过我：既然吃粮当兵，就得做好为国捐躯的准备。放心吧，旅长。如果我李家骥交待在玉泉寺了，你就带着弟兄们多杀几个鬼子，让我们在‘那边’也乐和乐和。”

王镇华双手抱住李家骥的肩膀摇着，又仰起头望着天空长长地叹息了一声，幽幽地说：“龙超兄，苍天有眼，咱弟兄们后……会……有……期!”

两人走出玉泉寺时，天色已经黑严了。

王镇华组织部队突围，李家骥坚持让王多带些弟兄，但一些伤员却主动要求留下。他们说，反正我们也走不动了，就让我们与阵地共存亡吧！王镇华要给李家骥多留些子弹，李家骥说：“你们也不是去逛大街，突围中还会与鬼子遭遇。不要留了，快走吧。”

将要撤离的与留下来的含泪拥抱。

“兄弟，保重啊!”

“哥，没事。该死屌朝上，怕啥!”

“仗打完了，能活着回去就到俺屋去看看俺妈噢!”

“没麻达!”

…………

借着夜色的掩护，王镇华带着部队钻进玉泉寺北边的松林，绕过玉泉寺后墙，消失在茫茫夜色之中。

李家骥让留下的一百多名士兵散开，每隔十几米架起一堆篝火，并不时朝鬼子盘踞的山头放冷枪，造成我主力部队还在阵地上的假象。撩拨得鬼子不时向独自燃烧的篝火堆扫射。

一夜无战事。

李家骥的双眼已经熬得通红了。他想靠在工事上休息一会儿，可一闭眼恍惚中就看到了王旅长……鬼子是六路来犯，几乎每个峪口都有鬼子，突围的部队一路上也是险象环生啊！他强令自己睁开双眼，仔细地倾听着山那边的声音……还好，除了偶尔传来一两声枪响——那是警戒的哨兵为自己壮胆，山那边没有对方交火的枪声。

拂晓，鬼子的炮声又响起来了。依照惯例，炮轰过后，鬼子的步兵就要攻上来了。

李家骥清醒地意识到：最后的时刻到了！

李家骥问战士们："弟兄们，还记得我军渡河之前的誓词么?"

士兵们回答："记得。"

"好，记得就好！现在我起个头，大伙儿再背一遍。我……"

士兵们从工事中站起来，伤员也在战友的搀扶下站起来了，一阵悲壮的呼声在白雪皑皑的山梁上响起来："我为中华生，我为中华死！坚信抗战必胜，誓死抗战到底！我不杀敌，敌必杀我；若要自救，必先杀敌！凡我官兵，共同勉之！"

北风摇撼着山林，扬起一团团洁白的雪花在山梁上打着旋儿，壮士们的呼声在山谷中激起悠长的回声。

一个高大壮实的士兵对李团长说："团长，咱们的子弹不多了，搬石头吧。在乡里时，我能搬起一只碌碡哩！"

"对，用石头砸狗日的！砸死一个算一个。"

"砸完石头就跟他狗日的挽蛋蛋。"

"咬也咬死他几个！"

士兵们一个个眼中喷火，牙关紧咬，一副殊死一搏的气势。李家骥的眼眶红了……李家骥双手抱拳，深情地说道："弟兄们，我们虽非同年同月同日生，却有幸同年同月同日为国捐躯！记住我：李家骥！倘有来生，我将与弟兄们一起上山打柴，过河脱鞋，回到家同喊一声'娘'……"

"娘……"一百多名士兵面对苍山，发出啼血的呼唤！

“娘……娘……娘……”风雪弥漫的中条山上回荡着一队中国士兵最后的呼唤。

炊事班留下一名受伤的火头军。在敌人惊天动地的炮火中，那火头军却闷着头烧火煮饭。李家骥纳闷：昨天下午就已经粒米全无了，这小子这会儿忙活啥哩？

不大一会儿，那火头军双手端着一只冒着热气的瓷碗，猫着腰走到李家骥跟前，眯着小眼说道：“团……团长……今天是腊八……我熬了锅粥……用的是雪水……让弟兄们……喝……喝吧……稀是稀了点……”火头军有点结巴。

李家骥接过碗一看，果然是一碗稀粥，只是稀得能照见人影，他问：“哪来的米？”

“是王……王旅长留下的，就这么多……都留给咱了！年……年咱怕是……过屎不成了……喝碗腊八粥也行……你说……啊……是不？”

李家骥说：“好！这腊八粥，我喝。你快招呼弟兄们喝去。”

士兵们一人端起一碗雪水熬出的腊八粥，喝得吸溜吸溜地响，一边喝一边夸那火头军：

“二结巴，你小子还真行！”

二结巴腼腆地搓着手：“不……是我……是咱王……旅长……”

有人提议：“这腊八粥咱就当是送行的酒，来，碰一下！”

“碰一下就碰一下，来！”

咣……咣……几十只大碗碰出一片脆亮的声音。

炮声停了，鬼子兵嗷嗷叫着冲了上来。

“我操……”二结巴大骂一声，第一个将大瓷碗向着鬼子甩了过去，其他的士兵也像扔手榴弹似的把手中的瓷碗在空中甩出一道弧线，落入敌群。

堆在工事前的山石被士兵推下山坡。

滚落的石块虽然也砸着不少鬼子，却没能挡住鬼子的冲锋。看来，鬼子今天是非要拿下玉泉寺不可。

李家骥忽地跃出工事，挥动右臂，发出一声虎啸般的怒吼："弟兄们，杀呀!"

这是英雄团长最后的呐喊。

呐喊声中，百余名战士举着大刀，端着刺刀，跃出工事，冲向敌群。二结巴手里抡着一截树干也冲了过去。

一场刺刀见红的拼杀持续了十几分钟。

大山在硝烟中回归寂静。

李家骥团长倒在了雪地上。

一百多名我军士兵倒在了雪地上。

雪在热血中融化，汇成一条条血的溪流。

血溪中有中国士兵的血，也有日本士兵的血。

中条山见证了悲壮，也见证了罪恶!

这是一个雪后初霁的清晨，但是太阳没有出来。

太阳正躲在厚厚的云层里饮泣!

…………

日军放火烧了玉泉寺。

日军没有靠近李家骥的遗体。他们从这位中国军人遗体五米开外的地方无言地绕了过去。

李家骥的身旁躺着七四一团中校团附田景华。

……

玉泉寺的大火熄灭之后，从山下的王官庄踉踉跄跄走过来一群人。他们是中条山的山民。山民们跪在"血溪"前放声大哭。

一名青年妇女掏出一块手帕，蘸着雪水，为李团长擦拭脸上的瘀血。她的手很轻很轻，似乎唯恐惊醒了英雄的梦，但泪水却如雨珠般洒落在英雄的脸上。

一个中年汉子弯下腰，将李家骥的遗体背起来，朝山下走去。

山民们在山坡上辨寻着中国士兵的遗体，凡找到的，都用人背或担架抬上，运到峪口。

山民们一时无法与部队取得联系，但他们想到的是：无论如何也不能让自己的弟兄陈尸山野。于是，他们便将士兵们的遗体安放在石佛寺一带的石灰窑里。老太太们在窑内点起香火，为孩子们祈祷送行。

在当地牺盟会的组织下，山民们用担架抬着李家骥的遗体翻山越岭，一直送到位于葛赵镇的九十六军军部。

2 月3 日，九十六军在葛赵镇外的黄河滩上召开追悼大会，军长李兴中将军在会上讲话。

他说：“自古燕赵多慷慨悲壮之士。家骥英风豪气不让古人，辉映今人！”

第四集团军总司令孙蔚如将军亲率司令部要员赶到黄河滩，将亲手书写的挽联悬挂于追悼会上。

雪压冬云青松昂首断臂壮士忠魂不灭；

雾锁苍山战马扬鬃打虎英雄豪气永存。

正在东部指挥作战的三十八军军长赵寿山将军亲书其抗日初期的一首《七绝》，差人送来，向李家骥表示哀悼：

妖气弥漫寇方张，百战何辞作国殇。

士卒冲锋杀敌处，娘子关外月如霜。

黄河滩上，众官兵含泪振臂，高呼抗日口号，追悼会变成了誓师会……

李家骥灵柩运回西安后，安葬在五省义地。2 月 22 日，杨虎城将军的秘书、共产党员宋绮云先生主办的《西北文化日报》以“忠勇义烈”为题，报道了李家骥为国捐躯的英雄事迹。3 月 4 日（大年初四），西安各界为李家骥举行追悼会……

20 世纪 80 年代，李家骥被中华人民共和国民政部追认为革命烈士。

…………

王镇华泪别玉泉寺后，率部突围。山路崎岖，又是霜雪覆盖，行进异常艰难，至拂晓，尚能听到从玉泉寺传来的枪炮声。王镇华忍不住回头远眺……此刻，他的心里很矛盾：一方面怕听到枪炮声，因为他知道七四一团已经没有什么弹药了，枪炮声烈，必是鬼子在逞凶；可他又怕听不到枪炮声，听不到枪炮声就意味着我军官兵已经遇难……但枪炮声终于停息了，王镇华挥拳猛击一棵古松，发出一声撕心裂肺的呼喊：“家骥啊……”

当王镇华的突围部队行至山洼深处一个小山村时，前面探路的士兵报告：村口发现膏药旗，鬼子来了。

四面皆是冰雪覆盖的山头，王镇华知道：没有退路！他迅速指挥战士们躲进路边的竹林，并鼓励战士们：“狭路相逢勇者胜。弟兄们，为李团长报仇的机会到了！”

山道上果然开来一队打着膏药旗的鬼子兵。虽然人数比我军少，但手中却是清一色的新型冲锋枪。

如果我军躲在竹林就地卧倒，也许不会被鬼子发现，让过鬼子，我军仍可继续转移。但王镇华此刻胸中燃烧的是复仇的烈火，战士们目光中喷出的是杀敌的强烈愿望……王镇华从牙缝里迸出一个字：“打！”一个“打”字出口，王镇华早已从一名战士手中夺过一支“自来得”枪，向鬼子射出一梭子复仇的子弹。

三百多条枪射出的子弹，伴着一颗颗手榴弹一齐飞向敌群。狭窄的山道顿时被鬼子的尸体堵住了。

但是，剩下的鬼子很快清醒过来，他们退到山石后面，向竹林猛烈扫射。

王镇华知道自己的部队枪弹所剩无几，不敢恋战，便对士兵们说：“够本了。弟兄们，走吧！”

靠着竹林的掩护，王镇华绕过了敌人的阻击点。

那群鬼子大概是奉命增援的部队，虽然狭路相逢，被我军击毙了近百人，却也不敢追赶，只在身后放了一阵枪便斜扛着膏药旗灰塌塌地走了。

但是，王镇华旅长却在这场复仇之战中负伤了，肩部、腿部均有枪伤，血流不止……恰在这时，独立四十七旅副旅长兼辎重团团长冯迩革带兵赶到了。永济之战后，冯迩革从四十六旅调到四十七旅，此役，他带两个营的兵力在玉泉寺东侧阻击日军，苦战数日后接到撤退命令。素来以敢和鬼子挽蛋蛋而闻名的冯副旅长，突围时一马当先，竟率兵从敌正面杀出一条血路。

王镇华与冯迩革不期而遇。这时，士兵们已为王旅长包扎住流血的伤口。王镇华面色蜡黄，挣扎着对冯迩革说：“你带上弟兄们走吧……”冯迩革让士兵背起王旅长，随即大手一挥：“弟兄们，跟我走！”

王镇华、冯迩革率突围部队冲出中条山北麓，经闻喜、夏县，由中条山东部返回平陆。

进犯中条山的日军炮兵部队

回到平陆不久，王旅长听到一个噩耗，他的部下张英三团长的夫人不幸遇难身亡了。

眷属们是随省上组织的春节慰问团到中条山慰问的，来了没几天就赶上日军进犯。王旅长指令张英三团的一个叫王福善的班长，护送本旅眷属赶快回西安。王福善带着十二名战士，护着几十位眷属在风雪中翻山越岭。眷属多为妇女、孩子，行动很是艰难。行至一坟园，王福善让大家在园内歇息片刻。王旅长的夫人走到坟园外小解。未等她站起来，一队鬼子骑兵突然冲了过来。鬼子在马上大呼小叫："花姑娘的，过来……"坟园里的眷属们闻声吓得花容失色，抱成一团。王福善喊了声："不要怕!"随即一个箭步冲出坟园去救王夫人，这时两名机枪手已将两挺机枪架上了坟头。

看到王班长冲出来，机敏的王夫人一面向坟园跑，一面摆手让王班长退回去，自己则一个踉跄扑倒在一座坟头后面。王福善回身下令："打!"机枪、步枪、手榴弹一齐向着鬼子骑兵小队开火。这场遭遇战打了不到十分钟，击毙鬼子三十多个，其余的则掉头逃窜。

惊魂未定的眷属们看到我十二个小战士眨眼工夫就打死了几十个鬼子，便欢呼雀跃着跑出了坟园。然而，不幸就在这一瞬间发生了：一个中弹倒地却没有断气的鬼子突然抬起身来，用手枪向我眷属连开三枪，张英三团长的夫人应声倒地……

王福善怒火中烧，夺过战士手中的机枪，一阵狂扫，将那鬼子浑身打成了筛子眼。扔下机枪，王班长扑倒在地，失声恸哭："我咋向王旅长、张团长交代呀!"

枪声四起。王福善不敢滞留，抹了把泪水，掩埋好张夫人尸体，带着一群眷属赶忙上路了。

王福善从西安回来后，在王旅长、张团长面前跪地请罪。张英三听说王福善他们击毙了三十多个鬼子，伸手扶起王福善，切切地说："兄弟，你没罪。一个换三十个，我媳妇死得值!"（王福善是蒲城人。我们采访时，80 多岁的老人和老伴住在果园茅庵里，过着清苦而自在的日子。）

1939 年（民国二十八年）2 月 17 日，《西北文化日报》头版发表消息：

"玉泉寺血战；邱副旅长等殉职；王旅长亲突重围——

（潼关 16 日电）：2 月 27 日，我王镇华旅于中条山玉泉寺一带，与三倍于我之敌激战四昼夜，毙敌七百余人，我亦伤亡惨重。邱副旅长、李团长为国殉职，罗参谋主任负伤。当突围时，距敌数百米，王旅长镇华身先士卒，亲持'自来得'向敌扫击，毙敌十四名，敌赞其为神枪手……"

《西北文化日报》在此前两天刊发的战地消息，标题为《我军血战三昼夜继续挺进》。

是的，前面的战友倒下了，后面的战友继续挺进！挺进！挺进！

当年的《中条山战歌》是这样唱的——

我们是中条山的铁柱子，

我们三十八军健儿硬如铁。

中条山，黄河边，

我们比铁还要坚！

…………

12 第十二章 山地春晓

西安学生剧团赴前线慰问。左一李兴中、左二许权中

点击

恰在这时，电报员送来一份密电。

电报是八路军副总司令彭德怀将军发来的——

“寿山兄，此次晋南三角地带之敌倾巢南犯，不知贵部情况如何？甚以为念！唯敌人由中条山南犯系居高临下，贵军处于背水之势。此种地形为兵家之所忌，望兄以不变应万变，采取持久，不宜速决。应照去年3月我们在晋东南高平会谈时关于对日作战方针进行可也。望三思，并盼捷音时惠。弟彭德怀。”

赵寿山心中暗自感叹：“真是疾风知劲草，危难见真情。彭大将军真朋友也！”

日军对我中条山的第四次扫荡是气势汹汹而来，灰灰塌塌而去，前后不过十天时间。

正如孙蔚如总司令所料，鬼子是想趁隆冬时节来一个突然袭击，意在消灭我有生力量，为开春后的大规模进攻减轻阻力。但是，骄狂的鬼子实在是太小看了陕西冷娃绝地反击的能力了。是役，日军虽然攻下了苍龙峪、玉泉寺，但却是“空山不见人”，我军主力已破网而出。反倒是漫山遍野横躺竖卧了近千名大和民族子孙的尸体（据战后统计：此役我军伤亡约五百人），鬼子是“偷鸡不成蚀把米”！

而在中条山腹地的马家岭、黄草坡等地，日军的进犯同样遭到了我军的顽强抵抗。

在这一带驻防的是西北名将孔从洲的独立四十六旅。

日军从1月23日开始进攻马家岭、黄草坡阵地，26日突破我军防线，进入张村。但是，没等鬼子喘过气来，孔从洲便率预备队杀了个回马枪。猝不及防的鬼子在张村扔下上百具尸体便逃之夭夭了。

但是，鬼子的飞机还在空中盘旋。

永济之战中，孔从洲就吃过“空中蝗虫”的亏，但也琢磨出了对付

“蝗虫”的办法：我军没有高射炮和高射机枪，孔从洲就给重机枪配一高射架，再加上多挺轻机枪同时对空射击，构成空中火力网。用机枪手的话来说，就是：“就算是瞎猫，迟早也能逮他个把死耗子。”

“耗子”终于撞到“瞎猫”嘴上了！26日下午，随着机枪手们一阵狂呼，一架日军战斗机屁股冒起了黑烟。随即，两名鬼子驾驶员拽着降落伞从空中飘飘摇摇地落在了黄河滩上。

我军战士向河滩跑去，准备生擒飞贼。但两个飞贼却站在河滩上持枪顽抗。孔从洲让战地服务团懂日语的士兵向鬼子喊话：“放下武器，缴枪不杀!”二飞贼不听，嘴里呜呜啦啦地叫着。懂日语的士兵对孔旅长说：“他俩说要为天皇尽忠哩!”

“好狗日的，真个是碎娃的牛牛——越逗越硬咧!”副官程英杰气愤地骂道。

孔从洲知道，程英杰自小练武，有一身擒拿的好功夫。为了挫敌气焰，长我士气，孔从洲对程英杰说：“上去给他俩教个乖，让他们知道啥叫中国功夫。”

“我去!”

“我也去!”

几个身强力壮的年轻士兵争着要去。程英杰笑着说：“去的人多了人家会说咱仗着人多欺负人哩。你们等着，看我咋样收拾狗日的。”

这时，两个飞贼已打光了子弹，扔下枪，摆出一副搏斗的姿势。程副官大步走到河滩上，两个飞贼哇哇叫着一齐扑来。程英杰并不搭话，飞起一脚踢倒一个，挥动双拳又打倒一个。这边的士兵们早已按捺不住了，呼啦一下冲了过去，摁住二飞贼一顿饱揍。

这期间出现了一段“黑色幽默”——

挨了一顿老拳的鬼子飞行员终于学乖了，其中一个从口袋里掏出一盒日本烟来，意在求饶。我军一名陕西籍的老兵接过一看，是“顶球”牌香烟，便嘲弄道：“顶球？你狗日的小鬼子跑到俺中国来弄啥？球（屎）都不顶！”

二飞贼一头雾水。众士兵放声大笑。

…………

殷义盛带领的“一〇〇师”像钻入铁扇公主腹内的孙悟空，在敌后袭军车、炸铁路、捣军营、组织民众抗日，鬼子始终搞不清这是哪路“神兵”。这也是他们匆忙收兵的缘由之一。

苍龙峪战斗中，正在进攻我军阵地的日军因发现侧翼有枪声而乱了阵脚，张英三的七三九团趁势突围。侧翼的枪声从何而来呢？

原来，军团部在六官村时就率部来投的杨振邦，一直和孙蔚如保持着联系。杨振邦说过：“只要孙司令有用到我杨振邦的地方，一句话：万死不辞。”四十七旅被困苍龙峪、玉泉寺，孙蔚如欲救不能，情急中就想起了这位草莽英雄。而杨振邦此时已拥有两千多人马，打起了“山西人民抗日第一支队”的旗号，活动在五老峰、雪花山一带。孙蔚如亲自给杨振邦写信，让他侧应四十七旅各部突围。两名特务营的士兵化装成农民，当晚上了雪花山。杨振邦二话没说，立即带游击队从西边发动侧击。杨振邦在帮七三九团解围后，又率队赶奔玉泉寺，终因山高路滑，晚了一步。（据资料记载：此役，游击队在中条山打退一支日军增援部队，并击毙了鬼子一名中队长。）

从玉泉寺突围出来的王镇华旅长，途中在虞乡、永济之间的同蒲铁路上曾与鬼子打了几场遭遇战，多有斩获；后经猗氏、闻喜、夏县转回平陆。孙蔚如对此的评价是：“玉泉寺一战，我军虽有伤亡，但挫败了敌人之气焰，保住了我军主力，在战术上创一先例。”

王镇华对孙总司令说：“我在玉泉寺已负伤，转移途中的过五关斩六将，都是由冯迩革指挥的。”

“噢，”孙蔚如笑问，“五关倒真是过了，但不知六将何人？”

冯迩革笑答：“王旅长说笑哩！哪有什么六将，不过是顺手牵羊，收拾了些小鬼子。”

孙蔚如对几位军官说：“就要这样。突围也不能只顾奔逃，能顺手牵羊时就牵，拾掇一个少一个嘛！”

我军击退敌人的第四次扫荡后，迎来了1939年的春节。

虽然司令部转移到东延村才两三个月，但孙蔚如体恤百姓，又平易近人；手下的官兵与老百姓友好相处，有空就帮村民挑水打柴干农活，从而赢得了村民们的真情拥戴。春节期间，虽说山村贫穷又屡遭鬼子掠夺，但村里的乡亲们还是杀猪宰羊酿米酒蒸花馍包饺子，倾其所有热情慰劳部队。多少年后，孙蔚如一提起山西的老百姓都会动情地说：“那里的老百姓真好！自己都苦成啥咧，对部队的支援却从没二话。”

让山村更热闹的是：春节时西安来的各种慰问团络绎不绝。其中有政府组织的，更多的则是各种民间救亡团体。他们带来了三秦父老的问候，带来了西安民众捐赠的衣物，也带来了西北军官兵们久违的秦腔戏。

大年初一，东延村搭起草台，西安几个剧团的名角联袂演出了秦腔大戏《下河东》——

河东城（啊）困住了（哇）宋王太祖（啊），

把一个（啊）真天子（啊）我昼夜巡营（啊……）。

黄金甲（啊）每日间（啊）把身裹定，

可怜把（啊）黄骠马（啊）难解鞍笼（唉……）

…………

赵玄郎不忍看百姓染痛，

手提着盘龙棒（啊）东剿西征（啊）

…………

坐在台下的李百川对孙蔚如耳语道：“赵匡胤是一代平民天子，创业时还知道体恤百姓，可一旦坐稳了江山就……”

孙蔚如知道李百川要说什么，但他在这种时候，这种场合不宜谈论政事。于是他用手势拦住话头，笑了笑，说：“我喜欢这出戏里赵匡胤吓唬小呼延那一段。”

戏演到赵匡胤吓唬呼延赞的那一折了——

若要怕，大话诈，
再叫娃娃听根芽：
盘龙棒，打天下，
谁不知王的好杀法。
下燕京，斩刘化，
高平关又把鹞子杀。
五王八侯保王驾，
十大将军赛哪吒。
高怀德、高怀亮，
石龙石信好杀法。
一个个能杀又能打，
乾德王怕儿个小娃娃？

一板流水，慷慨激昂，唱尽了马上天子的八面威风。在场的军民一齐鼓掌叫好。

孙蔚如一边鼓掌，一边对陈子坚、李百川说：“山西自古就是龙争虎斗的大战场啊！高平关一战，赵匡胤杀鹞子一棒成名；我三十八军前年在高平关也和日本鬼子打了几场恶仗，虽不敢说一战成名，但高平关失而复得，也打出了我西北军的威风啊！听寿兄说，夺关时，那个‘袁二憨子’抡着大刀片子就上去了，真是个冷娃！”

李百川笑着说：“咱西北军哪个不是不怕死的冷娃生坯子？”

孙蔚如连连点头：“嗯，都是好小伙啊！”

话音刚落，台上的锣鼓突然变成了武打戏的点子。一个白袍银甲的小将翻着跟头登场了。台下的士兵发出惊叫声：“看，那不是咱特务连的胥连长么?”李百川忙对孙蔚如说：“胥继武，特务连连长，戏班子待过。”胥继武演的是《罗通扫北》中的罗通，可台上与他交手的却是穿着小日本军装的“倭寇”。“倭寇”一枪将“罗通”肠子戳了出来。“罗通”咬着牙将肠子盘在腰间，雪花枪飞舞，“倭寇”纷纷倒地。台下欢呼声、叫好声响成一片。向来沉稳儒雅的孙总司令竟兴奋地站了起来，大声喝彩：“好，盘肠大战，英雄本色！”随即便跃上台去，握着胥继武的手说：“没看出，你既能打仗，又能演戏啊！”孙蔚如当场宣布：“从明天起，胥继武不再担任特务连连长，官升两级，封为剧团团长。”

…………

春节过后，三百里中条山积雪悄然融化，烟雾笼罩中，山泛黛青，柳绽鹅黄，长河冰消，春风送暖……血腥的战争也无法阻遏春天的脚步。

但是，狂妄的侵略者却想用屠刀扼杀春光！

1939 年 3 月 29 日，日军卷土重来，向中条山发动了第五次扫荡。

这一次，敌人进攻的重点是我军在茅津渡一带布防的三十八军。

日军牛岛师团从运城、安邑分两路向我军扑来，总兵力约五千人，自然少不了炮兵、空军的配合。

纵使春色关不住，无奈人间起狼烟！

孙蔚如在电话中对赵寿山说：“寿兄，打到你门上了。兵来将挡，水来土掩。这一仗就看你的了！”

虽说平日以兄弟相称，但在领受军令时赵寿山还是严守军规的：“请总司令放心，卑职自有退敌之策。不过……”赵寿山欲言又止。

“噢，我知道总部离战场太近，寿兄想劝我挪挪窝儿，是不？嘿……这回呀，我还是不听你的。此战有你寿兄一夫当关，兄弟我又有何惧哉！”“三军主帅”用真诚的信任激励“前部先锋”。

“好，不说啦，请总司令保重吧！”赵寿山放下电话，开始制定退敌之策。

恰在这时，电报员送来一份密电。

电报是八路军副总司令彭德怀将军发来的——

“寿山兄，此次晋南三角地带之敌倾巢南犯，不知贵部情况如何？甚以为念！唯敌人由中条山南犯系居高临下，贵军处于背水之势。此种地形为兵家之所忌，望兄以不变应万变，采取持久，不宜速决。应照去年3月我们在晋东南高平会谈时关于对日作战方针进行可也。望三思，并盼捷音时惠。弟彭德怀。”

赵寿山心中暗自感叹：“真是疾风知劲草，危难见真情。彭大将军真朋友也！”

依窗北望连绵中条，赵寿山心潮起伏，思绪联翩……

抗战爆发后，赵寿山是十七路军第一个率兵参战的高级将领，在保定、娘子关、雪花山、乏驴岭、忻口等诸战役中，十七师打出了陕军的威名，也付出了巨大的牺牲。太原失守后，赵寿山率两千七百多名士兵（出征时为一万三千人），退至晋西黄河边上的碛口休整。当时因部队伤亡惨重，士气低落，加之看到华北战场我军节节失利，赵寿山也深感茫然。就在这个时候，八路军先后派程子华、南汉宸、续范亭等将军到碛口慰问十七师，鼓励西北军将士振作起来，说日军是程咬金的三板斧，凶焰过后，没什么真功夫，最后的胜利必将属于中国人民……已是初冬，十七师战士衣衫单薄，八路军战士脱下自己穿的五百多件棉衣硬是留给了十七师。钢铁汉子赵寿山当场落泪。

碛口整军后，赵寿山在得到蒋介石和卫立煌允许后，率部渡河到了陕北绥德，准备回三原休整。不料却遭到西安行营主任蒋鼎文的阻挠。翻手为云覆手为雨的蒋介石又收回成命，让卫立煌通知赵寿山带队伍开到山西洪洞县驻扎。赵在离开绥德前，单骑赴延安，见到了毛泽东主席和朱德总司令。两位中共最高领导与一位国民党将军就抗日救国之计进行了恳切交谈。这次谈话对赵寿山以后的政治走向起到了重要作用。

太原失陷后，山西重镇长治就成了日军攻击的重点。时任二战区南路阵前总指挥的卫立煌电令赵寿山部驰援长治。部队行至距长治数十里外的高平关时，长治已告失陷。赵寿山在四面受敌的情况下留一连人守高平，其余在山区开展游击战。卫立煌又电令赵寿山，其部暂归八路军朱德、彭德怀指挥。随后，朱、彭二将军就经常到赵部来，不仅给赵寿山面授机宜，而且多次给十七师官兵讲解游击作战之战术。彭德怀电报中所说的“高平会谈时关于对日作战方针”即指朱、彭所传授的游击战术。

十七师在高平期间，赵寿山、许权中在朱、彭的直接指挥下，连续打了几次规模较大的伏击战，其中袭击日军抢粮部队、马麻岭伏击进犯之敌（与徐海东将军联手）、夺回高平关等役，均取得不俗战绩。这些活生生的战例让赵寿山对八路军的游击战术深感折服，并在战斗中与朱、彭结下了深厚的友情。

值此敌军大兵压境之际，接到彭副总司令这封言辞恳切的电报，对赵寿山无疑是一场及时雨。

日军从中条山东北部的张店出发，以居高临下之势向南俯冲而下，很快就逼近了三十八军在平陆以北的扇形防线。赵寿山亲临十七师防地太臣村指挥作战。而太臣村距茅津渡和第四集团军司令部东延村均不超过三十里。赵寿山这回真成背水一战了。我军防线一旦被日军突破，不消半个时辰，茅津渡、东延村都将难保。

这步棋好险！

但是赵寿山不怕，因为他成竹在胸；孙蔚如的司令部岿然不动，因为孙蔚如信得过赵寿山，信得过他亲自带领过的三十八军，信得过孔从洲率领的独立四十六旅。应当说，他们是十七路军的老班底，是第四集团军的中坚。

3 月30 日清晨，独立四十六旅在西祁村与来犯的敌人展开激烈的战斗。孔从洲亲自在工事前指挥。我军凭借有利的地形和坚固的工事，一次又一次地打退了鬼子的进攻。双方一直打到下午 3 时许，鬼子的正面进攻突然停了下来。孔从洲机警地意识到情况有变，敌人有可能采取迂回战术，马上命令一营长张志馥从阵地后面向东侧迂回。果然，日军从我左侧拦腰冲杀过来，直插我军纵深阵地。而就在我主阵地陷入危境之时，张志馥营长率一营从主阵地南侧打过来。鬼子是从东向西，我一营是由南向北，十字交叉，鬼子被我军拦腰截断。孔从洲又亲率预备队迎头截击，使进入我阵地的鬼子进退无路，形势迅速向有利于我军的方向转化。然而，就在这紧要关头，打穿插的张营长突然中弹倒地，昏迷不醒。被我军截为两段的日军趁机合拢起来，战局在瞬息间又出现了险情。孔从洲环顾左右，手下已无官佐可调。这时，七三八团团附李慕愚拎着一支冲锋枪跑过来，喊了声：“旅长，我上！”举起冲锋枪就是一梭子。一营士兵见团附来了，迅速围了过来。李慕愚重新部署兵力，竖向穿插，猛冲猛打。至黄昏，插入我军阵地的鬼子除被击毙外，余皆夺路溃逃。

孔旅长指挥士兵连夜修整工事，准备明天的战斗。当地牺盟会组织村民为部队送饭送水，帮着修工事，救护伤员。一位年长村民跷起大拇指对孔从洲说：“这一仗，打得美！”

但是，军长赵寿山却打来电话，命令孔从洲当晚撤出阵地，向圣人涧撤退。孔从洲在电话中先是说了声“是”，马上又觉得不对，怀疑自己是否听错了，犹疑地问：“圣人涧?”

“圣人涧。”赵军长清楚地说了这三个字后便挂断了电话。

圣人涧已经到了黄河边上，再往西南四五里就是茅津渡啊，赵军长这不是在“弄险”么?

孔从洲是有些疑惑，但对于执行命令却是毫不含糊的。他也相信，军长敢于弄险，胸中必有解招。

十七师在太臣村的防线，在日军炮火和飞机的轰炸下也几度出现险情。虽然有赵寿山亲临前线，有师长耿子介临阵指挥，我军也给敌以重创，但当鬼子在阵地上施放毒气弹后，我军便渐渐不支，且伤亡较重。

赵寿山想起了彭德怀密电中的嘱咐，当即决定放弃太臣村，用游击战击溃敌人。

黄昏时，十七师撤出太臣村。赵寿山下令：

“命十七师师长耿子介率陈际春之四十九旅迂回至敌后，以李维民之九十七团向闻喜以南、夏县以北之铁路沿线袭击敌人；以张恒英之九十八团围攻张店，趁敌营空虚，抄其后路；命孙子坤之第五十一旅的两个团和孔从洲之独立四十六旅连夜越过平陆，至圣人涧埋伏。”

所有将校都能看出赵军长此招之险：我军在西祁村、太臣村一带布防，就是要封锁张（张店）茅（茅津渡）大道，阻止日军进犯茅津渡，现在这么一撤，不就明摆着是让出张茅大道，让敌军畅通无阻地开向茅津渡么?

对于赵寿山的这一部署，集团军司令部也有争议。多数人都认为这招不妥，因为日军的目的就是要拿下茅津渡，这不是给瞌睡人递枕头么?也有人认为这种战术在《孙子兵法》上、《三国演义》中也有表述，但太冒险。于是，有人劝孙蔚如电告赵寿山放弃这一部署，还是以坚守阵地为宜。

孙蔚如微笑着摆摆手：“我已经对寿兄说过，这一仗由他指挥。我是稳坐钓鱼台哟!”

既然总司令都觉得他可以稳坐钓鱼台，争论也就没有必要了。

孙蔚如暗自叹服：寿兄果是大将之才!

第二天，进攻西祁村的日军照惯例先是一阵炮轰，然后发起进攻。孰料，我方阵地一片沉寂，毫无抵挡，鬼子这才发现这里已是“人去阵空”，而占了太臣村的鬼子也发现周围没有了我军的一丝踪迹。日军旅团长关元六听报后一阵大喜：“中国军队终于被我大日本皇军打怕了，逃跑了！啊……哈哈……哈……”

关元六把这个消息报告给在运城遥控指挥的师团长牛岛。狡猾的牛岛却说：“支那军狡猾大大地！我军不可轻举妄动，你部可就地休整一日，明日再做南进打算。”

鬼子在西祁、太臣歇兵一日，正好为我十七师深入敌后，以及四十六旅、五十一旅在圣人涧设伏让出了时间。

4 月 1 日，日军见张茅大道两侧没有任何动静，便打着膏药旗，大摇大摆地向茅津渡开去。当天下午，当关元六从望远镜中看到茅津渡近在咫尺时，一股胜利的狂妄从胸中升腾而起。他高举战刀，喝令部下快速前进。但是，号令刚一发出，却接到师团长牛岛的电话：“支那的大部队窜入山北，张店已被包围。支那军在茅津渡肯定会有埋伏，命令你部速速回撤。”

关元六脑门子上立刻渗出了冷汗：后方出现敌军，张店老巢被围，如果再遇上伏兵截击，那不就完蛋了么?

关元六大声下令：“撤!”

但是，晚了!

关元六的“撤”字刚一出口，大队的鬼子还没转过身去，从西侧的圣人涧就闪电般冲出几路人马。孟庆鹏的骑兵团率先杀出，百余匹战马仰天嘶鸣，百余把大刀寒光闪耀，数千名士兵高呼着“杀鬼子啊”……一阵猛冲，关元六的部队瞬间就被拦腰截成几段。此时的日军旅团长再也顾不得大日本皇军的武士道精神了，伏在马上夺路而逃。

这一场漂亮的伏击战，当场击毙鬼子七百多名。可惜鬼子的飞机及时赶到，其余的鬼子才在炸弹激起的烟尘中得以逃匿。

这里要交代几句：当孙蔚如读懂了赵寿山的“围魏救赵”之计后，断定我军伏击必致敌后退，遂密令李家钰的第四十七军占领太臣以北的轮桥，断敌后路。可惜四十七军迟到了一步，否则鬼子就有可能全军覆没。

鬼子的第五次扫荡从出动到狼狈逃窜，前后不足六天。

牛岛在部署第五次扫荡时，也派部队对中条山西段的我九十六军发动进攻，目的是钳制九十六军以防其增援三十八军。三十八军击溃了来犯之敌，九十六军阵前的敌人也就不战而退了。

是役，我军伤亡约五百人；而日军在圣人涧、张店及九十六军防线上丢下的尸体远在一千具以上。

早在全面抗战之初，中国共产党在著名的洛川会议上就确定了对日作战的战略战术，其中重要的一条就是开展敌后山地游击战，歼灭日军有生力量。这是八路军屡试不爽的克敌法宝之一。而国民党的嫡系部队常以王者之师自居，不屑用此战术，结果败仗连连。作为地方杂牌军的陕军主帅孙蔚如非常赞赏八路军的游击战术并极力效仿之。据十七路军老战士邓原温回忆：孙在抗战前对共产党的游击战并不看好，在对士兵讲话时就有过非议。是抗战的现实让他转变了看法。永济之战后，他将独立四十七旅部署在永济、芮城、虞乡一带，就是以游击作战为主；“三二九战役”之前，孙蔚如组建所谓“一〇〇师”，着其先后两次插入敌后，采用游击战打得鬼子晕头转向。此役，深得朱德、彭德怀游击战术真谛的赵寿山军长又一次祭起这个克敌法宝，在众人皆曰弄险的情况下，从容出招，赢得了第五次反扫荡的胜利。

蒋介石向第四集团军通电：“该军与敌血战，迭挫凶锋，良堪嘉许。”第一战区长官司令部亦对集团军第四、五次反扫荡的胜利通电嘉奖。

于右任，这位国民党元老，辛亥革命时期陕西靖国军总司令，对家乡的这支部队历来钟爱有加（于老乃陕西三原人氏），对先后统率这支部队的两位得意门生——杨虎城、孙蔚如更是寄予深情厚望。当孙蔚如率陕军渡河作战时，老先生看出了老蒋是要借日军之手铲除异己，曾准备找蒋介石理论。但孙蔚如、赵寿山都曾对于老表述过自己的心声，即：大敌当前，抗战为重；立功疆场，社会自有公论……于老先生为两位年轻将领的胸怀大志而感动。

当得知中条山保卫战屡传佳音后，这位爱国诗人、20世纪最伟大的书法家喜不自胜，欣然命笔，写下一首激情澎湃的《越调天净沙》小令，托人捎到第四集团军司令部：

中条雪压云垂，
黄河浪卷冰澌，
血染将军战史。

北方豪士，

手擒多少胡儿。

1939年4月18日，西安《工商日报》刊发消息：孙蔚如总司令、陈子坚参谋长接受采访，中央社全文播发记者王菲采写的战地通讯《中条山烽火》。文章说："敌计划被我粉碎，中条山的国土还是我们的！"

硝烟散去，中条山上松更翠了，山更青了，一簇一簇的野花开得灿烂而妖娆……1939年的春天迎着血腥的战争而来，又冲破战争的血腥而傲然前行，用她那婀娜多姿、飘逸灵动的身影告诉人们——

春天，是没有人能阻遏得了的！

13 第十三章 风雨同舟

1938年秋，赵寿山军长和部分官佐合照于三门峡黄河北岸。右起李维民、温朋久、上官树德、冯芾周，右六陈雨皋、右七黄居仁（赵夫人），左边拄拐杖者为赵寿山

点击

性情耿直的赵寿山对张泰祥更是不留面子，一次，他拍着桌子当众怒斥张泰祥：“你这个人就是骄傲，脑子里弯弯太多。

你认为你是中央派来的就不得了啦？告诉你，我这个军长也是中央封的，我的委任状比你的大多了！不信咱一块儿去见委员长，看看委员长先见谁？你以为我们是杂牌军？杂牌咋的？这年头，谁能打鬼子谁就是正牌，谁能把鬼子放倒谁就是英雄！老百姓眼里有水，心里有秤哩！”

张泰祥说：“赵军长要这么说，我在这儿就没法干了。”

赵寿山指着大门说：“没法干了？那好，说句好听的，请便！说句不好听的：屎壳郎搬家——滚蛋！”

“三二九战役”后，鬼子龟缩在中条山以北运城、解县、安邑等窝点内，像一群受伤的野兽，独自舔舐伤口，两个多月没敢出窝。

我军也抓紧时间调整部署，休整队伍，训练新兵。晋南的老百姓亲眼看到了第四集团军浴血杀敌的场面，亲身感受到了从将军到士兵体恤百姓，解民危难的真情，民间自发地涌起一股参军热潮。真是：“父母送儿打东洋，妻子送郎上战场！”第四集团军兵源就地得到补充。

平陆茅津渡干训班班址

李百川对孙蔚如说："你听到这里的老百姓咋说的么？他们说：人家陕西娃娃也是父母生养的，为救咱，把命都撂这儿了，咱的娃娃再不顶上去，良心真个是叫狗吃了！这话说得多扎实！"

孙蔚如说："水可载舟，亦可覆舟。这道理不只是说给皇上听的，领兵打仗的人更应切记啊！"

陈子坚说："现在的问题是，新兵需要训练，中下级军官也要培训，这方面的人缺呀！"

"嗯……"孙蔚如从桌子上拿过一支吕宋烟，点着，边抽烟边凝神深思……

他在想赵寿山的三十八军干训班。

赵寿山思想进步，倾向共产党，这是连蒋介石都知道的。蒋曾不止一次地对孙蔚如提到赵寿山有通共嫌疑，孙蔚如每次都要为其辩解。孙对老蒋说："赵寿山与我是孩提之交，我了解他，我敢用性命担保，他不会通共……"但是，作为金兰之交，作为多年共事的上下级关系，孙蔚如又怎能不知道赵寿山的思想倾向呢。他之所以一再为赵寿山遮挡，一是出于兄弟情义，更重要的是，他始终恪守杨虎城先生为十七路军确立的原则："不危害革命，掩护共产党人。"这个原则，是杨虎城在第二次国内革命战争时就确立的，直到他此次被迫出国前仍反复叮嘱孙蔚如切记。

孙蔚如多年来冒着风险掩护过众多共产党人——

1931年，杨虎城让人给时任十七师师长的孙蔚如送来一份国民党中央政府的电报："你部靖仁秋系共产分子，要就地处决，十日内上报……"电报虽然是杨虎城差人送来的，杨却不着一字。孙蔚如深思片刻，将电报点火销毁，对副官说："请靖参议来一下。"靖仁秋来后，孙蔚如与其耳语了几句，拿出三百块大洋，说："先生拿上盘资，速速离开本部。路上多加小心……”

1934 年，孙蔚如带兵驻防汉中，曾与川北红军张国焘部密使往来，相约互不侵犯。孙派参谋武志平负责与川北红军联络。不久，接国民党政府来电，说武志平是共产党员，要孙将其押往南京处置。孙蔚如让副官徐鸿恩把武志平找来，将电报递给武看。武志平问：“不知将军何时押解我进京?”孙蔚如笑着说：“现在就让你走。不过不是进京，而是找个地方暂避一时。进京的事，怕是轮不上你哟。人家要的是伍志平，不是你这个武志平。”原来，电报上把姓写错了。孙蔚如顺势来了个“将错就错”，放走了共产党员武志平。

孙蔚如送给武志平大洋二百，嘱其保重，随即给秘书说：“复电南京：查本部无伍志平其人。”

…………

抗战以来，特别是经过亲自参与的西安事变之后，孙蔚如对共产党有了更深切的理解，他逐渐感到，共产党是一个了不起的组织，中国的希望将寄托在这一批人的身上；而蒋介石独裁统治将同历史上所有的帝王一样，最终走向众叛亲离。但是，作为杨先生的继任、陕西军队的主帅，大敌当前，临危受命，他不能公开自己的观点，一切要从抗日民族统一战线的宗旨出发，维持与中央的统一团结。虽然他知道他的这种委曲求全会引起以赵寿山为首的倾向共产党的将领们误解，但他只能这样。有一条是他永远不会放弃的，那就是“掩护共产党人”。

1938 年春，赵寿山的十七师留守处在三原县办起了有两百多人参加的教导大队。这个大队是在中共陕西省委的支持和帮助下开办的，学员大部分是共产党开办的安吴青训班学员，以及由共产党发动起来的进步青年。担任教官的黎子淦、李慕愚、胡振家等都是共产党员。这些情况，孙蔚如知道吗？知道。但是他却硬是装出不知底细的样子。同年 6 月，经孙蔚如同意，教导大队改为三十八军教导队，随十七师开往茅津渡。在这个过程中，又发展了一批共产党员。这些学员毕业后，多数都分到了三十八军所属各部，当上了见习军官，而黎子淦、李慕愚等人均成为营、团级军官。同年秋，赵寿山在原教导队基础上又办起了干部训练班、军官队、军事队和通讯队，这样，一大批共产党员进入部队，负责教导队的军事、政治、经济、教育、统战等方面的教学工作。他们中间有杨明轩、孔叔东、杨晓初、崔仲远、温朋久、姚警尘、陈雨皋……这些都是共产党中的精英人物。1939 年3 月（“三二九战役”前夕），在赵寿山的支持下，中共成立了三十八军工作委员会，党员已发展到七百余人。中共派蒙定军、郝克勇（范明）、张西鼎组成工委领导班子。这是所有国民党军队中唯一一个共产党工委。有人将消息报告给孙蔚如，孙说：“现在是国共合作时期，上面也没有明令禁止成立共产党组织嘛！再说，他们为我们训练士兵，培养军官，有什么不好吗?”

事实上，由于共产党人的大量加盟，三十八军，包括整个第四集团军官兵的思想文化素质、战斗力都有明显提高。而赵寿山一直用秘密电台与中共中央保持着直接联系，更使部队的性质发生着重要的演变……

但是，共产党的这种渗透是蒋介石所不能容忍的。虽然，“西安事变”迫使蒋介石放弃了“攘外必先安内”的方针，硬着头皮接受了共产党提出的建立抗日民族统一战线的主张，但老蒋出于独裁者的本性，骨子里从不放弃消灭异党（共产党）的原则。在他的授意下，国民党制定了《限制异党活动办法》，秘密下发至国民党军政要员手中。在这种“办法”的煽动、怂恿下，反共的明火暗流白色恐怖始终不曾停息过……前几天仗打得正紧火时，孙蔚如又接到一份中央来电：“据报，你部之干训班异党分子活动猖獗，查实后务必严办……”孙蔚如啪地把电报拍到桌子上，愤愤地说：“这些狗屁电报全是军统局那帮混蛋搞的！

据报、据报，据谁报啊？我是这里的司令，我怎么就不觉得有什么异党猖獗呀？国共合作，这是天下尽人皆知的事，谁是异党？弟兄们在战场上跟鬼子玩命，这帮鸡鸣狗盗之徒总是在后面放黑枪、垫黑砖，这仗叫我们还打不打了？”

“唉，兄弟阋于墙，岂能不遭外侮啊！”李百川幽幽长叹。

陈子坚说：“总司令，总得想想办法，堵住那帮孬孙的嘴呀！”陈子坚是早期共产党员，徐州人，说话常带方言。

孙蔚如冷冷地说：“先搁几天，再给他回个电报：查无此事。”

后来，中央来电就直接点名了：某某某是异党分子……孙蔚如干脆回电：查无此人。

孙蔚如也知道，老蒋为控制这支让他古城蒙羞的杂牌军，也在队伍中安插了不少中统、军统特务。孙蔚如对这伙人采用的是不冷不热不重用的政策，并密令心腹官兵注意他们的行踪。一天，两名下级军官从一个特务的住处搜到一份告密信，上面列了二十多名“赤色分子”的名字，并罗列了各自的罪状。孙蔚如低声命令两名军官：“回去给我看住他，有什么动静你俩可相机行事。”当晚，告密者回房后发现告密信不见了，知道凶多吉少，连夜逃出营房。两名军官尾随其后。行至一山沟，一名军官一枪要了那小子的命……第二天，孙蔚如对陈子坚和李百川说：“大敌当前，凡怯阵脱逃，乱我军心者，杀无赦！非如此，何以正军纪？上面问起此人，就说是我让军法处开的枪。”

果然，张泰祥找上门来了。

张泰祥是老蒋“钦点”的特务头子，早在 1938 年 10 月，第四集团军尚未组建时就担任三十八军政治部主任，并且将他带的一批特工和中央军校的学生安插到部队各个机构中，进行反共宣传和监视“异党”活动。这帮家伙没少给赵寿山、孔从洲制造麻烦。

张泰祥自恃有老蒋的尚方宝剑，见了孙蔚如仍然傲气十足的样子。

“总司令，听说你昨天枪毙了我的一名学生？”

“我只知道军法处毙了一名临阵脱逃者，不知道是不是你的弟子。王子犯法与庶民同罪，何况他不过是你张先生的一名普通弟子呀！”孙蔚如心平气和地说。

“请问总司令，杀人可有凭证？”

一向温文尔雅的李百川看到张泰祥竟敢在总司令面前耍横，一时也来了气：“要什么凭证？夜半三更，那小子跑到离军营十几里的地方，不是逃跑是什么？尸体躺在山沟里，这就是凭证。”

孙蔚如觉得该给这老小子点颜色看了，便板着面孔问：“张先生，这里是你说了算还是我孙某说了算？我这个总司令不是你封的吧，难道连枪毙一个逃兵的权力都没有？那好，请张先生向中央报告，把我撤了，让你来当这个总司令吧。”

看到总司令发火了，几名卫兵同时拔出枪来。

张泰祥连忙说：“误会误会，兄弟只是随便问问，随便问问。那小子是我一个远房侄子，我以后得给他家人有个交代嘛……告辞，告辞……”

孙蔚如也不想把事情闹得太僵，便接着张泰祥的话头说道：“噢，原来是张先生的虎侄，先生何不早点打个招呼呢？冒犯了啊！”

张泰祥支支吾吾着溜走了。

张泰祥虽然也恨一直护着“异党分子”的孙蔚如，但他也不敢真的告孙蔚如的状。他知道老蒋还是要用这支队伍的，而孙是这支队伍的领袖，不到万不得已，老蒋不会对孙蔚如下手，自己告刁状，弄不好会把自个儿的小命搭进去。于是，他将“工作重点”放在了赵寿山、孔从洲等人身上，时不时挑起一些不大不小的事端。

他带人到孔从洲的驻地视察，听到孔的一个连队在唱这样的歌：

我们爱老百姓，
不准去打骂，
他们的东西，
丝毫不能拿。
…………

张泰祥恶狠狠地问孔从洲：“怎么让士兵唱这样的歌？这不是跟共军一个调调么?”

孔从洲不卑不亢地答道：“张主任，这歌是我们自己编的。孙总司令说兵附于民，我们唱的是不准拿老百姓的东西，不会有错吧?”

性情耿直的赵寿山对张泰祥更是不留面子。一次，他拍着桌子当众怒斥张泰祥：“你这个人就是骄傲，脑子里弯弯太多。你认为你是中央派来的就不得了啦？告诉你，我这个军长也是中央封的，我的委任状比你的大多了！不信咱一块儿去见委员长，看看委员长先见谁？你以为我们是杂牌军？杂牌咋的？这年头，谁能打鬼子谁就是正牌，谁能把鬼子放倒谁就是英雄！老百姓眼里有水，心里有秤哩!”

张泰祥说：“赵军长要这么说，我在这儿就没法干了。”

赵寿山指着大门说：“没法干了？那好，说句好听的，请便！说句不好听的：屎壳郎搬家——滚蛋!”

张泰祥果然滚到黄河南岸的会兴镇上去了。但是，他对三十八军进步力量的破坏并未停止。在他的密报下，国民党军政部采取高压政策，强行撤销了雪花剧团（又名血花剧团，是十七师在河北雪花山战役后成立的抗日救亡文艺团体，经常为部队和民众演出抗日救亡剧目，激励将士，发动民众。团长为袁烙）、战地服务团；扣发《新华日报》《解放周刊》，不准军部的《战地报》出版；没收官兵的进步书籍，并明令干训班停办。

黑云压城，第四集团军内部的进步力量受到威胁，大批共产党人面临险境。

孙蔚如不能袖手旁观——于公于私都不能。此时，孙蔚如心里想的唯有抗日。为了抗日大计，他必须出手；而为了坚守“不危害革命，掩护共产党人”的原则，他也要出手。但是，为大局计，他又必须巧妙出手。

李百川说：“干训班被官兵们誉为‘茅津大学’，为部队培养了大批下级军官。当此用人之际，怎么能停办呢？”

孙蔚如摁灭了烟头，神态从容地说：“别急，他有来言，我有去语；他有政策，我有对策。请百川兄找寿兄聊聊，不让养猫，咱换个叫法，叫咪怎么样？”

李百川笑了：“总司令，我明白……”

不久，三十八军内出现了“教育连”。教育连名义不是军办，也不是师办，而是归在补充团二营、辎重团二营名下……雪花剧团和战地服务团撤销了，其中名气大的共产党员被护送到陕甘边区，没有列入特务黑名单的则分到连队继续工作。孙蔚如又命令赵寿山组建战地视导团，由赵任团长，团员由赵自己挑选。视导团的任务是检查军纪，并视察黄河河防。

孙蔚如组建视导团是有的放矢的——

第四集团军驻守河防的部队曾多次向孙蔚如报告：军统的黄河支队和胡宗南的黄河检查站，狼狈为奸，相互勾结，利用黄河渡口偷贩毒品，张泰祥手下也有人参与……孙蔚如对这种置国家危难于不顾，贩运毒品危害民众中饱私囊的丑行义愤填膺，但却苦于抓不到凭证。此次组建视导团，孙蔚如密令赵寿山：“严查渡口走私，抓住就严惩不贷!”

黄河支队的贩毒走私很快便被视导团抓住了，其中果然有张泰祥手下的特务。

孙蔚如命令：“凡属我军人员，一律军法从事，余皆押至胡长官处发落……”随后，孙蔚如又电呈军委会，说张泰祥怂恿手下人参与走私贩毒，被我视导团当场查获，请中央酌处。

蒋介石接报，骂一声“娘希匹”，下令对张泰祥撤职查办，理由却是“反共不力”……

有士兵编了个顺口溜，嘲讽张泰祥：“张泰祥瞎胡闹，骚情半天没人要。落了个伤脸蹾尻子，夹着尾巴溜了号！看你是个啥东西？没有镜子你尿泡尿……”顺口溜在军营四下传播，士兵们听得很开心。

赶走张泰祥，杀了军统的威风，集团军内部反共势力的活动也收敛了许多。

…………

孙蔚如要想出更有效的办法，既要掩护共产党人，办好干训班，也要堵住老蒋及军统的嘴。

这次，大批新兵入伍，亟待训练；下级军官奇缺，亟待补充，正是办训练班的好机会。鉴于三十八军干训班受挫的教训，孙蔚如决定：由集团军出面办班，由他亲自兼任干训班主任。

陈子坚不无担忧地说：“寿兄的干训班已被明令撤销，再办，上边会同意么?”

孙蔚如说：“他不让三十八军办，并没有说不叫咱第四集团军办呀！事情明摆着，这么多新兵不训练怎么打仗？团、营、连、排、班军官阵亡了那么多，让谁在前沿阵地指挥作战啊？生瓜蛋行么?”

“要不要向中央报告一下?”

“不用，给卫长官打个招呼就行了。”

孙蔚如办起了第四集团军总部干训班（又称学生大队），这样，原来转入“地下”的三十八军各部干训班也公开了，名称改为集团军干训班某某某军或某某某师分部。

集团军干训班仍留用了许多共产党员任政治教官，其中就有杨虎城的秘书、新中国成立前夕和杨虎城将军一起被国民党杀害的宋绮云先生。

有人建议干训班应有个班歌，秘书长李百川就想起了孙蔚如的那首《满江红》。这位老夫子年轻时曾留学日本，但自幼受儒家思想的影响很深，精通四书，对中国的诗词歌赋更是爱到了痴迷的程度。孙蔚如那首气势恢宏又悲壮激昂的《满江红》他早就背下来了，每背诵一次，就觉得荡气回肠，陡生一股英风豪气来。闲暇时，他与孙蔚如谈书论道，纵横古今，常常会情不自禁地提及这首词：“立马中条，长风起，渊渊伐鼓……啊，如张翼德立马当阳桥，如关云长横刀华容道……何等气势！这等词句我李某是写不出来的，非百战将军概莫能及！”

在李百川的力荐下，《满江红》经人谱曲后，便成了第四集团军军官训练班的班歌。

每天清晨，干训班的操场上就响了雄浑悲壮的歌声：

立马中条，长风起，渊渊伐鼓。
怒眦裂：岛夷小丑，潢池耀武。
锦绣河山被蹂践，炎黄胄裔遭荼苦。
莫逡巡，迈步赴沙场，保疆土。
…………

每当唱起这首班歌，官兵们就热血沸腾，热泪夺眶。当唱到“挽狂澜做个中流砥柱”时，官兵们一个个挺直胸膛，像一座座大山昂然屹立！

孙蔚如这个班主任绝非挂个虚名，他经常到班上为官兵们讲课，并亲题班训，要求学员做到“忠勇诚义”。他讲解说：“军人要忠于国家，忠于民族，但不可像岳飞那样的愚忠（意即不要只听“皇上”的）；军人要勇敢作战，不怕牺牲；生活中要勇于承担责任，勇于改正错误；要诚实，要坚持正义；鼠窃狗盗、背信弃义之辈当为军人所不齿……”

1938 年，第四集团军三十八军茅津渡干训班留影

左一孔祥桢，左二冯芾周，左三温朋久

干训班不仅为第四集团军培训出大批中下级军官（包括前面赵寿山主持的几期），这些人很快成了集团军的中坚力量，而且有力地保护了部队中大批的共产党员。而这些人在新中国成立后多数都成为重要岗位上的领导干部。

…………

孙蔚如率陕军官兵在中条山坚守了将近三年，这期间日军对中条山发动了十一次扫荡，均被我军击溃，斗争可谓艰苦卓绝！我们之所以利用战争的间隙讲述以上故事，是因为我们在采访和查阅资料的过程中发现，关于孙蔚如掩护共产党人，特别是掩护三十八军中的共产党人一事，史料上存在一些说法不一的地方，甚至有一些误解。我们感到，当我们站在21世纪的阳光下，回眸审视这段六十多年前的历史，应当给历史一个相对比较冷静客观的说法。历史是需要沉淀的，只有经过岁月的沉淀才能去浊扬清，还历史本来的面目。六十多年来我们走过了什么样的岁月？凡经历过的人都会有深切的感受，无须我等饶舌。但事到如今还要我等含糊其词，怕是有负先烈们的在天之灵了！

我们也不必为贤者讳：孙蔚如不是共产党员，生前不是，死后也不是。但他却是位坚定的爱国者，他忠诚地遵循革命先驱孙中山“联俄、联共、扶助农工”的新三民主义政策，忠诚地执行与他有着生死不渝之情的杨虎城将军“不危害革命，掩护共产党人”的训示。他在抗战时期的作为，其思想根源可以用一句话来概括：坚定不移地实现杨虎城、张学良将军发动“西安事变”的初衷——团结抗日。为了抗日，他可以舍去身家性命；为了抗日，他可以忍受内心的屈辱与愤怒；为了抗日，他可以丢弃他少年时的狂傲，委屈地与老蒋周旋。对此，毛泽东称其为“在夹缝中求生存”。而这种“求生存”不是为了个人的生死荣辱，而是为了抗日大局。他冒着被查办的危险，掩护共产党人，一是忠于杨先生之托，二是他觉得这些共产党人是抗日的英雄好汉。他冒着掉头的危险，一而再、再而三地向老蒋拍胸脯：“赵寿山如果是共产党，可先取我项上人头！”一是出于兄弟情义；二呢，他认定赵寿山、孔从洲皆是在抗战中能够独当一面的骁将。他是曾公开表示过，反对共产党人在部队中搞暴动，因为他觉得那样会坏了抗日的大计，而绝非是为维护老蒋的独裁政权。在这一点上，他与共产党中央的原则是一致的。譬如，1940年，蒋介石电令第四集团军调防黄河以南，三十八军中的一些军官和共产党员建议赵寿山军长不要过河，“把红旗插出来”……赵打电报向八路军前总请示，彭德怀当即派薛涛过来说服赵寿山不要起义，留下来照样可以抗日……

对于已经被国民党中央认定为有“异党”活动并明令停办的三十八军干训班，孙蔚如从抗战大局出发，不能不做出一些表面文章，从形式上予以解散。

但是，为了培养抗战人才，为了掩护共产党人，他巧妙地将干训班进行了“改装”，并且用他这个总司令的招牌筑起一道遮风挡雨的墙。这是智慧，更是勇气与赤诚。

我们从赵寿山将军晚年亲自撰写的回忆文章中看到这样一个故事：

> （部队）在张茅集中的当天晚上，军部参谋长李竹亭来见我说，郑州市来了个蒋介石的少将特派员，是他的同学，打电话要他去郑州……（他）就来征求我的意见。我对他说：“你明天去，见了你那位贵同学，他要问部队情况，你就如实相告……只是有一点你要注意，不要给人家保证部队没有共产党。共产党神通广大，谁也保不了他的部队没有。但是你要对他讲，我们的部队团结如铁，共产党在我们部队中不能活动。”第二天他就去了。那个特派员把张泰祥向蒋介石报告的详细内容对李讲了一遍，李把部队的情况大致本着我谈的精神也做了介绍。他们共同研究后，给蒋介石写了份复查报告。后来了解到他们在这个报告中……向蒋介石建议，说我与孙蔚如是孩提之交……只要蒋介石对孙蔚如善加对待，通过孙来掌握我，就什么事也没有了……

李竹亭与特派员共同写的那份报告，是按赵寿山的授意写成的。从上面所引的这段文字的最后几句话就可以看出：一、赵寿山在替孙蔚如说话，希望蒋介石善待孙蔚如；二、赵寿山相信，有了孙蔚如的掩护，“什么事都没有了”。

孔从洲将军在为《孙蔚如将军》一书所写的《序》中有一段话说得中肯而充满深情：

> 孙蔚如将军为了支撑这支革命武装，做出了最大的努力。在中共中央抗日民族战线精神的感召下，对部队实行政治改造，坚持团结、进步、抗战，一次又一次挫败国民党顽固派的破坏和瓦解，保持并发展了这支革命武装。孙蔚如将军为人豁达谦虚，顾全大局，从不居功，因之，其苦心孤诣鲜为人知。

“苦心孤诣鲜为人知”，这话说得太好了！孔将军不愧为孙将军之爱将。“高山流水，知音难觅”，孔将军当为孙将军之知音也！

其实，只要对中国抗战史有所了解的人都会理解：蒋介石对两党合作，从来都是没有诚意，更没有耐心的。从 1939 年起，蒋就连续策划了几次反共高潮，密捕甚至杀害了大量共产党人。而被老蒋安插在三十八军担任政治部主任的特务头子张泰祥则向蒋介石密报：三十八军的干部有根有据百分之七十五都是共产党员……在那种形势下，如果没有主帅孙蔚如这把大伞的遮护，仅三十八军就该有多少人头落地啊！

在艰苦的抗战中，孙蔚如将军与共产党人风雨同舟，他真情呵护白色恐怖下的共产党人，其高风亮节，堪为楷模！

本章结束前，我们想将三十八军战歌和独立四十六旅旅歌抄录下来，因为这是抗日英雄们的心声，在那个烽火连天的时代，曾给了英雄们杀敌的勇气，相信也会对今人，对后人有所激励——

第三十八军战歌

三十八军，三十八军，

我们是铁的三十八军。

我们在雪花山上，血花染红了我们的刀枪；

我们在乏驴岭上，日军的尸体塞满了战场。

井陉车站夺大炮，

高平关外截车辆；

碛口整军振旗鼓，

茅津干训威名扬。

这是神圣的战争，光荣的战争，

最后定把日寇彻底埋葬！

…………

独立四十六旅旅歌

生为中华，死为中华，

拿起革命的武器，

誓和日寇战斗到底。

我们不杀侵略强盗，

就会死在强盗手里。

杀敌！杀敌！

血战永济八昼夜，

杀得敌人心胆寒，

中条山上烽烟起，

抗日军人逞英豪！

…………

14 第十四章 山雨欲来

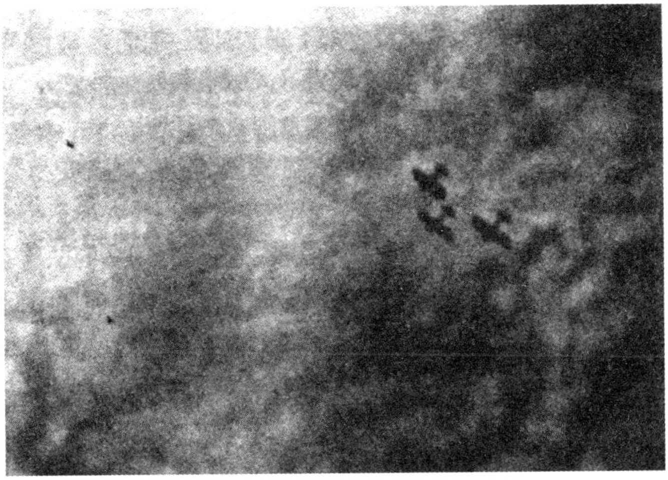

1939 年 6 月，敌酋牛岛、川岸在遭到上司痛斥后，向中国军队发动了规模空前的大扫荡，兵分九路进犯中条山

点击

周恩来最后总结说：“总而言之，一期作战是诱敌深入，分散其兵力于我广大地区，使其陷入泥淖而莫能自拔。二期作战，

我应深入敌后，展开全面战斗，到处攻击敌人，使之胶着分散，疲惫削弱，以待我之反攻……我国诚能在敌后获取胜利，则二期抗战之战略要求，即已完成大半，我之反攻时期方针，乃益接近也。”

周恩来的演讲精辟深刻，高瞻远瞩，得到国共两党的一致赞同。

田家少闲月，
五月人倍忙。
夜来南风起，
小麦覆陇黄。
…………

（白居易《观刈麦》）

春天渐行渐远，转眼间到了麦黄时节；中条山下，黄河岸边，金黄色的麦浪在骄阳下摇曳，与黄河浪共舞。

这是自日寇入侵以来，晋南三角地带的老百姓第一次在难得的平静中守望即将成熟的麦田。

两位老农蹲在村口的大树下，吧嗒吧嗒地抽着旱烟，望着起伏摇曳的麦田，老农说话了：

“唉，不容易啊！自从来了小鬼子，咱就没安安生生地收过麦子。”

“可不咋的！要不就是没等麦黄，就叫炮火烧了；要不就是刚搭上镰，就让鬼子抢了。今年我估摸着麦子能收，有咱孙司令的队伍镇着哩嘛。”

“那是那是！今年春上，鬼子来了几回，不都让咱们的人撵回去了嘛！”

“新麦磨出面，先给部队蒸些馍抬去。唉，娃们的也恓惶呢！人家为啥来？还不是为咱么。”

“对着哩，哥，咱得讲个良心。”

…………

1939 年春季，第四集团军两次反扫荡的胜利，为晋南三角地带的老百姓争来了一段相对平静的日子，遍地麦苗儿也似乎善解人意，在硝烟散尽的土地上噌噌地往上蹿。孙蔚如总司令出身农家，深知农民对收成的期待之情是何等的热烈与焦灼。但是，他也知道，两次反扫荡的胜利决不是战争的结束，中条山仍处在敌人的三面包围中，鬼子随时都有可能卷土重来，毁我田园，荼毒百姓。

为了给老百姓创造一个“妇姑荷箪食，童稚携壶浆。相随饷田去，丁壮在南冈”的夏收景象，孙蔚如经过多日深思熟虑，果断下令各部：主动出击，以游击战打击骚扰敌人，钳制敌人，使敌人不敢轻易南犯。

“三二九战役”之后，第四集团军重新部署了防地。此时，各部位置是：

三十八军军部驻茅津渡以东的马沙涧一带，所辖独四十六旅孔从洲部在张茅以西的中条山设防，二十里岭、黄草坡、前砖窑至柏树岭为一线阵地；十七师耿景惠（子介）部位于张茅公路以东的茅津渡一带，其一线部队在晴岚村，与占据张店的日军形成对峙；九十六军在芮城，四十七军在平陆东部垣曲、侯家岭、毛家山，一线部队均在中条山深处及北麓布防。

4 月 10 日，三十八军、九十六军、四十七军接孙蔚如总司令电令，从不同的方向向日军二十师团发动攻击。

左：李兴中军长　右：赵寿山军长

李家钰军长率四十七军主力袭击中条山东北之夏县，以迅雷不及掩耳之势占领了县城，重创日军后奉命撤出。

九十六军一七七师在师长陈硕儒指挥下袭击中条山北面的解县之敌，其一〇五九团（团长张洁生）三营（营长张雨亭）于10日午夜即攻占了解县东南之墩台岭，毙敌十余名；五二九旅（旅长杨觉天）一〇五七团（代团长陈依萍）的两个营，19日由凤柏岭出发，配合独立四十六旅郑培元团张绍飞营袭击了日军的运城飞机场，炸毁敌机数架。撤回途中，又与鬼子遭遇，两支部队的三个营并肩作战，在曹允庄、羊驮寺、南阳姚村痛击鬼子后安全撤离；孔从洲的独立四十六旅七三六团（团长张履骞）一营（营长昌志亚）攻入盐池南之张村，一举歼敌五十多名；七三九团（团长程靖舟）一部于21日攻入安邑北之张良村，另一部攻入半坡车站，均有斩获。三十八军十七师一〇二团（团长殷锐敏）在稷王山区穿插游击，在八将门、九水头和夏县地区伏击敌人，炸毁日军装甲战车。教导团一营殷义盛营长再次打出“一〇〇师”旗号，在闻喜、夏县与五三〇旅（旅长任云章）一部配合作战，4月15日在安邑上段村伏击敌藤田茂联队的一个大队，击毙竹田少佐以下一百八十余人，我部伤亡七十余人（藤田茂后来升任日军中将师团长，系战犯）。

这次主动出击，历时半月，我军三军出动，八面开花，采取机动灵活的游击战术，相机歼敌，打完就撤，搅得运城、解县、闻喜、夏县之日伪军晕头转向，疲于奔命。当各路捷报纷纷传到东延村时，孙蔚如笑着对陈子坚说："游击战之神奇，不服不行呀！"

就在中条山北麓枪声四起，我军游击战四面奏凯之时，南麓的麦子开始吐穗了，扬花了，灌浆了，泛黄了……

5 月下旬，孙蔚如总司令命令各部：在加强防务的同时，抽调机动兵力，帮助农民抢收麦子。要求争分夺秒，昼夜抢收，务必让这一季庄稼颗粒归仓，实现对鬼子的"坚壁清野"。

部队官兵多系农家子弟，割麦碾场个个是行家里手，军民联手，三天时间，中条山下的数万亩麦浪便在"算黄算割"清脆的鸟鸣声中被"夷为平地"。

李兴中佩带过的"中正剑"

此时，距日本侵略者发动的"卢沟桥事变"已近两年，整个战争的形势也开始出现微妙的变化。现实已经无情地嘲弄了侵略者"三个月内灭亡中国"的无知与狂妄。吹破牛皮的日军陆相杉三因此被日本天皇撤职，换上了板垣征四郎，并将"速战速决"的战略转为"以战养战，以华制华"的持久战略。虽然整个态势还处在敌强我弱的大背景下，但我军民的全面抗击已经使凶焰万丈的日寇屡屡受挫。日军的战线越拉越长，给我军造成了更多的各个击破的机会。我军以空间换时间，以小胜换大胜，不仅在许多局部战役中取得主动——如中条山两次反扫荡奏捷，皖南我军克繁昌，鄂北我军战襄樊，江西我军攻南昌以及八路军晋西、华北游击战节节胜利等。而且赢得了国际反法西斯力量的声援：美国总统罗斯福对世界发表演说，痛斥日军侵略罪行，动员民主国家联合起来对付法西斯势力；英、法、俄等国也向日本发出外交照会……国际舆论的压力和侵华日军的损兵折将，逼使日近卫内阁首相引咎辞职，由平沼骐一继任内阁，但新内阁仍无法摆脱内外交困的处境。平沼骐一不到半年便下台了。

事实上，1938 年 11 月武汉会战结束时，我军已消灭日军四十四万余人，中国的抗日战争就已经进入了第二期。

中国共产党的卓越领导人、时任国民政府军事委员会政治部副部长的周恩来将军，在国际宣传处对抗战一、二期的形势和策略有过一段精辟的讲演：

“‘七七事变’发生后，敌人用兵于中国，其作战的策略，可以分为三个步骤，即速战速决、速战速和及以战养战。经过二十二个月之抗战，敌之速战速决及速战速和两个策略均告失败。最近敌知非长期战争，不能解决整个战局，但又不欲且不能支持长期战争，于是乃实施‘以战养战’之策略，企图困我，并逼我屈服。此一策略，即企图以中国之人力物力财力，与中国作战，换言之，即以华制华之战略是也。至于敌内部，对此策略实施之意见，亦颇分歧，大抵可以分为三派：第一派以元老重臣、多数政党及轻工业家为代表，致全力于其占领地地区之扫荡发展；即使欲进攻，亦应着重于西北。第二派以少壮军人，少数政党及军事实业家为代表，力主悍然不顾一切冒险进攻，务必达到占领兰州、昆明、桂林以及重庆等地而后已。其作战计划，着重西南，以扫荡英法各国在华之利益，配合欧洲之局势，乃至主张加入德意之同盟。第三派即统治派，即现执政当局，以前内阁近卫，现内阁平沼，以及银行财政界为代表，甚至少壮派军人执政者，如荒木板垣等，亦渐属此派。此派调和以上两派之意见而折中之，彼等之主张可用两句话概括，即‘重视敌人，相机进攻’……试就军事方面而论，在我二期抗战中，敌军扫荡重于进攻，其主要兵力，配置于其占领地区，即我沦陷区内，从事扫荡战。是以武汉撤退后，半年来除赣北之南昌、鄂北之枣阳外，无主要战斗。若扫荡战，则在各地大规模进攻。华北方面敌军，转战于五台山、中条山、风陵渡、正太路、河北中部，嗣后又复返五台山及晋南。其所用兵力，总计不少于十个师团……自敌军在我南北战区实施扫荡以来，除有枝节成就外，绝鲜根本之成功……现在就二期抗战中，我国所应取策略而论：在第一期作战，我之战略，系以空间换取时间，将敌引诱至有利地带，以待时机，实施反攻；二期作战之战略，乃须变敌后为前方，积小胜成大胜。而最重要者，为不使敌人利用我战区之人力物质资源。此种争取战区之政策，实为我二期作战之主要政策。至此政策之实现，在军事方面，要在敌人后方展开游击战；此项意义，委员长在南岳会议时，已一再申说。游击战有两个重要的任务，一为创造敌后的根据地，一为经常消耗敌人的兵力……现在南北各战区，已有许多根据地建立，例如晋北之五台山，晋南之中条山……”

周恩来最后总结说：“总而言之，一期作战是诱敌深入，分散其兵力于我广大地区，使其陷入泥淖而莫能自拔。二期作战，我应深入敌后，展开全面战斗，到处攻击敌人，使之胶着分散，疲惫削弱，以待我之反攻……我国诚能在敌后获取胜利，则二期抗战之战略要求，即已完成大半，我之反攻时期方针，乃益接近也。”

周恩来的演讲精辟深刻，高瞻远瞩，得到国共两党的一致赞同。

而日军在最初的狂犬吠日般的预言破产之后，也不得不承认：“战争的结束，为期尚远。”这是日本陆相坂垣在 1939 年 4 月 5 日召开的师团长会议上公开宣称的。这个在战争之初就遭到我军当头一棒的日军首脑为自己的军队画了一条线，即“坂垣停战线”：华南进攻到南宁，华北进攻到兰州，日军的进攻就停止了。

比起当初的“三个月灭亡中国”，坂垣还算是学“乖”了些。

但是，让他主动“放下屠刀，立地成佛”只能是痴人说梦。

…………

东延村。第四集团军司令部里，孙蔚如总司令正在召开军事会议。

孙蔚如总司令首先对4月游击战给予充分肯定，他说：“这是我军渡河以来规模最大的一次主动出击，完全符合中央二期抗战的战略要求。此役不仅歼灭了敌人的有生力量，亦保护了平陆、芮城一带老百姓夏粮的收割，对敌人以战养战的战略是一个沉重的打击。”

孙蔚如说：“我中华民族的全民抗战已历两年。两年时间，日军三月亡华的骄横已经被击碎，日军速战速决的企图已经被肢解，日军不可战胜的神话已经被打破，战争已经到了转折点。以我军防守之中条山为例：这一年内，日军发动多次扫荡，我军虽付出了血的代价，但敌之损失更甚于我！中条山尚在，我集团军尚在，而日军已经陷入了泥淖而不能自拔。我们对未来应充满信心，胜利是属于中国人民的！”

孙蔚如分析当前形势时指出：日军屡次南犯，屡次受挫，如今身陷泥淖，必不甘心。困兽犹斗，下一场战事必将更加激烈。近日，有情报表明，敌军正从运城大量增兵，日夜调遣物资，山北各县日伪军也在重新集结。目前是山雨欲来风满楼啊！请诸位将军、诸位弟兄们做好迎战之准备。孙子兵法曰：能使敌人自至者利之也；能使敌人不得至者，害之也。他要来，那就“请君入瓮”吧！至于下一场战事怎么打，战局瞬息万变，为将者应审时度势，灵活掌握。我赠诸位《孙子兵法》中的几句话请诸位慎思：“凡先处战地而待敌者佚，后处战地而趋战者劳，故善战者制人而不制于人。”

…………

运城。日军二十师团指挥部。

日军也在召开军事会议，布置对中条山的第五次扫荡。牛岛、川岸两个师团长皆面色铁青，凶相毕露。一个小小的中条山久攻不下，日军司令部大为光火，牛岛、川岸被陆相坂垣、派遣军总司令西尾寿造多次严厉斥责。西尾大将盛怒之下竟给了两位中将一人几个大嘴巴子，打得牛岛眼冒金星，川岸槽牙脱落。

牛岛、川岸气急败坏，咬牙切齿决心要倾其全部兵力，对中条山发动全面大扫荡。

关于日军此次扫荡的部署，还是让我们看看此役之后我军从战场上缴获的日军作战命令吧——

（1）大皇军在运城附近集结一个师另加一个旅团兵力，附野炮五十门，战车三十辆，向平陆、芮城之线进攻，目的是将该处守军、第四集团军所辖三十八军、九十六军歼灭于芮城以东、茅津渡以西地区。同时以山野炮三十门炸毁陇海路灵宝铁桥，彻底破坏陇海线之运输。为达此目的，从6月1日开始行动，预计6月6日将芮城附近之九十六军一举歼灭之。而后挥师东进，协同由运城南下之我军会师于平陆茅津，一举歼灭三十八军，为今后扫荡中条山，进攻豫陕奠定有利基础。

（2）敌情判断：敌人系陕西军队两个军，实际只有十二个团，不足两万人，武器较差。九十六军是从陕西调来，未参加大战，战斗力待查。三十八军据报系杨虎城嫡系，内部有共党分子，战斗力较强。该军之十七师于1937年8—9月间在平汉线北段被我军打击受创甚大，后在娘子关雪花山附近损失过半……元气未复。

基于以上情况，我军应以主力先歼灭芮城附近之九十六军，而后再集中兵力于平陆茅津渡间聚歼三十八军。

不能说日军的判断完全不对，但侵略者的豺狼本性决定了他们总是过高估计自己而轻视对手。日军欲毕其功于一役，一举歼灭我第四集团军两个主力的计划（实际上是要全歼我集团军，因为他们根本忽视了四十七军的存在），与当初的三月亡华实有异曲同工之妙。赌场上有句俗话：输红眼的赌徒，赌注下得越大输得越惨。牛岛、川岸就是赌红了眼的赌徒。

日军的这个作战命令上还少列了一个兵种——空军，拥有三十八架战斗机的山口集成飞行大队将给牛岛的二十师团、川岸师团的一个旅团以空中支持。

5 月底的中条山下，干燥闷热的空气中似乎已经嗅到战争的气息了。

就在大战迫在眉睫的紧要时刻，孙蔚如的眼前突然闪出一支奇异的队伍 ——

那天晚饭过后，孙蔚如正在司令部里与陈子坚研究军情，副官徐鸿恩来报，说村口来了百十号人，为首的自报姓名——宋大勇，指名道姓要见孙总司令。

一听宋大勇来了，孙蔚如立时面露喜色，站起来对陈子坚说：“来得正是时候。走，一块去见见。”

刚下到窑前的操场上，就见一位 30 岁上下的汉子迎面走来。那汉子白衫黑裤一身短衣打扮，剑眉虎目，英气逼人，孙蔚如倏然就想起了《水浒传》中的浪子燕青，不由得打心底为之喝彩。

宋大勇走到孙蔚如面前，从怀里掏出一封信，双手递给孙蔚如。孙蔚如看过后，微笑着对他说：“听说你自小习武，练就一身好功夫，今日一见，果然英武。看来我那位朋友果真是举荐有功啊！”孙蔚如所说的“那位朋友”指的是窦荫山。窦是杨虎城先生的同乡，早年追随老先生走南闯北闹革命，先后担任杨部的军需处长；“西安事变”时任军械处长……窦为人豪爽仗义，交游甚广。孙蔚如在西安办理枪械手续时，窦来拜访。孙便请他为部队物色一些武林中人，以备战场上的特殊需要，出奇兵制敌。宋大勇就是窦举荐来的。

宋大勇双手抱拳施礼：“司令过奖了！大勇自幼顽劣，家父无奈才让我习练武艺，蒙师父调教，得些许功夫。这些年一直想着能用所学之功为国效力，可行走江湖，人微言轻，报国无门啊！今蒙司令不弃，招至军前，大勇深感三生有幸。将军率我关中子弟血战中条，拒敌于黄河北岸，保八百里秦川无虞，我等关中子民无不感激涕零。今既投至帐前，大勇当效死命！”

孙蔚如见大勇不仅仪表堂堂，而且谈吐不俗，料此人必出于书香门第或将门虎子，此刻也不宜多问，只问：“所备之器带来了么？”

大勇答曰：“带来了，请司令门外查看。”

孙蔚如一行数人走到院外，见路上停了两辆马车，车上装着十几个大木箱。宋大勇身子一纵，轻如狸猫，上了车厢，随手打开一个木箱，取出三把比匕首还小的兵器，跳下车来呈给孙蔚如一把：“司令请看，这就是老戏《连环套》中所唱的，黄三太指镖借银的镖，百步之内，可取敌性命。我今天运来了一万把。”

“噢！”孙蔚如惊喜地说，“可否请壮士当面一试？也让我和陈参谋长开开眼啊！”

此时已是月上柳梢，淡淡的月光下，宋大勇用手指了指大约三十米左右的一棵白杨树，扬手甩出一支飞镖。孙蔚如等人疾步向前，果见那镖不偏不斜正中白杨树身。众人惊叹不已齐声叫好！

孙蔚如也为之叫好，可冷静一想：这玩意儿虽然可以出奇制胜，但现在已不是冷兵器时代，其作用毕竟有限，大勇身手不凡，如能使得枪械，岂不更好！于是便问："大勇兄弟，可会使枪么?"

大勇说："请司令借枪一用。"

徐鸿恩将一把手枪递给宋大勇。宋大勇右手持枪，左手将一支飞镖抛向空中，枪声响处，火花一闪，那镖分两截落在地上。

"好枪法!""神啦!"连围观的村民也大声喝起彩来。

宋大勇说："我在西安训练了一百零七名镖手，连我正好是一百零八，应梁山好汉之数。可惜临出发时有三名弟兄家生变故，实在脱不了身，只来了一百零五人。"

"人在哪里?"陈子坚急问。

"就在前面麦场休息。"说着，宋大勇打了声呼哨，月光下便有一队人马跑了过来。

一百多条汉子个个身强体壮，威风凛凛，齐刷刷站在孙总司令面前。孙蔚如将军迈着军人的步伐在队列前走了一趟，兴奋地说："好一支飞镖队！嗯，果然是三秦子弟，精神!"

孙蔚如说："小伙子们，从今天起，你们就是我第四集团军的士兵了。不过，咱丑话说到前头，日本鬼子很快就会打过来，你们一来就要跟鬼子交手，那可是玩命的差事啊！你们怕不怕?"

队列中骤然响起一阵吼声，一百多条汉子齐声回答："怕者不来，来者不怕!"

"好一个怕者不来，来者不怕!"孙蔚如朗声说道，"小伙子们，让日本鬼子尝尝我中华功夫的厉害吧！本司令等着给你们庆功哩!"

宋大勇带着一百多名神镖手向总司令宣誓："不杀鬼子，誓不生还!"

孙蔚如与陈子坚商议，决定将镖手们分到李振西的教导团，按营编制，命名为“神镖营”，任命宋大勇为营长。

神镖营在随后的战斗中，每遇短兵相接时便大显神威，飞镖夺命，令鬼子谈镖色变。可惜可悲的是，这批壮士几乎都在战斗中为国捐躯了！

这场后来被称为“六六战役”的扫荡与反扫荡，从1939年5月29日就已经在间歇性的炮火声中拉开了序幕。

按照日军既定之目标：这场战役将以“在平陆之茅津渡聚歼三十八军”为战役的结束。

为什么要选在茅津渡？

陕北民歌中有句歌词“天下黄河九十九道弯”，而九十九道弯中最大的弯非风陵渡莫属。李白的千古绝唱《将进酒》首句即为：“君不见，黄河之水天上来，奔流到海不复回！”依我辈猜想：李谪仙一定是站在潼关（风陵渡口）北望黄河，感到了那水是从天上泻下来的，再极目东眺，推断出那水是向大海而去的。但是，正如长江从川藏高原欲入东海，首先要冲破三峡的阻隔一样，黄河在从风陵渡掉头向东后即遇到了崤山的阻挡。元帅诗人陈毅诗曰：“三峡束长江，欲令江流改。谁知破夔门，东流入大海。”夔门阻不住长江，崤山亦挡不住黄河。经千万次摇天撼地的呐喊，千万次不屈不挠的冲撞，黄河终于在天地风云的相助下，从崤山古铜色的胸膛上冲出前进的三条门一样的路来。于是此处便成了三门峡。

三门峡是黄河以不屈的灵魂、不屈的抗争，用人类根本无法计量的牺牲——假设每一滴水都是一个生命——为自己开出的自由之路，生命之路，胜利之路。

然而，三门峡一带古老的传说却将其归之为神的功劳。

相传水神河伯与火神共工大战于崤山脚下，共工神勇，河伯渐感不支，便急调水族助阵。顷刻间，巨浪滔滔从西天涌来，崤山以西方圆千里顿时变成了一片汪洋，村庄、田舍皆被淹没，人们只好爬到树上或攀上山顶掘洞藏身。然而，这种生存方式是维持不了几天的，等待人们的只能是困死饿死。于是人们悲怆地祈祷上苍：救救我们吧，让洪水退了吧！忽然，长空一声炸雷，一道闪电，雷鸣电闪中，一个比崤山还高的巨人独乘一只大筏漂漂而来。那巨人手持一把巨斧，对着崤山怒目圆睁，猛地举起巨斧朝着崤山狠狠劈了下去。一斧一声惊雷，一斧一道闪电，巨人连劈三斧，崤山便闪出三道峡谷。淤积在崤山西边的洪水欢呼着、跳跃着从峡谷间夺路而去，洪水浩浩，天风荡荡，河伯召来的水族浩浩荡荡地向着大海而去了。巨人大斧劈出的三道峡谷被人们称为：人门、神门、鬼门，此处也就成了闻名于世的三门峡。

有人说：斧劈三峡的巨人是后来以治水而被万世敬仰的大禹，有人说是大禹之父鲧，也有人说那就是怒触不周山的火神共工……其实，传说是无须考证的，我们要记住的是传说中所寄托着的人民的愿望：苦难中祈盼英雄挺身而出降妖解难。

巨人劈山时迸出的乱石尽被浪涛卷走，唯有河水中间的石峰一直傲然屹立，千万年来，任凭风吹浪打，“我自岿然不动”。这石峰，便被人们称之为中流砥柱。

中流砥柱是黄河的精灵，是中华民族魂魄的象征。

茅津渡就是三门峡左侧、平陆境内、黄河北岸的一个古老的渡口，它与潼关的风陵渡一样，历来为兵家必争之地。从茅津渡过河便是崤山，占领崤山，可北控山西，东据河南，西进关中。因此，人们形容茅津渡是“一锁扣三省”。日军选择茅津渡会师，聚歼我军，就是想要打开这把“大锁”，一锁既开，三省门户皆开，晋、陕、豫任其驰骋，这梦做得多美！

茅津渡分两个渡口，一曰“古王”，二曰“计王”，因此，这场战争也被人们称为“古计王战役”。

《搜神记》一书中记载着关于古王的传说：

春秋时，齐景公乘车出巡黄河，行至三门峡北的茅津渡口时，黄河突然掀起一股巨浪，只见一只巨鼋从浪涛中忽地跃了出来，将齐景公所乘马车的左骖（三匹马拉之左边拉套的马）一口衔住，拖入黄河之中。齐景公随行护驾的勇士古冶子见状，大吼一声跳入黄河奋勇追赶。古冶子在浊浪翻滚的河水中斜行五里，逆行三里，岸上的齐景公及其随从们看到黄河水变成了血红的颜色。众人正在惊诧时，勇士古冶子挺着被血溅红的高大身躯向岸边走来。他左手举着被他杀死的巨鼋，右手牵着那匹左骖，仰面朝天，发出胜利的吼叫。齐景公惊叹道：勇士真乃神人也!

至此，古冶子被称为古王，他上岸的地方，被称为古王村，古王渡。

无论是三门峡还是茅津渡，美丽的神话永远不能掩盖残酷的现实。1939 年 5 月 29 日，古老的三门峡听到了现代人打响的枪炮声；血染的古王渡似乎也嗅到了嗜血者抛洒出的腥血。一场侵略与反侵略，扫荡与反扫荡，正义与反正义的战争就这样开始了!

谁在硝烟中倒下？谁从血泊中站起？谁将向隅而泣？谁将笑到最后？

请人门、鬼门、神门做证；

请劈山泄洪的巨人做证；

请杀鼋救骖的勇士做证!

15 第十五章 大战序曲

西安报纸对中条山战役的报道

点击

军长执黑，参议执白，一盘棋下了两三个小时，棋盘上落满了黑白二子。直至窗外传来雄鸡打鸣的啼声，赵寿山稍一迷糊，温朋久就在黑方的左上角巧妙落下一枚白子，对黑方形成“绝杀”。

赵寿山看到白子落枰，顿时恍然大悟，忽地站了起来，用手指着东北方向，对参谋长李鹰辰说：“马上给耿子介发电报，让他亲率九十八团和昨天派出的一〇一、一〇二团，拂晓前向张店发起进攻，务必于中午前拿下张店！”

……

这次大扫荡日军是倾巢出动，全线压上：从运城、夏县、解县、闻喜、安邑、永济调集的步兵（包括伪军）约三万之众，配属第二十六野炮联队和第一山炮联队，再加上由三十八架飞机组成的山口集成飞行大队，形成军事上的绝对优势。于是，在东起太行山之南，西讫中条山之西的晋南三角地带，日军兵分九路扑向我军阵地。

不过，5 月 29 日鬼子进攻规模并不太大，对敌我双方都是战前的“热身”：日军是在“投石问路”，我军是在“小试牛刀”。

是日，日军分三路做试探性进攻——

从运城开来的日军派出小股部队，在运城境内的黄草坡与我九十六军一七七师五三〇团交手，双方互有伤亡，日军自行撤退；

从夏县开来的日军，在张店正北之文家庄与我三十八军九十七团二营遭遇，双方均以火力侦察为目的，枪炮对打一阵后便罢兵歇阵；

从解县南犯之敌，在刘家坡、岱家窑与孔从洲的独立四十六旅碰头，日军深知孔旅骁勇善战，未敢贸然出招，虚张声势地放了一阵枪炮后便偃旗收兵。

当夜下了一场小雨，次日太阳依旧出山，雨后的中条山依旧葱茏。

孙蔚如在听取了各路指挥员对 29 日战况的汇报后，召集司令部作战参谋人员，冷静地分析敌军进攻的态势，判断出日军必然沿袭其固定思路：集重兵先打九十六军。但此役日军兵力庞大，三十八军也会遭到敌之进犯。这场战争将是一场全面防御的恶仗。在前几天的反扫荡中，集团军总的原则是各守一方，独立作战。而此役则要注重各方的策应，在总兵力不如敌军的形势下，尽可能形成局部的优势或对敌多方牵制。

孙蔚如电令：

三十八军以茅津渡为据点，加强防守，并主动控制茅津渡以西、陌南镇以东的张村、西侯、常乐一线，视战局发展，相机策应九十六军；

九十六军以芮城、陌南镇为据点，视战局态势，相机策应三十八军；

四十七军坚守夏县以西、运城以南之阵地，并相机出击牵制日军增援部队。

随后，孙蔚如又电请一战区司令长官卫立煌，请在中条山以东、太行山以南布防的友军第五集团军曾万钟部之第二军、第十四军、第十七军各自攻击其正面之敌，以牵制日军，缓解第四集团军的压力。卫立煌接电后即令参谋长郭寄峤向第五集团军下达作战命令。

但是，第二天的局面有些出乎意料。天刚放亮，作战参谋部报告：我军各阵地前均出现敌军，看样子像是全面出动。

“噢……”孙蔚如快步走出指挥部，站在门前的土崖上，果然听到四面八方皆有枪炮声传来，整个中条山都在硝烟炮火中震荡。而天上的飞机轰鸣声、炸弹落地的爆炸声也此落彼起，不绝于耳。

回到指挥部，孙蔚如亲自摇起电话：“接李军长。”

李兴中在电话里向孙蔚如报告："芮城、陌南一线，敌机约二十架，低空飞行，机枪扫射，压得我军抬不起头。看来，司令说得没错，我部仍是敌军进攻的重点。"

"嗯，明白了。"孙蔚如对李兴中说，"沉住气，让飞贼们闹腾一阵子吧。我军以静制动，看他下一步如何动作。"

孙蔚如又电令各部：敌军重点仍在芮城方面，其他多为佯攻。各部应坚守阵地，拖住来犯之敌，不可贸然出击。

第四集团军秘书长李百川

枪炮声、飞机轰鸣声、炸弹爆炸声从拂晓响到黄昏，我军各部阵地却均未与敌步兵有正面交锋，只有守卫茅津渡的三十八军，用机枪击落敌机一架，俘虏敌飞行员一名。看来，日军在 31 日的全面出动仍是一场火力侦察。

6 月 1 日。三百里中条山硝烟散尽，出现了一派少有的寂静，连为避战火而躲进深山崖穴中的鸟儿都飞了出来，在炎炎烈日下穿梭飞翔，发出清脆的啁啾。

诗人气质的秘书长李百川叹曰："燕雀不谙人间事，且得丽日且自飞。"

身材魁伟、举止儒雅的总司令孙蔚如在诗词书画方面与李百川可谓挚友、知音，偶有闲暇，也常在一起吟诗作赋，翰墨酬和。最令外人惊叹的是，两人的书法皆以草书为主，且写出来的字又极其相似。平日，向孙蔚如索求墨宝者很多，应酬不过来的时候，孙就央求李为其捉刀代劳，竟无人能辨出真伪。将相之交，一时传为佳话。……自渡河作战以来，李百川每到风光佳处，便少不得要吟咏一番，但孙蔚如却淡了这份雅兴。战事频频，强敌压境，作为三军主帅，孙蔚如日夜都在为拒敌而殚精竭虑。

孙蔚如说："百川兄，常言事不过三，日军用三天时间不断进行火力侦察，看来是志在必得，想一战而将我军赶出中条山呀!"

李百川说："嗯……我也是这么想的。鬼子的速战速决已告流产，再这样僵持下去他们会越陷越深。这次是狗急跳墙了。不过，我看他们也是'机关算尽太聪明，反误了卿卿性命'哟!"

"拖住他!"孙蔚如将攥紧的拳头擂在桌子上，狠狠地说："一定要拖住他!"

孙蔚如让参谋部通知：下午召开团以上指挥员紧急会议。

一身戎装的集团军总司令向全体将官做紧急动员：

诸位，敌军一改往日横冲蛮打之风，用三天的时间，以规模不等的火力对我军做试探性进攻，其狼子野心昭然若揭。那就是，倾全部兵力，毕其功于一役，要把我们歼灭或赶走。因此，我军全体将士要认清这一点：这是一场生死对决！对此，诸位切不可轻视。

我军从渡河作战以来，已与日军多次交锋。三军之勇，可歌可泣；屡挫敌锋，堪许堪赞。但是，树棠从抗战之初就一再申言：我国之战略，是在利用我广大之地与众多之民众，作持久抗战，以期消耗敌人之兵力，进而作积极之歼灭战，以争取最后胜利。以目前全国之战局，我们还没到与日军最后一搏的时候。就我集团军而言，扼守中条山的任务还很艰巨。此役，日军兵力成倍于我，我军欲将其全歼是不现实的，但又决不能让敌人全歼我军之阴谋得逞。为此，请各部做好两手准备：首先是对来犯之敌一定要迎头痛击，消耗其力量，挫败其锐气；其二就是要审时度势，必要时跳出敌之包围，利用我中条山之险和民众之支持，迂回作战，相机歼敌，拖住鬼子，我军必胜！今年春上，寿兄以围魏救赵之术击退日军，实为上策……

孙蔚如在做完激情的动员之后，又长长吁了口气，神情忧郁地说：“敌人倾巢来犯，我将士必有伤亡，平、芮百姓又遭涂毒。唉，倭寇不灭，何以为家啊！”

赵寿山感到，孙蔚如是越来越重视游击战了，这种防守拒敌，迂回歼敌保存我军有生力量的战术应当是这场战役的明智选择。

有鉴于六官村之争，临别时，赵寿山殷殷地对孙蔚如说：“东延距茅津渡不足十里，树棠，一旦打得紧火了，我看你还是把指挥部向东撤一撤吧，前方有愚兄顶着哩。”

“寿兄，”孙蔚如握着赵寿山的手使劲摇了摇，“放心，我会相机而动的。”

…………

这是一个月光皎洁的夏夜。山朦胧，水朦胧，夜风送爽，万籁无声，连叽叽喳喳了一天的鸟儿也在自己的小巢中酣然入梦了。

是的，如此宁静的夜晚，万物生灵，都有权享受梦的甜美。中条山下，刚刚收过新麦的农民们，多想扯一张凉席，躺在散发着麦香的麦场上，敞胸而眠，享受夜风的吹拂、月光的抚慰，做一个丰收的梦。月照小窗，忙碌了一天的女人们，多想将孩子揽在怀里，轻轻地哼着祖辈流传下来的乡间小曲，让孩子在自己的小曲声中入梦，让自己在孩子甜甜的鼾声中入梦。

然而，不能！

那一夜，中条山下，所有的眼睛都睁开着，睁开的眼睛中有惊恐，有焦虑，有冷峻，当然也有贪婪与恶毒。

凌晨3时，炮声响了。数十门山野大炮同时响起，一排排打着呼哨的炮弹画出了一道道弧线，将原本洁净平展的夜空撕得支离破碎。炮弹瞬间落地又瞬间爆裂，大地上瞬间腾起团团硝烟，簇簇火焰。硝烟淹没了正向西天滑落的弯月，火焰烧灼着正在夜风中摇曳的大树，炮弹的爆炸声摇撼着中条山古老的山峰。

战争，摧毁了苍天赐给大地的宁静，也摧毁了一切祈望和平的人们的梦。

鬼子这次果然是下了生死赌注了，他们不仅一改常态，用三天时间做火力侦察，而且也一改常规，竟然用他们最不习惯的夜战发动攻势。

第四集团军指挥部里，孙蔚如守在电话机前，随时听取各路战况；所有的文职、武职人员都在紧张地工作着；发报机嘀嘀嗒嗒响个不停。

各部报来的情况表明：日军攻击的重点仍是芮城之陌南镇一线，意在首歼九十六军。

孙蔚如电告九十六军李兴中军长："敌人不善夜战，你部可依靠工事坚决抵抗，只要撑到天明，增援部队就会赶到。策应部队的行动，可直接与寿兄通话。"

此时，九十六军主力一七七师的防线在陌南镇以北的云盖寺一带。

日军虽然炮火凶猛，但地面部队却因不惯夜战和地形不熟而行进缓慢。李兴中军长命令部队沉着应战，利用坚固的工事，打击敌人，掩护自己。黎明前，鬼子的三次攻势全被我军击溃。

日军的闪电式袭击没能得逞，反而丢下了上百具尸体。

天快亮时，李兴中军长接通了三十八军赵寿山军长的电话："寿兄，鬼子来势汹汹，天亮后必有更大的攻势，请速派兵支援。"

赵寿山说："时甫放心，援兵已经派出。"

李兴中电话未到之前，赵寿山的增援部队已经出发了。

独立四十六旅旅长孔从洲率主力增援陌南一线；另一支部队向刘家窑、邵家山一线挺进，增援在那里作战的九十六军一七七师九十七团。

一〇一团、一〇二团沿张茅大道东侧北上，围攻日军的据点张店，牵制敌人。

增援部队派出后，赵寿山果断下令：军部立即转移，向陌南镇靠近。

三十八军军部迁到了平陆西部的张村。张村位于茅津渡和陌南镇的中间，据此则可以兼顾两地战事。

就在日军向陌南镇一带发动闪电式攻势的同时，山东大汉李维民的九十七团防地刘家窑、邵家窑一带也遭到从解县开来的日军的攻击。双方从凌晨打到天亮，鬼子寸步未进。6 月 3 日上午 10 时许，战斗进入白热化，日军的五架飞机扔下的炸弹将我军阵地炸得狼烟遍地，士兵们被压得抬不起头来。日军步兵趁机大举压了上来。眼看阵地即将失守，李团长从一名牺牲了的机枪手身边抄起机枪，大吼一声："你奶奶的！"身子旋转着一阵狂扫，战士们也跟着跃出战壕，十几挺机枪织成骤雨般的火力网，十几名站着的战士筑成一道铁打的墙。不说火力，单就这个气势就把鬼子镇呆了，倒下的倒下了，没倒下的掉头而逃。阵地很快恢复了平静。一名小兵娃子咧着大嘴对李团长说："嘿……团长，跟着你打仗真解馋，死也痛快！"

李维民把小兵的帽子拧正了，笑道："傻小子，干吗想着死呀？你娘还等着你回去给你娶媳妇呢。"

"傻小子"哭丧着脸说："俺屋穷，俺哥还打着光棍呢。"

李维民摇头苦笑。

赵寿山派来增援的部队正午时分赶到九十七团防地。两路合兵一处，到天黑前，又打退了敌人的几次进攻。

赵寿山军长电告李维民：注意，敌人还会增兵的，他们的目的就是突破你部防线，打通张茅大道，迂回包抄陌南镇。你们一定要堵住他们，缓解陌南镇的压力！

我军严阵以待

李维民说："放心吧军长，有我李维民在，鬼子就甭想上张茅。"

在赵、李两位军长的指挥下，九十六军与三十八军之独立四十六旅并肩作战，6月3日，芮城、平陆各线寸土未失。

两天时间，三十多门大炮、三十多架飞机、九路人马，竟然没有占上任何便宜，牛岛、川岸大眼瞪小眼，气得嘴唇直打哆嗦，大骂其部下是混蛋、饭桶。

是夜，孙蔚如总司令分别打电话给赵寿山、李兴中：这两天打得漂亮，挫了鬼子的锐气。请各部抓紧修整工事，以防鬼子反扑。

赵寿山已经两天两夜没休息了，但今夜仍无倦意，他邀参议温朋久跟他下围棋。这是他多年的习惯，每到战事紧火处，他总要下上几盘。他认为，下棋不仅能缓解紧张情绪，而且可以从中悟出一些用兵之道。

秘书姚警尘说："算了吧，军长，你还是去睡一会儿吧。"

“不行，赢不了朋久，我睡不着。来，朋久兄，杀一盘。”赵军长谈笑风生。

温朋久说：“杀一盘就杀一盘，打仗我不敢跟你比，玩棋子我可不怕你。哎，是围棋还是象棋?”

“当然是围棋嘛。”

曾经在日本、德国两度留学的温朋久是位饱学之士，也是位坚定的共产党人。赵寿山办干训班时就首邀其担任政治教员。三十八军干训班在军统特务的破坏下面临险境，孙蔚如为掩护共产党人，对干训班进行了“改装”，温朋久就成了赵寿山的高级参议。温利用这一合法身份继续从事对三十八军的政治改造活动。

军长执黑，参议执白，一盘棋下了两三个小时，棋盘上落满了黑白二子。直至窗外传来雄鸡打鸣的叫声，赵寿山稍一迷糊，温朋久就在黑方的左上角巧妙落下一枚白子，对黑方形成“绝杀”。

赵寿山看到白子落枰，顿时恍然大悟，忽地站了起来，用手指着东北方向，对参谋长李鹰辰说：“马上给耿子介发电报，让他亲率九十八团和昨天派出的一〇一、一〇二团，拂晓前向张店发起进攻，务必于中午前拿下张店!”

十七师师长耿景惠（字子介），陕西高陵耿镇人，个头不高，胖乎乎的，像个笑面弥勒佛。别看他平日与官兵们嘻嘻哈哈，没大没小的，打起仗来却全然是另外一副架势：沉着冷静，勇敢果断，攻则动如脱兔，守则静若处子，在西北军中颇负盛名。他所率领的十七师就是杨虎城十七路军的老班底，孙蔚如、赵寿山先后担任过师长。赵升任三十八军军长后仍兼任十七师师长，此次渡河作战时才将师长一职交给耿子介。

正在椅子上坐着打盹儿的耿子介，听到报务员说了声“军部来电”，立马困意全消：“什么？打张店？好，老子早就想收拾这个贼窝了！通知部队，集合。”

早在这道命令下来之前，耿师长已按军长的部署，派一〇一、一〇二团将张店包围了，只待发起攻击命令。耿子介带着九十八团赶到张店时，天已破晓，耿师长对九十八团团长张恒英说：“你带部队从正面打，要快、要猛，打他狗日的个冷不防!”

张店位于平陆境内的东北角、中条山的山腰间。这里东接夏县，北连运城，俯控平陆，又是张茅大道的起点，是一个非常险要的军事要塞。日军的每次扫荡都是先在这里集结，然后俯冲而下，向我军进攻；撤退时也是先撤到这里，喘息后再图归路。这里既是日军兵力的集散地、中转站，又是他们顽固坚守的据点。日军据此则可进退裕如。因此处寨墙坚固，宛如一座城池，加之四周山大沟深，只有一条张茅路可进，便形成了“一寨当关”之势。我军多次欲拔掉这个钉子，皆未如愿。但正因如此，赵寿山军长在“三二九战役”和此役中，当前方吃紧时，即派兵攻打张店。日军怕张店一失，断了自己后路，只得分兵来救，这样，前方我军压力就减轻了。这一招，赵军长是屡试不爽。

此时，日军全力进攻我九十六军，张店的兵力也多数被抽调到芮城一线，赵寿山正是利用张店防守力量薄弱之机出奇兵而袭之。

张恒英团长率团从正面发动进攻，炮兵营集中火力炮轰张茅路的正面寨墙。留守张店的日军见正面火力凶猛，只好把兵力集中在正面。而耿师长则指挥一〇一、一〇二两个团从侧面包抄。激战从拂晓直打到正午，九十八团率先攻入寨内，一场短兵相接的肉搏在村道上展开。黎子淦、殷锐敏分率一〇一、一〇二团从两翼杀入，也加入了搏斗的行列。日军虽然长于格斗搏杀，怎奈寨墙已破，身处我军层层包围之中，心里自是凉了半截。而我军既已杀入寨中，将鬼子团团围定，便有了得势不饶人之勇。中条山上这座古老的村寨中喊杀之声，乒乒乓乓的刺刀搏击之声，汇成一股带着血腥的气浪在群山之间剧烈回荡。正午的骄阳似乎不忍看这惨烈的场面，幽幽地钻进了云层；云层又似乎经不住硝烟熏烤，变得愈来愈低，愈来愈暗。

巷战从村中打到寨门口，鬼子终于招架不住了，退至寨门口便夺路而逃，被我军一阵乱枪放倒了一片，仅有少数侥幸逃入山林。我军占领了被鬼子盘踞了一年多的张店，胖乎乎的耿师长嘴角泛出“弥勒”一笑：“好狗日的，这回总算出了口恶气!”

恶气出了，但赵军长派兵攻打张店的目的是为牵制敌人，诱使敌人回兵来救张店，以减轻陌南方面的压力。依敌我双方的实力而言，要想彻底占据张店显然还不是时候。这一点，耿师长也是知道的。所以，当日军派兵复夺张店时，耿师长便机敏地率军退走了。

清扫战场后发现，此役我军伤亡近三百人，日军的尸体在四百具以上。

张店失守的消息传到芮城，正在指挥日军进攻陌南镇北线的敌酋牛岛变脸失色，立即下令停止进攻，就地扎营。

牛岛连夜召开军事会议，策划出新的攻击方案：撇开三十八军，集中兵力包围、聚歼九十六军；同时抽出部分兵力，重新去夺张店据点。

6 月4 日拂晓，日军以七千多兵力扑向陌南镇以北的云盖寺，向九十六军一七七师发动猛攻；又以四千多兵力攻击驻防在茨林沟的九十六军独立四十七旅。一万多虎狼之师对陌南形成了扇形包围圈。

一七七师师长陈硕儒（字式玉）是福建人，与赵寿山、孙蔚如是结拜兄弟，又是第四集团军中年龄最大的高级指挥官。与十七师师长耿子介的胖形成强烈反差的是陈硕儒的瘦。但是，瘦骨嶙峋的陈师长却颇具将军的威严，清癯的脸上一双鹰眼闪着凌厉的寒光，多年的军旅生活又养成他行动的矫健、谈吐的犀利。他原是十七师副师长，与赵寿山一起率部在平汉线上与日军作战，此次渡河前孙蔚如把他从十七师调到一七七师任师长。陈硕儒熟谙兵法，又老成持重，行事缜密，是军中稳健派的代表人物。

日军两路来攻，扇形包围陌南，用意十分明显，就是要采取各个击破的战术先破九十六军。敌人无论兵力还是火力都强于我军，硬拼下去，九十六军肯定是要吃大亏的。于是，陈硕儒立即致电李兴中、赵寿山两位军长：敌军来势凶猛，我军应避其锋芒，相机穿插敌后，与敌周旋。

赵寿山觉得陈硕儒说得有理，但一七七师是归李兴中指挥的，而李兴中是一位忠勇过人却又很固执的军人，他信奉的是军人以战死沙场为荣，临阵退却非英雄所为。赵寿山断定，这种时候，李兴中不会听陈硕儒的主张。事情紧急，赵寿山让报务员立刻把陈硕儒的电文转给孙蔚如总司令，请孙定夺。

李兴中果然电令陈硕儒：坚守阵地，寸土不让。没有上方命令，不得后撤。

虽然自己的建议没有被军长采纳，但陈硕儒是位标准的军人，军人以服从命令为天职，陈师长将军长的复电塞进衣兜，转身走向阵地。

陈师长目光如炬，冷峻地向本部将士下达命令："军部命令：坚守阵地，寸土不让。各部要稳扎稳打，坚决打退鬼子的进攻。"

陈硕儒将师指挥部移至云盖寺，亲自在阵地前指挥作战。

独立四十七旅王镇华部虽然遭到日军包围，但凭借工事的坚固，苦战到天黑，阵地总算保住了。

集团军指挥部里，孙蔚如手持赵寿山转发的陈硕儒的电文，站在军用地图前，与参谋长陈子坚商量着作战方案。

孙蔚如认为，陈硕儒的建议是对的，按照战前的部署，我军不宜在阵地上打消耗战。但是，我军究竟该在何时撤出呢？日军这次扫荡规模空前，如果我军甫一交火就全线后撤，势必助长了鬼子的嚣张气焰，他们必会乘胜追击；而我军一旦在敌人追击下形成山崩水泄之势，局面就更不堪收拾了。况且鬼子是分兵九路，到处都有战事，包围得水泄不通，我军欲穿插迂回也不容易找到缝隙……思谋良久，孙蔚如最终向陈子坚等人说出了自己的决断：敌人既然集重兵攻击我九十六军，我军不妨以其人之道还治其人之身，在陌南镇组织一场会战，杀杀鬼子的锐气，然后瞅准机会，从敌军闪出的空当间穿插出去。

孙蔚如下令——

电告李兴中、陈硕儒：一七七师不要与敌硬拼，节节抵挡，诱敌深入，退守陌南镇；

电告赵寿山军长：以十七师五十一旅部分兵力控制晴岚、上牛、西牛，监视夏县方向来犯之敌；主力迅速西进，至葛赵、西侠一带，参加陌南会战；

电令四十七军李家钰军长：坚守中条山东、北方向之阵地，力拒敌军之增援部队。

李兴中、陈硕儒接到集团军指挥部的电报时，云盖寺一七七师的阵地前已经成了一片火海，前沿工事多数已被敌火力摧毁，士兵们已经将炸弹坑当作掩体了。陈硕儒清醒地知道，这种时候下令撤退会是什么后果，溃不成军啊！这时，日军的装甲车隆隆地驶入我军阵地，装甲车的后面是哇哇叫着的鬼子步兵。陈硕儒果断命令我军官兵向两侧散开，放鬼子的装甲车过去，然后大喝一声：“上！”我军官兵旋风般杀入敌散兵线，挺刺刀、抡大刀与鬼子步兵混战在一起。已经冲过去的装甲车掉不过头来，后面的大炮又不敢向混战的人群开火，鬼子的武器优势完全丧失了，只剩步兵与步兵的白刃相搏。鬼子指挥官见势不妙，急忙下令撤出阵地。

陈硕儒命令我军不要追赶。但鬼子的四辆装甲车却被我军截住了，几个身手敏捷的士兵跳上车，掀开顶盖，扔进几颗手榴弹，两辆装甲车在爆炸声中当场瘫痪，另两辆摇摇晃晃夺路而逃。

陈师长见敌军退去，这才命令部队集合后从容地向陌南镇方向撤退。

陈硕儒用兵之道，仅从其撤退一事即可见一斑。如果他接到命令便急忙后撤，必然会被已经逼到眼前的日军疯狂追杀，从而难逃全军覆没的命运。

陌南镇周围的我一七七师五三〇团、五三一团，经过两天的苦战，也保住了陌南镇外围防线。接到李军长、陈师长的命令后，各部先后退回陌南镇，并连夜在镇外抢修工事。

6月5日晚，孙蔚如再次下令：三十八军主力进驻红山庄、磨沟；独立四十六旅进驻西郑、东峪，暂归一七七师指挥。

至此，我军两大主力在芮城东部的陌南镇四周集结完毕，而平陆方面，从中条山南麓到黄河边上，各个重要的隘口、村庄，都有我军在游击控制。一旦陌南镇战局不利，我军即可撤出，向各处迂回穿插。

赵寿山接到命令连夜拔寨起营，这是三十八军两天内的第三次西进。红山庄、磨沟一带是平、芮两县的接壤处，与陌南镇鼓角相闻。虽然，赵寿山对孙蔚如部署的陌南会战有自己的看法，认为这有悖兵法上所说的“十则围之，倍则分之”的原则，但他也能体谅孙蔚如作为主帅的难处：一是过早地撤退会遭到上司非议；二是以敌军之众，穿插迂回要施展起来亦有很大的难处。事已至此，三十八军和九十六军只能攥成一个拳头，打好陌南战役。唇亡齿寒，倘九十六军被歼，三十八军独木难支，则中条山危矣！

…………

对于1939年夏季的这场战争，新中国成立后有多种文史资料和战争亲历者的回忆录都做了简要的描述。有的称其为“陌南战役”或“古计王战役”，有的则称为“六六战役”。前一种提法是以主战场命名，后一种提法是以时间为界定。从后一种提法可以看出，这场战争正式开打是在6月6日。5月29日到6月5日，基本上属于大战前的序曲（不少回忆文章则根本不提这几天，直接从6月6日说起）。而这一段时间，双方都在试探：一面试探性交手，一面揣测对方意图，反复调整作战方案。然而，序曲已是如此悲壮、惨烈，正戏必然更加惊魂摄魄。

对于孙蔚如组织的这场“陌南会战”，史料上也是见仁见智，褒贬不一。我们这些根本没亲历过战争的书生实在不敢妄加评说。虽然，战局的发展证明了“陌南会战”的开局不利，但不组织这场会战又会是个什么样儿呢？假设：当敌军全线压上时，我军不战而退，结果如何？我们实在想象不出来……一切假设都是后人的纸上谈兵，坐而论道。事实是，孙蔚如总司令做出了“陌南会战”的决定，我们就只能把20世纪30年代最后一个夏天，发生在黄河北岸、中条山下的那场战争如实道来。

6月5日的夜晚没有月亮，天上星光暗淡，天气闷热得令人窒息，大地沉寂，只有黄河的涛声从远处传来，高一声，低一声，时而如嘶如吼，时而如泣如诉。

那一夜，东延村土崖上的那栋农家小楼里，煤油灯一直亮着……

16 第十六章 烈火陌南

陌南镇我军阻击日军

点击

就在部队撤出阵地时，一名叫孙克俭的营长单腿跪在了陈师长面前。

陈硕儒惊奇地问：“小兄弟，你这是啥意思?”

孙克俭用手背抹了一把脸上的血迹，哀切地说：“陈师长，陈大叔，我的一条腿已经折了，撤退也是给弟兄们添累赘。让我留下来，掩护部队撤退吧。我大说咧，要么战死沙场，要么荣归故里……我今儿个就把命撂到这儿了！”

话刚落音，身后响起一片喊声：“我不走！”“我也不走！”“孙营长，弟兄们陪着你！”

……

芮城东部的陌南镇不算很大，但因其东与平陆接壤，南距黄河不过一箭之遥，北接中条山之腰腹，山之北即为运城，战略位置就显得非常重要。永济之战结束后，从我军向芮城和平陆转移、布防之日起，日军就多次向陌南发动攻击，陌南镇也几度易帜。第四集团军派九十六军在陌南一带布防，就是要阻止日军从运城方向举兵南犯；而由九十六军所辖之独立四十七旅担任的一线防地——中条山的茨林沟，与日军大本营运城不过隔几座山头。在前面的几次反扫荡中，九十六军与日军争斗激烈，这一带一直处于拉锯状态。

但是，“今非昔比”：日军这次扫荡首先把矛头对准了九十六军，而且是集空中、地面的优势兵力；牛岛师团长向其部队下达的是对九十六军的“必杀令”。

6 月6 日上午7 时，陌南镇上空战云密布，日军的十几架飞机在方圆不到二十里的空中盘旋，炸弹冰雹般从天而降。与此同时，鬼子的十几门山野炮同时发威，炮弹激起的烟尘火光令天地风云变色。

我们不能不承认：一、日军武器装备之精良，与我国军队、特别是像第四集团军这样的杂牌军不可同日而语；二、从 1931 年的“九一八”入侵我东三省，到 1937 年的“七七事变”，再到 1939 年的战事，日军在中国攻城略地已历八载，且胜多负少，已经积累了与我军作战的丰富经验，不少将佐都成了中国通，甚至读懂了中国的《孙子兵法》；三、日本士兵单兵作战的能力不在我军之下。因此，就局部战事而言，日军的优势是毋庸置疑的。

“六六战役”之初的陌南会战，日军虽然意在聚歼我九十六军，但一开始却并未把全部力量用来攻打陌南镇，而是兵分三路：一路朝西北方向，围攻我茨林沟的四十七旅，使其不能回援陌南；一路朝东北方向，阻挡我三十八军，使其不能顺利地增援陌南；另一路主力，在飞机大炮的掩护下包围陌南。这一招，正是中国军队惯用的战术——围点打援。

一七七师6月5日从云盖寺撤出后，陈硕儒师长并没有将部队撤进陌南镇内，而是按照集团军司令部“节节撤退”的原则在镇子西北面的朱吕、夏阳抢筑工事，意在拒敌于镇门之外。这一道防线与独立四十七旅形成一条南北垂直线，紧要时可互为接应，甚至会对敌人形成前后夹击之势。

然而，独立四十七旅已被成倍于我的日军包围在茨林沟一带，一时很难回撤。

日军依照惯例，在炮火轰击之后便发起了阵地进攻。这次，鬼子吸取了昨日散兵线被拦腰击溃的教训，排成密集的队形向上冲。陈硕儒再想利用混战已经不可能了。日军的队形是一面面宽大而厚重的墙。

在我军的阻击下，“墙”一面一面地倒塌，却又一面一面地竖起。

连续击退日军的四次进攻后，陈硕儒痛心地看到，我军阵地上伤亡人数已是与时俱增了，即使能打仗的官兵也多是血染征衣……而增援部队还没有过来。陈硕儒从东北方向的炮火声中已经判断出，三十八军必是遭到日军的顽强阻截。眼见得情势危倾，独木难支，陈硕儒只好下令：退守陌南镇。

此时，已是日色近午。

就在部队撤出阵地时，一名叫孙克俭的营长单腿跪在了陈师长面前。

陈硕儒惊奇地问：“小兄弟，你这是啥意思?”

孙克俭用手背抹了一把脸上的血迹，哀切地说：“陈师长，陈大叔，我的一条腿已经折了，撤退也是给弟兄们添累赘。让我留下来，掩护部队撤退吧。我大说咧，要么战死沙场，要么荣归故里……我今儿个就把命撂到这儿了!”

话刚落音，身后响起一片喊声，“我不走!”“我也不走!”“孙营长，弟兄们陪着你!”

陈硕儒看到，年轻的营长确实已浑身是血，而他身后的那帮子士兵都是缺胳膊断腿的重伤号，有的人甚至是趴在地上喊出的“死誓”。

戎马一生的陈老将军，面对这悲壮的一幕，顿时心如刀绞，老泪纵横。他一把抽出自己腰间伴随他征战多年的法国造手枪，双手递给孙克俭，用慈父般的目光望着这位慷慨赴难的营长，悲切地说：“克俭，你叫我大叔，我认你这个侄子。如果我没记错，你就是孙局长的儿子?”

孙克俭昂首答道：“对，我叫孙克俭，黄河西岸陕西蒲城人氏。”说着，把那支手枪硬塞到陈师长手里：“大叔，你快走，这枪我用不上。大叔，保重!”

两名重伤员扶起孙营长，头也不回地向掩体奔去。这时，五十多名重伤员已在阵地上一字排开，做好了殊死一搏的准备。

陈硕儒听到孙营长的最后一句话是：“弟兄们，听我的，跟狗日的鬼子拼到最后一口气!”

陈师长悲情难抑，掩面而去。

孙克俭是共产党员，而其父却是国民党蒲城县警察局长。1937 年夏天，孙克俭突然被警察局抓捕，关进了县监狱。第二天晚上，他的父亲来了。父亲和儿子在监狱中有一段对话：

“知道为啥抓你吗?”

“你怀疑我是共产党?”

“难道大把你冤枉了?”

“证据呢？你得拿出证据!”

“嘿……嘿，老子抓儿子还要什么证据，没听说知子莫如父吗?”

“就算我是共产党又咋啦？现在是国共合作。”

“那是指抗战，打鬼子。”

“你咋知道我做的不是抗战工作?”

“我不知道你在弄啥，只知道你一天在外面胡张哩。现在国难当头，日本鬼子已打到河北地面了。有种的，你给我上前线打鬼子去!”

“你把我关到这儿，我咋能上前线?”

“你先说你去不去?”

“我去。”

父亲脸上露出笑容，拍着儿子的肩膀说：“大就要你这俩字哩！这才是我孙家的后人。张、杨二将军扣老蒋是逼蒋抗日，今儿个是老子抓儿子，逼儿子上前线哩。”

儿子有些恼火地说：“还说什么知子莫如父，你这是糟蹋你儿子！让我去打鬼子，你言传一声，我立马就走，何必要演这一出呢。”

老父亲叹了口气：“我知道你会去的，可我怕你媳妇扯你的后腿呀。自古以来，贪妻恋子，难有作为啊!”

孙克俭为老父亲的良苦用心而感动，他说：“这事你就甭管了，有我哩。”

警察局长连夜放出了自己的儿子。

孙克俭回家后对妻子李芝花说：“上面让抓我，我大也护不住。我是从监狱逃回来的，今天晚上就得走，到前线打鬼子去。”

李芝花伏在丈夫肩头嘤嘤而泣：“你打鬼子……我……我不拦你……可子弹不长眼，你……小心点儿……”

孙克俭连夜出城，在潇潇夜雨中走出五里地，父亲骑一匹快马赶来了。

警察局长叮嘱儿子：“儿啊，记住大的话：要么战死沙场，为国捐躯；要么杀敌建功，荣归故里，别窝窝囊囊半死不活地回来见我。孙蔚如将军的部队正在渡河，你把这匹马骑上，来得及。”

孙克俭翻身上马，马上一鞭，清风夜雨中丢下一句话：“记下啦，大!”

孙克俭果然在黄河岸边合阳的夏阳渡赶上了正在渡河的一七七师五二九旅。在共产党员、抗日名将许权中旅长的率领下，五二九旅在华北平汉线诸战及山西忻口战役中英勇作战，威震日寇。孙克俭也因屡立战功而由战士、班长、排长升至连长，部队进入中条山后，又升任营长。

1939 年春节前，李芝花随孙蔚如总司令夫人李定荫带领的“中国妇女慰劳自卫抗战将士陕西分会”，到中条山前线慰问，当她把蹒跚学步的女儿孙玉芳递给丈夫时，孙克俭把女儿举到头顶，满面笑容地问士兵：“看，咱女子心疼不心疼，啊？心疼不心疼……”

由于日军发动的春季扫荡，孙蔚如命令各部队派人护送慰问人员离开。李芝花在给丈夫拆洗被褥、缝补好衣服后抱着女儿与丈夫洒泪而别。

不料，这一别竟成了孙克俭与妻子、女儿的永诀。

（本书作者之一徐剑铭插叙：2005 年初，孙玉芳偕丈夫来访。孙大姐虽年逾花甲，却风韵犹存。我对她说：“看来我书上写得没错，大姐小时候一定是个让父母骄傲的心疼女子!”孙玉芳凄然道：“我还不记事，我父亲就……”）

孙克俭在阵地上坚持了半个多小时，所有的子弹都打光了，弟兄们也牺牲得只剩下他和一个河南老兵、一个山西新兵了。鬼子的装甲车轰轰隆隆地闯了过来。孙克俭问："手榴弹还有吗?"河南老兵摸出两颗，山西新兵摸出一颗，加上他自己捡的三颗，孙克俭脱下上衣，将六颗手榴弹包在一起，咧嘴一笑，说："到了阎王爷那，咱弟兄仨也是红萝卜不拆把儿呀!"这时，装甲车已驶过头顶。孙克俭怒目圆睁，哇的一声怪叫，拉开了手榴弹的弦……一声轰隆巨响，一团烈焰冲天，装甲车在三位中国士兵的头顶上炸裂了、瘫倒了、焚毁了。

烈火中，一队不屈的灵魂在飞扬，如烈烈金风，如滚滚惊雷，如猎猎战旗!

烈火中，一群不倒的英雄在呐喊："我为中华生，我为中华死……"

"鬼子不灭，誓不生还!"

…………

赵寿山亲率三十八军之四十九旅、五十一旅驰援陌南，兵至张家滑一带便遭到日军的阻截。救兵如救火，赵寿山命令陈际春、孙子坤两位旅长在前线指挥。战士们舍命冲杀，无奈日军炮火猛烈，激战三个小时，始终未能杀出一条血路。素以沉稳冷静而闻名的赵寿山也不禁心急火燎：我军不能开到陌南，不仅使九十六军陷入危境，而且会使陌南会战计划全面被动。他猛地站起身来，对他的秘书姚警尘说："走，上去看看。"

但是，就在他抬步的瞬间，令他本人和军部所有人员震惊的事情发生了：那条抬起的右腿刚一落地，就觉得膝盖处一软，身子便向前栽去，差点儿扑倒在地……

姚警尘慌忙扶住，只见军长额头上有冷汗渗了出来。

在场的人都惊呆了：赵军长正当壮年，身体魁梧，很少有生病的时候，这会儿怎么会……

参谋长李鹰辰大声喊道："快，快把张军医叫来。"

被扶到椅子上坐下的赵寿山恨气地说："真是越急越出汗，越冷越打战。唉，这才出了鬼了！"

赵寿山的随军私人医官张鸿甫匆匆赶来。

张鸿甫是临潼县人，说来也算个奇人。前些年他不过是白水县的一名警察，后来不知怎么就结识了一位身怀绝技又隐居市井的老中医，他便拜老中医为师，不出三年，"张神针"的名声就传遍了渭北高原。赵寿山的十七师驻军三原时慕名将其招至军前。不料这家伙恃才傲物，不拘小节，见了团长一级的军官都带搭不理的，众人就向师长告状，说这小子不宜留在军营。赵寿山却说："敢在长官面前耍傲，必有真本事。让他给我当私人医生吧。"可赵寿山身体健壮，素来无恙，这张军医空挂个中校军衔却从未给军长看过病。

张鸿甫端把椅子和军长对面而坐，简单问了两句，便撩起军长的上衣，用左手在军长的腹部摸了一下，小眼一眯，突然问道："军长是不是为陌南镇的事着急啊？"

赵寿山点头："是呀。"

张鸿甫冷冷地说："急也没用，陌南已经失守了！"

"啥？你说啥？"赵寿山猛地一惊……就在这一瞬间，只见张鸿甫右手向前一按，赵寿山就感到了腹部有针扎的痛感。

张鸿甫轻松地说："好啦。军长快去吧，陌南没有失守哩。"说完，起身就要走。

"什么？你别走。"赵寿山站起来，走了几步，果然腿脚灵活如初，心中一阵惊喜："这小子真有绝活啊！但，他先说陌南失守，又说没有失守，这不是耍笑我吗？"

满屋的人都是又惊又怒：惊的是，没见这家伙用什么手段呀，军长的腿脚怎么就神奇地好了；怒的是，啥时候啦，火都上房了，你敢跟军长拿军情开玩笑？

姚警尘拔出枪来厉声喝道：“军中无戏言，你这家伙怎么敢在军长面前胡说八道!”

张鸿甫看到军帐里一副剑拔弩张的样子，心里一下毛了，连忙伸开双手比画着请长官们息怒。

张鸿甫举着一枚两寸长的三棱银针对赵寿山说：“按师门的规矩，我是不该说的，可你看……好，我来解释一下：我刚才用的是针疗。我在军长腹部找到穴位，但此穴位恰在心胆之间，我怕伤着军长，便谎言军情。军长一惊，心就提了起来，心胆之间就闪出一条缝；我快速行针，针到病除。这就是成语上说的‘提心吊胆’嘛！请诸位长官见谅，我绝没有戏弄长官的意思，借我三个胆也不敢呀!”

众人面面相觑，气氛顿时轻松下来。

赵寿山挥挥手：“鸿甫，去吧。”

(上边的故事是我省作家张敏先生讲述的。张鸿甫是其伯父，其父张鸿义是孙蔚如集团军医疗室的中尉医官，中条山战后随孙蔚如部移防河南，与一河南女子成婚，生下长安文坛怪才张敏。)

赵寿山率特务连（连长赵伟如）火急火燎地赶到前线，亲自指挥部队发动冲锋。他对官兵说：“我们迟到一分，一七七师就多一分危险。这时候正是检验我三十八军是好汉还是孬包的时候。”

担任主攻的尖刀连连长挥臂高喊：“军长和弟兄们同在！弟兄们，冲啊!”

下午2时许，日军的阻击线终于被我军撕破。赵寿山挥军疾进，3时前赶到陌南镇，但还是晚了一步。

原来，陈硕儒退到陌南镇后，部队已是十分疲惫。虽然孙克俭等五十多名壮士以死相拼，为主力争取到了半个多小时的时间，但陌南镇的工事多已被鬼子的炮火打得体无完肤，要重新修复加固根本没有时间。好在陌南镇百姓早已撤离，陈硕儒便命各部以房屋墙壁为掩体，各自寻找自己的阵地。有的战士干脆把机枪架在房顶上……没等部队全部就位，日军便在装甲车的掩护下蜂拥而来。

这时，指挥进攻陌南镇的日军旅团长接到牛岛师团长电令：阻击三十八军增援的部队已经开始后撤，你部要全速前进，务必赶在敌三十八军前面，拿下陌南。

日军指挥官拔出战刀，在空中挥舞着，口中发出如狼的狂嚎：“后退一步，死啦死啦……”

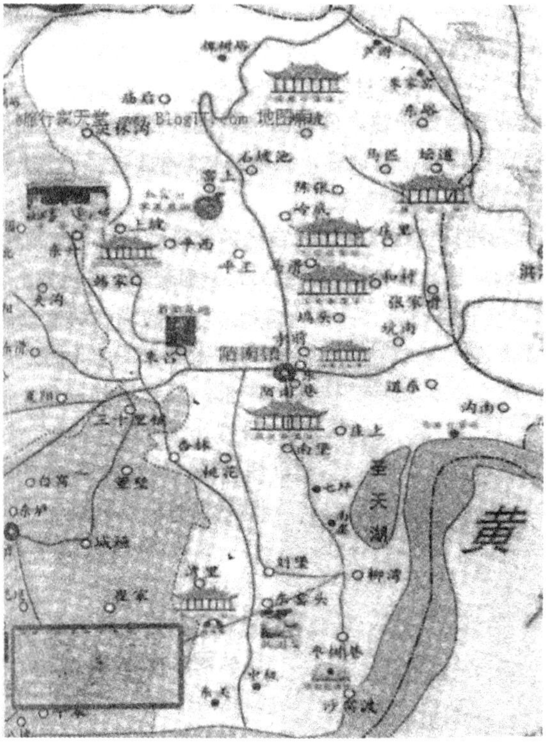

陌南镇地形图

四五千名鬼子发疯似的向镇子中间冲。

陌南镇上的巷战悲惨壮烈，血光飞溅，我军不少战士抱着炸药包或集束手榴弹从房顶上跳下来，在剧烈的爆炸声中与敌人同归于尽。

一七七师退到陌南镇和三十八军被阻击在半路上的消息相继传到东延村，孙蔚如总司令忧心如焚。战前的计划应当没有大错，但鬼子仗着人多势众，硬是抢在我军前头，将我军分割开来，不能很快形成合力。这样硬撑下去，我军就有被各个击破的危险……孙蔚如剑眉紧锁，在屋子里踱了几步，随即大步走到地图前，甩掉手中的烟蒂，转身对陈子坚参谋长说道："马上给赵军长发电，命令一七七师迅速撤出陌南，向芮城方向撤退。"

孙蔚如解释说："鬼子来势凶猛，现在还不是与他争个鱼死网破的时候，先让过他这三板斧再说。"话虽这么说，孙蔚如心情还是很沉重的，鬼子的"三板斧"砍下来，我军损失惨重啊！

陈硕儒接电后，迅速指挥部队边打边撤，退出陌南。

正当日军的先头部队追出陌南镇外时，赵寿山率领的三十八军主力赶到了。虽然没能实现与一七七师的会合，却截住了日军的队尾。战士们看到镇子街巷中到处是我军死难弟兄的遗体，悲而生怒，怒而生威，截住鬼子就是一阵猛杀猛砍。鬼子见自己的队伍被斩为两截，首尾不能相顾，再也不敢恋战，掉头北窜。陌南镇复为我军占领。

但是，日军的先头部队发现后路被抄后，一面对一七七师穷追不舍，一面抽出兵力回攻陌南，欲对三十八军形成前后夹击之势。

赵寿山电告孙总司令，请示下一步行动。

孙蔚如回电："一七七师既已撤出，陌南镇再无与敌纠缠之必要。你部可迅速回平陆。据悉，日军又从运城增兵从二十里岭南下。你部可退至南留史，以阻南下日军，并牵制日军，以助一七七师突围。"

七十年后（2009 年），陌南镇中学的孩子们在听关于“陌南会战”的报告，接受爱国主义教育

再说茨林沟。

我独立四十七旅王镇华部已被数倍于我之日军包围得水泄不通。王镇华虽几次接到李兴中军长、陈硕儒师长回撤陌南的电令，怎奈势单力孤，冲不开敌人的铁桶阵。

下午 4 时许，王镇华发现日军队伍出现混乱，敌人的包围圈外响起枪炮声，料是我军增援部队开来了。王镇华马上命令部队集中火力，向东南方向的敌军开火。日军腹背受敌，防线顿时松动。四十七旅奋勇冲杀，终于突出重围。等到打出来的时候才知道，原来是孔从洲旅长亲率四十六旅主力来援。

孔从洲对王镇华说：“你走，我来掩护。”

王镇华率部向西撤退。孔从洲为牵制敌军，命令部队边打边向东撤。

一七七师被日军追到了黄河岸边的方家村、许八坡、老庄一带。

这时，一切联络都中断了。

陈硕儒站在黄河岸边的高崖上，俯瞰黄河，浪飞波涌，声如奔雷；仰望长天，日近黄昏，夕阳惨淡；风萧萧，云漫漫，青山依旧在，苍鹰独徘徊。而我军苦战一日，将士水米未进，鬼子追兵将至，待援四顾茫然，不禁心中顿生凄凉。

他相信和他有着八拜之交的孙蔚如、赵寿山，也相信虽然固执却不乏忠诚的李兴中，没有人会置他的一七七师于不顾。战局发展到这一步，皆因敌人势力太大，武器太恶。我军虽然有张希文、邓祥云、孙克俭之类的英雄壮士，但这毕竟不是以冷兵器为主导的时代。当年的义和团哪一个不是不怕死的英雄？但血肉之躯毕竟抵不住洋枪火炮……战士们虽忠勇可嘉，可国运不济、国力孱弱却是令国人扼腕长叹的现实啊！

从长远计，陈硕儒相信中国人这场自卫性质的抗战一定会取得最后的胜利，但从眼下看，这种胜利需要付出的代价实在是太大太大了……也许是渐入老境，陈硕儒最怕看到战士们流血牺牲的场面，每见一个年轻生命的倒下，老将军的心都像被抽了一鞭子，于剧烈的疼痛中会倏然涌上一个问号：这是谁家的孩子啊？有时他会想：战争结束后，如果我还活着，走到街上，忽然被一位白发老妪拦住，老妪眼巴巴地望着我，问："老陈兄弟，你把俺娃丢到哪儿啦？他可是跟着你出去打仗的呀！"我陈硕儒又该何言以对？

但是，痛苦也罢，难过也罢，预想中难堪也罢，陈硕儒都必须强忍着。因为他是将军，他是战争年代带兵打仗的人。"男儿何不带吴钩，收取关山五十州"，既然身带吴钩，统领甲兵，志在驱逐鞑虏，收取关山，那么，一切心灵隐痛都必须忍着、受着，一切绝地危境都必须撑着、扛着。

想到这里，陈硕儒来了精神，他决心率弟兄们杀出重围。今日一战虽然失利，但这里不是垓下，我陈硕儒也不是打得只剩下一人一骑的西楚霸王。即使是垓下又如何？唐人杜牧诗曰：“胜败兵家事不期，包羞忍耻是男儿。江东子弟多才俊，卷土重来未可知。”对，君子报仇，十年不晚，只要能带弟兄们活着出去，不信我陈硕儒收拾不了你小鬼子！

陈硕儒对官兵们说：“古人说：置之死地而后生。如今我军的确是被置之死地了，能不能后生呢？那就要看我们有没有这个胆了。”

弟兄们齐声呼应：“师长，听你的！”

陈硕儒想好了：背后是黄河，黄河是不能过的；左右两边除了高崖便是开阔的河滩，也是没法走的。要突出去只有一条路：正面突破，杀他一个回马枪！

陈硕儒迅速调集四十挺轻机枪，四十名机枪手一字排开。这时，日军见我官兵已被逼到河岸上，料也插翅难逃，便于骄狂中放松了进攻，甚至派几名汉奸向我军喊话，劝我军投降。

陈硕儒轻蔑地笑了笑，缓缓地坐到了一块大石头上，自己动手脱下鞋袜，抖出了其中的沙土……那一刻，他平静温和，像一位山里的老大爷。可是，当他穿好鞋袜，猛地站起来时，鹰一般的目光中便透出一股杀气。看到四十挺机枪已经列好队，老将军用低沉而刚毅的声音下令：“机枪开道，给我冲！”

正沉浸在胜利狂喜之中的鬼子做梦也没想到：关到笼子里的老虎会突然发威，冲出牢笼，直奔自己而来！四十挺机枪，四十名清一色的关中汉子，陕西冷娃，目光如炬，枪口喷火，像一排巨浪似的压了过来。鬼子慌忙举枪还击，但是，来不及了，四十挺机枪组成的火力早已撕破了包围。陈硕儒带着仅剩下的不足三个团的人马呐喊着、呼啸着，突围而去。而一俟大部队过后，四十挺机枪又掉过头来组成一道流弹墙，使鬼子前进不得。

队伍冲锋前进中，一个身高在一米八以上的壮汉跑到陈硕儒面前，不容分说，弯腰背起老师长，大步流星向前飞奔。

陈硕儒拍着壮汉的肩头说："兄弟，让我下来，我能走。"

那壮汉嘿嘿一笑，瓮声瓮气地说："俺从小就这样背俺大哩，你比俺大金贵……"

虽然陌南会战的前一个部署没能完成，使一七七师身陷绝境，但后一个目的却达到了，即，迫使敌军闪出空当，以利我军穿插迂回。进攻陌南镇的日军主力，一路被赵寿山扯到了南留史一带，另一路追击陈硕儒于黄河岸上，而平陆以北、陌南以西便形成了空当。陈硕儒的回马枪竟然是从刚刚失守的陌南镇穿过，突围至芮城西部。

陈硕儒的"回马枪"杀得鬼子目瞪口呆又胆战心寒。然而，一七七师陌南会战的故事却并未就此结束。6 月 6 日这一天还有许多悲壮的场面，留待下一章讲述。

这里需要提前做一个简单的说明——

下一章所要讲述的故事，虽然史料上也曾提及，但基本上是一笔带过。而本书的作者之一 ——张君祥先生曾多次亲赴中条山采风，比较详细地记录下其中的细节。一次，我国当代著名作家陈忠实先生到张先生家造访，听张先生讲完这段故事后，同为关中硬汉的陈忠实当时就坐不住了，激动地对张先生说："老兄，把这段素材给我，我来写个东西。"张君祥说："想写，你就写吧。"

忠实与我等皆为多年挚友，相信他写出来会比我们写得更精彩。但是，作为一部全景式反映中条山抗战的作品，这段故事又是不可或缺的。所以，虽然我们自知功力不济，还是按照整体的需要写出了这段故事。

想来，忠实先生是不会见怪的。

2005年，陈忠实以这个故事为基础素材，精心铺排，创作出了近万字的短篇小说《娃的心，娃的胆》在《人民文学》发表并获奖。当他写完这篇小说时，已是晚上10时许。兴奋之余，他拨通了我（徐剑铭）的手机："兄弟，我写完了！我给你念一遍吧?"我问："多长?"陈答："一万多字吧。"我笑了："老哥，你把我饶了吧！一万多字，别说我的手机受不了，你不累呀?"陈说："那我就挑几段精彩的念给你听。"这个电话打了近半个小时。这也算是一段文坛趣事吧！

但是这个故事，无论出自陈兄笔下还是我等书上，都是悲壮而惨烈的！还是请诸位做好心理准备吧……

17 第十七章 血祭黄河

黄河岸边的悬崖

点击

当八百名壮士扑向黄河的时候，有一个人没走。这是一名年仅16岁的中国士兵，他满脸是血，军衣上弹痕累累，刀痕累累，但却将衣扣系得齐齐整整。他站在悬崖的最高处，神情冷峻，面色如铁，当弟兄们扑向黄河的那一刻，他泪光闪闪，只说了一句话便站住了：

“弟兄们先走一步，我随后就到。”

悬崖上，残阳下，只剩下一个年轻的中国士兵，像一尊雕像，一动不动地屹立着。

他的手中，握着一杆旗，一杆印着中国军队徽标、标着中国军队番号的战旗。那旗上也是弹痕累累，但是，弹痕累累的战旗却在黄河上空鼓起的热风中呼啦呼啦地飘飞着，仿佛向那群曾在旗下战斗过又为维护战旗的尊严而扑向黄河的战士们宣读血泪的祭文……

陈硕儒率一七七师主力从敌军正面突破，夺路而去，但黄河岸上的战斗并未就此结束。

一七七师新兵团，因离师部较远，又缺乏突围的经验，被日军截住，一千多名新兵被敌人分割包围在老庄、许八坡、六甲村、码头崖一带。

现在，我们已经无法查清这些士兵的籍贯、姓名了，但我们知道，这是一群孩子，年龄皆在16—18岁，入伍不到三个月，此次战役是他们与鬼子的第一次遭遇。他们多数是从陕西招来的，也有山西、河南的农家子弟。

他们中的多数人见过集团军总司令孙蔚如将军。新兵集训时，孙司令来了。陈师长让人抬来一张方桌，一身戎装、高大魁伟的总司令站在桌子上对新兵们讲话。孙司令挥动着攥紧的拳头，发表了慷慨激昂的演讲，他说：

“弟兄们，小日本两年前就夸下海口狂言，说要三个月内灭亡中国，可两年啦，中国亡了吗？军人不信邪，更不怕鬼！我第四集团军跟鬼子在中条山打了一年仗，我们牺牲了不少弟兄，可日本鬼子死的比我们还多。小日本这个鬼我们是捉定了！只要我们下定精忠报国之心，与犯我河山、害我人民的鬼子血战到底，最后的胜利就一定属于我们！”

孙蔚如炯炯的目光扫过全场官兵，深情地说：“你们都是好后生、好小伙儿，告别家乡，离开父母，来到炮火纷飞的战场为国效命，我孙蔚如谢谢你们！”说着，将军脱帽，向新兵们深鞠一躬。

新兵们高呼：

“谢谢总司令！”

“跟着总司令，杀尽鬼子兵！”

按集团军司令部的安排，新兵们在操练军事技术的同时，也接受了以共产党员为骨干的干训班教官们的政治培训，思想觉悟、爱国热情得到很大提高。

现在，他们正身陷绝境，面临着生死考验。

被陈硕儒的回马枪打得晕头转向的日本鬼子，愣是看着“煮熟的鸭子”飞了出去，日军指挥官恼羞成怒，被他们截住的我新兵团正好成了他发泄恶气的对象。只见他狂舞着军刀，扯开了大嘴，命令鬼子兵：“把这些小支那兵统统地、统统地死啦死啦！”

鬼子们饿狼疯狗般地向我新兵团扑了过来。

一个陕西新兵跳到一块大石头上，挺着脖颈喊道：“是牛牛娃的跟鬼子拼了！”

小战士们一哇声地怒吼：“跟鬼子拼了！”

一千多名中国士兵和两千多名日本鬼子在古老的黄河滩上厮杀在一起，刺刀碰出火星，喊声响彻山崖……新兵们的刺刀拼杀技术显然不如日军，杀红了眼的陕西冷娃们干脆扔掉枪支，抱住鬼子连踢带咬，咬掉了鬼子的耳朵，戳瞎了鬼子的双眼；练过中国功夫的则拳脚交加，直取鬼子的生命之根……一场肉搏持续了一个多小时，河滩上、山崖间血肉横飞，尸横遍野。

鬼子人多势众，层层推进。我新兵团在牺牲了二百多个年轻的生命后，被逼到了黄河岸边一百八十多米的高崖上。

鬼子兵把孤崖团团围住，大声叫喊着让我军投降!

八百多名中国士兵站在百尺高的悬崖上，身后是奔腾咆哮、一泻千里的黄河，面前是张牙舞爪、密密麻麻的鬼子。而放眼望去，东、西、北三面重峦叠嶂，云雾缥缈处则是他们的故乡……那里有他们童年嬉戏的小河，少年放牧的山冈；有正在收割或正在碾打的新麦，有倚门守望的白发爹娘……

子弹已经打光了，刺刀已经拼折了，军装已经撕烂了，浑身已经被血浆糊满了……一个小战士用手抹了一把正在流淌的鲜血，稚气未脱的脸庞便成了“关老爷”的脸，小战士扭过脸，面对西方，抽抽搭搭地哭了起来。

一个只剩下一条胳膊的陕西兵硬气地说：

“兄弟，哭啥呢？不哭！屎噢，十八年后又是一条好汉！怕个锤子!”

小战士哽咽着说：“我……不……怕，我在孙司令跟前起过誓。我这会儿想我妈了……我大不在了，我家就我一个男娃……我妈可怜!”

断臂壮士一阵心酸，两行热泪夺眶而出。

抹一把热泪，断臂壮士向着弟兄们高喊：

“弟兄们，咱们降世来，精屎打炕面，啥都没带，由八寸到一尺，现已长成七尺汉子，当了中国兵，就得像个中国兵的样子，不能给咱先人丢脸！仗打到这个份儿上，大不了是个死，死怕屎哩！弟兄们听我一句，咱是宁跳黄河死，不做亡国奴!”说着，断臂壮士双膝落地，向着西北方咚咚咚磕了三个响头：“爹、娘，你儿走了!”说完，身子摇晃着站起来，一头扑向黄河。

八百多名小战士学着断臂英雄的样子，齐刷刷跪在悬崖上，向着家乡跪拜之后，相互投过一缕依恋的目光，说声：“走!”奔腾的黄河上空霎时便有八百多只滴血的雄鹰俯冲而下……

残阳如血，如血的残阳牵出西天万道金灿灿的云霞，织成一床硕大的锦被，覆盖在八百英魂栖落的河面上。

黄河声咽，声咽的黄河扬起滔天巨浪，那是母亲伸开的双臂，将不屈的儿子们托住，再紧紧地揽入怀中……

残阳如血，残阳如血，如血的残阳掩面失声；

黄河声咽，黄河声咽，声咽的黄河仰天嘶吼!

“宁跳黄河死，不做亡国奴!”八百英雄壮士、八百中国士兵、八百血性男儿、八百炎黄子孙、八百生命的绝唱，震撼了古老的峭山，震撼了逶迤的中条，震撼了中州大地，震撼了八百里秦川。

…………

当八百名壮士扑向黄河的时候，有一个人没走。这是一名年仅16岁的中国士兵，他满脸是血，军衣上弹痕累累，刀痕累累，但却将衣扣系得齐齐整整。他站在悬崖的最高处，神情冷峻，面色如铁，当弟兄们扑向黄河的那一刻，他泪光闪闪，只说了一句话便站住了：

“弟兄们先走一步，我随后就到。”

悬崖上，残阳下，只剩下一个年轻的中国士兵，像一尊雕像，一动不动地屹立着。

他的手中，握着一杆旗，一杆印着中国军队徽标、标着中国军队番号的战旗。那旗上也是弹痕累累，但是，弹痕累累的战旗却在黄河上空鼓起的热风中呼啦呼啦地飘飞着，仿佛向那群曾在旗下战斗过又为维护战旗的尊严而扑向黄河的战士们宣读血泪的祭文……

鬼子兵拥上了悬崖，他们俯视浊浪滔天的黄河，想到了刚刚看到的中国士兵集体投河殉国的一幕，不由得倒抽了一口冷气，站在悬崖上呆若木鸡。

这时他们看到了那个中国军队的旗手。

这时他们听到了那个脸上布满血浆的娃娃——中国军队的旗手发出一阵凄厉高昂而又怪异的声音。

他们听不懂，但是，那声音高昂激扬，在晚风中传得很远很远，崖下的村民们听到了，并且记住了。直到今天，当年听到那个声音的人们仍记忆犹新：

“那娃娃唱的是秦腔，只有两句，就是老戏《金沙滩》里被困在两狼山的杨继业唱的。”离河滩最近的杨家寨一位八旬老人说着唱了起来——

> 两狼山（啊）战胡儿（啊……啊……）天摇地动，
>
> 好男儿（啊）为国家何惧（耶）死（啊）生！
>
> …………

关于这名旗手是怎样牺牲的，老人如是说：

“三天后，孙司令领人在河滩召开公祭大会。有人发现河面上有一面军旗，那旗被浪吹得东倒西歪却不挪地方。大家都觉得奇怪：黄河风大浪急，人掉下去都被卷走了，这旗咋能不倒不移呢？有几个水性好的士兵和俺村里的几个小伙儿就跳下河去。结果你猜咋？七八个人从河里抬出两具尸体来，两具尸体紧紧地贴在一起，一个是我军战士，在上；一个是鬼子，在下。战士手握旗杆不放，那旗杆就像一根锋利的长矛，从鬼子的后背扎进去，穿心而过，又从前胸出来，露出了一截旗杆。两个人又是紧紧抱在一起的，从山崖上坠下，落在河里一块大石头背后，那旗还能被水卷走么?”

老汉泪水涟涟地叹道:“英雄啊，英雄！可惜直到这会儿，还不知道娃娃姓啥叫啥！那天，孙司令都哭得呜呜的。”

那天，孙蔚如哭了，不仅是在黄河滩的公祭会上，而且是在东延村的司令部里。当八百壮士集体投河壮烈殉国的消息传到司令部时，孙蔚如竟当着众多部下的面以手击额，声泪俱下：“将士罹难，孙某有罪啊!”

孙蔚如下令：已经突围出来的部队，迅速集结，收拢部队，准备收复失地;

孙蔚如下令：择日在黄河滩举行祭奠大会——祭奠阵亡将士，祭奠投河殉国的八百壮士……

孙蔚如以拳击案:“此仇不报，树棠枉为军人!”

当我突围部队重新集结，发动反击攻势时，孙蔚如又电令各部:“我军各部无论官兵皆以黑纱缠臂，以示奠祭……”

…………

就在八百新兵集体投河的同时，在距此十余里的码头崖，我一七七师工兵营的两百多名战士也被鬼子逼到了悬崖上。战士们与鬼子在悬崖上扭打在一起，不少人抱着鬼子滚落黄河。疯狂的鬼子指挥官再也顾不得投鼠忌器了，命令炮兵向崖上开炮。只见炮火荡起的烟尘中，一百多名中国士兵飞身扑向了黄河……另有数十名鬼子死在了自己的炮火之下……

黄河岸边的老人们说:“那天，黄河水都被染红了，十几里外都是一片血红，那是一千多名中国士兵的血啊!”

一千多名中国士兵的热血染红了黄河，一千多个年轻的生命演绎出现代精卫填海的神话！然而，半个多世纪以来，我们记住了跳崖牺牲的狼牙山五壮士，记住了投江明志的八位抗联女英雄，却淡漠了这一千多名血染母亲河的年轻壮士！是历史的健忘还是人的薄情呢？

…………

6 月 10 日，在我军重整旗鼓，准备向日军发动反攻的前夕，第四集团军在黄河岸边召开了一个阵亡烈士公祭大会。

会场设在老庄以南的黄河滩上，士兵们从中条山上采来松枝柏叶，用竹竿搭起高大的灵棚，灵棚面对黄河，背依中条，松环柏绕，黑纱垂吊；因烈士忠骨难觅，灵棚中央插八面军旗，摆八套军服，架八挺机枪，灵棚两旁又拴八匹战马以示为军人祭礼。

灵棚中悬挂着一副横批为“精忠报国”的挽联，系孙蔚如将军自拟亲书：

大河有情应知我八百壮士吟国殇；

苍天有眼且看我十万雄兵灭倭寇。

七十年后，这里将建一座八百壮士纪念碑

天低云垂，细雨如烟，山色朦胧，水声凄然。

上午 9 时许，黄河滩上响起一阵又一阵急促的马蹄声，一百多匹各色战马分别从不同方向疾驰而来，每匹马上的骑手手中都举着一面军旗，猎猎飘舞的大旗汇成一片海洋。整个战役尚未结束，激烈的反击正在进行。根据集团军司令部电令：三十八军、九十六军、四十七军各派一个骑兵连参加公祭大会，但要打出营以上各部的旗号。因此，每位骑兵至少是代表着一个连。

公祭会四周，早已围满了当地的老百姓，他们扶老携幼，从十里、几十里外的地方，爬沟过坡，一大早就赶到了河滩上。至公祭开始时，河滩上已拥来上万之众。

“孙司令到!”

一个骑马的警卫飞马驰入会场，随着他的一声通报，只见孙总司令，陈子坚总参谋长，赵寿山、李兴中、李家钰三位军长，耿子介、陈硕儒师长以及王镇华、陈际春、张恒英等旅长、团长，骑着十几匹战马从远处飞奔而来。孔从洲旅长突围后联络中断，故未到。群众自动闪开一条通道，但将军们到了离会场百米之处皆跳下马来，卫兵上前牵走了马匹，将军们依次快步走进会场。

各军派来的代表也早已下马，手牵缰绳，列队站在灵棚前。

从将军到士兵，所有的人左臂上都缠着黑纱；多匹战马的脖子上也绕着长长的打着花结的黑纱。

走进会场后，孙蔚如神色冷峻，一言不发，他既没有向士兵和群众招手致意，也没有走向松柏环绕的灵棚，而是迈开大步，直奔壮士们投河前站过的悬崖，同来的将官们也紧随其后。

将军站在黄河边的高崖上，万丈波涛在脚下怒吼，一群苍鹰在云中盘旋，乌云翻卷，细雨飘飞，长风萧萧，苍山莽莽……想到八百弟兄血祭长河，魂归东海，忍不住满腔悲愤，满腔凄楚，满腔仇怨！于是，将军脱下军帽，双手擎起，双膝落地，面南跪拜。

总司令身后，跪倒了一群战功赫赫的将佐。

将军一拜，撼天动地！河滩上、山崖上、灵棚前，上万名晋南百姓、数百名我军官兵同时跪倒，痛哭之声，淹没了黄河涛声。

孙蔚如将军头顶苍天，面对黄河，洒热泪倾吐心声：

“树棠之膝，上拜社稷，下拜高堂。今为死难弟兄下跪，皆因弟兄们以身殉国，捍卫了我炎黄子孙之尊严，伸张了我中华民族之气节，张扬了我中国军人之忠勇！此情令天地动容，神灵泣泪，树棠岂敢不拜！

“弟兄们，安息吧！树棠对黄河盟誓：此仇不报，树棠当引颈自戮，以谢国人！”

赵寿山、李兴中、李家钰……十几位将官亦泪流满面，纷纷起誓……

孙蔚如站起来，缓步向崖下走去。

一大群当地老百姓也放声大哭着拥上悬崖。他们从挎着的篮子里、背着的褡裢里、拎着的布袋里掏出祭品——蒸馍、点心、果品、腊肉……纷纷投入黄河，用颤抖的声音呼唤着：“兄弟们，走好！”“孩子们，回来啊……”

孙蔚如满眼是泪，再次脱帽，向多情重义的晋南百姓鞠躬行礼。

孙蔚如走到灵棚前，对各军派来的代表只讲了一句话：“弟兄们，下面的仗怎么打，看一看你我臂上的黑纱就知道了！”

骑兵们举起亮闪闪的马刀，齐声怒吼：

“杀尽鬼子，为死难弟兄报仇！”

孙蔚如挥手下令：“上马！”

马通人性，自进入祭奠场起，一百多匹战马一直低眉敛首，纹丝不动，神情黯然，听到总司令一声“上马”，那马群顿时昂首扬蹄，精神抖擞，遍体鬃发抖出串串水珠，咴咴长啸惊落一天风云。

孙蔚如将军跃上战马，就在他鞭梢扬起的那一瞬间，天空中骤然飞起漫天的纸钱，上万名晋南百姓在恸哭声中将大把大把的纸钱抛向灰蒙蒙的天空，如莹莹雪花纷纷扬扬，刹那间便覆盖了血染的山冈，覆盖了血染的黄河，覆盖了黄河波涛中那不死的魂灵。

将军们的战马和骑兵们的战马在飞舞的纸钱中荡开风帘雨幕，向着战争的指挥中枢，向着硝烟未散的地方狂奔而去。

走到分别的路口，李兴中军长沉痛地说：“树棠兄，陌南失利，其罪在我。我太固执了！请司令再容我几日，待此战结束，时甫自当进帐负荆请罪，树棠兄尽管以军法处置，就是拿下我这颗人头，时甫也绝无二话！”

孙蔚如沉吟片刻，切切地说：“时甫兄忠肝义胆，三军皆知。当年杨先生不就是冲着兄之忠勇请你来陕的么？对日作战，战略上大家都明白，战术上却都在琢磨之中嘛！树棠也有指挥失当之处嘛，时甫兄不必过于自责。此役尚未结束，望兄振奋精神，击溃敌军，确保此战全胜！”

李兴中说：“仗是没说的，肯定要打好。但我之过失也不容放过。还是那句话，打完仗我便负荆请罪去。”说完，快马一鞭，向陌南方向驰去。

赵寿山一路上都没有说话。听到李兴中“负荆请罪”的话，他心里也很沉重：陌南会战，李兴中、陈硕儒眼巴巴地盼着三十八军火速增援，可谁想到半路上日军的阻截如此凶狠！我军拼死冲杀，结果还是晚了一步，陌南失利之责，也有我一份啊。

“树棠，陌南……”

赵寿山话刚出口，便被孙蔚如截住了：

“寿兄，这事不要再说了，再说下去，兄弟我就无地自容了。现在要想的是，日军本欲在茅津渡聚歼三十八、九十六两军，我看呀，战局的发展恰恰相反，茅津渡将成为日军的覆灭之地！而这一仗能不能达到咱们的目的，全靠寿兄运筹了！”

虽然两个人在政治倾向上略有分歧，但对于孙蔚如豁达的大将风度，赵寿山还是心悦诚服的。赵寿山也看出来了：战局发展的趋势表明，茅津渡将成为此役的终点站。对打好这一仗，他也有把握。不过，这场收官之战将会是惨烈的。集团军司令部所在的东延村离主战场太近，无论是于公于私，都必须劝孙蔚如将司令部向东移。这话前一阵提过多次，但孙蔚如却总是微笑着拒绝了。

但是，孙蔚如此刻正沉浸在对死难官兵追忆的痛苦之中，又发下毒誓，他会听劝么？

赵寿山几次欲言又止，直到走到东延村口，这才用哀求的语气说："树棠贤弟，不，孙总司令，你能不能听我一句话，一两天内就把司令部迁走。就算属下求你了！要不要我下马一跪？东延村离茅津渡只有五六里路，你在那里，叫我咋能放得开手脚哩嘛！"

孙蔚如再次被赵寿山的真挚打动了：这位实际年龄仅比自己大 13 个月的结义兄长，每到战事紧张时总是操心着自己的安危。情之切切，意之浓浓，自己又怎好漠然置之呢？

孙蔚如轻叹一声，爽朗地说："那好，我明天就搬走。反正茅津渡一战，有寿兄在，树棠无虑也！"

…………

需要提示的是，陌南会战、陈硕儒突围、八百新兵投河殉国，都发生在6 月6 日那一天。而从6 月6 日到6 月9 日，我军各部都还处在被动防御和设法突围的严峻形势下。之所以把6 月 10 日的公祭大会提前讲述出来，完全是出于文章结构的需要，使八百壮士的故事有一个相对完整的情节，并不是6—9 日无战事。

下面的章节，我们还要回到 6 月 6 日的黄昏，回到黄河，回到黄河岸边的沙口村，看那里还发生过什么让我们内心激荡的故事。

18 第十八章 沙口情仇

日本鬼子屠杀我民众

点击

空气在瞬间凝固了。四周的乡亲们心一下子提到了喉咙眼。此刻，只要李大婶露出一丝犹疑和怯色，鬼子的刺刀就会直插胸膛，而她的三个孩子和那个小兵也难逃一劫。

李大婶面如寒冰，望着四周的乡亲们说道：“儿还能认错？不信你问问。”

突然，小战士怀里抱的那个五六岁的孩子冲着小战士叫了声：“哥，哥，我怕。”

陌南镇的失守，使从陌南镇到黄河岸边的大小村庄皆落于敌手，疯狂的鬼子在这一带实行了惨无人道的烧杀掠夺。

在紧靠黄河的沙口村，一七七师约一个营的士兵被日军拦截，与主力部队失去了联系。近四百名士兵凭借村外的沟坎顽强地与鬼子对抗，终因弹尽粮绝，在敌人的炮火下几乎全部牺牲，只有三十多人逃进村里。

下午 5 时，日军进了沙口村，见村里的上千名青壮年正在向河滩上跑，马上掉转枪口追了过去。沙口村前是一片沙滩，无遮无掩。鬼子一面追赶，一面开枪扫射，跑在后面的村民纷纷倒下，前面的人已经下水了。黄河在这一段流势相对平缓，几百人相互拉扯着向对岸泅渡。不料刚游到河中间，对岸就响起了密集的枪声。原来，河对岸有日军的督战队沿河巡查，他们发现河中尽是老百姓，便架起几挺重机枪，封锁了河面。

河面上顿时漂满了尸体，无辜百姓的鲜血再次染红了黄河水。

剩下的人在刺刀的胁迫下，被赶到了村东边的一个壕沟边上。

鬼子军官狞笑着，用日语下了命令。鬼子们扑过来，五百多村民全部被他们用刺刀捅死。有的鬼子还将被刺的人挑起来，在空中抡一圈再甩下去……村民的惨叫声令人毛骨悚然。

鬼子兽行，惨绝人寰！

完成了河滩上的大屠杀，日军又折回到沙口村，在村里到处乱窜。他们看到河滩上被杀死的几乎全是男人，村里的女人呢？他们要找女人，找“花姑娘”，膨胀的兽性使他们像狗一样东奔西窜。

终于，他们搜到了一个用柴草、树枝遮掩着的窑洞。

拨开柴草，鬼子用夹生的中国话号叫着：“里面的人，统统地出来……我地……放毒气弹了……”窑洞里没有人应声。

鬼子向窑洞里扔进了一颗手榴弹。

手榴弹爆炸腾起的烟雾中，窑洞里的人开始往出走，一个、两个……这是一个特大的窑洞，里面走出了五百多名村民，多数是老人、孩子和妇女。其中就有在村口与鬼子血战后逃出的二十九名中国士兵，他们是被村民们拉到窑洞里躲藏的。在窑洞内，村民们脱下自己的衣服给他们换上，大婶大嫂们细心地为他们擦洗掉身上的血迹。

而这时，他们也已经是手无寸铁了，他们是从战场上的死人堆里爬出来的。

五百多人被迫走出窑洞，又被逼到了村外的沙滩上。

写到这里，我停住了，心里像被什么揪扯着……我停下笔，默默地抽烟，一根接一根地抽……我不知道该怎么讲述五百多老幼妇孺被凶残的鬼子从藏身的窑洞拽出来，又被刺刀逼着走向河滩的情景……我是个英雄情结很重的人，虽然打灵魂深处痛恨战争、诅咒战争，但这并不会削弱我对为正义、为自由民主、为国家和民族尊严而奋起反抗侵略者的英雄们的景仰与崇拜。我会怀着虔诚，怀着诗人的激情与狂放为那些与侵略者拼到最后一滴血的勇士们高唱赞歌……此刻，我在弥漫着烟雾的书房里以手掩面，不停地揉拭着因泪水浸洇而酸涩的双眼，想象着六十多年前黄河滩上发生的那一幕悲剧……长时间的缄默后我忽然明白：不能那样苛求我们的父老乡亲，不能！因为他们不是吃粮当兵的人，他们不仅手无寸铁，而且拖儿带女，他们是需要国家用武器守护的弱者；国家赋予他们，或者说命运赋予他们的任务是耕耘土地，侍弄庄稼，收获粮食；他们把用血汗换来的粮食上缴给国家（准确的提法应当叫纳税，老百姓是纳税人），国家再用这些粮食养活军队；军队的神圣天职就是为给他们提供口粮（包括衣物与其他）的人看家守院，保护其生命财产安全。换言之，老百姓就是军人的衣食父母，就是军队的主人，古今中外概莫能外！（对此，出身农家又投笔从戎，从士兵走向将军的孙蔚如总司令是再明白不过的了，所以走到哪里，他都要把“兵附于民”作为自己和自己所统率的部队的最高宗旨。）

但是，战争不是绘画绣花，战争是暴力的对话，是实力的较量；而战争过程中扑朔迷离、起伏跌宕的变化，敌我双方此消彼长、此长彼消的态势又是战争不可避免的规律。战争中从来没有百战百胜的将军。作为军队的主人，老百姓有权要求，并且深深祈盼自己的军队每战必胜，但也不得不接受局部的失利后给自己带来的苦痛。当老百姓陷入这种困境的苦痛中时，除了哀其不幸，谁还有权怨其不争呢？

那一刻，鬼子在沙滩上架起了机枪；那一刻，明晃晃闪着寒光的刺刀抵在了村民们的胸口上……那一刻，连普照万物生灵的太阳也黯然失色了。

戴着“牛逼帽”的鬼子翻译扯着公鸭嗓子向村民喊话：“大家不要怕，皇军说啦，只要你们把国军的散兵交出来，就没有你们的事。话又说回来了，谁要私藏敌军，那可是满门抄斩啊！听明白了么？”

满场沉默，连吃奶的孩子也停住了哭泣。

日军指挥官手一指：“搜！”

鬼子用刺刀拨开人群，凡见到年轻小伙儿就拉出来检查：一看额头上有没有军帽留下的印痕，二看手上有没有枪支磨出的茧子。

眼睁睁地，村民们眼睁睁地看着二十多名士兵被鬼子查了出来，用绳子捆起。当士兵们被鬼子殴打时，乡亲们痛苦地扭过脸去，偷偷地抹泪。

就在鬼子挨个搜查的时候，一位中年妇女突然发现自己的身边有一个十七八岁的孩子。这孩子眼生，肯定不是本村人。那女人悄声地问："你是，咱部队上的?"小战士点点头："嗯，孙司令部队的。"

那中年妇女踮起脚向前面扫了一眼，弯腰从地上抱起一个五六岁的孩子，一把塞到小战士怀里："抱好，这是你弟弟。你爹姓纪，我是你娘，姓李。记住。"

李大婶身边还有两个十来岁的小女孩。

端着三八大盖的鬼子站到了李大婶面前。

鬼子用刺刀指着小战士："你的，支那军的干活?"

小战士把怀里的小弟弟抱得紧紧的，用求救的目光望着大婶，叫了声："娘……"

大婶平静地说："他不是当兵的。他是我大儿子，叫纪雪城。"

鬼子把小战士的额头、手掌反复看了几遍。那小战士显然是刚入伍的新兵，没有留下当兵的印痕。

鬼子把刺刀抵在李大婶的胸口，恶狠狠地问："纪雪城……你的儿子？说谎的死啦死啦!"

空气在瞬间凝固了。四周的乡亲们心一下子提到了喉咙眼。此刻，只要李大婶露出一丝犹疑和怯色，鬼子的刺刀就会直插胸膛，而她的三个孩子和那个小兵也难逃一劫。

李大婶面如寒冰，望着四周的乡亲们说道："儿还能认错？不信你问问。"

突然，小战士怀里抱的那个五六岁的孩子冲着小战士叫了声："哥，哥，我怕。”李大婶从小战士手里抱过孩子，嗔怒地对小战士说：“让你抱好弟弟，你卖啥傻嘞？没用的东西!”

几个乡亲异口同声地说：“那就是她大儿子，傻城。”

“傻城?”鬼子兵嘴里哼唧着走开了。

沙口村村民纪雪戴（左）讲述其母李良智救我军小战士的故事

五十多年后，我们到沙口村采访，找到了当年智救小战士的纪家。那个在生死关头喊了一声“哥”的孩子已年近花甲。他叫纪雪戴。他说他的母亲叫李良，是从河南逃荒要饭来的。救小战士那年，他母亲 39 岁，如今已过世多年了。听村里大人说，那天被鬼子搜出来的士兵，一律拉到河滩，绑在树上，鬼子用刺刀在他们身上乱捅，把人当活靶子哩……纪雪戴老人恨恨地骂道：“狗日的日本鬼子就他妈不是人做的！俺这一片的人啊，到现在都不买日本人的东西!”

人群散了。李良扯着小战士的手，说：“儿，跟娘回家。”

走进大婶家，小战士扑通一声跪倒在地，含泪呼叫：“娘！从今以后，你就是我的亲娘！我今天认个门，以后我会来看你的，只要我不死。”

大婶双手扶起小战士：“傻孩子，说啥嘞！只要你记住今天鬼子咋样糟害咱的人，好好打仗，多杀鬼子，当娘的也算没白冒这个险。”

小战士擦干泪水，咬牙切齿地说：“娘，我一定要替弟兄们、乡亲们报仇！娘，我得走了，我得找部队去。”

李大婶走出屋门，看看天已经黑严了，而鬼子也已离开了，转身对小战士说："要走你走吧，娘不拦你。"说着，端过一个小凳子，站上去，从梁上挂着的竹篮里摸出四个蒸馍来："儿，把这带上，路上吃。"

小战士颤抖着双手接过蒸馍，看了看两个小妹妹和一个小弟弟，便把蒸馍往他们手里一人塞了一个，剩下一个揣在怀里，说一声："娘，儿走啦!"头一低便出了门。

这对患难母子，由于情势紧急，互相没有留名。村里人多年都传说着这事，但谁也说不上那小兵叫什么名字。不过，有一个猜测是被多数村民认可的——

就在小战士离开李良家的第二天上午，在离沙口村十几里的一个沟道上，鬼子的一个班坐在一棵大树下歇息。连日来，他们又是打仗，又是烧杀奸淫，实在也是筋疲力尽了。大热的天，火辣辣的日头烤得他们汗流浃背，十来个人有的靠在树上，有的仰面朝天躺在树荫下，不一会儿便鼾声如雷。这时，密密的树冠中猝然响起一声凄厉的怒吼："小日本，我日你妈!"

吼声未落，树上跳下一名年轻的中国士兵来，他怀抱着四颗手榴弹，身体落地的瞬间，四颗手榴弹同时炸响，当场便有七个鬼子被送回了老家。还有四五个鬼子抓起枪乱打一通。结果是小战士死了，鬼子自己人也打死了一个自己人。

此事惊动了驻华北日军司令部，他们为此通电全军：今后一律不许士兵在树荫下聚集。

沙口村周围的群众都猜测着，从树上跳下来炸死鬼子的小战士，就是李良救下的那个小兵。理由是：一、从沙口村走到那里，也就一个晚上；二、那天尸横遍野，敌我双方都没来得及清扫战场，小战士在路上捡几颗手榴弹是完全有可能的。

不管这两个故事的男主角是不是一个人，但故事绝非杜撰。在纪雪戴家采访时，老汉将我们领到后房，那里供奉着李良老人的灵位，一幅岁月久远的照片已经发黄，但李良老人慈祥的面容仍十分清晰。

这是一位普通的中国农家妇女，一位伟大的中国母亲！

还有一位比李良年轻许多的母亲，岁月已经湮没了她的姓名。

她不是沙口村人。6 月 6 日那天晚上，她和村里的三四百乡亲为躲鬼子，从村里逃了出来。他们沿着黄河由东向西跑（平陆中西部鬼子占的村庄不多），一路上都能听到鬼子的马蹄声、号叫声。三百多位乡亲屏住呼吸，提心吊胆地摸索着前行。这位年轻的母亲抱着一个七八个月的孩子，孩子在她怀中噙着她的奶头睡着了……然而，当他们行走到沙口村附近时，孩子突然醒来了，醒来就是一阵暴哭……霎时间，乡亲们吓得停住了脚步，仓皇不知所措。那年轻的母亲知道这意味着什么，慌忙用手捂住孩子的嘴；孩子在她怀里拼命地挣扎着。年轻的母亲一时情急，扬手将孩子扔进了黄河。“啊！”乡亲们在一声惊呼后又发出一阵低沉哀怨的叹息：“你，怎么……唉……”那年轻的母亲哀哀地说：“不能让他害了大伙儿啊！”说着，悲痛欲绝的母亲用哀戚的声音轻唤一声：“儿呀！”身子猛地向前一纵，扑向了滔滔的黄河……

啊，黄河，我的用乳汁哺育出中华民族的母亲……

啊，母亲，我的用母性的崇高书写黄河绝恋的母亲……

我为您涕泪交流，我为您长跪不起，我为您虔诚祈祷！

我说过，我们都是黄河的儿女！

…………

6 月 6 日那天，黄河在哭泣，从黎明到黄昏，从黄昏到黎明。

那天，九十六军军需处处长韩兆鹗因随一七七师行动，主力突围时，他也被冲散了，混乱之中他被逼到了黄河岸边。这时，他的身边还有两名警卫。前面到处都是敌人，身后又是滔滔黄河，实在是没有逃生之路了。韩兆鹗坐下来，脱下鞋，倒出鞋里的沙子，仰起脸望着两个十八九岁的卫兵，叹道："唉，多年轻啊，你俩！跟着我这个死老头子走到这一步，不后悔么?"

卫兵说："保护长官是俺的任务，后悔啥！"

韩兆鹗摇摇头，又摆摆手："小伙子，快逃命去吧。能找到部队就好好打仗，多杀几个鬼子。我，你们就别管了。"说着，老汉站起来，双手把两个卫兵朝后一推，自己纵身跳下黄河。

两个卫兵咋也没想到老汉会这样，正说话哩么，怎么就……两个卫兵一时竟吓傻了，等灵醒过来，两人没顾上商量便同时跳入黄河。

不大工夫，两名卫兵将韩兆鹗托出水，抬到岸上。这时的军需处长，浑身已被黄河泥浆糊严，脸上的五官都分不清了。韩处长自嘲地说："要见阎王爷，人家不收，反倒把咱变成了土地爷了！"

韩兆鹗站起来，爽气地对卫兵说："既然大难不死，就是天不灭曹。走，大不了再跟鬼子玩一回喀！"

韩兆鹗死里逃生，当夜，凭借着平陆纵横的沟壑，在卫兵的保护下脱离了险境。

但是，这位大难不死的少将军需处长，新中国成立后虽然官至陕西省副省长，却未逃过 1957 年的反右运动，成了本省最大的右派分子。

那天，在沙口村，在黄河沿岸的村庄，还有多少生离死别，还有多少爱恨情仇，我们这本书是承载不下的。譬如，鬼子从沙口村奉命撤走时，从村里强行拉走了二十多名年轻的妇女，她们所受到的凌辱我们可以想象却不堪描述。譬如，日军在沿河各村杀人放火，大肆掠夺，犯下滔天的罪行罄竹难书。陌南一带，至今还有人记得当时的一段民谣："夜走陌南镇，野狗啃活人。死活一个样，只吃不用闻。"其状之惨，书难尽表。

还是讲一个三个伤兵与当地一位姑娘的故事吧——

那天，在鬼子的淫威胁迫下，沙口村的大窑洞里走出了五百多人，但这不是全部，窑洞里还有三个人没有出来，他们是被村里的几位老人捺在窑洞里的。这三人是负了伤的士兵，他们的伤情一眼就能看出来，走出窑洞必死无疑。一位老大爷低声命令他们："不要出去，靠在窑壁上他们看不着。有我们这么多人出去，鬼子也不会进来搜了。记住，能逃一个算一个……"

一个小个子士兵说："大爷，我们是当兵的啊……"

大爷说："浑！当兵的咋啦？就凭你几个，赤手空拳，出去不是白送死吗？就因为你们是当兵的，俺才救你。听话，别动，关老爷会保佑你们的。"山西人敬重关公，以关老爷为神灵。

鬼子果然没有进洞搜查。

三个伤兵在窑洞里躲到天黑，听村子里沉寂下来，才轻手轻脚地走出窑洞。

这时，月亮已经升起来了。

三个人闪闪躲躲地走出沙口村，这才感到饥肠辘辘，伤口也剧烈疼痛起来。下到一个沟底，小个子士兵从怀里掏出了两块烙饼——这是村里的老大娘临出窑洞时塞给他的，掰开分着吃了。

"二位大哥，咱咋办？"小个子士兵问。

"还能咋办，找部队去呗。"大个子士兵说。

另一个士兵是芮城人，他说："这一带我熟，我给咱带路。我估摸着，二十里岭一带肯定有咱的部队。咱绕到陌西再往山里走，一路尽是沟沟坎坎的，碰不上鬼子。"

大个子恨气地说："再碰上鬼子，老子就跟他挽蛋蛋。这两天把人憋屈死了。”

说走就走，三个伤兵互相搀扶，向西北方向摸索着前行。淡淡的月光为他们照路。

尽管他们绕开村庄走，但还是碰上了鬼子。不过，这不是鬼子的大部队，而是两个鬼子兵，两个持枪的鬼子兵在追赶一个女人，从村里一直追到村外的崖畔上。

三名中国士兵走到崖畔下的阴影处。月光下，两个鬼子兵与一名年轻女子的撕扯被他们看得清清楚楚。鬼子哇里哇啦地叫着，女子凄惨地喊着：“救命啊……”

三个中国士兵怒火中烧，可他们手里没有任何武器。

机灵的小个子士兵捡起一块石头，猛地掷向崖畔上的一棵老树，霎时便引来一阵乌鸦扑棱的飞翔声和哑哑的怪叫声。两个鬼子一愣神的工夫，三个中国士兵忽地一下蹿了上去，三块大石头同时砸到两个鬼子的头上。

这是一场时间最短的遭遇战，三个中国士兵在不到一分钟的时间里，用石头击倒了两名荷枪实弹的鬼子兵。

看到鬼子还没咽气，三个兵，不，还有那个惊魂未定的年轻女子，捡起石头朝着鬼子就是一通猛砸。

大个子士兵抬头望月，长长嘘了口气：“这回，老子总算把气出了！”

月光下，见那被救的女子亭亭玉立，显然是个十七八岁的大姑娘，只是衣衫被撕破，肩膀裸露出来……

姑娘跪地，无言地向三位救命恩人磕头。

三人扶起姑娘。那个芮城士兵问：“你村有鬼子？”

姑娘眼泪汪汪地说：“鬼子白天杀人放火，晚上又把村里的女人抢了去糟害。我翻墙跑出来被他们看见了，就追到这儿。你们晚一步我就从崖上跳下去了。呜……”

小个子士兵说：“妹子，别怕啦。我们是咱部队上的，这里不能久留，我们得走了。”

大个子士兵说：“咱一走，这女子咋办？”

女子说：“噢，你们是孙司令的兵啊？你们快走，别操心我。俺姑在县城西边住，我去寻俺姑去。”

“那好，那好，那我们走了。”

三个战士在被砸死的鬼子身上摘下两杆枪和几颗手榴弹，转身走下崖畔。

“等等，”姑娘追上来，说，“我跟你们一搭走，还能给你们引个路。”

三个士兵、一个姑娘，月光如水，山道弯弯……故事在黎明的曙色中结束，姑娘向西，士兵向北，相互点头告别……临别时没有互道姓名，月夜里没有“浪漫的事”。战争中的故事自有战争故事的特色。

噢，特色！让我们再讲一个更具战争特色的故事。

故事的主人公叫段思治，可以告诉诸位的是：这老汉还健在。不过，故事发生的时候他不是老汉，而是位二十出头的小伙儿，是独立四十六旅孔从洲部下的一名小排长。段思治是西安灞桥香胡湾村人，和孙蔚如、孔从洲都是近乡党，人又机灵，很得孔旅长喜欢。“六六战役”打响后，旅部还有几名家属没走。孔旅长亲自点名，让段思治带了十几个士兵，护送家属和旅部几名非战斗人员渡过黄河，转道三门峡、潼关返回西安。

段思治带一干人等从平陆、芮城的接合部穿插南行。行至沙口附近，远远便看见前面硝烟密布，鬼子正在追杀我军散兵和逃难的群众，而天上的敌机又不停地向河滩上扔炸弹。段思治只好让大家隐藏在沟道的洞穴中，待天黑再想办法。尽管如此，还是有人被敌机扔下的炸弹的弹片击伤，段思治右腿就被炸得血流不止。

带着这些非战斗人员，段思治只能选择水流相对平缓的沙口滩夜渡。到了晚上，段思治忍着伤痛（没有纱布和药品，他腿上的伤口是用毡片裹扎起来的），带上几名士兵摸到沙口滩。这时，在沙口滩施暴的日军已经撤离，段思治央告村民，让帮着找些可以帮人过河的物件来。沙口村的村民虽然刚刚经历过一场空前的血腥杀戮，幸存者的心还在流血颤抖，但一听说是孙司令的人要趁夜过河，仍翻家搜院地帮着找东西。临走时，村民还给他们带了些吃的。

夜深人静时，一队人摸到了河岸。

段思治和几个士兵，将从村里找来的木椽、檩条、门板，用绳子捆扎起来，就成了三只简易的“舟”。这样的舟只能坐四五个人，还有几名士兵渡河的东西没着落，便将裤子脱下来，扎住裤脚，形成水牛状，伏在上面往对岸游。这时他们才知道，陕西旱鸭子不会游泳是多大的缺憾!

河面上还有不少当地的群众，他们也是扒着木板、檩条、木桶之类的物件渡河逃生的。

但是没想到这一晚黄河涨水，平时相对平缓的河段也变得波险浪急。简易木舟在波谷浪峰间上下颠簸，舟上的人吓得惊叫不止。段思治哀求着：“爷呀，悄着点！叫鬼子的督战队听着了，咱还有命吗?”

话音未落，一个浪头涌过来，段思治所乘的那只小舟上的五个人一齐被掀入浪中。

段思治被河水呛得头昏眼花，但他还是紧紧地揪住一个人的腿，而他自己的头发却揪在了别人手里。

眼看着就要撑不住了，身边却漂过来一根檩条。段思治猛地抱住了这根救命的檩条，闭上眼任其在波涛中漂荡起伏。不知过了多久，昏昏沉沉中终于漂到了对岸。

苍天保佑！段思治所带的人也陆续漂到了南岸，在河边的河神庙前会合了。

但是，令人羞愧难当的局面出现了——

朦胧的月光下，段思治发现，上岸的大多数人无论男女，身上的衣服大都被河水冲刷掉了，有的人甚至赤身裸体一丝不挂连人最隐蔽的部位也无遮无掩地暴露在月光之下了。再回头向河边一看，天哪，河边的浅水中还有几个人蹲着，只露出小半截身子。这些人多为妇女，她们分明是想借河水为自己遮羞。

上百号男男女女，或衣不遮体或玉体全裸，天一亮，该怎么行走?段思治急忙命令两名士兵："赶快去找当地的保长，让无论好歹，弄一些衣服过来。"两名士兵怯怯地说："这精屎亮胯地，咋去吗!"段思治急了："嗯，到这会儿还顾得斯文！嫌害臊就到河滩抓一把泥，把你那四两钱钱肉糊住!"俩士兵笑着跑了。段思治又让男人们闪到河神庙背后，让水中蹲着的女人上岸，躲到庙里藏身。

过了个把钟头，两名派出的士兵和一名当地保长、两名妇女，各抱着一些衣服匆匆忙忙跑来。长袍、马褂、裤衩、花衫，甚至还有棉袄、背心、布袋，五花八门，好歹每人都分到了一件遮羞蔽体之物。那保长言辞恳切地说："长官，让大伙儿到俺庄上歇一会儿吧，俺已安排村里的老娘儿们烧汤做饭了。喝口汤，暖暖身子，别落下病来。"

那天，黄河南岸的河南老乡热汤热饭，热情地招待了这些劫后余生的人。

…………

我们在采访中，还遇到过两名夜间渡河的幸存者，简述如下：

四十六旅译电员孙修（灞桥豁口村人，孙蔚如的家族中人）和五名战士被打散，当晚逃到黄河岸边。眼看追兵将至，六个人将三根被炸倒的电线杆绑在一起，趴在电线杆上下了河。杆子在河中上下翻滚，六个“旱鸭子”也时而沉没时而浮起，人就像死了一样昏迷不醒。当孙修从昏迷中醒来时，发现自己躺在了河滩上，一根电线杆压在腿上，脚被绑杆子的绳子紧紧套住了。而其余的五名弟兄则踪影全无。

一七七师一名叫张福田的排长（灞桥区南牛寺人），突围时与主力部队失散，和四名战士躲进河边一孔破窑洞里。至晚，窑前不远处还有日军巡哨。张福田和四位弟兄商量，不如暂时渡过河去，再想办法折回来寻找部队。五个人匍匐着爬到河边，却找不到任何一件可以载人过河的物件。几个人只好脱掉裤子充作水牛，又在腰间胡乱塞了些树枝枝让上衣也鼓起来，就这样下了黄河，听天由命、随水漂流。在水里他觉得自己已经昏死了……醒来已是次日的日上三竿，几个人衣不遮体地躺在河滩上。张福田绑在手腕上的五十块钱，也不知道被水冲去了还是被人撸走了。多亏在陕县我军兵站工作的乡党张志明搭救，张福田几天后又回到中条山，重新投入战斗。

值得一提的是，段思治在护送家属回西安后，返回途中却被中央军抓去当差了。孔从洲在久等不见段回来后，便让部下给段家写信，说段思治不幸遇难，为国牺牲了，通知家属去领抚恤金。段的家人为其设了灵堂……无独有偶，张福田的弟弟张翔生（三十八军教导队士兵）找不见哥哥，也给家中写了报丧的信，正准备发信时，哥哥回来了。

段思治两年后还是返回了第四集团军，参加了中原会战的邙山战役、虎牢关战役等。新中国成立后，他加入共产党，并赴朝作战，后任国企单位领导，现已离休。孙修在新中国成立后命运多舛，但老先生以教书为生，谨慎做人，弟子众多，颇得民心。我们去中条山采风前，孙老谈笑风生地对我们说："说啥命不命啊！比起中条山牺牲的战友，我的命就好多啦。再去中条山采风，我给你们带路。"不幸的是，我们从中条山回来后，再次访问孙老时，刚跨进他家的大门，摆在我们眼前的却是他的灵堂……老人去世时，终年 81 岁。

本章所讲故事，实属挂一漏万。在此谨向一切亲历过沙口惨案、黄河夜渡的前辈们深致歉意。作者的初衷是：倘能使后来者从中悟出什么叫危难之中见真情，并且懂得不忘国耻，珍爱今天，珍惜生命，热爱生活，作者则欣慰之至也！

歇息片刻，让我们重回中条山，看我三秦健儿怎样重整旗鼓，力挽狂澜。

19 第十九章 孔旅突围

孔从洲率部突围

点击

“孔老汉”目光炯炯地对“张二杆子”说：

“今夜我旅突围，要像出鞘之钢刀直插敌后，要的就是一个快字。张玉学，我命你为前部尖刀连连长。我给你十八挺机枪，你给我挑十八名冷娃头前开路。尖刀连也是敢死队，一定要从鬼子的包围中杀开一条血路！”

张玉学啪的一个立正敬礼：“旅长放心，十八挺机枪有我一挺，十八名冷娃我是头名，杀不出一条血路来你朝我后脑勺开枪！”

孔从洲重重地拍了一下张玉学的肩膀：“好小子，真不愧人称‘张二杆子’！”

自进入6月以来，中条山下烽烟滚滚，战火纷飞，局势的发展让将士们心头浓云密布。大地在流血，可老天爷却像没事人似的，白天阳光灿烂，夜来月朗星疏。

月照东延，第四集团军司令部内灯火依旧，孙蔚如总司令倒背双手在小窗前望月沉思。看得出，此刻，他的心情很沉重。

对于这场战役，作为三军主帅，孙蔚如战前就料到了它的严重性，料到了敌军会倾巢而出，我军会四面受敌。为此，司令部几次召开军事会议，就此役的战略战术做了详尽的布置。然而，我军将士虽肯用命，但兵力、武器装备却与敌军相去悬殊，日军地面的战车、空中的飞机均是我军老枪旧炮所无法匹敌的。6月6日，敌重兵围攻陌南，九十六军被分割包围，一七七师三次后撤，而三十八军的增援又遭强敌拦截，计划中的陌南会战以我军失利而使战局急转直下。日军又从二十里岭增兵，三十八军不得不退守南留史。在此期间，日军趁机占了茅津渡。6月7日，日军隔河炮击陇海铁路，灵宝以西的铁路桥已被炸毁……形势已经到了岌岌可危的地步了！

总参谋长陈子坚拿着一份电报来见总司令。性格温和，从不与人争长论短的陈子坚，此刻却将电报在手中抖动着，愤愤不平地说：“你看你看，这不是明摆着的偏心眼么？河那边的部队装备精良，却隔岸观火，屁都不放一个。咱这边……唉，你看吧。”

孙蔚如接过电报，浏览一遍后，伫立窗前，抽着烟，沉默不语。

电报是中央军令部长徐永昌发来的：“奉委员长手令，中条山南犯之敌务由赵、李两部击退，以确保陇海线之畅通。”

胡宗南统领的中央军隔岸观火，这是从孙蔚如率部渡河作战之初就形成的事实。孙蔚如也从未指望过胡宗南的救援。现在，中条山形势严峻，陇海线已遭日军偷袭，我部只能依靠自己的力量，尽快扭转战局，别无出路。徐永昌的电报，是大白话，大废话。我不灭敌，敌必灭我，中条山南犯之敌不由我部击退，还指望谁呀？但，强敌压境，军队之间最忌的是相互抱怨，孙蔚如向陈子坚做了个“别说了”的手势。

孙蔚如把电报轻轻放下，冷静地对陈子坚说：“现在敌军欲一鼓作气，一拳击倒我们。我军应闪过这一拳，给他兜个圈子，回过头来再收拾他。通知赵、李二位军长，尽快组织各部突围。”

孙蔚如嘴角露出一丝笑意，凭窗望月，自言自语道：“哼，出水才见两腿泥。今日之战，鹿死谁手，走着瞧吧！”

…………

陌南镇失守后，李兴中率军部退到平陆老城，与孔从洲的四十六旅会合。

接到孙蔚如电令，李兴中军长连夜在平陆城外一片麦地里召集各部将领开会研究从何处突围。独立四十六旅此时已临时划归九十六军指挥，孔从洲见意见分歧，众人争执不下，便对李兴中说：“我军现在是三面受敌，一面临河，恰如釜底之鱼。如果天明之前不能突围，我军只有束手待毙了。从敌军的兵力分布来看，东西两侧皆有日军重兵集结，我军既不能向西，更不能向东靠拢三十八军，唯一的方向就是日军南犯时的来路。日军倾巢而来，后方必然空虚，我们就从他来的地方插过去，出其不意攻其不备，捣其后营。这样，只要我们把敌人的注意力吸引到后方，我军各部的突围就有了空间。时间紧迫，不能再拖了！”

李兴中知道孔从洲作战机敏，他提出的这个方案也是很明智的，但九十六军已成溃散之势，一时难以统一行动，时间又很急迫，于是便对孔说：“郁文，你部人员齐整，可先按此计，马上向北突围。其余各部由我来安排……”

孔从洲立即回到旅部，传令紧急集合。此时，四十六旅七三六团三营正在平陆县城以北的东坪头阻击从张店南下之敌；七三八团在平陆城南太阳渡一带正与日军激战，两部皆通讯中断，无法联系。孔从洲身边仅有程靖舟的七三九团两个营和旅部直属连队，虽连日血战，多有伤损，但士兵们斗志犹存，接到命令，集合整齐，待命出动。

孔从洲亲自点将：“张玉学。”

“有。”一位身材健壮的年轻军官应声出列。

张玉学是七三六团第一营昌志亚营长手下的一员虎将，素以敢打敢冲而闻名，士兵们背后笑称其为“张二杆子”。

孔从洲时年33岁，实属青年将领，但因其统兵打仗颇具大将风度，士兵们于敬畏中便觉得他是位长者，私下议论时就称其为“老汉”。

“孔老汉”目光炯炯地对“张二杆子”说：

“今夜我旅突围，要像出鞘之钢刀直插敌后，要的就是一个快字。张玉学，我命你为前部尖刀连连长。我给你十八挺机枪，你给我挑十八名冷娃头前开路。尖刀连也是敢死队，一定要从鬼子的包围中杀开一条血路！”

张玉学啪的一个立正敬礼："旅长放心，十八挺机枪有我一挺，十八名冷娃我是头名，杀不出一条血路来你朝我后脑勺开枪！"

孔从洲重重地拍了一下张玉学的肩膀："好小子，真不愧人称'张二杆子'！"

张玉学手握一挺歪把机枪，十八名陕西冷娃组成的尖刀班前头开路，独立四十六旅在朦胧的月光下向北疾进。不惯夜战的日军此时多半已躲进营房或村里睡大觉了。我军兵不血刃开进中条山山脚下杜马塬上的东车村。为他们带路的是当地盐商童定镐。童定镐为生意上的事常年游走于平、芮两县，这次是被战火隔阻在平陆有家难回，索性找到孔旅长，自愿为部队当一段向导。由于他对当地情况非常熟悉，所以这次突围开始就很顺利。

孔从洲的目的是从东车村上山，尽快插入敌后，并不准备在途中与敌纠缠。但侦察兵报告：东车村里有日军一个炮兵中队和伪军一个连。这会儿，日军都在睡大觉，只有伪军的哨兵在游动。炮兵出身的孔从洲一听有炮就来劲，而我军吃亏也吃在敌人的火炮上。何不趁此机会端了这伙炮兵？孙总司令那天就对王镇华、冯迩革说过，突围不是逃命，能顺手牵羊的就给他牵了……想到这里，孔从洲下令：昌志亚带一营兵力收拾伪军，其余部队迅速包围日军炮兵，要求快速出击，十分钟结束战斗……

张玉学的尖兵连负责干掉伪军游动哨，十八名汉子未放一枪，将七八个哨兵同时放翻了。

昌志亚营长带人摸到伪军的营房，正在梦中神游的伪军被惊醒了，赤身裸体地爬起来想抓枪抵抗，迟了！张玉学的尖刀班已冲了进来，十八挺机枪呈半圆形对着伪军，伪军一看这阵势先自软了。昌志亚用枪指着伪军，说："谁敢动一下，我就先送他回姥姥家！灵醒的，乖乖把手举起来！”

十八名机枪手齐声呐喊：“缴枪不杀！”

一百多名伪军乖乖地举手缴械。

昌志亚让张玉学带人把伪军的枪械收走，转身对伪军们说：“你们瞎好也是中国人，给日本鬼子当走狗，你们不是羞先人哩么？今天把你们饶了。下回再让我碰上，先把你们狗日的家伙阉了！何去何从，自己掂量去吧。”

孔从洲部行至东车村，消灭了日军炮兵中队和一连伪军，斩获颇丰

百十名伪军头磕得像捣蒜：“长官，俺也是没办法。有一点办法，谁愿给鬼子卖命啊……”

昌志亚不愿再跟伪军磨蹭，用手指了指山上，说：“投游击队去啊，稷王山有游击队。”说完，拧身就走。

走出伪军营房，昌志亚就听到村子里响起一阵手榴弹的爆炸声。

二百多名鬼子大部分被我军用集束手榴弹炸死，少数腿快的跑出来，被我军截住，三四个摁倒一个鬼子，麻绳往脖子上一套，小鬼子就一命呜呼了。

孔从洲看看表，整个战斗仅用了八分钟。

盐商童定镐说：“早听说孔将军用兵如神，今日一见，兄弟真是服了！”孔从洲摇摇手，诚恳地说：“没有你老兄带路，哪能捡这样的便宜啊！”

手榴弹的爆炸声显然惊动了东车村周围的鬼子，四面八方顿时响起了枪声。

孔从洲望着轻松到手的十二门山野炮，心想，部队突围需轻装前进，中条山又是坡大沟深，这炮是没法带走了。于是便心中惋惜，口中叹息："唉，这么样的好东西，硬是带不走呀！"

孔从洲命令士兵卸掉山炮的瞄准镜，将十二门山炮全部推下深沟——我带不走，也不能让这些家伙再危害我军。

张玉学对孔旅长说："鬼子追兵近了，旅长，你赶快带部队走，我来断后。"

旅部一干人马进入山沟，张玉学尖刀班的十八挺机枪封锁住沟口，追赶的小股日军扔下十几具尸体狼狈逃走了。

翻过几座山头，部队进入了四十六旅曾经防守过的柏树岭一带。孔从洲叫来工兵连连长袁俊生和一名姓唐的排长。不等旅长下令，袁俊生就说了："我知道，这一带是我们连埋过地雷的地方。我来排除，决不会伤着一人一马。"

部队顺利通过雷区。这时，天已麻麻亮了。山沟里有一户人家，从茅屋中跑出一个中年汉子。那汉子跑到部队前面，对昌志亚说："长官，这是五龙沟，上面有座五龙庙。那儿有鬼子哩。"

昌志亚问："人多不多?"

"不多，二三十个人。"

昌志亚向孔旅长汇报，并说："不如端了他!"

孔从洲看看天："嗯，来得及。又是个搂草打兔子，顺手牵羊的事，端了他！拾到篮篮都是菜嘛。要快，天一放亮就麻烦了!"

一听说要端鬼子的窝，那山里汉子兴奋得直哆嗦："狗日的鬼子把俺糟蹋扎咧！长官，我给你们带路，走近路，一袋烟工夫就到了。"

昌志亚带一营战士跟着山里汉子从小路包抄，孔从洲、程靖舟带主力从山道上快速奔袭。两路人马一前一后同时出现在五龙庙的时候，天色已近破晓。孔从洲看到，五龙庙门前的空场子上，横七竖八躺满了日军，庙门两侧的山墙上竖着一排排的枪支；庙门中央放着一张方桌，上面架着一挺机枪，机枪手趴在桌子上呼呼大睡。孔从洲心里骂道："这伙狗日的倒会找地方晾尸！"

孔从洲命令昌志亚带一营从后面，自己率主力从前面，像两股旋风呼呼地旋到庙前空场。躺在庙前空场上的鬼子连呼爹叫娘的工夫都没有就全部报销了。一名叫陈作斌的排长一脚踢翻了庙门前架机枪的那张方桌，再一脚便踹开了庙门，十几名士兵一拥而进。不大一会儿，陈作斌用一根长长的铁丝牵着一名鬼子军官，大摇大摆地走出庙门。铁丝套在鬼子军官的脖子上，勒得他嗷嗷乱叫。陈作斌牵着鬼子在空场转了一圈，嘴里大声吆喝着："见过啥叫遛牲口么？这就叫遛牲口。"

陈作斌是西安市南郊甘家寨人，学生出身，抗战之初从军，曾当过孔从洲的警卫。孔从洲很喜欢这个年轻英俊有文化又机敏的小卫士，永济战役前就让他下连队当了班长。在普救寺争夺战中，陈作斌作战英勇，舍命杀敌，战后升任排长（此次突围后升为连长）。陈作斌也非常敬重孔旅长，直到今年，我们采访这位85岁、一生命运坎坷的老战士时，他坚持说："孔旅长看上去比我大得多，我们都叫他老汉嘛，至少像两辈人。"当我们告诉他"孔将军是1906年生，只比你大一轮"时，陈老先生说："你说他比我大一轮？哎，没看出。也许是他操的心多，看上去比我们老成多了。"

陈作斌牵着鬼子军官遛牲口，士兵们笑得前仰后合。这时，孔从洲走过，朝陈作斌屁股上踹了一脚，笑骂道："啥时候了，你小子还这么贪玩！"

五龙庙端掉的是日军增援部队的一个中转站。与东车村一样，这一仗打得干净利索，十分钟内解决战斗，歼敌三十余名，我军未伤一兵一卒。更令人惊喜的是：孔从洲从陈作斌抓住的那名鬼子军官身上搜出了一份日军司令部关于此战役的作战命令和一份军用地图。

突围后的独立四十六旅果然如出鞘钢刀，在敌军防守空虚的中条山腹地穿插迂回，游刃有余。次日，又在张店以北的七片疙瘩袭击了日军两所战地医院，随后便进入夏县境内。旅部在夏县史家峪休整一日后，孔从洲派七三六团一营营长昌志亚、二营营长杨健和尖刀连连长张玉学，各带一队人马，分三路在夏县境内敌军据点闪电出击，快打快撤，给日军造成后院起火的假象，以扰在平陆作战的日军军心。

两天时间，三支奇兵声东击西，神出鬼没，搅得日军后方一片惶恐。

史家峪树密林深，孔从洲令通讯兵关闭电台，让士兵们好好休整几天。自 5 月底以来，四十六旅东挡西杀，解救四十七旅于茨林沟，增援一七七师与陌南镇，与日军血战于平陆城；在遭到日军包围后又连夜突围，奇袭东车村，歼敌于五龙庙，穿插于中条山的沟沟坎坎，士兵们实在是疲惫不堪了！第四集团军作为地方部队，在军饷补贴等方面与中央军根本无法相比，士兵们行路打仗穿的都是麻鞋，走一夜山路脚就磨出血来；有时候连麻鞋也供不上，有的士兵只好用破布或毡裹住腿脚。就这样爬沟过坡，就这样日夜兼程，实在是苦不堪言！

孔从洲见陈作斌从腰间抽出一双布鞋，虽然沾满尘土，但一看就是一双从未上过脚的新鞋，便问：“陈作斌，家里给做的吧？咋舍得呢？”

陈作斌乐呵呵地说：“都揣在身上一年多了，舍不得穿！这回逮了鬼子军官，出了口恶气，一高兴，豁出去了，穿上抖一抖，嘿嘿……”

孔从洲也笑了：“逮一个鬼子，穿一双新鞋，你小子倒好打发噢。好，你以后多抓几个鬼子，抓一个我给你发一双鞋，叫你多抖几回。”

“你说话可要算数哟，老汉！”陈作斌乐得站起来，马上又觉得自己失口了，忙朝自己脸上扇了一巴掌，“臭嘴！”

孔从洲微笑着走了。

说来令人难以置信，在平陆城外被打散的士兵们，不知哪来的消息，两三天的时间便三三两两地从沟沟坎坎里钻出来，竟然寻到了史家峪，回到了自己的部队上！这些人一见到战友便抱头痛哭……

孔从洲心情也很沉重。虽然突围后过关斩将，一路奏凯，但突围之前好几场血战毕竟使部队受到很大损失。如今，郑培元的七三八团、陈日新的第三营仍在敌军的重重包围之中；李兴中军长、赵寿山军长，陈硕儒、耿子介师长也不知可曾率部突围出来；而东延村的第四集团军司令部离主战场那么近，会不会受到干扰？孙总司令身系三军安危、国家重任，一旦有个闪失，那可是不得了的事啊！

孔从洲和程靖舟坐在大槐树下，听着从平陆方向传来的隐隐炮声，相顾无言。

"靖舟，"孔从洲率先打破沉默，"我看这两天咱在这一带搅和得也差不多了，平陆方面情况不明，我抓耳挠腮坐不住啊！咱不如立马就杀回去，你说呢？"

程靖舟说："我早就想说这话了，只是觉得弟兄们太可怜了，就没说出口。"

孔从洲叹口气："弟兄们是够可怜了，可那边的弟兄们更危险。咱早赶到一刻，恐怕就能少牺牲几十个或几百个弟兄！"

孔从洲忽地站起来，对程靖舟说："走，通知各部集合，马上出发。"

经过三天的休整，士兵们精气神明显见涨。虽然在声东击西的游击战中也伤了几十名弟兄，但散兵的大量归队，使部队比突围时还多出了近一个营的兵力；而三天的突围、游击，又击毙了日军四百多名，缴获的枪支弹药背都背不完，只好毁掉旧枪支抛入山谷。令孔从洲抱憾的是：

东车村缴获的十二门山炮，五龙庙、七片疙瘩截获的十几匹战马因无法带走而毁炮杀马，十分可惜！

部队集合好后，孔从洲跃到一块大石头上，手指西南，大声问士兵：“要打回去了，我先问一句：弟兄们还敢不敢？”

两千多名士兵一齐应答，一个“敢”字地动山摇！

程靖舟激动地竖起大拇指，对孔从洲说：“好，汉子！英雄！牛牛娃！”

部队从夏县的史家峪出发，过垣曲，沿中条山的北麓一路疾行，向着西南方向开拔。

对于孔旅长的这次突围，当地的老百姓编成了歌谣，至今还有人会唱。我们在平陆采访时是一个十五六岁的小姑娘给我们唱的，她说这是她爷爷教给她的，那歌词是：

六六大事变，鬼子兵三万，
九路来进攻，犯我中条山。
陕军孔旅长，指挥真漂亮，
东车村消灭敌人炮兵团，光辉胜利实可赞！
孔旅长的功劳从此天下传。

歌词念起来似乎有些拗口，但小姑娘用晋南民歌唱出来却显得韵味悠长，优美动听。

晋南老百姓直到现在还把这场战役称为“六六事变”。

…………

孔从洲率部突围时，其七三六团三营还在平陆县老城北部的东坪头与日军交火。

东坪头位于黄河北岸的土塬上，距县城约二十里，地处张（店）茅（津渡）公路中段偏南，东西两面皆是深沟。东坪头面积不大，方圆约三里，却是平陆县城东北部的天然屏障，对县城形成居高临下之势。战争年代，当地有民谣：“占了东坪头，平陆不发愁；丢了东坪头，县长泪双流。”

日军从6月6日清晨开始对九十六军全线进攻，临时划归九十六军指挥的独立四十六旅各阵地也遭到日军的分割包围，一、二线阵地先后被日军突破，七三八团被逼到了黄河岸边，与旅部失去了联系；而布防在东坪头的七三六团三营的电话线也被炮火炸断。此时，旅指挥部还在平陆县城内，如果东坪头失守，旅部就会陷入十分危险的境地。但日军不断从张店镇发兵，顺张茅大道俯冲而下，东坪头首当其冲，一个营的兵力防守起来实在有独木难支之虞！

但是，三营在营长陈日新的带领下，硬是在东坪头坚守了两天两夜，打退了敌军的多次进攻。

陈日新对士兵们说：“现在形势对我军很不利。我旅各部均遭到日军分割包围，我们又与旅部失去了联系，我们只能孤军作战了。要相信孙总司令，赵、李军长和孔旅长，他们久经沙场，必会想出解套的办法。我们在这里多坚持一阵，就会给主力部队多争取些突围的时间。”

一名叫李子含的排长说：“营长，你说咱打到啥时候咱就打到啥时候，只要你不说撤，谁后退一步就不是人！”

李子含是陕西扶风县人，虽说只有19岁，却是个老兵。他14岁流浪在外时被部队收留，见到的第一位长官就是陕西绥靖公署炮兵团（团长孔从洲）第三营（营长冯迩革）营附陈日新，从入伍以来一直就在陈手下当兵，后又升任军械上士和排长。他的表态对士兵们有一定的影响力。

一位班长说：“李排长说得对着哩！咱在这儿守到啥时候都行。大不了把这百八十斤撇到这儿嘛，怕啥呢?”

东坪头的村民大多数都逃了出去，只剩下一些行走不便的老头老婆婆。老人们看到我军士兵仗打得辛苦，竟冒着炮火给阵地上送水送饭，令士兵们十分感动。李子含拉住一位老大爷的手说：“大爷，你们不要来了，这地方太危险!”

“危险?”老大爷指着没牙的嘴巴说，“你们年轻的都不怕，我这个老棺材瓤子还怕啥哩! 不怕，不怕。娃呀，你吃，吃饱喝足了再跟鬼子拼!”

从张店下来的日军越来越多，三营的左右两翼均被敌军切断，东坪头成了三面受敌的孤立山头。营长陈日新决定当晚撤出阵地。但太阳尚未落山，撤退必遭日军追击。陈营长召集营部通讯、警卫人员三十多名，由他亲自带领，从塬后绕下来，埋伏于洼地上的散兵坑中，低声下令：“沉住气，等鬼子到跟前了再打。”

这是一着险棋，而正因为是险棋，鬼子才根本料想不到。他们的目光盯着山头，没想到平地上会藏着一拨人。看到鬼子进入我军有效射程，陈营长一声“打”字出口，走在前头的鬼子旗手应声栽倒，膏药旗垂落地面。我军机枪一阵猛扫，手榴弹一阵狂泻，猝不及防的日军纷纷倒下，后面的队伍掉头就窜。陈营长见偷袭成功，急忙带队又绕回阵地。

三营趁夜色掩护，向平陆县城撤退。赶到旅指挥部后才发现，指挥部已空无一人了。

见到这种状况，孙营长又喜又忧：喜的是，孔旅长肯定已率部突围了，依孔旅长之机敏多谋，一旦突围，必有生路；忧的是，东坪头已经无险可守，旅部不知向何方突围，三营该何去何从呢?

低头深思了一会儿，陈日新果断地说：“向茅津渡方向转移，反正那边还有咱的七三八团，过去后合兵一处，对郑团长也是一个支援。”

平陆县城离茅津渡约三十里，出平陆城沿河走十五里后便有一座塬，塬的下部淹没在黄河水中，河水拍打着高崖，根本没有可供人行走的道路。而塬上的一个小村子——盘南村又被日军占领了。我军要奔茅津渡，只能贴着土崖从汹涌的河水中、在鬼子的鼻子底下冒险一试。

陈营长说："没别的办法，只能冒这个险了。人常说，事到着急处，必有出奇处。咱今天就撞一撞这个出奇处吧！"

也是天公有情，前两天夜夜月光皎洁，今夜却天色如墨，几乎是伸手不见五指。鬼子料定如此暗夜，不会有人行走，盘南村仅有马灯三两盏，三两盏马灯在如此沉沉暗夜中不过是坟茔中的鬼火，起不到什么照亮的作用，也不会对我军的行动构成多大威胁。

但是黄河每到夜间便会涨水，夜渡黄河是件很危险的事。陈日新让士兵们口传命令："把枪背上，手拉手蹚水前进。"

士兵们手拉手走进黄河，身子紧贴着崖壁，艰难地向前移动。月黑之夜必然风高，本来就汹涌澎湃的黄河水在夜风的催动下，掀起一个又一个的浪头，猛烈地冲击着拍打着崖壁。每一个浪头涌过来，士兵们便被冲得东倒西歪，激得倒吸一口冷气，浇得浑身直打哆嗦。河道高低不平，水的深浅不一，一会儿淹住腰身，一会儿又漫过肩头。拉紧的手臂终于抵挡不住一个接一个巨浪的冲击，渐渐地分开了，队伍也被冲散了……当挪到塬正中间的下方时，崖上的鬼子似乎有所觉察，不言不传地从塬顶向下投出一捆捆的集束手榴弹。手榴弹在河水中爆炸，掀起了更大的浪头。夜渡的队伍彻底地失了形了，有的被浪涛卷走，有的被手榴弹爆炸中迸出的弹片击伤，有的被当场炸死；活着的则像壁虎一样，死命地将身子贴住崖壁，争取生存的一线希望。

这时，任何长官的命令都不起任何作用，而任何长官也拿不出任何摆脱绝境的办法。士兵们只能各自在冥冥中祈祷神灵，只能让自己的牙齿把自己的嘴唇咬出血来与死神做最后一搏，只能用灵魂无形的坚忍支撑肉体有形的坍塌……这是一道鬼门关，闯过去是阳间的人，闯不过去是阴间的鬼！

无穷的黑暗吞噬着他们，无尽的恶浪拍击着他们，无情的飓风撕扯着他们……对死亡的恐惧，对生命的眷恋，对亲人的思念，对战争的臆断……一切的一切，都变得如这一河浊流，混沌而苍茫；一切的一切，都凝成了一个也是唯一的念想："活下去！"

终于冲出黑暗，终于泅出漩涡，终于闯过鬼门关……当熹微的晨光洒在黄河滩头的时候，一群与黄河水共一色的汉子扑倒在湿漉漉的沙滩上放声大哭……

他们哭了，是的，他们哭了！他们用男人的泪水冲刷男人的脆弱，他们用儿子的泪水倾诉儿子对母亲的依恋，他们用战士的泪水重铸战士的刚强，他们用带血的泪水洗涤带血的尊严……让他们哭吧！

你看，当他们重新站起来的时候，泪水已经消失了，取而代之的是男人那种带着对死神的不屑，带着对苦难的嘲讽、轻蔑，甚至是孩童般无所顾忌的笑容，向着他们的目的地走去。

陈日新对一个留着帽盖子头的小兵说："狗娃子，给咱吼一嗓子，提提精神。"

"没麻达！"狗娃子两条胳膊夸张地甩动着，身子一摇一晃，梗着脖子唱起关中地面上三岁小孩都会唱的民谣《大实话》：

你大舅你二舅都是你舅，
高桌子低板凳都是木头。
走一步退两步权当没走，
天在上地在下小鬼子你算个屎！

陈日新夸道："狗娃子，这后一句改得好！"

弟兄们一哇声跟着吼起来：

"天在上地在下小鬼子你算个屎！"

…………

孔从洲带兵重返主战场，一出山口便接到孙蔚如电令：独立四十六旅以急行军速度向三十八军靠拢；两部会合后归还建制，由赵寿山将军统一指挥，准备反攻，夺回阵地！

孔从洲激情难捺，跳起来将电报甩到空中，那纸片在空中舞蹈似的打了几个旋儿飘然而下。孔从洲让程靖舟大声念给士兵们听，士兵们欢呼雀跃，举枪呐喊："准备反攻！夺回阵地！"

6 月 10 日黎明，孔从洲的四十六旅在张店东南的娘娘庙与赵寿山将军部主力会师了！

赵寿山看到孔从洲兵强马壮，士气高昂，一反常态地笑着给了孔从洲一拳："好你个小子，真成了常山赵子龙了！诸葛亮的话，各部俱有伤亡，独子龙不失一人一骑！"

孔从洲轻吁了一口气："虽有伤损，但大部都突围出来了。只是七三八团战况不明，郑培元、李慕愚生死未卜，我正在派人寻找！"

"噢，培元、慕愚都是能打硬仗的人，得赶快找啊！"

"是啊，要找，快找。大战在即，正是用将之时啊！"

一只黑老鸹怪叫着从空中飞过，赵寿山枪头一点，黑老鸹怪叫着落下山沟。

赵寿山鞭指黄河，傲然说道："人都说三十年河东，三十年河西。依我看，今日战局恰恰是三天河东，三天河西！该叫鬼子屎壳郎搬家——滚蛋了！"

赵寿山是怎样突出重围的？李兴中、陈硕儒、耿子介是如何脱险的？

郑培元、李慕愚是生是死？纵横三百里战场，敌我六七万兵力，形势瞬息万变，战局错综复杂，在下一支秃笔实难“一览无余”，请诸位容我等慢慢道来。

有道是“山重水复疑无路，柳暗花明又一村”。人世间，花开花谢，潮涨潮落，月圆月缺，阴阳更迭，强弱置换，胜负易手……一切一切，看似飘忽，实则暗合天道，有铁定之规！

20 第二十章 重整旗鼓

立于平陆县洪池乡西郑村的后死碑

点击

陈硕儒说："时甫兄不必自责，那一页就翻过去吧，你看……"他指着满村满路的士兵，说道："失散的弟兄们纷纷归队，现在我们又有了精兵五千。单等孙总司令一声令下，你李军长指到哪弟兄们就杀到哪！”

李兴中也很兴奋，望着西南方向说道：“老话说，哪里跌倒哪里爬起，你我一定要报陌南之仇。下面的仗，式玉兄，我听你的。”

陈硕儒慌忙敬礼：“军长，不敢！陈硕儒唯军长马首是瞻……”

两位将军的大手紧紧握在一起。

6月6日这天的战局真可谓一波三折，跌宕起伏，如两名棋手对弈：你一炮巡河，我二马连环；你单车叫将，我双士守营……棋盘上纵横交错，扑朔迷离，谁也没有赢得“绝杀”的机会。

日军攻下陌南，击溃九十六军，岂料“螳螂捕蝉，黄雀在后”，胜者的骄狂没能持续片刻，便遭到拍马驰援的三十八军一通暴揍；三十八军夺回陌南，鞍马未歇，却又闻茅津渡失守，敌军正从二十里岭增兵直下平陆。赵寿山只好放弃陌南回防南留史。

南留史位于平陆县城西、陌南镇东北，北与中条山之二十里岭呈纵向，南与茅津渡呈横向。孙蔚如深知赵寿山多谋善断，三十八军又是集团军中绝对主力，让赵寿山在此安营扎寨，可“眼观六路，耳听八方”，随时根据战局的变化决定应变之策。

赵寿山将军部设在南留史，而将其主力十七师摆在南留史与陌南镇之间黄河北岸的上、下洪池。如果用线条勾画，南留史，上、下洪池与茅津渡正好呈“＞”形，其尖端就是茅津渡。赵寿山、耿子介，如两只老虎死死盯住了刚刚落入敌手的茅津渡。

但是，日军在击溃了九十六军之后，便按预定的方针，将进攻的矛头对准了赵寿山的三十八军。日军不但从陌南调兵东进，而且从二十里岭不断驱兵南下，企图将三十八军围歼于南留史一带。

6 月8 日黄昏，临危不乱、处变不惊的赵寿山将军又邀参议温朋久下棋。四面八方枪炮之声此起彼伏，将军却充耳不闻，以手托腮，专心致志地在“楚河汉界”上排兵布阵。温朋久以当头炮开局，很快形成炮打五卒的局面，赵寿山笑道：“先生虽炮火凶猛，但单骑踹营，孤军深入而后防不整，恐怕是有胜势而无胜局吧?”

温朋久执子在手，淡淡一笑：“此局可与今日战局相似?”

赵寿山出车巡河，曰：“何其相似乃尔!”

温朋久沉吟良久，说道：“胜负之转换，全在棋手之运筹。越到残局，越见功力。”

赵寿山一马高吊，自负地说：“我就最爱下残棋，眼看败局已定，出一子而力挽狂澜，令举座皆惊，那才叫痛快!”

“报告!”

负责保卫军部的九十八团团长张恒英站在军部门外向赵军长报告：“军长，从陌南镇方向开来的日军已到了王村、广洼一带……”

赵寿山头也不抬，向门外招了招手：“啥事嘛，看你喝噜气喘的。有话进来说。”

张恒英进屋，走到军长面前，定了定神，说道：“现在日军与军部只有一沟之隔了，请军部火速后撤吧!”

赵寿山的目光仍留在棋盘上，不紧不慢地对张恒英说道：“一沟之隔它也是一隔，总不是打咱个闷宫吧？何况，还有你张团长呢！你张恒英恐怕也不是个吃素的吧？现在撤退，岂不是太便宜了鬼子了!”

张恒英说声“明白”，敬个礼，拎起手枪就跑了出去。

温朋久推枰认输："寿兄后发制人，棋高一着，朋久认输。"

赵寿山哈哈大笑："朋久兄以棋道解兵法，用心良苦，并非真输啊！"

温朋久摇手："不不，我是一着不慎，满盘皆输。真输了，真输了。"

…………

王村、广洼的确与南留史仅有一沟之隔。这沟名磨沟，南北走向，长七八里，沟深坡陡，易守难攻。九十八团凭沟设防，够日军折腾一阵子的。

日军早在前一天便开始向上、下洪池发起了猛攻，飞机、大炮、战车轮番上阵。十七师师长耿子介沉着镇定，他对部下说："车马炮咱一律不招识（陕西方言：不理睬），单等他小卒骂阵时再拾掇他！"

士兵们得此令，个个像机敏的兔子，利用敌炮炸出的弹坑做掩体，在阵地上跳来跳去，躲过了日军的炮火。日军在我阵地上倾泻了数百发炮弹，我军竟无一人伤亡。这也堪称奇迹！

炮击过后，日军步兵便发起了潮水般的攻势。

双方由火力对打到白刃相搏，由"群殴"到一对一的"单练"，由枪战变为"摔跤"，从日上三竿到夕阳西下，一天时间，杀得天昏地暗。日军虽有飞机大炮，怎奈兵士混战，阵线交织，再猛的火力也只能冷眼旁观……

日军于夜色初上时黯然收兵。

上、下洪池尸体遍地，有鬼子的，亦有中国士兵的。

清扫战场时，我军几名士兵从鬼子的尸体中拉出一具装束怪异的鬼子尸体。这家伙剃着个油光发亮的大光瓢，身上罩着一件土黄色的袍子，手里攥着一把日本武士刀，刀上血迹斑斑。

一名小兵问一名老兵："这是个啥万货?"（万货：陕西方言中对人的贬称）老兵说："这还看不出来？这万货是个和尚。鬼子迷信，出来打仗都带上和尚，给部队念经，为死人做法事。这些秃驴性野，一到战场上就忘了阿弥陀佛，拎着家伙就成了刽子手!"

"呃，就是咱乡里人说的：嘴里念佛哩，心里挃活哩。"（挃活：陕西方言，泛指干事，多含贬义）小兵说着便一脚将鬼子尸体踢下深沟，"这号货只配狼拉狗叼!"

耿子介当晚向赵寿山报告：我部苦战一日，敌军暂退，明日必来强攻。我部是守是撤，请军长明示。

赵寿山受八路军游击战术影响颇深，最不愿打这种无谓的消耗战。听到耿子介的报告，他在地图上看了一会儿，果断地说："既然敌人想要洪池，那就让给他吧。你部可在半夜撤出上、下洪池，迂回至茅津渡东北。记住，一定给我把茅津渡盯住了。撤退时要布下疑阵，兵不厌诈嘛!"

耿师长说："我部一撤，军部岂不失去一道屏障？军长是不是也该早撤啊?"

"你撤你的。诸葛亮敢玩空城计，何况我这儿还有这么多人马呢!"

耿子介半夜撤退时，命令各部偃旗息鼓，沿沟道悄然移动，又在阵地上留下几面旗，架上几挺打坏了的机枪。第二天，日军复攻洪池，见阵地上有旗幡飘动，不知是计，依旧按老规矩施以炮火。等日军指挥官用望远镜反复查看确认阵地上已经没有部队时，几百发炮弹已经白白地损耗掉了，时间也拖延了个把钟头。日军在洪池休息了一阵，将前一天阵亡士兵的尸体收拢起来，浇上汽油，点火焚尸，又让随军的和尚念了一场经，直到下午才开始向南留史进兵。

…………

张恒英团长提着手枪一溜小跑赶到磨沟阵地，守卫在阵地前的二营营长范文英一看就知道，团长是要亲自指挥阻击，立即命令全营士兵准备战斗。

日军对南留史的进攻虽然也很凶猛，但那道十余丈深几十丈宽的大沟却让他们徒生无奈。隔沟打炮，我军不予理睬，一旦步兵下到沟沿沟底，便会遭到我军毁灭性打击。一个下午，摆在沟底的鬼子的尸体成堆成摞，我军阵地却岿然不动。

日军只好于暮色苍茫中灰塌塌地退了回去。

赵寿山于当夜11时召开军事会议，他说："陌南镇已成日军据点，二十里岭又不断有敌南犯，我军在南留史已达到了吸引敌军的目的。现在我军腹背受敌，再守下去必然被动。我已命耿师长率师部主力迂回到茅津渡以东，军部今夜也要跳出去。"赵寿山用手指着地图上的茅津渡，坚定地说："茅津渡一定要夺回来。敌人不让我们从西边打，咱就听他一回，从西边撤出，再从东边打就是了。这两天敌军锋芒正盛，还没到我军反攻的时候，但我相信那一天很快就会来到的！"赵寿山伸出三个指头晃了晃："不出三天，我说不出三天，我军就会重整旗鼓，杀他个回马枪！现在我命令：九十八团张恒英带一个营的兵力守在南留史，待军部撤出后，与来犯日军相持一阵再相机撤出；四十九旅陈际春旅长带九十七团为前锋；其余各部轻装前进，天明前突破敌军防线，绕到茅津渡东北方向……"

会议刚开完，机要员送来一份电报。赵寿山匆匆看了一遍，一时竟激动得热泪盈眶。

电报是他的结义兄弟、一七七师师长陈硕儒发来的："寿山兄，时甫（李兴中字）失机，致有此失。兄勿以弟为念，速率部东撤，迟则恐蹈九十六军之覆辙。弟率部已达敌后。据悉，郁文（孔从洲字）已将所部化整为零，趁机骚敌，效延安之游击战。谨闻。弟硕儒已无虞。”

这份电报简直是大旱中的一场及时雨，酷暑中的一阵清爽风，或者说是暗夜歧路中突然亮起的一盏灯……从战役开始以来，我军在敌九路强攻的态势下，可以说是处处被动，险象环生。三十八军驰援陌南受阻，致李兴中、陈硕儒落荒而去。赵寿山为此深感内疚，连日来四处打探，既没有得到李、陈的消息，也不知自己的爱将孔从洲的四十六旅流落何方。作为身经百战的将军，赵寿山经历过太多太多战场上的生死别离，但这次不同：第四集团军肩负保卫中条山、保卫黄河的千钧重担，李、陈、孔又都是集团军中的顶梁柱，一旦梁塌柱倾，我赵寿山纵有天大本事，又如何对付得了那数万敌军？几天来，赵寿山虽然表面镇静如常，内心却充满对战局的焦虑，对弟兄们安危的牵挂……这下好了，一七七师已突围至敌后，陈硕儒无虞，料李兴中也不会有生命之忧；孔从洲还在趁机扰敌，说明四十六旅战斗力还在。虽说陈硕儒称此事是“谨闻”，但赵寿山相信，这消息不会有错，因为孔从洲的机灵是他再了解不过的了……留得青山在，不怕没柴烧；留得子胥豪气在，三年定报楚王仇……小日本，咱们“骑驴看唱本——走着瞧吧”！

赵寿山兴奋之余，便想让报务员将这份电报转发给孙蔚如，让孙和司令部的人也高兴高兴。转而又想：不必了，陈硕儒既然能给我发报，说明他的师部机关还在正常运转，肯定也给司令部发报了。但赵寿山还是控制不了自己狂喜的心情，只见他大步走出军部，令马夫牵马过来，将军翻身上马，猛抽一鞭，那马撒蹄狂奔。赵寿山一是借此宣泄心中的激情；二是要赶到四十九旅陈际春旅长那里，亲口告诉他：陈硕儒胜利突围，孔从洲还在战斗，大反攻指日可待……我说三天，准没错，三天！

全军将士听到这个消息顿时群情振奋，信心倍增！赵寿山一声令下，部队在沉沉夜幕中开出南留史，向着东北方向扑了过去。

再说陈硕儒。

陌南失守，一七七师被逼到黄河岸边，陈硕儒绝境中反戈一击，四十挺机枪开道，从敌军正面撕开一个口子，师部主力杀出重围。此时已是乌鸦归林的黄昏，部下问陈师长：部队向哪里去？陈硕儒鹰眼闪着寒光，用手向前一指：“陌南镇!”

陌南镇已成了一七七师受难蒙羞之地，上午的那场血战仍历历在目，陈硕儒为何还要杀个回马枪呢?

这就叫出其不意，攻其不备。

陈硕儒对日军的骄狂知之甚深。他料定：日军在攻下陌南后，主力乘胜追击一七七师，留守陌南之敌兵力不会太多，他们也根本想不到被击溃的中国军队会从原路掉头杀回来；此时又是埋锅造饭的时候，自以为大获全胜的日军必然是放浪形骸，海吃狂饮，防御松懈是可想而知的。小罗成回马三枪必取上将首级，我陈硕儒回马一枪杀开一条血路，这第二枪不仅要杀开血路而且要报夺我营盘的一箭之仇!

气可鼓而不可泄。陈硕儒对弟兄们说：“我知道弟兄们苦战一天，已是人困马乏了，但我军如不一鼓作气突破陌南镇，仍然是网中之鱼。网不破而鱼必死，成败在此一举，生死在此一搏。弟兄们，拼吧!”

陈硕儒举起手枪，向暮霭沉沉的天空叭叭叭连放三枪，以枪声明志，以枪声示威，以枪声激励官兵。

虽然是精疲力竭，虽然是伤痕累累，虽然是前路茫茫，但士兵们还是在师长一番鼓励、三声枪响后重新振作起来。求胜的念头暂且抛开，复仇的愿望权且放下，即使求生的本能也会点燃他们心中的最后一束火把。四十挺机枪只剩下三十一挺了，三十一名劫后余生的壮士用自己的热血抹红了自己的脸，他们知道日本鬼子最怕的就是红色，仅这血糊淋剌的脸就足以使鬼子尿小尿了……部队行至陌南镇前，三十一名血面机枪手发出一阵饿狼厉鬼似的怪叫声，枪口喷出一团团火焰，暮色中的陌南镇如划过一道道闪电。

陈硕儒的推断没错，陌南镇果然防御空虚，仅有的二百多名鬼子有的正在吃喝、谈笑，有的已踹门入舍，寻找可供其放纵的“猎物”去了。他们根本就想不到这会儿会有敌军杀来。

陈硕儒命令士兵：只求夺路，不可恋战，以最快的速度冲过陌南。但一些杀红了眼的士兵在放倒了路边的鬼子后仍对狼狈奔逃的鬼子穷追不舍，陈硕儒急令号兵吹响了集合号声。

不消一刻钟，一七七师已穿过陌南镇。陈硕儒命令部队向西前进。当夜幕完全合拢的时候，部队已经冲出了日军的包围圈。

陈硕儒长嘘一声，靠在一棵槐树上，身子便软软地滑了下来……

士兵们饥肠辘辘，但此时，既没有埋锅造饭的条件，又抵抗不住疲劳的侵袭，官兵们抖抖干粮袋，抖出些馍渣渣、饼块块，胡乱打发了一下肚子，便四仰八叉地躺下了。

陈硕儒不忍惊扰这些可怜的娃娃，但又不能让他们酣睡下去，这样他们会一觉睡到明天下午的；而部队却必须在天亮之前进入中条山，只有躲进深山才能彻底摆脱敌人，赢得重整旗鼓的时间。

陈硕儒不相信这一仗就会把我第四集团军彻底打垮。古人说，胜败乃兵家常事，何况目前我军不过是局部失利。楚汉相争时，刘邦屡战屡败，屡败屡战，最终还不是将霸王困于垓下，自刎于乌江么?

陌南失守，陈硕儒对李兴中多有怨气：孙总司令在战前就交代过，各部应独立作战，相机决定进退；一线阵地守不住时，孙蔚如也来电同意节节后退。可你李军长就是墨守成规，死守着军人应以战死沙场为荣，决不后退的迂腐信条。岂不闻孙子兵法有云：“兵者，诡道也。”“兵以诈立，以利于动，以分合为变者也。”为将帅者，不知求变，以变求胜，一味死缠烂打，岂有不败之理？

不过，怨归怨，气归气，陈硕儒打心底里还是很敬重李兴中的那股军人气概的。他承认李兴中是位刚毅忠勇的将军，是位敢于为国家利益民族利益而杀身成仁、舍生取义的英雄，是自己肝胆相照的朋友、兄弟。就是太固执了些。

陈硕儒摇摇头，自言自语地说：“唉，不想这些了，现在当紧的是叫醒娃娃们，走。”

凌晨2时，陈硕儒集合部队，向北转移。

洪池乡西郑村“六六战役”中烈士所葬地。据说葬地自然生长了两棵杨树，一棵已经死了，另一棵至今枝叶繁茂

一七七师从陌南镇以西的东滑绕了一个半圆形的圈，拂晓之前开到了中条山南麓的马滑、和村一带。此处虽仍是芮城地面，但距平陆已是近在咫尺了。陈硕儒认定，下一步的主战场必在平陆。

夜行未遇敌军阻截，但有件事却使陈师长以泪洗面，并抱憾终生——

队伍行至一条大沟前，前面的人停了下来。陈硕儒近前询问，有士兵举起树枝扎起的火把请师长看那大沟。飘忽的火光中，只见那大沟不算太深，十米左右，但沟壁却如刀削般笔直，而附近又没有道路可过。陈硕儒心中顿时犯怵了：这沟宽也有十余丈，显然无法跨越，而如此陡峭之壁又让人走不下去，如果用绳子一个一个地往下放，天眼看就要亮了，时间又来不及……怎么办？唯一的选择就是跳崖了，可跳下去能保证不伤亡么？

陈硕儒正在犹豫，有几名年轻的士兵便嚷叫开了："师长，跳吧，摔不死的。"

"跳。摔死也是死在咱们的土地上，总比死在鬼子的刺刀下强吧！"

"师长，我先下去啦！"一个小战士喊了一声便跳了下去。

没等陈硕儒回过神来，小战士在下面喊："我，我还活着……弟兄们，等一等，我给咱找点软和的东西铺一下。"

另有一名士兵向下面喊了声："我来帮你。"纵身也跳了下去。

两人在沟里捡了些树枝、麦草、玉米秆铺了长长一溜，但上面的人等不及，纷纷跳落下来。

陈硕儒的卫兵说："师长，你年纪大了，不如我背着你到前面找找，看有没有能下到沟底的路，你可不敢跳哩！"

陈硕儒摇头："弟兄们都不怕，难道我老汉就怕了不成？今天我也来一回'老夫聊发少年狂'吧！"说着，甩开卫兵，纵身跳下高崖。

悲剧在他坠落沟底的那一瞬间发生了！

原来，当已经下到沟底的士兵们听到师长也要跳崖的声音后，没有任何人下令，所有的人都扑倒在地上：他们要为瘦骨伶仃的老师长铺成一个人肉垫子。

陈硕儒落到沟底，感觉到身子下面软软的，不像是地面……正在诧异间，忽听身子下面发出一声低微却又凄惨的叫声："噢……呃……"

这时，陈硕儒才发现，自己是落在了士兵们的身上了，而双脚又正好踏在一个士兵的背上。

陈硕儒安然无恙，但安然无恙的陈硕儒却失声痛哭，周围的士兵也跟着悄然流泪。

因为，老将军看到数百名士兵密密麻麻地躺成一大片，这是一群年轻的生命为他铺下的肉垫啊！

因为，他落地时听到的那一声凄惨的叫声竟是一位年轻的士兵告别这个世界的生命绝唱啊！

那士兵在河滩突围时，是四十名机枪手之一，冲杀中已经身中数枪，流了不少血；而陈硕儒从十几米的高处落下，又正好砸在他的脊梁上，前胸的伤口经剧烈冲压顿时迸裂……

陈硕儒双膝跪地，抱起小战士，发出一声声泣血的呼唤："小兄弟……小兄弟，小兄弟……你醒醒啊……"

小兄弟醒不来了，为救护将军，他献出了年轻的生命。

"我陈硕儒乃败军之将，愧对弟兄们，又怎敢让弟兄们以死相救啊！"陈硕儒向士兵们深深忏悔，涕泪双流。

士兵们也跪下了，他们说，将军不必如此，谁没打过败仗？只要你老人家活得硬硬朗朗的，弟兄们还要跟着你杀鬼子哩。

陈硕儒让部下抬起那位年轻士兵的尸体，说要亲自为他挑块风水好的地方，亲自为他下葬，为他烧纸祭灵。

部队到达马滑的第二天黄昏，就有失散的官兵陆续归队，这让陈硕儒感动不已。他曾问过一个归队的士兵："你可以趁机逃回去呀，为什么还要来找部队？你不怕死么？"

那士兵是陕北人，说话带着浓浓的鼻音："咋个就不怕死哩？怕呢。陌南镇失散后，我一口气跑到韩阳镇的黄河滩上。我是陕北府谷人，从小在黄河里耍哩，我会水，能游过去。可我蹲到河边上就想哩，我这会儿算个做甚的嘛，乡亲们问我：仗还没打完哩，你咋就回来咯？我说甚？

说我是逃兵？那不叫乡亲们拿尻子都把咱笑哩，笑咱是孬种，骂咱是龟孙子……不行，不能回去。一咬牙一跺脚我就又回来了。男人么，死也要死得像个男人！”

陈硕儒拍拍陕北小伙的肩膀：“好样的！兄弟，像个男人！”

陈硕儒命令特务连连长杨振安，派出几个人，化装成当地老百姓，在周围走走，发现有我军士兵，给他们指个回营的道儿。

两天时间，就有将近两千名士兵重新回到一七七师旗下（其中也有三十八军的人），加上陈硕儒突围带出来的，一七七师几乎已经恢复了原来的队伍兵员。更重要的是，就在部队到达马滑的当天夜晚，师部的三名报务员背着发报机归队了。

陈硕儒是满天乌云风吹散，他向孙蔚如发电，向赵寿山发电，并且让报务员用密码与李兴中联络。

李兴中于6月7日晚目送孔旅突围后，亦率部向西北方向突围，途中几度与日军遭遇，险象环生，众将士拼死冲杀，终于冲出重围。此时，他已经为自己的固执深感懊悔了，接到陈硕儒电报，李兴中当即就率部来与陈硕儒会合，于6月9日晚赶到马滑。一见到陈硕儒，李兴中便老泪纵横地说：“陈兄，小弟有罪，小弟有罪啊！”

陈硕儒说：“时甫兄不必自责，那一页就翻过去吧，你看……”他指着满村满路的士兵，说道，“失散的弟兄们纷纷归队，现在我们又有了精兵五千，单等孙总司令一声令下，你李军长指到哪弟兄们就杀到哪！”

李兴中也很兴奋，望着西南方向说道：“老话说，哪里跌倒哪里爬起，你我一定要报陌南之仇。下面的仗，式玉兄，我听你的。”

陈硕儒慌忙敬礼：“军长，不敢！陈硕儒唯军长马首是瞻……”

两位将军的大手紧紧握在一起。

…………

十七师师长耿子介率部从上、下洪池杀出后，绕过平陆县城，穿过张茅大道，在张店东南的南吕、北吕、下郭奇袭日军。这位笑面弥勒似的师长打起仗来果然是“静若处子，动如脱兔”，半天时间，便将这一带的一千三百多名敌军打得落花流水，顺张茅大道缩回到张店。这是自此役开战以来，我军主动出击夺取到的日军占地。战后，耿子介眯着眼对部下说：“这回，该叫他小鬼子认得马王爷究竟是几只眼了!”

赵寿山军长亲率三十八军军部及陈际春的四十九旅，于午夜撤出南留史向东突围，拂晓时分在茅津渡一王崖的日军防线遭到日军火力拦截。陈际春旅长身先士卒，亲持冲锋枪开路。激战正酣时，九十八团团长张恒英在完成了断后的任务后领兵杀到，枪声惊散夜幕，军号吹醒黎明，三十八军主力迎着清晨的曙光跨越日军封锁线，绕到了茅津渡东北桥北一带。

至此，三十八军各部均已跳出了日军在平陆西部布下的包围圈，全部转移到了张茅大道以东、茅津渡以北的地区，形成了对茅津渡居高临下的扇面形包围。而从陌南北上，二十里岭南下的日军，在南留史“胜利会师”后才发现，自己苦心织下的这张大网已被撕破，网中之鱼全都脱钩了。用一句陕西乡间俚语来形容，日军围歼计划的流产就叫“把娃闪到二梁上了”!

随着孔从洲的凯旋，张茅大道以东的大片土地多为我军所控制。

至6月9日晚，一度中断的通讯均已恢复，遵照总司令孙蔚如的电令，6月10日清晨，各军、师、旅指挥官从不同方向策马来到黄河北岸，在孙总司令带领下举行了阵亡将士（主要是投河殉国的八百壮士）公祭大会。会后，孙蔚如经与赵寿山、李兴中、李家钰及总参谋长陈子坚商量，迅速调整各部位置。

我军新的部署是：

九十六军在芮城之马滑、韩家一带埋伏，相机夺回陌南。

三十八军十七师之五十一旅在桥堡、庙洼一线集结；四十九旅直插茅津渡东侧之古王、计王，在那里修筑工事，严阵以待；独立四十六旅在张茅大道至平陆县城之间设防，阻击张店南下之敌。

第四十七军仍在夏县以南之坦曲全线布防，阻击敌军援兵并“占领曹家庄、槐树下之间地区；槐树下以北阵地，请兄依地形选线配备固守（孙蔚如致李家钰电）”。

如果把我军此次部署画一个图形出来，仅三十八军就很像一口大锅，而日军正好像一堆悬在锅上面的肉，一旦投入锅中，加一阵猛火就会被煮得稀烂。

战局的变化极富戏剧性，不信你看——

日军此次倾巢而动，其事先的计划就是：首先歼灭芮城附近的九十六军，后集中兵力于平陆茅津渡间聚歼三十八军。

但是，芮城附近的九十六军没有被歼灭，反过来，九十六军于 6 月 10 日突然从当初日军发动陌南攻势的地方冲杀过来，将留守陌南镇的鬼子砍瓜切菜般歼灭了大部。（对于陈硕儒来说，这是他的回马枪术的第三枪，也是制胜的一击。）陌南镇再次回到我军手里。

日军要在茅津渡聚歼三十八军，但此时，对茅津渡之日军形成包围聚歼之势的却恰恰是三十八军。

当初，在李兴中军长召开的突围会议上，孔从洲曾用“锅”来形容敌我双方之态势，那时敌军占据锅沿，我军被困锅底。而时间仅过了三天，战场上的这口大锅就翻过来了，即将沉入锅底的正是不可一世的小鬼子。

6 月 10 日晚，孙蔚如在东延召开了一次高级将领会议，做了大反攻的全面部署之后，于朦胧的月光下离开东延，向东面的岳家庄转移。决战前夕，军部后撤二十里，腾开地面，让我军将士多一些穿插包围的空间，不用为主帅之安危分心，这是赵寿山将军的有情之请。孙蔚如“欣然从命”。他相信，大的方略已定，前方有赵、李、陈、耿、孔“五虎上将”临阵指挥，自己就不妨当一回“摇鹅毛扇的”。

不过，郑培元、李慕愚生死不明，仍是孙蔚如一块心病。夜走岳家庄，见浮云掩月，听浪打沙滩，将军心头便涌上一缕惆怅来。

从6月9日起，各部将佐命令部下佩戴黑纱。士兵们缠上黑纱便想起了死难的战友，悲愤之情油然而生，复仇之志如火方炽。而一些机灵的士兵则从此事中悟出一个“玄机”：

决战的时刻——就要到了！

21 第二十一章 古渡大捷

茅津渡老城墙遗址

点击

十二天，十二个血染的黎明，十二个血染的黄昏，十二个血染的长夜……我们——中国士兵，终于挺过来了！天没有塌，地没有陷；山没有崩，水没有涸；军没有散，旗没有倒；人没有亡，志没有灭……“月黑雁飞高，单于夜遁逃”，不可一世的日军被我们打败了，斗倒了，夹着尾巴逃跑了。同样是黄昏，6月6日的黄昏是凄凉的，哭啼的；而6月12日的黄昏却是灿烂的，欢笑的。一场血与火、生与死的战斗考验了中国军人的坚贞，也让日月经纬为人间重新诠释了生命的意义、正义的蕴涵！

陕西自古以来为秦地。秦人性格外向，一如生养哺育他们的黄土高原，粗犷坦荡，雄浑大气；一如他们所钟情的秦腔秦韵，慷慨悲壮，激扬奔放；一如乡里人习惯的用餐方式：端一只令南方人咋舌的大老碗，蹴（蹲）在亮晃晃的露天场院，三五成堆，八九成群，一边大吃大嚼，一边大说大笑，心里有话，从不藏着掖着。

秦人粗犷外向性格的根基是崇尚正义，是善良、正直、刚毅、忠勇，是爱憎分明、疾恶如仇、大义凛然。而对于那些恃强凌弱、横行乡里、欺男霸女、偷鸡摸狗、踹寡妇门、掘孤老坟、摔穷汉盆的鸡鸣狗盗之徒，秦人常用一句最简单又最能昭示因果转换法则的话来警告他们：“别看你小子蹦得欢，招呼秋后拉清单！”

这话换成通俗点的说法就是：善恶终有报；不是不报，时辰未到；时辰一到，一切全报！

闲话少说，言归正传。

日军对我中条山的第五次扫荡，驱九路大军汹汹而来，倚仗其兵力之众、武器之精和空中优势，的确抢得了先手，开局便使我军陷入了疲于招架的被动境地，也使我晋南百姓遭受了一场野蛮洗劫。然而，以三秦儿郎为主体的我第四集团军却没有被敌人的凶焰所吓倒，所毁灭，所征服！他们站起来了，揩干了身上的血迹，掩埋好战友的尸体，又上了战场！孙总司令立马中条，运筹帷幄；“五虎上将”穿插游击，卷土重来；晋南百姓箪食壶浆，以助王师……中条战局在敌军凶焰未散时便悄然出现了大的逆转。

但是，凶残成性、骄狂成癖的日军并没有真正地意识到战局的变化，或者说对这种变化不以为然，继续做着全歼我三十八军的美梦。

6 月 11 日。日军在陌南镇被我九十六军击溃后，将在芮城作战的部队也调到平陆，集中所有火力，向古王、计王一线发动猛攻。

古王、计王就是《搜神记》中所记载的春秋时代齐国勇士杀鼋救骖的地方。那么，现代的中国军人能否在这里演绎一场杀倭寇救黎民的现代神话呢？

所谓茅津渡，实际上是茅津、古王、计王三个渡口的总称。古王、计王在茅津之东北，与茅津相距不到二十里，中间有圣人涧和东延村。赵寿山令四十九旅在古王、计王列阵，就是下了在此与日军决一死战并一举夺回茅津渡的决心。这也是他力劝孙蔚如将集团军总部撤离东延村的原因：“决战一旦开打，东延村就完全处在炮火的射程之内，双方厮杀的旋涡之中。”孙蔚如当然理解赵寿山夺回茅津渡的强烈愿望，也相信根据眼下的态势，茅津渡必会被我军夺回来，这才有了总部东移之举。

虽然，战局出现了有利于我军的逆转，但战争决不是我等书生纸上谈兵这般轻松，毕竟无论兵力还是武器，日军的优势还在。因此，6 月 11 日的战斗仍打得十分惨烈。古王、计王阵地在日军的炮火猛轰下已经出现了多处缺口。赵寿山果断下令：布防在庙洼、桥堡的五十一旅迅速南下，增援四十九旅，以确保古王、计王阵地不失。

但是，五十一旅的正面也有敌军。双方的交战也很激烈。旅长孙子坤对一〇一团团长黎子淦说：“赵军长让我们增援四十九旅，守住古王、计王阵地。我们无论如何也要杀出去。古王、计王一失，收复茅津渡的计划就会全盘皆输。”

黎子淦是共产党员，危急关头，他知道该怎么做。他命令副团长胡振家、徐志辉（二人均为共产党员）将手枪一律换成冲锋枪，三个人并肩带领一营兵力，猛冲猛打，击溃了进攻的日军。孙子坤趁机率全旅士兵向南冲杀。桥堡离古王、计王本不过五六里路，他们转眼工夫就赶到了四十九旅阵地。

有一个细节必须交代——

这一天，第四集团军所有参战官兵，一律臂缠黑纱。这既是对前面我军阵亡、死难官兵的哀悼，也昭示了我军报仇雪耻的强烈信念。日军见到这个阵势，心里不由得先自怵了三分。

日军见古王、计王阵地又有援军到来，也急忙调来增援部队。至此，日军川岸师团的主力和我三十八军主力几乎都集中在古王、计王一线了。

日军是孤注一掷，我军是誓死一搏，双方打得难解难分。

在岳家庄遥控指挥的孙蔚如总司令，见古王、计王阵地压力太大，急令九十六军李兴中军长率一七七师从陌南镇出兵，进攻茅津渡，从日军背后发动攻击。

日军对此也有防备，茅津渡以西的王崖一线，日军用五百挺机枪封锁道路。一七七师虽然驰援受阻，却给日军造成后患，给我军古王、计王阵地减轻了些压力。

与此同时，赵寿山又命令孔从洲的四十六旅一面封锁张茅大道，阻击从张店增援的日伪军，一面组织一支突击队，向张店发动佯攻。此计得到孙蔚如支持，孙蔚如电令李家钰的四十七军也派兵从东、北两面夹击张店，牵制黄河岸边的敌军。

这样，大决战阵势已全面展开。

与前几日不同的是，整个战场已经东移至平陆县的中、东部：西至张茅大道，东到黑牛岭、庙洼、毛家山、狮子沟，南到茅津渡、圣人涧；北到日军的据点张店。整个战场像一口大锅，又如一块被咬掉一半的大饼。

直到这时，日军战地指挥官牛岛、川岸才开始意识到形势不妙，战局已发生了变化，自己的部队已被逼在被动的地位上了。

而孙蔚如则更清醒地意识到，胜利已离我军越来越近了……但，此刻决不能有丝毫大意，既然咬住了，就要将其彻底打垮、吃掉！不然战局还会发生变化。

孙蔚如向第一战区司令长官卫立煌发电，电文大意是：我军经连日苦战，已由初时的被动变为主动。现日军已被我军分割包围，战事正烈。我第四集团军全体官兵上下同欲，全力一搏，志在全胜。请战区派南岸之友军炮火支援，封锁河面，震慑敌军。

11 日下午，黄河南岸果然响起了炮声。

关于这场生死对决，因战场点多线长，作者所据资料不全，加之表述功力不逮，全方位地反映多有难处，还是让我们从硝烟炮火中采撷几朵花絮吧。不过，这可是一朵朵滴血的花絮啊——

一七七师从陌南镇出发，攻打茅津渡，在王崖遭遇日军五百挺机枪的火力阻截。日军的飞机又在空中投掷炸弹。一七七师官兵只得暂时停止进攻，躲避空中飞贼的袭击。就在这时，从队列里冲出五名年轻的士兵，他们提着两挺机枪，三支冲锋枪，飞快地向部队左侧跑去。等跑到离部队集结处一里开外的地方时，五个人猴子般爬到了三棵柿树上，举起机枪和冲锋枪便向空中射击。经过永济战役和中条山的春季战役，日军在多架飞机被我军用机枪击落后，空中飞贼们也学乖了，一般不敢再做超低空飞行了。五名小战士没能再次创造机枪打飞机的神话，但将鬼子的飞机吸引过去，使主力部队摆脱了鬼子的空中袭击。

有人将这五名士兵的壮举报告给陈师长，陈硕儒的心为之一颤：这……这太危险了！他让人喊话、招手，让这几个士兵快下来、回来。但这一切都无济于事，五个士兵仍趴在柿树上向空中开枪。

陈硕儒怒冲冲地向身边的军官们发问：“谁让他们去的？啊，谁？”

没有人回答，因为，没有人给这五位士兵下过命令。后来有人说：“领头的是个排长。”陈硕儒一听就明白了。

部队进入中条山以来，孙蔚如在多种场合、多次会议上都强调过一个原则，那就是独立作战。他说：“敌军兵力、武器装备均在我军之上，战争将会很残酷，各种复杂的局面都有可能出现。因此，我军要锻炼在危急情势下独立作战的能力，从班、排、连、营直到师、军，在失去与上司联络时要各自为战，甚至是单兵作战……”现在，前面有五百挺机枪挡住去路，空中有四五架飞机投掷炸弹。我军已分散开来，利用地利躲避炸弹。情势紧急，一个小排长自然也有权选择应敌的办法。陈硕儒虽然为那五名士兵的处境而焦虑，但也觉得这几个娃娃能在危急中想出这个点子，并且不惜牺牲自己掩护战友，实属英勇悲壮！

没有人知道趴在三棵并排的柿树上的五名士兵在说什么、想什么，只能听见树上的枪声时起时落。直到战后，陈硕儒才听一个士兵说：“当时，王排长离我们很近，听他对身边的四个弟兄说，你几个怕死不？那几个人说，都死了几回了，这会儿还怕屎呢，排长有话你说。王排长拎起一挺机枪，说，不怕死的跟我来。几个人就跑过去了。”

好一个“不怕死的跟我来”！这就是陕西冷娃的男儿本色，这就是中国士兵的悲壮情怀！

柿树上的战斗持续了将近半个小时，几架敌机走马灯似的在柿树上空交叉盘旋，炸弹将橘黄色的柿花炸落了一地，柿树林在尘土硝烟中瑟瑟颤抖……终于，柿树起火了，柿树上的枪声停息了。

望着一里以外燃烧着的柿树林，陈硕儒痛苦地闭上了眼睛。一声痛惜的长叹后，将军缓缓地脱下军帽，向着火光中消逝的英灵低头志哀。

数千名臂戴黑纱的官兵纷纷脱下了军帽。

那排长叫王文喜，西安灞桥田王村人。

五名年轻战士以自己的牺牲转移敌机视线而壮烈殉国的事深深打动了全师官兵的心，陈硕儒师长于悲痛中蓦然清醒，为什么非要从王崖突破呢？于是他立即向李兴中军长请示，建议留下一部分兵力佯攻茅津，吸引日军的兵力，自己率主力绕道驰援古王、计王。战役之初血的教训已经使李兴中将军改变了死守猛攻的老观念，他对陈硕儒说：“此计甚好！式玉兄可率主力，绕张村、马村至太臣，沿张茅大道东侧向东南俯冲而下，增援古王、计王。佯攻茅津我来指挥。”

…………

古王、计王阵地的战斗已呈现白刃相搏的场面。

赵寿山的三十八军中，营团一级干部多为共产党员。危难之中显身手，九十八团一营营长崔治堂、二营营长范文英、三营营长李森（皆为共产党员）全都甩掉外衣，端起机枪、步枪向敌人开火。一营迂回至村北，三营迂回至村南，两翼冲杀。二营营长范文英从正面阵地跃进战壕，见阵地前有鬼子的尸体，随手甩掉自己的短枪，捡起鬼子的刺刀大吼一声，杀入敌阵。范文英自幼练武，身手敏捷，出手又快又狠，眨眼工夫便刺死了三名鬼子。鬼子兵惊恐地往后退，日军阵地指挥官挥刀劈死了后退的士兵，号叫着命令士兵前进。范文英霎时被鬼子层层包围，我军官兵皆被鬼子缠住，无法脱身。范营长一人独对十几个鬼子兵。只见他一个飞身跃上一块巨石，又一把撕开了滴血的短衫，仰起头来，向祖国的天空送去最后的一瞥，转身向敌，双目喷火，怒吼一声：“小鬼子，爷爷来了！”纵身跳下巨石，刺刀快如闪电，一连刺死六名鬼子，自己的前胸后背也被鬼子连刺数刀……就在英雄营长倒下的时候，手中紧攥着的刺刀上仍挑着一名鬼子的尸体。

一把刺刀，连挑十名鬼子，年轻的营长倒在了他深深依恋的中国土地上。

在他倒下的地方，开着一从从淡蓝色的野花，他的鲜血洒在了蓬蓬勃勃的山花上。

那花叫勿——忘——我……

…………

21 世纪的第一个春天，我们到中条山采访，我们没有任何官方的指令，只是出于后来人对前辈先烈们深深的景仰之情，试图要拂去历史的烟尘，审视中条山下那个血与火的岁月里所发生的血与火的战争……在茅津渡以西的洪池乡郑西村，一位年近八旬的老人领我们到了村西边的一块麦田里，老人指着一块半人多高的石碑说：“这就是后死碑。”

那天是 4 月 6 日，清明节刚过去两天。

我们惊奇地看到：时光已经悄然流走了半个多世纪，而立在这麦田间的石碑上却端端正正地竖着一个花圈。花圈算不上精致，显然是村民们用树枝扎成的，一圈缀满了白、黄、粉红颜色的纸花；中间呈五星状，缀着蓝色的纸花；五星中间绾着一大幅粉红色的挽幛。

“大叔，这是谁送的花圈啊？”我们问。

老人说：“这还用问，俺村人送的嘛。这么多年，村里人年年都要到这里祭奠哩！”

老人随后告诉我们：这碑是“六六”大事变期间立的。准确的日子已经没人能说清了，但肯定是在我军大反攻时立的。那时是一七七师从这里攻打茅津渡，第一批冲上去的士兵死了一大片。一位营长把士兵的尸首从前线运回来，一个一个辨认，然后就找了这么个没有刻字的碑子，那营长用刺刀把死难士兵的名字都刻在了上面。

“为什么要叫后死碑呢?”

老人解释说：“后死碑就是后死的人给先死的人立的碑子嘛。这话是那个立碑的营长说的。”

噢，我们明白了——

现在，我们已无法知道立碑时的情景了，但是，“这话是那个立碑的营长说的”，仅此，我们就完全可以理解那位营长的心情……弟兄们战死了，但战斗还没有结束，活着的弟兄们还要继续战斗；继续战斗就意味着继续面对死亡，而继续战斗的弟兄们已经做好了为国捐躯的准备……蓦然，我们想起了黄河岸边的那一幕：当八百名弟兄集体投河时，一名旗手没跳，他留下的最后一句话就是：“弟兄们先走一步，我随后就到……”那名旗手就是后死英雄。不过，他没有为先死的弟兄们立碑，但他手中的那面旗没倒，在黄河激流中飘扬了三天。那也是一座碑，一座记载中国士兵不屈魂灵的英雄碑！我们完全可以想象出，那一刻，那位用刺刀镌刻碑文的营长神情的肃穆与凝重：敌人的五百挺机枪封锁住我军前进的道路，掩埋好战友的尸体后，他就要冲上去。战斗在等待着他，说得冷酷些，死亡也在等待着他……于是，他跪在野草蓬松的土地上，一笔一画地在石碑上刻下死难弟兄的名字；于是他眼含泪水对弟兄们喃喃而语：“弟兄们走好哟……用不了多久，也许一天，也许两天，也许再过一两个时辰，哥哥我就来陪你了……别怕，兄弟，你我都躺在咱中国的土地上，跟躺在咱家的土炕上一样……别怕，兄弟，哥哥为你立了碑子哩，后人会年年为你烧纸祭奠哩！安息吧，我的好兄弟……”

轻轻地挪开那个花圈，我们想在碑上寻找烈士的名讳。碑的四面上方皆有四个大字清晰可见：为国捐躯；正面中间三行字是：大中华民国二十八年六月某日吉日立，中国陆军第一七七师一〇五九团三营烈士纪念碑，营长张雨亭暨全营官兵敬立；背面是祭文；左右两侧刻着烈士的名字。

岁月流逝，风雨剥蚀，碑上的小字已很难辨认了（后来，我们在1985年8月编印的《平陆史资料》上见到有关此碑的记载，那上面把营长张雨亭误作“张五高”，可见碑文受到剥蚀的程度），背面的祭文因是阴面，尚能认出一些字来：

> ……是役也，我英勇将士二十八人，俱以大无畏精神，为国家民族而壮烈牺牲，其浩气诚足以激励国人，光耀千古矣。我殊死同仁，务以备棺安葬外，列叙英名，勒石纪念，永远不忘之尔……

“殊死”者，乃“拼着性命，竭尽死力，决心赴死”者；“我殊死同仁”意即我们这些决心与敌死拼，以身报国的同志。这样的词我们平时所见甚少，由此可见立碑人当时慷慨悲壮的心情，也印证了我们的悲情想象。

伫立在后死碑前，忽然想起了陈毅元帅的一首诗：“南国烽烟正十年，此头须向国门悬。后死诸君多努力，捷报飞来当纸钱。”陈毅元帅的这首诗写在1936年冬，其时，他带领的游击队被国民党四十六师围困。这也是一位“殊死”者的悲壮宣言！不过，元帅自有元帅的胸怀，他在另一首诗中便豪迈地唱出：“此去泉台集旧部，旌旗十万斩阎罗。”真英雄也！

正是人间四月天，中条山下，春风轻拂，春阳温暖，后死碑左侧大片麦田新绿摇曳，右侧油菜花绽开遍地金黄……在征得老人同意后，我们采来几束黄灿灿的油菜花，轻轻地放在后死碑前，默默地向烈士——不，是向所有为国家、民族而英勇捐躯的烈士呈上后辈人虔诚的敬意。

我们跪下了……

村里的老人们还告诉我们，就在张营长立起后死碑的当天，立碑的官兵多数都牺牲了。（本节初稿写成后，听孙蔚如长子孙存汉先生说，张雨亭新中国成立后曾任咸阳市政协副主席。）

村里的干部还告诉我们，年年清明节都有村里和周围的乡亲来这里烧纸献花圈。“文化大革命”期间，有人要砸了这块碑，村里的老人们躺在碑周围，说：“谁要砸碑子，先朝我头上砸……”老人们舍命护碑，这碑才得以保存至今。

后死碑前，我们站了很久很久，想了很多很多……

让我们的目光重新回到1939年6月11日的中条山下——

敌我双方的生死对决打了整整一天，日军虽然多次增兵，却始终不能攻下我古王、计王阵地。入夜，我一七七师在陈硕儒的率领下，由北向南猛然而下。日军腹背受制，惨淡收兵。而我北路各部，各自为战，奋勇杀敌，锐不可当。十七师师长耿子介在教导团团长李振西的配合下，率部猛攻下郭、南吕、北吕之敌；日军一千三百多人狼狈溃逃，途中又遭我独立四十六旅拦击，死伤大半；孔旅长派出的另一路人马在四十七军配合下围攻张店，日军虽拼命据守，但张店已被我军困死；九十六军独立四十七旅在张店以南设伏，炮兵出身的副旅长冯迩革推开士兵，亲自操炮，以炮火封锁张茅大道，威震敌胆；四十七军主力在“三李”——李家钰军长、李青廷（一〇四师）师长、李宗昉（一七八师）师长的率领下，在毛家岭、晴岚、淹底、槐树下一带与敌军激战，重创日军，使其不能向主战场靠拢……另外，在卫立煌的调动下，夏县以东的第五集团军总司令曾万钟也率部出动，有力地策应了第四集团军的大反击。

当晚，发生了一件让华北地区所有侵华日军心惊肉跳的事——

日军从战场撤回到各自的临时宿营处后，一夜无战事。但到了第二天清晨，各部均发现有不少士兵莫名其妙地死了，身上既没有弹痕亦没有刀伤，唯脖颈处血流不止。仔细一看，原来是咽喉均插有一把比匕首还短的兵器。迷信的鬼子说是闹鬼啦，而领教过这种兵器的鬼子则大惊失色："飞镖！飞镖！神镖营出动了！"

是神镖营出动了。

宋大勇的神镖营自上了中条山以来，孙蔚如考虑到飞镖虽然神奇，但战事多是以炮火枪战为主，飞镖很难在枪炮对攻中发挥作用，所以就很少动用这支奇兵。前面的几场战斗中，宋大勇一再求战，孙蔚如让李振西灵活掌握，必要时可让他们一展身手。李振西也是"惜镖如金"，很少动用他们。有过几次出场，但在杀伤鬼子的同时，神镖营也牺牲了十几名弟兄。这次大决战，宋大勇死活要求李团长把神镖营的弟兄们拉上去，说到动情处，他竟向李团长发火了："不让我们上战场杀鬼子，那让我们来干啥？赶集看热闹啊？"李振西也觉得是时候了，便于 11 日晚让宋大勇将镖手们分成几个小组，一律劲装短衣，利用他们的夜行功夫，潜入敌营，实施偷袭。镖手们如古代的侠士一般，窬墙越脊，于无声处飞镖夺命，杀死鬼子近百人后神不知鬼不觉地返回营房。

此事对日军震动很大，不久便在华北侵华日军中风传开来，并被演绎为神话。而就在当时、当地，也使日军士兵心中蒙上一层恐怖的阴影，第二天打起仗来仍心有余悸，生怕不知从何处突然飞来一镖直取咽喉。

6 月 12 日，日军强打精神，向我军阵地发起最后的疯狂进攻。日军的指挥官们个个手执武士刀，一面驱赶着士兵向前冲，一边砍杀着怯阵的士兵……但是，山崩之势已成，几把武士刀是支撑不住的。战至下午，除了丢下更多的尸体外，日军的攻势没有任何进展，而我军在各个地段都占据了上风。牛岛、川岸自知大势已去，只得下令部队全线撤退。南有黄河之险，黄河对岸又有我友军隔河炮击，西边我九十六军已夺回茅津渡，东北方向有我三十八军、四十七军层层列阵，日军只能从张茅大道夺路而逃。而一路之上，我四十六旅、四十七旅的伏兵四起，炮火封堵，骑兵追杀，步兵追击，如水银泻地，如风卷残云，喊杀之声响彻平陆，摇撼中条；日军溃逃之势宛如赤壁之战中失败的曹军，如果没有空中飞贼的拼命相救，牛岛、川岸必遭灭顶之灾。

又是一个残阳如血的黄昏，我三十八军、九十六军在茅津与古王、计王之间的圣人涧胜利会师！两军官兵激动地相拥相抱，泪如飞瀑，欢呼之声，醉了漫天晚霞……与此同时，在平陆，在芮城，我军阵地全部失而复得。“六六战役”以我军的大捷而宣告结束！

十二天，十二个血染的黎明，十二个血染的黄昏，十二个血染的长夜……我们——中国士兵，终于挺过来了！天没有塌，地没有陷；山没有崩，水没有涸；军没有散，旗没有倒；人没有亡，志没有灭……“月黑雁飞高，单于夜遁逃”，不可一世的日军被我们打败了，斗倒了，夹着尾巴逃跑了。同样是黄昏，6 月 6 日的黄昏是凄凉的，哭啼的；而 6 月 12 日的黄昏却是灿烂的，欢笑

日军官兵向我军投降

的。一场血与火、生与死的战斗考验了中国军人的坚贞，也让日月经纬为人间重新诠释了生命的意义、正义的蕴涵！

古王、计王，万里黄河边古老的渡口，一个远古的神话被现代的勇士们演绎得鲜活生动，淋漓酣畅。他们就是现代的古冶子，杀鼋救骖的无畏勇士！

当夜一场多情细雨，荡涤了烟尘，洗浴了中条山。雨后青山，万木葱郁，百鸟啼唱，山花争艳，流水欢歌，又是一派生机蓬勃的景象。

饱经战火侵扰的乡亲们回来了，他们顾不上整修家园，便扶老携幼地拥到第四集团军司令部，拥到我军各部驻地，向为保卫他们家园而浴血奋战的官兵们深深地致谢；当地牺盟会、游击队及各级政权组织一面慰问部队，一面帮着部队安葬阵亡将士，召开公祭大会，举办各种祭奠凭吊活动；而孙蔚如总司令也一面召开军事会议总结战役成败，一面命令各部全力帮助群众整饬家园，发放补助救济，抚恤救治死伤群众，随后又亲自带人到东延、岳家庄慰问群众，感谢他们对司令部的关照与保护……作为军中主帅，孙蔚如对当地百姓的感激是发自肺腑的真情，他深深感到，这里的老百姓是可以以命相托的。远的不说，仅就“六六战役”而言，东延村离茅津渡不足十里，与古王、计王南北对望，鸡犬之声相闻，可如此残酷的战争，双方几度短兵相接，日军却始终不知我集团军司令部的准确方位。如果不是当地百姓真情呵护，此事简直就成了天方夜谭！

此役后，全国报纸电台均以“我军在晋南又获大捷”为主题做了报道，而西安的各种报纸则发出真诚的感叹：“西北整个得以安定，皆赖我第四集团军英勇将士在黄河北岸艰苦支撑所赐……”战后，第一战区司令长官卫立煌亲临平陆巡视，慰问第四集团军官兵，热情称颂第四集团军为“中条山的铁柱子”！

…………

关于“六六战役”，主要情节写到这里算是告一段落，下面的章节还会提及，但多为拾遗补阙之笔。

有两处存疑需要说明：

一是此役的起始时间和几个局部战役的时间，各种资料说法很不统一，但有一点是一致的，即日军发动全面进攻的时间是6月6日，所以此役也称“六六战役”。最大的存疑是结束时间，有的说是12日，有的则说是20日之后。我们取6月12日是因为这个时间相对比较合理。另外，从有关资料查到：6月下旬，盘踞在芮城的日军两千余人，曾向我九十六军一七七师某部阵地发动过一次攻势，被我军一举击溃；而有关“六六战役”的总结性报道也说，此役过后，除陌南镇以西仍有部分残敌外，其余各处日军均逃回运城……两相对照，似乎可以得出这样一个结论：“六六战役”从开始到结束的时间，如按古王、计王大捷算，则是十二天；如按击退芮城之残敌算，则是二十多天。不知此论妥否？

另一个就是我军伤亡人员，有的文章称六千多人，有的文章则说接近一万。差异较大，我们只好权且存疑。但是，有一点说法是一致的，那就是，日军此役伤亡人员不在我军之下。战后，日军在运城为阵亡官兵举行追悼会，会场上骨灰罐就摆了一千七百多个！须知，哪一个罐罐装的也绝不是一两个人的骨灰；更须知，能摆到追悼会会场上的骨灰，生前绝非是一般士卒；何况，还有很多鬼子的尸体或被就地火化，或抛弃于山野，无法找回。

当然，抛开狭义上的民族立场，站在对人类终极关怀的角度，一切牺牲于战争中的人都是不幸的。

人类应当尽早地结束战争，结束血腥的杀戮——

让田野不再有兵车碾倒的青苗

让山川不再有硝烟烤焦的绿叶

让人类文明的列车

在闪光的道路上欢快地驶过

让和平的信鸽

在如洗的碧空中自由地穿梭

…………

我们为世界和平莅临的那一天而虔诚地祈祷：阿弥陀佛！

但我们又必须为写好这本关于战争的书而呕心沥血，因为，人类还没有因战争的血腥而彻底醒悟，从而真正地理解和平的珍贵！

22 第二十二章 巾帼风骨

抗战期间，李定荫一直带着子女坚守在西安（此照片摄于西安大芳照相馆）

孙蔚如夫人李定荫组织的“中国妇女慰劳自卫抗战将士会陕西分会”的委员在研究工作

点击

李定荫找到西安抗日救亡团体领导人之一的杨明轩（共产党员）。杨明轩听说李定荫要亲自出面组织抗战团体，大声叫道：“好！这才是巾帼不让须眉！‘梁红玉’要擂鼓战金山了！

不用问，你的那位‘韩世忠’将军肯定是全力支持你的。”

李定荫点头：“树棠催我赶快行动呢。杨先生是救亡运动的领袖人物，可要助我一臂之力哟！”

杨明轩做了个双手握旗的动作，爽朗地说：“何止一臂，我杨明轩双手举旗，为孙夫人摇旗呐喊哩！”

君王城上竖降旗，
妾在深宫哪得知？
十四万人齐解甲，
更无一个是男儿。

公元964年，宋太祖赵匡胤派数万之兵，攻打五代十国中的后蜀。荒淫昏庸的孟昶手中尚有数倍于敌的军队却不战而降，其妃子花蕊夫人徐氏被掳至宋营。徐氏才貌双全，赵匡胤也久闻其诗名，便召她至帐前赋诗。于是，花蕊夫人便吟下了这首千百年来为诗家齐声叫好的《述国亡诗》。

显然，这位因国破而成为亡国奴的贵妃是在痛斥那些在敌人面前不战而降的男人，骂他们不是男儿；但一句“妾在深宫哪得知”，却又道出历史上的宫中女人在国难当头时的无奈与无能。

时光在花蕊夫人愤怒而凄婉的宫怨曲中流过了将近一千年后，中华大地遭到了来自一个岛夷小国的侵略。国家危亡之际，中国的“皇帝”在四万万人民的呐喊声中没敢重蹈后蜀君王孟昶“衔璧牵羊倒系旗”的覆辙，而是气运丹田、在庐山云海中发出了“地无分南北，人无分老幼，皆有抗战守土之责任，皆应抱定牺牲一切的决心”的号召。随即，便有数百万由男人组成的中国军队开上了抗日救国的前线。而几乎与此同时，“宫墙”之内，有两位杰出的女性勇敢地站了出来！

她们是亲姐妹：一位是中国民主革命的先驱孙中山大总统的遗孀、被人们尊称为“国母”的宋庆龄；另一位则是她的妹妹，被称为“第一夫人”的宋美龄。无论是身份、地位、声望、才华，两姐妹都远在亡国的花蕊夫人之上。

宋庆龄信奉耶稣，于是她联合著名爱国将领冯玉祥的夫人李德全，发起组织了“中国基督教抗战军人服务部”；而宋美龄则利用她第一夫人的身份，成立了“中国妇女慰劳自卫抗战将士会”并亲自担任会长。两个组织其实是一个宗旨：动员、组织妇女和青年支援前线，为前方作战的将士们服务，激励将士们坚决抗战，奋勇杀敌。

1937 年 8 月初，陕西省政府主席孙蔚如的夫人李定荫接到了由宋美龄亲自签名发来的电报。委员长夫人要求省主席夫人：尽快出面，成立“中国妇女慰劳自卫抗战将士会陕西分会”，发动后方的姐妹们，支援前方将士们的抗敌斗争。

李定荫是汉中城固县人，与孙结婚时尚在汉中女子师范学校读书，在学校时就积极投身于抗日救亡的学生运动，是位有着爱国热情的知识女性。接到宋美龄的电报后，李定荫急忙来找孙蔚如商量。

孙蔚如看完电报后，兴奋之情溢于言表：“好啊！抗战是当今全民族的头等大事，只有动员全体民众同心同德参与抗战才能打败日寇。这事没啥商量的，你就行动吧。如今，象武、寿山、兴中、权中将军已率我军出征了，我不久也要带部队上前线。后方动员民众，特别是动员妇女的事，就看你的了。”

李定荫说：“那好，我马上找姐妹们商量去。”说完，转身就朝外走。

望着妻子的背影，孙蔚如猛然意识到了什么，急忙喊道："等等，你回来。"

李定荫站住了，却没有回去，只是回眸一笑，说道："我知道你想说啥……没事的，才三个月。"说完就飘然而去。

此时，李定荫为孙蔚如所生的长子存汉不满两岁半，自己又有了三个月的身孕。按孙老太太的意思，儿媳妇应当回乡下好好在家待着，可李定荫看到丈夫为军政大事日夜操劳，便执意要留在丈夫身边照应。如今，接到宋美龄的电报，李定荫兴奋不已，仿佛又回到了自己的学生时代……啊，总算能实实在在地为抗战出力了！而为抗战出力，就是为国出力，也是为丈夫分忧啊。

早在"九一八事变"时期，我东三省沦陷之后，西安城里就涌现出了众多的民间抗日救亡团体，也涌现出了许多抗日救亡运动的领导人、学生领袖、著名的社会活动家，其中多数为中共党员。在他们的领导下，西安的抗日救亡运动高潮迭起，如火如荼。

李定荫找到西安抗日救亡团体领导人之一的杨明轩（共产党员）。杨明轩听说李定荫要亲自出面组织抗战团体，大声叫道："好！这才是巾帼不让须眉！'梁红玉'要擂鼓战金山了！不用问，你的那位'韩世忠'将军肯定是全力支持你的。"

李定荫点头："树棠催我赶快行动呢。杨先生是救亡运动的领袖人物，可要助我一臂之力哟！"

杨明轩做了个双手握旗的动作，爽朗地说："何止一臂，我杨明轩双手举旗，为孙夫人摇旗呐喊哩！"

经与杨明轩等进步人士商量，确定由三十八军西安办事处主任杨晓初（中共党员）的夫人李馥清，西安妇女救国会负责人韩钟秀、曹冠群三人协助李定荫筹备。这三位女士均系共产党员。

8 月 16 日，“中国妇女慰劳自卫抗战将士会陕西分会”成立大会在陕西省新生活运动会大礼堂胜利召开。那一天，大礼堂座无虚席，连走道上都站满了人。参加会议的大多数是女性。她们中有雍容端庄的上层妇女，有衣着朴素的女教师、女医生、女职员，更多的是朝气蓬勃的青年女学生。那天天气晴朗，夏日的太阳火辣辣的，但这些巾帼英雄的心比这盛夏的阳光还要热烈灿烂。会议还没开始，会场就响起了悲壮的歌声：“我的家在东北松花江上，那里有森林煤矿，还有那满山遍野的大豆高粱……”“大刀向鬼子们的头上砍去，全国爱国的同胞们……”歌声此伏彼起，气氛悲壮热烈。唱到动情处，有人带头高呼抗日口号，有人因思念失陷的家乡而悄然饮泣……

当陕西省政府主席兼三十八军军长孙蔚如的夫人李定荫走上主席台时，立刻吸引了全场女性敬慕的目光。她的年轻（李定荫时年 23 岁）秀美固然令女人们惊羡，但更令她们惊叹的是，凭着女人敏感的本能，她们看出来了，这位将军夫人是有孕在身之人！一位贵为一省之长、一军之帅夫人的年轻女性，这种时候仍为抗日救亡的事挺身而出，堪称可敬可赞！

（作者以半生为文的体验悟出：男人的强悍阳刚使男人的伟大可以付诸笔墨，而女性的外柔内刚却使女性的崇高令天下才子为自己的江郎才尽而汗颜。）

会议选出了“中国妇女慰劳自卫抗战将士会陕西分会”（以下简称分会）领导人：会长李定荫，常务委员会主任李馥清，常务委员张相玑、谢葆贞、李润琛、耿冰秋、韩钟秀、曹冠群等。可以说是集中了西安各界国、共两党女性的杰出代表。作为一个公开合法的妇女救亡团体，分会的成立对于加强抗日民族统一战线，促进抗日救亡运动的广泛开展起到了很重要的作用。

孙蔚如的母亲听到这个消息后，对儿媳妇在这时候站出来挑头组织妇女救亡团体的行动赞叹不已。老太太对儿媳妇说："你把存汉给我领回来，我给你照看着。你干的是国家大事，既然挑了这个头你就要把事干好。"孙老太太又找杨虎城的母亲商量，说连儿媳妇都为抗战忙活上了，咱咋说也得为抗战出把力呀……两位老人便商量着给部队捐钱。俩老人都是农家妇女，虽然儿子都成了大将军，但老人们依旧保持着勤俭家风。为了抗战，俩老人慷慨解囊，共同凑了一万元，让李定荫交到分会，用来慰问抗战将士。

杨、孙两位将军母亲的义举，在西安各界引起极大反响，一时间成了市民们街谈巷议的热点话题，同时也引发了妇女们走出家门投入抗日救亡运动和为抗战捐钱捐物的热潮。分会在南院门设了个"献金台"，九天时间，来献"金"的妇女络绎不绝，富家的太太、小姐们把自己的耳环、戒指卸下来当场捐献，平民家妇女把省吃俭用攒下的压箱底钱拿出来送到献金台……献金台设在省政府门外，政府的头头看到献金台前的工作人员大热天守在那里宣传抗日、动员募捐，口干舌燥的很辛苦，就要请他们吃饭。工作人员说："不行，我们吃吃喝喝的对不起来献金的老百姓。你们不如把请我们的钱捐出来支援抗战吧。"征捐科副科长秦琳走进省政府，请求杜斌丞秘书长帮助她们动员上中层人士开展募捐活动。杜说："你们做的这项工作非常好，国难当头，每个人都应该为抗战出力。你不要有任何顾虑，要理直气壮地去找他们。"杜斌丞给了秦琳一份上中层人物的名单，"就说我让你来的。"秦琳就理直气壮地在省府内"化缘"了。

分会成立后，组织了四个工作队，由组织科长夏端带领，分赴西安四郊农村，挨家挨户进行家庭访问，又在村头、麦场摆下场子，由以青年学生为主的宣传队为群众演出宣传抗战的节目，教群众唱抗战歌曲……在他们的宣传鼓动下，郊区农民的抗日热情空前高涨。与此同时，李定荫又以分会会长的名义，或打电话或亲自写信，与全省各县、各单位联系，要求尽快成立支会，动员全省姐妹投身抗日救亡运动。很快，全省就有三十五个县建立了支会；西安也建起了十五个学校支会、两个职业支会。支会下的组织更是具体：宣传队、歌咏队、救护队、募捐队……分会及时创办了《西北妇女》刊物，撰稿、编辑、发行全是妇女；各支会还办了《妇女抗战壁报》《妇女抗战画报》，知识女性大展才华，以知识的力量鼓舞民众。1938 年春，日军占领风陵渡，鬼子的飞机窜到西安扔炸弹，市民人心惶惶。李定荫亲自到广播电台做宣传：一是稳定民心，动员募捐；二是向群众宣传防空、防毒知识。此后每周一次，由分会领导轮流宣讲。1938 年 4 月，我国著名女作家丁玲带着西北战地服务团来到西安。李定荫登门拜会丁团长，请战地服务团为西安妇女演出。丁玲见这位年轻的将军夫人如此热心抗日，很受感动，亲自带服务团的演员们在西安夏家什字连续公演了两天，观众反响强烈。李定荫利用这个机会，上台宣讲抗战形势，请东北流亡学生痛陈沦陷区民众的苦难、日寇的暴行；而女作家丁玲则以她卓越的才华宣传抗日，激情的演说更是激起全场妇女的阵阵掌声……这一年，八路军总司令朱德将军从抗战前线回延安，途经西安时，妇劳会和其他救亡组织到七贤庄八路军办事处慰问。朱总司令给大家介绍了抗战形势，抗战团体送给总司令一面锦旗，上书：为国干城。

接着就是孙蔚如率领三万多关中子弟渡过黄河，立马中条，力拒日寇于黄河北岸。三万士兵牵动着全体陕西人的心。李定荫组织分会知识女性下到农村，走访抗战将士家属，与妇女们拉家常，了解她们和家庭的情况，尽可能地帮她们解决一些实际困难。考虑到农村妇女多数没有文化，分会的同志下乡时带上笔墨纸张和信封，帮她们给前线的儿子、丈夫写信，鼓励亲人在前线杀敌报国。

下到灞桥地区的青年女学生们在走访中发现，这里有许多家庭都是一家一族多人上战场。如，在浐河边上的南牛寺村张家，张福田、张翔生、张生贤亲弟兄仨带侄儿张景良（后牺牲于中条山战场）同上战场；在安邸村，杨氏四兄弟杨文蔚、杨文孝、杨文升、杨福来前赴后继上了前线（杨氏四兄弟全部阵亡，无一生还）；在田王村，王氏兄弟王忠贤、王吉昌、王吉武、王文喜（本书第二十一章，柿树林机枪打飞机壮烈牺牲的小排长）都在中条山作战。而在孙蔚如将军的老家豁口村，家家都有男人上了战场，仅将军家族中就有十几个人在将军麾下听命。灞桥人说，豁口村的人都是“豁”出命来打日本鬼子的！

这些情形让下乡的年轻知识女性十分感动：真是打虎亲兄弟，上阵父子兵。中国农民爱国报国之情实在太了不起了！

更让女娃们动情的是，这些亲人在前线用命生死难卜，自己在家中没黑没明地耕作土地、拉扯子女、侍奉公婆的农村妇女，哪个不是提心吊胆地熬日子？哪个没有一把辛酸泪？但她们说起话来却豁达开朗、从容坦然。开始时，女学生们代她们写信，妇女们听了就笑着说：“妹子，你写的话俺不懂，俺那一口子也没文化，看不懂。干脆，你就照俺说的话写上，不怕话粗，只要理端就行。”女学生们就照此办理了。等信写出来，这些喝了一肚子墨水的知识女性自己都惊呆了：呀，这些语言是咱从课本上根本学不到的啊，太精彩，太感人了！

作者在准备写这部书时，有一位年逾古稀的老太太主动打电话与我们联系，说她有这方面的素材提供。我们去拜访老人，老人拿出一个纸张已泛黄的日记本，说她当年就是妇劳会西安分会的会员，那时她正在女师上学，十七八岁。李定荫会长组织青年女学生下乡，她自告奋勇地去了，先后下去二十多次，为抗战将士家属写过几百封家书。每次回来，她都要把农村妇女说的精彩动人的话记在这个本子上。她说这是真实的记录，你们可以写到书里。末了，老人叹息道："比起农村的大妈大嫂，我这个洋学生实在自惭形秽啊！因家庭的阻拦，我没有能到抗日前线，所以，请你们写书时，不要提我的名字。但这些书信上的语言一定要用上些。实在太感人了……"

遵照老人的嘱咐，我们从老人的日记本上抄录了部分书信的语言，其中有母亲说给儿子的，更多的是妻子说给丈夫的——

"儿呀，咱乡里人说，是骡子是马拉出来遛遛，男娃家嘛，只有上了战场才能分出来是烈马还是蔫骡子。你可不敢给咱趴下，叫当妈的在乡党们跟前抬不起头！别操心妈，妈好着呢。等你打完鬼子，妈天天给你做油泼辣子面……"

"狗狗，妈知道俺娃体格不咋结实，都是家穷，妈把你没抓养好！你在前线跟鬼子打仗，可不能说自个身子不结实就往后溜呀！你爷说过：人活一口气，佛争一炷香。只要还有一口气就跟他狗日的小鬼子撕挖！命丢了，没啥，当妈的哭上一场，就去给俺娃上坟烧纸钱……"

"旦旦，自打你跟上孙司令上前线，妈就在村里挺着腰杆走路哩，谁要问起来，妈都说：'俺旦旦娃跟着孙司令打小日本去了。俺娃能成，性硬，保管给咱村丢不了人，不信你等着！'旦旦呀，你可不敢让妈把大话撂到沟里了啊……"

"二牛，你在屋时，整天跟村里的娃们打捶，你大为这事没少收拾你。为啥？跟自家人打捶不算本事嘛，赢了又能咋？今儿跟鬼子打捶，是给咱中国人争气长脸呢，有啥本事你都给咱使出来，让他小鬼子也知道，咱陕西有的是不要命的冷娃生坯子。他洋枪洋炮咋咧？咱不尿他！二牛，记住妈的话噢。俺娃乖……"

"女女他大，你走了仨月，咱娃就出世了，你不是说你喜欢女娃娃么？我就给你生了个女娃。给你说，咱娃心疼得很！就是到这阵儿还没个名字。咱大说，叫抗战；咱妈说，叫中条，他大在中条山打鬼子哩嘛……我思量，女娃家叫这名字不好听，先叫个女女吧，等你打完鬼子回来再给娃起个名字。村里来了些女学生，让俺给你写信，俺不知道说啥，就说一句话：你媳妇我天天抱着女女在村口等你回来哩！话又说回来咧，你打胜了回来就好，再是开小差回来我可把你往出撵噢……哎，同志你笑啥呢？我可真能做出来。话丑理端么，总不能给俺女女起个名字叫‘逃兵’吧？”

“春娃，咱俩头天结婚，二天你就走了。拦你的话我说不出口呀！你是为咱家乡人的日子过安稳些去打鬼子的嘛。我再说个不字，乡党们不是把咱笑咧，说精气伶俐的春娃咋娶了个麻迷婆娘？你丢不起人，我也一样。有句话我思量来思量去，说出来，咋怪怪的；不说出来，又痒痒的……咱妈说，你就给春娃说了嘛，女人嘛，怕啥？我说呀，你这货……就一个晚上么，你就给咱把乱子惹下咧！我有了，现在已经六七个月啦！挺着大肚子怪哇哇的……咱妈说，叫你知道一下，高兴一下就行了，家里有她老人家哩。你在前线只管放心大胆地跟鬼子打。打不完，等咱娃长大了我让他去替你打。我猜出来了，准是个牛牛娃，酸儿辣女嘛，我整天光想吃酸的……”

还有一封信，日记本的主人在前面加了一段话：“我们在南牛寺村搞完宣传，黄昏时踏上归途。行走到陇海线下面一个涵洞时，从洞口闪出一位十七八岁的年轻姑娘。姑娘羞羞答答地从身上掏出一封信，说：‘俺和村里的强强好，他上中条山打鬼子去了。我给他写了封信，不知道咋寄，问起又怕村里人笑话，你们给我捎着寄了吧……’姑娘说完，把信递给我，弯腰鞠了个躬跑了。”

下面是姑娘的信，显然，这是一对自由恋爱的农村青年：

“强强哥：你走的那天，我躲在送你的人群后面，想起了咱村从陕北来的虎娃叔唱的陕北民歌：‘上河里的鸭子下河里的鹅，一对对毛眼眼望哥哥……’我是真的一直望着你哩！可我不敢上前去，怕村里人说这女子不害臊……强强哥，我真想跟你一块儿上前线打鬼子哩！可村里人说部队上不要女娃。咋就不要女娃呢？花木兰不是女娃么？上不了前线我就在后方为抗战出力。城里的女娃们下乡宣传，村里组织了支前队，我也参加了……多余的话不说了，你知道后方有我在想你、等你就行！等你打完仗，我就上你门上去给你当媳妇。谁也别想拦住我！我希望我嫁的是个抗日英雄，我相信强强哥能当上英雄……”

…………

这样的信，老人记了满满一本。

用现在人们的话说，这些语言是“土得掉渣”，但我们相信，这样的家书寄到前线，对战士们的鼓舞远比一场政治报告作用大得多。

农家女人不仅话说得扎实，活干得更实在。麻油灯下，她们飞针走线，为前方将士们做鞋袜、缝背心，这些一针一线寄深情的物品，通过省政府组织的军车源源不断地送往前线。

永济战役后，前方便不断有伤员运送回来；到“六六战役”时，伤员挤满了医院，挤满了火车站。西安各界爱国人士纷纷走进救护伤员的行列，妇劳分会的人更是全力以赴。在车站站台上，在医院病床前，到处都有青年女性忙碌的身影。许多中青年妇女抛下自己吃奶的孩子，抱起浑身血迹的士兵，一边给他们喂药喂饭，一边噙着泪花花劝慰战士：“兄弟，不咋，养一养就好了。”“兄弟，好样的！老百姓记住你们哩！”“大哥，想吃啥？俺给你做去。”青年女学生们守在伤兵跟前唱抗日救亡歌曲，代写家书；大妈大婶们从家里拎来热汤热饭；大嫂大姐们帮伤员洗衣服；妇劳分会还特意制作了“再接再厉”的荣誉证书，赠送给伤愈归队的士兵……女人们用母性的温情抚慰着伤兵们的心，用关爱的话语疗治着他们的伤痛。伤员们私下议论说："咱打不好仗，对不住大姐大嫂们啊！"

春节前夕，妇劳分会组织后方将士的家属携带着大量慰问物品到前线慰问，同行的还有许多东北、平津的流亡学生。他们在前线为将士们举行战地演出，歌声响遍了大大小小的战壕、工事、军营；他们为将士们拆洗被褥，洗涤血衣……一位名叫白樱的80多岁的老太太告诉我们："当年我是平津流亡学生，到中条山慰问时，我和同学们抱着将士们的衣服到河边洗，发现没有一件不带血迹，不留弹痕、刀口的……同学们是边洗边哭啊……"白老太太的丈夫、92岁的田禾老人也是当年的流亡学生，他深情地回忆道："将士们的家属倒比学生们沉着，她们很少有人与丈夫抱头痛哭，多是说，好好打仗，家里不用你操心。其实她们操的心比男人们重啊！"田老先生还告诉我们，"那几位带着部队打仗的将军人可好啦，孙司令、赵军长、李军长、孔旅长……我们都见过，他们见了我们谈笑风生，既不像个将军，更不像刚从炮火硝烟中下来的指挥员，平和得跟普通老百姓没两样。孙司令满腹经纶，讲起话口若悬河，和我谈得很投机，临走时还送了我一把扇子，并诙谐地说：'扇子有风，拿在手中。朋友想借，等到秋冬。我冬天送朋友一把扇，怕是不够朋友吧？可惜这里除了枪弹，再无可赠友人之物呀！'"

春节慰问，李定荫在孙老太太的劝阻下没能成行，不久（3月8日）便生长女孙存华。但是，身怀六甲的刘清却死活闹着要去，她的丈夫董祖荫在三十八军当军医。从中条山回来时，她坐船过黄河，船行至河中，她撑不住了……同船的妇女围起人墙。董医官的夫人生下一个男孩，当时便有女伴给孩子起了个名字：董舟生。医官夫人回西安后，给丈夫写信报告这一喜讯，不料，收到的回信却告知董医官在前线为抢救伤员而不幸殉难的噩耗……

与董医官夫人遭遇相似的女人还有很多，这里讲方向知老人的一个故事——

本书第五章写道：永济城外，主阵地遭日军猛攻，情势危急，孔从洲命一〇二团团附杨法震带一营兵力绕到敌后作战，以缓解主阵地压力。杨法震最终血染上高市……而杨法震临上中条山之前，曾与妻子方向知在黄河滩上有过约定：方向知回西安安顿住孩子就上前线。然而——

方向知回到西安不久，就从报上读到了一则战地通讯：杨法震为国捐躯，气壮山河……

方向知毕业于省立一中，共产党员，是位坚强的知识女性。丈夫的阵亡，使她悲痛欲绝。但是，擦去泪水，心中却陡生出更多的坚强。她认为：中国屡遭列强欺凌，内因是国家不强大，民族文化素质不高。于是她决定把政府发给她的杨法震的抚恤金一千两百元（现洋）全部拿出来办学。她带着年幼的儿子杨鉴离开西安，回到杨法震的故乡——陕西兴平县（现为兴平市），办起了一所乡村小学，取名“法震小学”。仅靠那点抚恤金是难以维持一所学校的——方向知对村里的穷孩子不收费，真正的义务施教——方向知自己动手，搬砖和泥，在乡亲们的帮助下盖起了校舍。她白天亲自给孩子们上课，到晚上就纺线织布，喂鸡养猪，以顽强的毅力支撑着这所乡村小学。“法震小学”不仅教孩子们读书识字，更重要的是教育孩子们从小树立爱国主义、英雄主义思想。因她的丈夫、姐姐、哥哥都是共产党员，“法震小学”也就成了党的联络站，掩护过许多被特务追捕的地下党员……过度的劳累使年轻的方向知双腿瘫痪，但她投身教育事业、为国育人的痴情不改。“法震小学”办得上了规模，成了兴平县知名学校后，1949 年，她把学校交给当地政府管理，自己回到西安，自筹资金，办起了为军队、地方干部子女提供抚养教育责任的西安第二保育小学。“西安二保小”在她的辛勤操持下，成为全省乃至全国的知名学校，方向知也被誉为革命教育家。方向知把毕生的心血献给了祖国的教育事业，二保小培养出来的孩子大多成为社会中坚、国家栋梁。然而，“文化大革命”中，年近花甲的老人、悲苦一生的烈士遗孀、忠心不渝的革命教育家方向知却遭到了残酷的批斗……其中一个罪名说她是“反动军官太太”。

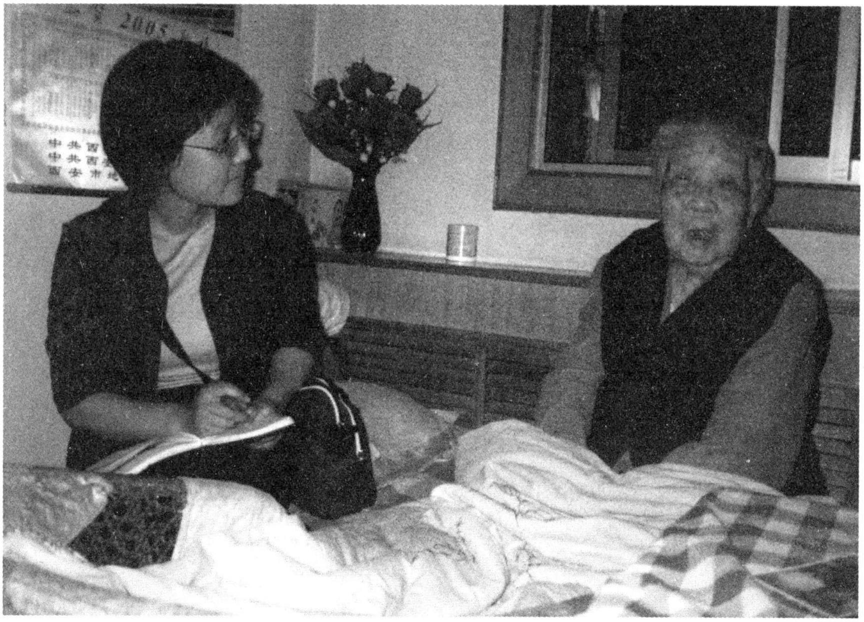

2005 年，西安晚报社记者陈颖（左）采访方向知老人（右）

老人不怕办学的艰辛，也能强忍着失去丈夫失去姐姐失去哥哥的悲痛，但“自己人斗自己人”却使她心在滴血；那顶“反动军官太太”的帽子更使她欲哭无泪……1973 年，老人断然辞去公职，栖身于古城西安一个偏僻的小巷里，过着平静而淡泊的日子。除了独生子杨鉴在膝前尽孝，老人从不与外人打交道。只有黄河滩上那依依别情和丈夫英勇赴难的悲壮场景抚慰着老人孤独的心灵。

我们费尽周折，才找到了方向知老人。老人已经93岁了，现在双腿瘫痪不能下地，但耳聪目明，见到老人时，老人正靠在床上阅读当天的《西安晚报》。

我们实在找不出合适的话来安慰这位伟大的女性，又不愿提起那些令老人伤心的往事，只有在心中默默祈祷着：祝老人健康长寿……

伟大的抗战是伟大的中国人民于苦难中用伟大的民族精神谱写的伟大乐章，而构成这部伟大乐章的每一个音节都有中国男人气壮山河令人荡气回肠的阳刚之气，亦有中国女人百啭千声令人梦绕情牵的阴柔之韵！

23 第二十三章 虎啸望原

我军重机枪阵地

点击

孙蔚如对李振西说："望原一战，我和赵军长都把人头押上去了。仗打败了，你就到黄河里去打捞我俩的头颅吧。"

李振西说："真要有那一天的话，打捞的事也轮不到我头上，我的头也在河里呢。”

孙蔚如说：“军中无戏言！”

李振西答：“愿立军令状，摁上我的血手印！”

孙蔚如说：“军令状就不必了。我相信你，相信教导团，我这颗头就押到你这儿了！”

对于将地方部队摆到对日作战的第一线，新中国成立后的各种资料说法基本一致，那就是：蒋介石玩的是借刀杀人之计，即借日本人之手消灭杂牌军。站在团结抗日，共御外侮的立场——或者说从善良的愿望出发，我们宁愿相信这种说法只是一种猜测或政治偏见，然而，事实又常常使我们在这种“相信”面前一头雾水。

发生在 1939 年 6 月的陌南战役，以日军的全线溃逃，我军阵地全面恢复而宣告结束。毫无疑问，这是第四集团军保卫黄河、保卫中条山的一场重大胜利。然而，这胜利来得又是多么艰难，多么惨烈而悲壮！我军因兵力的薄弱，武器的低劣，一开始就处于极度被动甚至被逼到绝境，而战役的最后胜利完全是靠我军将士不屈不挠的民族气节，舍生忘死的报国精神，绝地反击的英雄气概！一个不容回避的现实是：我军在歼灭了大量入侵之敌的同时，自己也付出了重大的牺牲（有资料表明：中条山战役中，日军曾十九次增兵，足见损失之重；而我军先后牺牲了两万一千人），是真正的“杀敌一万，自损八千”……

以第四集团军现有兵力防守三百里中条山，三面受敌，背水结阵，明显是勉为其难，苦于招架，这是连普通老百姓都能看出来的现实。然而，就在陌南战役结束不到半年，在第四集团军兵源尚未补充齐整之时，第一战区司令长官卫立煌却向孙蔚如传达了蒋介石的命令：调四十七军（四十七军同时扩编为第三十六集团军，李家钰升任总司令）离开中条山，开赴太行山南麓，对道（道口，今河南滑县）、清（清化，今河南博爱）铁路之敌作战；四十七军在夏县以东、以南之防务，由第四集团军派兵接防……

消息传出，第四集团军满营上下议论纷纷：

“这明明是釜底抽薪么!”

“奶奶不疼，舅舅不爱，咱杂牌军真成了舍娃子了!”

…………

李家钰到岳家庄向孙蔚如辞行。孙蔚如让炊事兵炒了几个菜，又拿出从西安捎来的腊牛肉，与李家钰把酒话别。孙蔚如酒量甚好，但自进中条山以来却很少沾酒，怕的是酒后误事。两位将军对饮，至半酣，李家钰起身告辞，孙蔚如执意要送送他。送至黄河岸边，陕军主帅和川中名将并辔立马黄河，望南岸崤山苍莽起伏，听身旁黄河涛声如雷，久久地沉默无言……中条山下怒吼的朔风撩起将军肩后黑色斗篷，如风中战旗，如浪里征帆……天空阴霾重重，仿佛弹指一挥便会有雪花跌落下来。

“其相兄，中原战局错综复杂，险象环生，兄此去，望多保重!”孙蔚如打破沉默，深情地说。

李家钰双手抱拳：“多谢树棠兄。只是，我李家钰自带弟兄们出川之日起，就没打算活着回去。人咋个也逃不过一死，战死沙场总比遭人暗算死得磊落些、爽气些。”说着，李家钰又回望中条，鞭指群山，幽幽地说道：“其相无能，留此也总能帮你抵挡一面之敌。如今奉命撤防，实属无奈呀！望树棠兄好自为之吧。不过，这一年多，我算领教了你们关中子弟的威风了。叫什么陕西冷娃儿？打起仗来个个都是不要命的娃儿哟!”说着，李家钰向孙蔚如竖了竖大拇指。

孙蔚如见李家钰说话爽气，也撩起了胸中的一腔豪情，于是，鞭指黄河，傲然说道：“其相兄豪爽坦荡，小弟甚为敬佩！弟观抗战之事，取胜尚待时日，你我还会有并辔作战之时。豫西有虎牢关，说不定咱还会重演‘三英战吕布’。到时候就不再是鞭坠紫金冠，而是要直取鬼子的项上人头哟！”

李家钰大声地说：“好，树棠兄，我等着那一天！”说着，举手向孙蔚如行了个军礼。

“哎呀，不可……”孙蔚如慌忙还礼。

李家钰笑着说：“而今现在我还是你的部属嘛！”

…………

在黄河边与李家钰执手相别后，孙蔚如回到岳家庄，走进司令部便对陈子坚说：“通知团以上军官，今晚到司令部开会。”

孙蔚如清楚地知道：四十七军调防之后，中条山的防务在兵力上更加捉襟见肘，而这种情势必然会引起军心浮动。现在最要紧的就是稳定军心。日军虽然在“六六战役”中遭到我军重创，但亡我之心不死，对中条山的进犯还会加剧。今后，中条山就要靠我陕军独立支撑局面了，如果军心不稳，后果将不堪设想！

各路指挥员赶到之前，孙蔚如召集参谋长陈子坚、秘书长李百川及司令部作战参谋人员开会，仔细推敲四十七军调走后中条山防务部署计划的细节（计划已报战区司令部批准）。会议开了一个下午，结束已是天近黄昏，天上果然飘起了雪花。孙蔚如兴之所至，便邀李百川对弈。李百川笑道：“我是屡战屡败，有些怯场啊！”孙蔚如说：“屡战屡败不怕，就看你敢不敢屡败屡战。陈子坚兄不妨帮他参谋参谋。”陈子坚笑着说：“观棋不语真君子，我是只看不吱声哟。”

孙蔚如天资聪颖，对中国书法、诗词、象棋悟性极高，少年时便名噪乡里，戎马倥偬中仍不弃雅兴。他棋风稳健，布局严谨，常常于不动声色中埋下杀机，又能于看似绝境中出奇兵力挽狂澜。李百川绞尽脑汁却连输三盘，遂轻叹一声，“唉，惭愧，实在是棋差一着哇!”起身认输。

小窗外大雪纷飞，棋盘上车马无声，孙蔚如触景生情，心中涌上一股书生意气，于是便呼副官徐鸿恩：“拿笔来。”

李百川知道司令又要赋诗了，他是孙蔚如诗词的崇拜者，急忙走到书案前铺开一张宣纸，问：“树棠兄莫非要作雪中赋?”

孙蔚如提笔在手，答曰：“无意咏雪，只觉得方才这棋局颇有意思，试赋一诗，请兄等赐教。”

孙蔚如笔走龙蛇，转瞬之间，便以狂草写出一首七言律诗来：

两国争雄起战争，
不劳金鼓便兴兵。
马上二步横沟斗，
唯守三宫细柳营。
摆阵出车当要道，
隔河冲炮破重城。
帷幄士相多机变，
一卒功成见太平。

孙蔚如搁笔在案，连说：“见笑，见笑……”

陈子坚、李百川目睹孙蔚如于几分钟间不假思索便写出这气韵生动又极富哲理的诗句，惊得面面相觑，半晌合不拢嘴，却又说不出话来。

李百川呆呆地望着孙蔚如，喃喃地说：“你还说见笑，见笑，我见了倒是想哭一鼻子。”

孙蔚如问：“何故想哭啊？”

陈子坚笑眯眯地说：“我知道百川兄为何想哭，不就是周郎的叹息：‘既生瑜，何生亮’么？”

孙蔚如也笑了：“雕虫小技，不过是胡乱拼凑而已。见笑见笑！”

孙蔚如赋咏棋诗，看似是灵光闪现的即兴之作，实则是他连日来对战局苦思冥想又豁然开朗后的抒情明志。于是，当晚的军事会议上，他就以棋为引，向将佐们发表了激情的演说：

“战事如棋。”他说，“战场上的每一支部队，乃至每一个人都是棋盘上的一个棋子。棋局之胜负，全看对弈双方如何调动棋子，啥时出车巡河，啥时退炮守营，啥时挺卒，啥时支士……执子者必须根据棋局的变化，在通盘考虑的原则下灵活掌握。现在，全国的抗战就是全国一盘棋，执子者是中央。要相信中央会懂得‘一子不慎，满盘皆输’这个道理的。因此，中央调四十七军离开中条山，自有中央的想法；而留我军继续在这里防守，也自有中央的道理。树棠身为军人，虽然也恪守服从命令是军人的天职这一信条，但绝非愚忠也非盲从。真实的情况是：中日双方的这场生死对弈在盘面上已有了新的变化。今年 8 月，也就是‘六六战役’结束不久，日本平诏内阁下台了，由阿部信行组阁。这个新内阁一上台就对外宣称，决心全力解决中国会战。但是，该怎么解决呢？支那派遣军总司令西尾寿造在中国作战多年，深知我山地游击战的厉害，他对他的部下们说：‘中国游击战的特征在于诱我深入，断我后路。我军在山地内进击，不论华军兵力如何强大，我定可突破前进。然在我部队通过三四个小时之后，我所经过的道路均已布满华兵，使我军遭受重大损失和悲惨的结果。’”说到这里，孙蔚如脸上漾出一缕笑意，“西尾的这番话，不也正是我中条山诸战的写意么？有鉴于此，日军欲达‘尽快解决中国会战’的目的，只得调整了他们的作战战略，兵力向豫、湘、桂一带转移，要在中原、华中与我军展开会战。对方的棋子有了新的变化，我方棋子的变化就成了顺理成章的事了嘛！弟兄们回去以后，一定要向官兵们讲清这些道理。目前，抗战正处于交紧处，任何消极的情绪都是自毁大计，任何猜忌都是乱我军心！方才我说到了日军已调整战略，但这并不等于他们放弃了对我中条山的进犯。在全国抗战的这个棋局中，我们这里毕竟是很小的一个局部。虽然这一年多来，日军在对中条山的多次扫荡中没有占到什么便宜，但他们狂妄的本性是不会因此改变的。日军华北派遣军司令寺内寿一就口出狂言，说什么中国军队没有战斗力，任何地区，只要有一个联队的兵力就可以完成扫荡任务……”话至此，会场上响起一阵笑声。孙蔚如接着说，“鬼子的狂妄固然是可笑，但同时也说明，他们不会因前面的失败而轻言放弃，他们觉得中条山是可以扫荡下来的。特别是四十七军调离后，他们会认为机会来了，从而重新犯我中条。”孙蔚如用拳头捶击着桌面，目光扫过全场，厉声说道：“那就让他们来吧！”

孙蔚如这番充满理性却又不失激情的讲话使与会的将佐们受到了鼓舞与启迪，会议间隙便交头接耳，神情很是亢奋，而唯赵寿山面带微笑静坐不语……他和孙蔚如自幼同窗，少年时的孙蔚如恃才傲物，性格豪爽，锋芒外露，常被嫉妒他的人嘲讽为自命不凡；即使到了统兵打仗的青年时代，也桀骜不驯，常常口无遮拦地发表时局评说，痛斥世事之不平、官场之诡诈。但近年来却像变了一个人，特别是抗战以来，经历了“西安事变”，经历了杨虎城、张学良被老蒋囚禁之后，孙蔚如的城府变得更为深沉，处事更为老到……此次四十七军调防，难道真的就如他说的那么简单么？赵寿山理解孙蔚如内心的矛盾与难言之隐，所以，他笑而不语。

孙蔚如让参谋长陈子坚宣布了新的防御作战计划。鉴于“六六战役”我军的兵力实际，经一战区长官部批准，决定：在张茅大道以西纵深太浅的中条山地区，不再坚守阵地，只派九十六军之独立四十七旅在该山区活动，对敌实施游击运动战；晋南游击队杨振邦部已经一战区司令部同意，划归我集团军指挥，令其部以中条山西端之雪花山为根据地，对由永济南下之敌进行游击作战；三十八军全部和九十六军主力移至张茅大道以东以南和夏县以南以东的山区，三十八军居右，九十六军主力居左；两军各抽派部队在侯家岭、毛家山一线接防原四十七军防地，并在望原、圣人涧一线构筑工事，加强防务……总之，今后我军将以游击作战、弹性防御为主。各军要自行控制强大的预备队，随时准备机动作战，歼击来犯之敌；预计后面的战事将在平陆中、东、南部展开，为便于协调各部行动，军团部将移至望原东南的郭原村……

会议结束后，孙蔚如在迷茫的风雪中送诸位将佐出门。赵寿山刚刚上马，就听孙蔚如低声言道：“寿兄知我，一切尽在不言中！东部战事，拜托寿兄了！”

赵寿山从马上侧身，伸出大手握住孙蔚如的手摇了几摇：“树棠，既然是一切尽在不言中，那就啥都不说了。”

…………

几乎就在四十七军撤离中条山的同时，山西的土皇上阎锡山为维护他在山西的统治地位，悍然发动了“晋西事变”，对在抗战中发挥了重要作用，也是他曾经支持过的牺盟会举起了血淋淋的屠刀，不仅镇压了决死队二纵队，屠杀了不少共产党人和进步人士，而且宣布解散全省的牺盟会……听到这个消息，孙蔚如悲愤交加，仰天长叹：国难未解，外侮未除，又出这等兄弟阋于墙的事，怎不叫抗战将士心寒齿冷啊！而就在阎锡山掀起的血雨腥风中，日军第三十七师团万余人秘密集结，向我中条山东段发动了突然袭击。好在我军及时发现日军的阴谋，赵寿山军长亲率三十八军主动出击，李兴中军长指挥九十六军全力策应，向安邑、夏县之敌发动大反攻，很快就击退了日军的扫荡。12 月 26 日，重庆《新华日报》发布消息：“敌进犯中条山之企图，再度失败……迄今（日军）进犯（中条山）十次，每战皆败北。”

在山地战中被我游击战打怵了的日军，一个冬天没敢出窝。我军则于冰天雪地中完成了中条山东部的防御部署。

1940 年 4 月，又是一个长河解冻、乍暖还寒的春天，日军向山西境内的太行山、中条山发动了大规模的扫荡攻势。朱德总司令率领的八路军在太行山痛击日寇，而孙蔚如总司令率领的第四集团军则在中条山的中、东部与日军展开了一场生死“对弈”。

这场后来被称为“望原会战”或“四一七战役”的决战是在一个风和日丽的日子——4 月 14 日——拉开序幕的。是日，日军先以小股兵力向我新编三十五师的前哨阵地做火力侦察。（该师即孙蔚如策划的对伪军策反工作成功后，由晋南皇协军副司令白云飞率部投诚的部队改编而成。孙的计划是将该部与孔从洲的独立四十六旅合并，但计划尚未得到中央批准，所谓“新编”应为“暂编”。同年 9 月 15 日，军政部长何应钦签发命令：独立四十六旅与新编三十五师合并，番号为新编三十五师，由孔从洲任师长，姜宏模任副师长。辖一〇三团，团长张履骞；一〇四团，团长尚武杰；一〇五团，团长程靖舟。仍属三十八军辖制。）双方交战两小时后，日军退去。15 日拂晓，日军便开始了全线的进攻。此役，日军以牛岛师团为主，以晋南伪军为辅，集中了马、步、炮兵一万多人，轻型轰炸机二十余架，从安邑、运城、夏县、解县、张店五路来犯。

由于新编三十五师原来的身份，而这次日军的扫荡又有伪军参加，中共地下党组织在这中间发挥了重要的联络作用，所以，交战之初，我军便得到了秘密情报，掌握了日军的作战意图——

根据日本陆相坂垣所画出的“坂垣停战线”，北进日军必须夺取陇上重镇兰州才肯罢休。而欲取兰州，就要抢渡黄河，穿越陕西。日军的这次春季扫荡，目的就是要从平陆的张茅大道突入，将我军挤压包围在张茅大道以东、中条山西端之南，以确保他们占领的同蒲铁路南段畅通无阻；然后从风陵渡、茅津渡渡过黄河，取关中而犯陇上。

了解了敌军的企图后，孙蔚如冷笑着对李百川说：“哼，咱乡党的话咋说来？叫‘做梦娶媳妇——尽想好事’！”

由于“六六战役”中，平陆西部田野村庄和我军工事被炮火毁坏甚重，这次重新部署时也只派了独立四十七旅在西部山区游击作战，孙蔚如便与陈子坚、赵寿山、李兴中等人商量：既然日军的目的是要将我军挤到东部，我军就不妨在东部与敌周旋。东部塬高沟深，迂回空间很大，我军诱敌至望原一带，三面合围，聚而歼之。

按照这个计划，我军一七七师、新编三十五师、独立四十七旅各部在中条山腹地黄草坡、榆树岭、相家窑、柏口窑和张店西南的太郎庙、柏树岭一带与敌激战三日后，奉命退出阵地，分别向东、南方向转移。17 日，日军沿张茅大道向古王、计王进攻。我九十六军在古王及黄河北岸抵抗一阵后亦退出阵地，沿黄河岸向东转移。至 18 日，我军已在望原以东、以北的毛家山、庙洼、狮子沟和西南的过村、禹庙、下伞对望原形成两面夹击之阵势，而不知是计的日军却正向望原挺进，黑着头往口袋里钻。

正当我军布好口袋阵准备围歼敌军之时，一战区长官部参谋长郭寄峤从洛阳打来电话。孙蔚如立刻意识到郭要说什么，吸取韩阳镇撤兵时战区一个电话便打乱战前部署的教训，孙蔚如对接电话的李百川示意：“就说我到前线督战去了，让他直接与寿兄通话……”他知道赵寿山的脾气，这个时候，他是不会因上峰的一个电话而让眼看到手的猎物跑掉的；而赵又不归郭直接指挥，不会因此而落个抗命不遵的罪名。

赵寿山果然不认郭参谋长的卯：

郭寄峤："望原你是守不住的。你应当带部队绕到敌后去，在同蒲线上作战。"

赵寿山："望原是中条山的心脏，望原丢了，中条山就丢了，敌人就会举兵过黄河。"

郭寄峤："那你要是守不住怎么办？"

赵寿山："你给卫长官说，守不住望原，砍下我赵寿山的头扔进黄河！"

郭寄峤："唉……那你就看着办吧！"

赵寿山又给孙蔚如打电话，说了他顶撞郭寄峤的事。孙蔚如称赞赵寿山顶得好，并说："望原失守，第一颗扔进黄河的人头是兄弟我孙树棠的！"

放下电话，孙蔚如立即下令："李振西率教导团开赴望原担任望原正面的防守任务，归赵寿山军长指挥。"

孙蔚如对李振西说："望原一战，我和赵军长都把人头押上去了。仗打败了，你就到黄河里去打捞我俩的头颅吧。"

李振西说："真要有那一天的话，打捞的事也轮不到我头上，我的头也在河里呢。"

孙蔚如说："军中无戏言！"

李振西答："愿立军令状，摁上我的血手印！"

孙蔚如说："军令状就不必了。我相信你，相信教导团，我这颗头就押到你这儿了！"

前面我们说过：中条山状如一个硕大的牛角，尖端在西，宽端在东。其实，任何词语用来比喻天工所造之自然景物都很蹩脚。中条山与黄河虽然同为东西走向，但山之逶迤、水之弯曲使山水之间这块狭长地带并不呈任何几何意义上的形状。譬如，中条山西端距黄河北岸约五十里，而东端却与黄河接到了一起。再打个不贴切的比喻吧：如果把中条山比作一只孔雀，西端如孔雀之头，东边则如孔雀打开的屏（这种比喻好像比较好理解吧）。而平陆的张茅大道以东的山区就是孔雀之屏。从黄河北岸到中条山北麓，纵深六七十里（中条山西部纵深仅为二三十里）。如此说来，望原一带也属中条山的腹地。望原是一座山头，如果用孔雀之屏比喻，望原在彩屏的中央，距黄河不到二十里，东边为夏县，西为平陆县城，距离均在三十里左右。因此，赵寿山说望原是中条山的心脏，望原丢了，中条山就丢了，黄河也守不住了。这话并非夸张。

所谓望原会战，主战场就在望原和淹底两座山头上。两山之间有一道深沟，沟底有一条宽约三十米的河——洗耳河，河水很浅，人可以轻松蹚过。如果没有战争，这望原，这洗耳河倒是个农人歇息、牧童放牧、孩子嬉戏的好地方。

所有回忆录都说，“四一七战役”在战争的规模上仅次于“六六战役”，是我军在中条山打的第二个大仗。但是，这场大仗与“六六战役”最大的不同在于，我军的战术更加机动灵活，采用弹性防御的策略诱敌深入。虽然也有过局部的被动，但总体上说，我军始终处在主动的地位。

孙蔚如、赵寿山、李振西都以龙吟虎啸的冲天豪气把项上人头押在了望原会战上，这场战争必有好戏！

戏剧（包括文学）行当中有句俗话叫“戏不够，风雨凑”，但我们为了写好这段真实的历史，前面的章节中从未敢以风雨“凑戏”。但是，望原会战正式开始的第三天，即 1940 年 4 月 19 日上午，中条山下突然涌来一股巨大的寒流（农村称为倒春寒），寒流过处，雨雪交加，狂风怒吼，胳膊粗的小树迎风齐腰折断，碗口粗的大树被连根拔起。狂风、冷雨、飞雪整整闹腾了一天，到了晚上不仅未停，而且越闹越凶，半夜时竟有沉沉的雷声前来助威。在郭原村指挥作战的孙蔚如望着漫天雨雪，听着雷鸣风吼，激动地对部下说：“倭寇欺我，已惹得天神震怒了。我料寿兄今晚必有作为。”

陈子坚问：“要不要给赵军长打个电话?”

孙蔚如大手一挥：“不用。寿兄久经战阵，如此天赐良机，他岂肯放过!”

孙蔚如说得没错，赵寿山是决不会放过这天赐良机的。是夜，他在呼啸的狂风中下达命令，命令十七师的四个主力团——九十七、九十八、一〇一、一〇二全部出动，兵分四路夺回淹底，并占领淹底以西的郭家庄、上堡、下堡、槐树下、曹家庄、南村等地。

前一日的战斗中，敌军倚仗飞机和大炮的掩护，猛攻淹底。我九十六军二营与敌血战，营长阵亡，阵地上只剩下了九名士兵却个个面无惧色，当鬼子冲至阵前时，一名陕西冷娃喊了声：“弟兄们，丢脱了跟鬼子拼啊!”九条汉子唰地甩脱带血的军衣，赤裸着上身与鬼子拼杀，直至全部壮烈殉国。

赵寿山派出的四个主力团迎着扑面的风雪，伴着震耳雷声，一路冲杀。鬼子根本没有想到，这样的夜晚会有大军出动，仓皇应战只落得仓皇溃逃。我军不仅复夺淹底，而且如期占领了淹底以西的各个村庄。

再说望原——

进攻望原的日军是从望原北面的张店开来的。李振西将一线阵地放在望原北面的韩岭、刘家庄。从21日至23日，一线阵地抵挡住了日军数十次的进攻。鬼子见阵地无法突破，便用大炮发射了大量的喷嚏性、催泪性毒气弹。我军因缺乏防毒用具，数十人中毒。李振西遂命令部队撤回望原。但李振西在总司令面前发过“毒誓”，这位铁血虎将早已下定了誓死坚守望原的决心。李振西手下有五个步兵营、一个炮兵营，他将炮兵营摆在半山腰间，将步兵营排列在炮兵左右两侧，每隔三步便有一挺重机枪，形成了一道钢铁防线。24 日，日军飞机在望原上空投掷下大量的炸弹，步兵则在炮火的掩护下向望原主阵地发起冲锋。

李振西把一营营长殷义盛（共产党员）叫到跟前，指着正从山下向上爬的鬼子说："鬼子来势汹汹，不给他点厉害他是不知道马王爷有几只眼的。你马上给我抽一百名不怕死的后生，每人发一箱手榴弹，冲下去！这边我让炮兵掩护。"

殷义盛说："没麻达！两百个也有。我来带队。"殷义盛迅速挑选了一百名精壮后生，每个人胳肢窝里都夹着一箱手榴弹，一百条汉子昂首挺胸立于阵前。李振西向战士们行了个庄严的军礼，高声说道："弟兄们，成败在此一举！我李振西生生死死都会记住弟兄们的！要快，像龙出水、虎下山，打他一个冷不防！"

一百条汉子齐声吼道："杀敌报国，在此一举！"

李振西命令炮兵营所有的大炮都朝山下发炮。一阵炮火过后，一百名年轻的中国士兵呐喊着向山下冲去，手榴弹雨点似的落下来，在鬼子中间爆炸开花，顿时腾起团团烟雾。烟雾中，鬼子血雨横飞。侥幸存活的鬼子连滚带爬地逃了回去。

我军一百名勇士也有半数阵亡。

壮哉，中国士兵！

25 日，日军卷土重来，但多数经过前一日战斗的鬼子都望山而心怯。日军指挥官手持战刀在后面压阵，见有怯阵者皆当场砍死，仅 25 日一天就有四名日军士兵当场被长官砍了头。

由于三十八军、教导团在望原、淹底牵制了日军主力，我九十六军及独立四十六旅、新编三十五师便在望原周围的村庄"攻城拔寨"，不久便形成了对望原的四面包围。25 日下午，孙蔚如命令赵寿山、李振西于当晚撤出阵地，放日军全部开进望原一带，以便聚歼。26 日，我军从东、南、西、北四个方向发起全面反攻。我炮兵部队一举摧毁淹底的日军炮兵阵地；十七师四十九旅攻占 1421.5 高地；五十一旅攻占姚巴山；教导团冲进淹底村和狮子沟，击溃敌辎重部队，缴获大量军用物资；九十六军向张茅大道南端推进，在古王、计王、圣人涧痛击日军……27 日拂晓，日军全线动摇，开始后撤突围。我军“得势不饶人”，一路穷追猛打，途中又多次将日军分割包围。中条山下，战马长啸，杀声震天。经数日追杀，日军将近半数（四千多名）被我军歼灭。溃逃的日军连搬运同伙尸体的机会都很难得到，仅一次就焚尸七百多具。

孙蔚如将军率领我陕军将士浴血奋战中条山近三年，先后十一次粉碎日军“扫荡”，大量杀伤了日寇。日军在中条山与我陕军对战，曾先后补充新兵十九次。图为日本帝国主义炮灰们的坟墓

望原与淹底之间的洗耳河，原本清亮见底的河水变成了血红色，多

日不见清澈。

前后持续了将近二十天的望原会战（“四一七战役”）以我军大获全胜而结束。

赵寿山将军在新中国成立后所写的回忆录中有这样一段话，可作为此役的喜剧性尾声：“（望原）战斗结束后，我打电话与家中联系，正逢我的小孙女出生，她的祖母刚刚接过生，净了手就来听电话。我即在电话中把小孙女命名‘望原’，以纪念这一战役的胜利。”

当然，此次战役因兵多面广，又是山地作战，我军兵力、武器皆有捉襟见肘之难，也就给敌军造成了脱逃之缺口。这场战事的总指挥孙蔚如将军在他亲自撰写的回忆文章中为此而留下了一声叹息：“惜剿击部队动作失时，未能予敌更重打击为憾!”

此役过后，日军三十七师团长牛岛被召回国内受训，生死不明。

至此，第四集团军已在中条山粉碎了日军大大小小十一次扫荡。

同年 8 月，第四集团军接到国民政府中央军事委员会通报，称日军正在重新集结队伍，调运粮草物资，意在继续向中条山发动更大攻势，重夺茅津渡，并企图彻底消灭第四集团军。正当孙蔚如与部属们研究如何抵御日军新一轮扫荡时，8 月 20 日，由朱德、彭德怀两将军率领的八路军发起了“百团大战”。身兼第二战区副司令长官的朱德和八路军副总司令彭德怀，联名致电第四集团军总司令孙蔚如，请求派三十八军策应百团大战。孙蔚如召集赵寿山、李兴中共商大计，一致认为：无论从民族大义还是从本集团军防务出发，策应百团大战都是件义不容辞的使命。于是，三十八军派其主力部队轮番出动，在中条山北麓的运城、安邑、闻喜及东侧的夏县袭击日军，破坏同蒲铁路；九十六军在中条山西段袭击运城、永济之敌，破坏同蒲铁路南段交通；独立四十六旅七三九团夜袭虞乡车站，又在猗氏大阎镇炸毁敌军用汽车三辆，毙敌百余名……这场百团大战纵横数百里，河北、山西两省的铁路、公路均被中国军队掐断，敌军运输线几近瘫痪，各处日军皆龟缩在据点内不敢出动。至此，华北战场形势大变，日军再犯中条山的计划也就此宣告“流产”。

这次配合八路军作战，第四集团军是全线出动，主动杀入敌后，且处处奏捷。战后，参战官兵异口同声地用两个字来概括他们的心情：

“痛——快!”

24 第二十四章 黄河做证

屹立在中条山下的抗战烈士纪念碑

点击

孙蔚如率第四集团军泪别中条，登上停泊在茅津渡口的战船。征帆驶入黄河中流，蓦然回首，忽见河岸的山冈上站满了晋南百姓，挥动的白羊肚毛巾如一簇簇飘动的云。

大船上的官兵一齐举手向送行的群众敬礼，举起的手臂中有一只是一代儒将孙总司令的……

……

1940年9月25日，第四集团军总司令孙蔚如接到第一战区司令长官卫立煌来电，电报传达了最高统帅蒋介石的命令："为使晋南作战部队与陕豫设防部队平均劳逸，加强晋南我军作战起见，兹着孔令恂率新二十七师、第一六五师即开晋南，限铣（10月16日）前接替贵集团军。交防后，（贵集团军）由交口、渑池一带乘车至洛阳以东巩县一带待命。"卫立煌还命令："三十八军防务交接完毕后，留一个旅的兵力控制郭原一带，暂归孔令恂指挥，俟公秉藩的三十四师开到后再南渡东开。"（据此，三十八军留四十九旅暂守郭原，该旅于12日离开，到达河南汜水后归还建制。）

接到电报，孙蔚如感到有些迷惘：老蒋这回又唱的是哪一出？难道真的是体恤陕军，"平均劳逸么"？对于本军中不少官兵私下议论的蒋介石借刀杀人之说，孙蔚如历来不以为然：蒋介石集党政军大权于一身，他想除掉你，你站着是一刀，蹲着也是一刀，能站着为啥要蹲着呢？还是李家钰说得对，战死沙场总比遭人暗算死得爽气。可既然老蒋是想借日本人之手消灭杂牌军，为何又在我军没被日军吃掉后又换中央军（孔令恂的八十军是中央军）过来呢？

迷惘是短暂的，孙蔚如很快就明白过来了：中条山与八路军驻防的太行山"搭肩勾背"，而老蒋历来认为三十八军"通共"；最近八路军策划的百团大战，我军又积极配合，那些中央军和特务必然会借机在老蒋面前煽风点火，说我集团军与八路军打得火热之类的话；老蒋是宁肯让日本人把我军吃掉也不愿我军被“赤化”……明白了老蒋的“良苦用心”后，孙蔚如无奈地摇摇头，连声叹息：“大敌当前，民族危亡之际，当局仍玩党同伐异的阴损之术，怎不让国人寒心啊!”

对共产党心仪已久的赵寿山一眼就看透了蒋介石的意图，三十八军的共产党员们也向他提出不要过河，直接打出红旗投靠八路军的建议。赵寿山感到左右为难：一方面他很想举兵起义，一方面又为孙蔚如考虑，因为孙蔚如曾多次在老蒋面前以人头为自己打过保票啊，我一起义岂不害了多年好友？举棋不定时，赵用电报请示八路军总部，彭德怀将军从抗战大局出发劝阻了他起义的打算（本书第十三章已有交代）。

而这也正是孙蔚如担心的：赵寿山一旦举兵起事，我孙蔚如掉头事小，引起内讧影响了抗战大局就坏了大事了！他本想找赵寿山谈谈，但看到赵态度平和，一如既往，也就把嘴边的话咽下去了。

现在他要想的是：在晋南作战两年多，晋南百姓置千难万苦、身家性命于不顾地支援部队、掩护部队，此情真乃天地可鉴啊！如今部队要撤离，一定要严明撤防纪律，决不允许有任何对不住老百姓的事发生。

在孙蔚如亲自主持和陈子坚、李百川等人的精心运作下，第四集团军很快制定了换防守则和撤防纪律。“守则”要求各部要将我军阵地配置、敌我双方军情、驻地民情及军民关系等，如实向接防的友军交代清楚，协助友军完成部署后方可离开阵地。纪律要求：各部在离开驻地前，须主动拜访村民，向村民说明情况，归还向村民借用的物品，并认真清扫院落；徒步行军时，对民众要友好礼让，对农作物要特意保护；不许强拉民夫，违者当即查处……

部队于10月23日开始交接防务，由于“守则”清晰，纪律严明，交接进展顺利。

25日，孙蔚如换上便装，骑着一头青骡子（孙在中条山时虽有小汽车，但山路崎岖，很少动用，战事紧急时骑马，清闲时骑骡子），在李百川、徐鸿恩等人陪同下到集团军驻扎过的东延村、岳家庄与村民话别，感谢他们对部队的支援。村民们又依依不舍地将他送出村口。回到郭原村，孙又与房东和村民们聊了一阵，便开始准备渡河事宜。26日清晨，孙蔚如率集团军总部及直属部队到达茅津渡。

孙蔚如站在黄河岸边，久久地凝望着连绵起伏的中条山，思绪翻飞，浮想联翩……两年半时间，中条山下战火纷飞，有多少好兄弟浴血拼杀，血染征衣，命丧黄泉；三百里中条山脉，八百座大小峰峦，哪里没有我三秦儿郎的未寒忠骨、不散英魂……想到这里，将军的眼眶潮湿了，心也在剧烈颤抖……

但是……孙蔚如用手揉了揉酸涩的双眼，又想到：近三年的时间里，“敌大举进犯中条山十一次，小接触则无日无之，我军履险地而卒得平安，挡强敌而能达成任务”，保卫了晋南，保卫了黄河，保护了三秦父老免受日寇蹂躏，也算无负国家之重托，无负民众之厚望吧！弟兄们为国捐躯，国家和民众会记住你们的，一定会的！

杜牧《赤壁》诗云：“折戟沉沙铁未销，自将磨洗认前朝。东风不与周郎便，铜雀春深锁二乔。”中条山保卫战的胜利，全仗“东风”之力。东风是什么？是三军将士的舍生忘死，是晋南百姓的义薄云天，是亮晃晃的天道公理……走笔至此，作者忽然心潮涌动，心想：如果不是这强劲“东风”的呵护，一任倭寇长驱直入，那么我壮美丰饶的八百里秦川、我辉映史册的十三朝古都、我勤劳善良的大西北数千万父老乡亲，又该情何以堪？遭受的岂止是“铜雀春深锁二乔”那种臆想中的灾难！

作为后来人，我们是否该把手捂在胸口上想一想：我们该怎样理解、回报那些在“风”中巍然屹立的铁血英雄？

孙蔚如率第四集团军泪别中条，登上停泊在茅津渡口的战船。征帆驶入黄河中流，蓦然回首，忽见河岸的山冈上站满了晋南百姓，挥动的白羊肚毛巾如一簇簇飘动的云。

大船上的官兵一齐举手向送行的群众敬礼，举起的手臂中有一只是一代儒将孙总司令的……

第四集团军离开中条山七个月后，中条山失守了。

当时驻防中条山的是以中央军为主、地方部队为辅的十七万大军，兵力是第四集团军（不含四十七军）的六倍。十七万大军在二十天的时间里便将陕军苦苦坚守了两年多的中条山防线彻底葬送了。

1940 年 10 月，孔令恂的第八十军先期开到平陆，接替第四集团军防务。在此后的半年时间里，日军并没有对中条山有大的行动，但国民党的部队却源源不断地开进中条山。至 1941 年 5 月，中条山以南、黄河以北狭长的地面上，已有曾万钟的第五集团军、刘茂恩的第十四集团军、庞炳勋的第二十四集团军及河北民团等，总兵力达十七万之众。

1941 年 5 月 7 日，下午 3 时许，中条山下突然刮起大黄风，一时间飞沙走石，天昏地暗。防守中条山的中国军队被风沙吹得眼都睁不开，更想不到如此恶劣的天气会有什么军事行动。而日军则恰恰利用这个机会，兵分三路从东、西、北三面向中条山发起进攻。担任这次总攻的日军第一军司令官筱塚深谙中国兵法，早在发动这次攻势的两个月前就开始用“明修栈道，暗度陈仓”的策略给中国军队布下疑阵。此时，第一战区司令长官卫立煌奉命调回重庆，战区由参谋长郭寄峤代理司令长官，国民党军政部长何应钦以钦差大臣坐镇洛阳，第八战区副司令长官胡宗南统领黄河南岸的河防部队。这几位大长官对中条山的防务不仅不甚了了，而且漠不关心。是役，日军从徐州、赣北、开封等处调集了二十万日、伪军，三百架飞机，五个山炮联队，意在一举摧毁中国军队的中条山防线……5 月 7 日的进攻，日军可以说旗开得胜，势如破竹：驻防平陆的八十军孔令恂部新编二十七师的两个团，一个是一触即溃，一个是望风而逃；驻防垣曲的第五集团军被日军从中央突破阵地，割断了第五集团军和第十四集团军的联系，8 日，垣曲被日军占领；日军以三十六师团主力，第三十七师团及独立混成第十六旅团各一部从夏县、闻喜向张店以东猛攻，突破我第三军与第八十军接合部，对第五集团军实施双重包围……五天时间，十七万中国军队分崩离析，所有阵地、城池全部失陷，黄河渡口也被日军封锁。5 月 11 日至 14 日，中条山下连日大雨，十几万大军在凄风苦雨中东奔西突狼狈逃命；第五集团军总司令曾万钟（此前在中条山东端驻防时，曾多次策应过第四集团军）率第三军越过同蒲路，渡过汾河、黄河（东）逃至陕西，再转至洛阳、新安；第九十三军、第十七军向西转至稷王山和乡宁；第十四集团军总司令刘茂恩率直属部队和十五军“到处流浪”，直至日军进攻结束后的 6 月才转回黄河南岸。

这场被战史上正式命名为“晋南会战”的战争，从 5 月 7 日开始，至 5 月 27 日即告结束。结果是三百里中条山全线失守，七万名中国官兵罹难阵亡，其中包括第三军军长唐淮源，第九十八军军长武士敏，第十二师师长寸性奇，第二十七师师长王俊、副师长梁希贤、参谋长陈文杞等将军；第八十军军长孔令恂、第三十四师师长公秉藩、第九十四师师长刘明复等八位将军被日军俘虏……这么短的时间里遭受如此巨大的损失，在中国的抗战史上堪称“悲惨一页”！

这里，本作者要郑重提请读者朋友分清一个概念，即国军战史上的“晋南会战”与本书所讲述的中条山战役不是一回事！最近几年来一些影视剧甚至包括一些书籍报刊常常出现一条“蒋介石语录”，说中条山战役是国军最大的耻辱……这是老蒋的傲慢造成的误区，因为在他眼里以陕军为代表的杂牌军根本不值一提。他所说的“中条山战役”指的是十七万国军大溃败的“晋南会战”！请诸位不要误读历史，从而淡忘了陕军立马中条的历史功绩！

对于“晋南会战”的惨败，事后有各种各样的说法：如日军兵力比我军多出两三万，各部布防不合理，战区不关心非嫡系部队的生活，等等。

我们不准备，也不可能对这场战事的败因做出全面的剖析，只是想就“晋南会战”中所表露出来的一些现象与第四集团军在中条山的作为做一些简单的比较，从中找出一些规律性的因果关系来——

一、“晋南会战”集中了三大集团军，八个军，二十多个师。这些部队有中央军嫡系，有地方部队，也有民团性质的队伍。他们一拥而上，没有统一的指挥（当时的战区司令部也是“三个和尚”），更没有统一的意志，一旦打起仗来根本谈不上相互策应（有的部队枪一响，整个军都不见踪影了），岂有不被敌分割击破的道理？

而第四集团军信奉的是“上下同欲者胜”，所辖的三十八军、九十六军、四十七军及直属的教导团、骑兵团等，在孙蔚如总司令的统一指挥下，和衷共济，同仇敌忾，相互策应，并肩作战。这些在永济战役、“六六战役”、望原会战中都有充分的体现。

二、“晋南会战”参战部队人员众多，补给庞大，各个部队都设有自己的专用补给线和运输渡口，致狭窄的晋南三角地带不堪重负，渡口上常常人满为患。而一旦补给受阻，士兵就得饿肚子。

而第四集团军在孙蔚如总司令“兵附于民”的宗旨引领下，与晋南百姓水乳交融，紧急关头，老百姓冒着枪林弹雨为部队送汤送饭，解除了部队后顾之忧。

三、“晋南会战”参战部队纪律松懈，与民交恶，此次会战日军对我军兵力部署、部队番号、指挥官姓名等情况了如指掌；而我军由于得不到老百姓的支持，加之本身情报工作不力，对敌方情况两眼一抹黑，浑然不知。

而第四集团军由于晋南百姓的支持、掩护，不仅获取大量敌方情报（如韩阳镇防御战），而且在两年多的时间里，日军始终不知我军指挥机关在哪儿。

…………

以上简单的比较，难道不能说明一些胜败的因果么？

当然，作为后人，我们也不想过多地指责前人的失误，毕竟，“晋南会战”中死难的七万多中国官兵也是为国捐躯，也是泪洒大河、血染青山，值得后人为他们掬一把同情的泪水的。我们想说的是：以孙蔚如将军、赵寿山将军、李兴中将军为首领的三秦子弟兵，在国家危难之际，挺身而出，立马中条，吊民伐罪，以忠勇无畏的精神取得了中条山保卫战的胜利，保卫了关中和大西北，他们的历史功勋，中条山可以做证，黄河水可以做证，晋陕百姓可以做证！

有人会问：既然“晋南会战”我军全线溃败，中条山失守，黄河渡口被日军封锁，那么，第四集团军纵有天大功劳也是前功尽弃啊？日军既占黄河，又为何不举兵进犯西北呢？

我们以为，这是时也，势也！

此一时也，彼一时也！

日军是 1941 年 6 月攻占中条山的，而那一年，国内外究竟发生了些什么大事呢？

先说国内——

从 1939 年 5 月开始，中国的抗日战争已进入了第二期的后半期，中国的数百万军队在华北、华中、华东组织了一场又一场反攻性质的会战，日军兵力处处受制，而我军则不断取得局部性胜利。以华北战场的百团大战为例：1940 年 8 月20 日晚 8 时，八路军出动一百零五个团、四十多万人的兵力，在广大民兵和友军配合下，向全华北主要的交通线开始了战役的总破击。华北的交通线正太路、同蒲路、平津路、津浦路、平古路、白晋路等铁路、公路全部被我军破击，使沿线的敌军遭到重大打击。百团大战持续了三个多月，配合作战之友军（如第四集团军等）所取得的战果不计，仅八路军就进行了 1824 场战斗，毙伤日军两万余人，毙伤（包括俘虏）伪军两万余人……日军在各个战场受到的打击和牵制使其只能在已占领的地盘上为“固守点线”而疲于奔命，哪还顾得上什么坂垣停战线圈定的止步兰州呢！而日军这次举二十万之众进攻中条山，其目的也不在西进，而是想一举扫荡中条山我军后，将他们在这里作战的部队抽到华北，以巩固加强已经占领的晋察冀的防务作战力量。

再说国际形势——

1939 年 7 月26 日，美国宣布废止《美日通商航海条约》，对日本经济打击甚重，而日本却把扩张解困的目光投向资源丰富的东南亚，开始向东南亚各国派兵实施武力掠夺。此后，日本又与纳粹德国相呼应，为牵制美国在太平洋的兵力，于 1941 年 12 月7 日悍然发动了“珍珠港事件”，偷袭美国在太平洋的重要军事基地珍珠港，炸毁美国飞机一百八十八架，击沉击伤战舰十五艘。美国、英国随即向日、德、意宣战，太平洋战争爆发。

中国战场上，日军被数百万中国军队狠狠咬住不放；太平洋战争爆发后，日本侵略者又想迅速占领东南亚各国，又要与美英对抗。一个岛夷小国，纵使有百倍的疯狂，面对四面受敌内外交困的现实，也不得不收敛一下贪婪与野心。

然而，1937 年“卢沟桥事变”后的日本侵略者，却正是凶焰万丈，傲视天下，不可一世的鼎盛时期。“七七事变”后，北进日军半年时间便占领了晋察冀大半土地；八个月后兵临黄河。如果那个时候，他们没有在晋南一带遭遇到中国军队的顽强抵抗，顺顺当当地拿下屏护陕豫的中条山，那么，关中、西北乃至西南怕是早就被日本侵略者收入囊袋之中了！果真如此，那么，中国抗战态势将会发生怎样的变化？我们不敢臆断。

但是，中条山挡住了他们的脚步，挫灭了他们的凶焰，并且，阻挡他们的这支军队又是一支打不垮、击不散、炸不毁、吓不退的队伍。这支装备低劣、鹑衣百结的杂牌军，在将近三年的时间里，死死地咬住他们，拖住他们，堵住他们，乃至一次又一次地打得他们焦头烂额，丢盔弃甲，损兵折将……黄河的涛声他们能听见，潼关的城墙他们能看见，大西北的良田沃野青山绿水他们能梦见……然而，本以为唾手可得的这一切，却因为这支部队的拼死抵抗而变得缥缥缈缈，可望而不可即。后来，这支让他们深感狼狈的队伍被其上司调走了，但时光流逝，斗转星移，风云变幻，“青春”已逝，好景不再，“时不利兮骓不逝……虞兮虞兮奈若何!”内外交困的日本帝国已成强弩之末，掠关中而取大西北已经成了一枕黄粱。

第四集团军“吊民伐罪，流泽五郡”，中华民族的母亲河可以做证!

因此，早在抗战期间，陕西各界民众即达成共识：关中不曾落入日寇之手，皆赖我陕军将士立马中条，拒敌于黄河彼岸之功也!

但是，今天的陕西人却渐渐淡忘了这段血与火的历史!

而一河之隔的晋南人民却没有忘记!

为了给本书搜集资料，十年之中，我们曾三赴中条山采风。手中没有任何官方指令，头上没有任何炫目桂冠，腰里没有几两可散之银；几个山野草民，几个无名书生，几个性情中人，就这样率性而为游荡到中条山下。然而，在这个“东风恶，欢情薄”的世道里，我们所到之处，却根本无须什么繁文缛节、金钱交易，只消报出我们此行的目的，就算拿到了通行证，领到了“贵宾卡”。

在永济，我们想通过市政协了解些情况，政协的领导一听我们是从西安来的，又是要了解第四集团军在中条山抗战的历史，立即热情地接待了我们，一边沏茶倒水一边吩咐人去给我们安排招待所。当我们提出想到万固寺、尧王台看看时，市政协秘书长王新社等陪着我们，坐着政协的小车来到万固寺。昔日的战场如今已成了风景壮美的公园。我们走到万固寺门口，门卫说：“同志，请买门票。”王新社说：“知道他们是谁么？他们是陕西来的作家。他们的父辈为保卫永济，保卫万固寺人都牺牲到这儿了，咱还给人家要什么门票？”门卫一听，顿时一脸的虔诚，忙不迭地说：“实在对不起！请进吧。”

门票事小，但王秘书长的慷慨陈词和门卫小伙的虔诚恭敬使我们胸中顿时涌上一股热流……

就在我们动笔撰写这部书稿的时候，永济县政协派人专程给我们送来了他们最近才编辑出版的一部《永济革命老区》。这是一本精装大十六开的史料性书籍。书的封面是起伏的中条山，背依青山的就是一座屹立的“抗日英雄纪念碑”（关于此碑，请参阅本书第六章《血战永济》）。翻开封面，内页中竟有三章共三十节的文字是记述陕军在中条山抗击日寇的英雄事迹的（仅限于发生在永济境内的战事），如：《西北军血战永济》《三秦健儿下河东》《许权中二取虞乡站》《三线布防蒲州城》《杨法震血染上高市》《张希文逆袭西姚温》《邓祥云死守蒲州城》《孙蔚如立马中条》《王镇华奋战玉泉寺》……除了这些真实的战争纪实外，书中还有一章题为《西北军抗日将领与烈士传略》，分别为孙蔚如、李兴中、许权中、孔从洲、李振西五位将军和王子敬（平民县游击队队长，曾率游击队渡河作战，协同孔从洲的独立四十六旅收复永济）、杨法震、张希文、李家骥四位牺牲在永济战场上的烈士撰写了传略。

这部由“永济市老区建设促进会”主编的大型文献史料书出版于2003年8月，无论从封面设计还是从文章编排，都旗帜鲜明地向我们传递出一个信息：永济人民现在没有也永远不会忘记在这块土地上英勇抗日的西北军，并且把他们的英雄事迹镌刻在永济的史册上，作为激励当代、教育后代的革命教材——正如书的扉页上邓小平的题词：用革命的事迹教育我们的子孙后代。

在芮城、平陆，我们均得到了县政协的热情款待。芮城县政协的王亚泽先生开车将我们送到洪池镇（即前文所写到的上、下洪池）。后来，为寻找后死碑，我们在洪池镇租了一辆小面包车，开车的是位二十五六岁的年轻小伙，叫荆星亮。在后死碑前，小荆和我们一起流泪，一起祭奠先烈（关于后死碑，本书第二十一章已有记述）。我们想抄下碑文又怕耽误了小荆的生意便有些犹豫。小伙看出了我们的心思，很仗义地说：“你们就抄吧，抄到天黑，我也会想办法把你们送走的。你们的父辈为保卫俺们家乡，命都舍得，我还有啥说的！我虽然年纪轻，但西北军的故事从小就听老人们讲呢！”

抄完碑文已是下午4点多了，小荆用车把我们送了十几里，直到公路旁。我们要给小伙加钱（前面的路只收了十五元），小伙说啥也不要，甚至生气地说：“大叔，你把俺看成啥人了？没良心得是？”说着，小荆喊住一辆开往平陆的“蹦蹦车”，说：“把这几位大叔送到沙口村，不许多收钱噢，人家是陕西来的。”

在沙口村，我们采访了英雄母亲李良的儿子、年近七旬的纪雪戴。给我们带路的村民一进门就喊：“大哥、嫂子，快做饭，你家亲戚来了。”

纪雪戴老汉讲起当年他母亲智救我军小战士的事便热泪盈眶。

在东延村，我们采访了与孙总司令见过面的李志连老人。年近80岁的老人领着我们在村里爬高下低地指点司令部的驻地，老汉开口的第一句话就是："哎呀，多亏孙司令带部队来了！"老人站在村口的塬坡上，指着村前的果林说："咱这地方地不好，收成差，果树可长得好，平陆到处是果林。孙司令的部队纪律严明得很，在这住了几年，当兵的从不偷摘一个果子，想吃了就给俺掏钱买。你不收钱他不拿果子。唉，多少好小伙都牺牲到这中条山了，人家娃的命还换不来几个果子么？孙司令好人……"老汉竖起大拇指不停地摇晃。

西安莲湖公园内原有抗日阵亡将士纪念碑，"文革"时期被毁

在永济，我们还采访了六官村的姚芝田（孙蔚如的干儿子）、韩阳镇辛店村的尚青华（李振西的房东）、普救寺的僧人高青山（孔从洲旅部曾在寺内驻扎），每到一处，都受到亲人般的接待。讲起西北军将士，老人们个个激情洋溢，说到动情处便泪流满面。到了晚上，他们招待我们吃了喝了还硬拽着不让走，把自己的住处让给我们住，自己却到村里转着找地方凑合一宿。有的甚至把给孙子结婚准备的新被褥抱出来给我们用。我们如果推辞，他们就会说："这是谁跟谁嘛，不是你们的前辈在这儿护着俺们，谁知道俺一家还能不能活到今天呢！"

20世纪五六十年代，孙蔚如家中常有晋南百姓来访。有的年轻人见了孙蔚如扑通一声跪下了："俺爷叫我来看你，叫给你磕个头，说是你带人把俺家人救了。"

…………

与晋南人民对抗战英烈的依依深情形成强烈反差的是：陕西——特别是西安当代人的淡漠。

不妨以纪念碑为例——

在晋南的永济、平陆、芮城，到处都可以见到当地政府或老百姓为抗日英雄们立的纪念碑；但是在西安，唯一的一座抗战纪念碑却早已荡然无存了！

1940 年 10 月，就在孙蔚如将军奉命率第四集团军离开中条山，开赴河南执行保卫黄河的任务的同时，西安城里竖起了一座抗日阵亡将士纪念碑。学生时代，每当我们走进莲湖公园东门，迎面便会见到这座纪念碑。纪念碑为四周阶梯形的建筑（是用花岗岩汉白玉抑或大理石砌的已经记不清了），高八九米，底座宽约三米，顶端宽约一米五，碑石正面镌刻着：永垂不朽 · 抗日阵亡将士公墓 · 大中华民国二十九年十月，另外三面分别为陕西省政府主席蒋鼎文、西京筹备委员会委员长张继、省临时参议会议长宋联奎撰写的碑文和诗词。

蒋鼎文、张继、宋联奎均为国民党要员，他们的历史定位、是非功过暂且存而不论，就他们撰写的碑文、诗词来看，我们实在看不出有什么危害社会、荼毒后人的反动。因此，我们从档案馆查到了这些诗文，并抄录于书中——

蒋鼎文的碑文在碑的背面（面西），题为《抗战阵亡的将士公墓落成纪念》：

我军讨倭，寒暑三周，惟诸将士，金甲貔貅，各怀忠愤，誓雪国仇，不挠不屈，有进无休！行看奏捷，恢复神州，马革裹尸，同归山邱，成仁取义，张齿岩头，日是河岳，并峙千秋！缅怀壮烈，公墓是修，西京之市，莲湖之陬，丰碑穹隆，矜式万流，春秋祭扫，以慰九幽。

宋联奎撰文并亲书的《中国抗战将士公墓辞》在碑的南侧：

九国公约，彼倭寒盟，侵我疆土，逼我神京；中枢赫怒，命将征兵，我师有名，出于抗战，定策堂皇，始终一贯；龙庭之将，岳家之军，大呼振臂，天地为昏。彼逞凶顽，我抱公理，众知有国，不知有己，虽殁犹荣，虽创犹起，取义成仁，死而后已！呜呼将士，我武维扬，伏波马革，鲁骑国殇，前仆后继，禹甸重光！耿耿丹心，缕缕碧血，其血如新，其心如揭，高塚麟麟，永无磨灭！

张继的七言诗题在纪念碑的北侧，诗曰：

抗战军言三度秋，
诸君忠孝大无俦。
冲锋陷阵风云动，
取义成仁天地愁。
今日莲湖公墓建，
来朝领土全盘收。
千年铁像汪夫妇，
跪向英雄羞不羞？

诗的末尾两句说的是：在这座纪念抗战烈士的纪念碑前，还用铁铸了大汉奸汪精卫、陈璧君夫妇的跪像（汪精卫 1938 年 12 月公开发表“艳电”，宣布投降日本；1940 年 3 月在南京成立伪政府）。在爱国英雄碑前铸两个卖国奸贼的跪像，充分表达了政府和民众对英雄的景仰和对奸佞的憎恨。

莲湖公园里的纪念碑是仿照西子湖畔岳王庙的形式设计的。后人有联称岳王庙与秦桧夫妇的跪像为：“青山有幸埋忠骨，白铁无辜铸佞臣。”一咏一叹，爱与恨跃然纸上。又有游人题诗于岳王庙壁：“一朝岳王坟上拜，回首不忍看西湖。”可见竖英雄碑供后人千秋凭吊，对世道人心将会起到多么巨大的影响力！

然而，这样一个庄严凝重的纪念碑却被彻底地拆除了。在笔者的记忆中，碑的后面是一座大冢，四周砌有半人高的围台，每到清明，便有花圈和鲜花置于四周，人们结队肃立于碑前——那是 20 世纪的 50 年代。先是于 1952 年搬走了汪精卫夫妇的跪像，因跪像常遭人唾弃，于是拆除者便冠冕堂皇地说：“唾弃固然发于民族义愤，但终究有损文明，很不卫生……”1963 年，那座巨大的墓冢和庄严的墓碑便在一夜之间被彻底清除了，未留下一丝痕迹……我们没听到官方对此有过什么说法（断定是官方所为，是因为那个疯狂打砸、暴殄天物的“革命”尚未开始，老百姓是不可能弄出那么大动静的），但我们能想象出官方在动手拆除墓与碑时是怎么想的……

2004 年 3 月 27 日，中共西安市委机关报《西安日报》第二版发表了记者韩勋写的一篇消息，题为《西安抗战烈士纪念碑今何在?》现摘抄如下：

本报讯（记者　韩勋）50 岁以下的西安市民，恐怕不知道莲湖公园里有座抗战阵亡将士纪念碑，碑于 1963 年拆除；60 岁以下的市民恐怕没见到碑前的汪精卫夫妇跪像，像于 1952 年挪走。为何拆，为何挪，是否将修复纪念碑列入议事日程？市地方志馆王民权先生近日发表了自己的看法……王民权认为：1940 年，我国抗战艰苦卓绝，汪精卫投降派活动猖獗，墓、碑、像的设立，坚定了西安军民的抗战决心，鼓舞了各方斗志，历史价值弥足珍贵，理应恢复，让西安市民了解中华民族一段重要史实。

我市解放初期，囿于当时的历史条件和认知水平，平墓、拆碑、挪像在所难免，盖因它们为国民党政府修建，祭奠的是国民党军队的抗日战士。王民权说：“往事已矣，拆除的错已铸成，我们不必再去评论往事，希望解放初期的观念不要成为今天恢复纪念碑的桎梏……”

王先生的这番呼吁和我们的想法不谋而合，看来我们是不必再多费口舌去“评论往事”了。但是，心里还是有些郁闷，忍不住就想“长叹”三两声：按中国人的观念，掘坟毁碑，必是与人有不共戴天的血海深仇（如伍子胥之鞭尸楚王），但莲湖公墓里埋的是为抗击日寇、保卫家国而牺牲的中国士兵啊！他们生前只有一个敌人是不共戴天的，那就是日本侵略者。后来的——可以肯定是受过他们保护的——中国西安人哪来的那股子狠劲？

啊……吁！

又想到了中条山下青山托举、苍柏环衬的纪念碑；又想到了黄河北岸屹立于共和国首都北京天安门广场上的那座雄伟巍峨的“人民英雄纪念碑”，这座寄托着国家意志、彰显着民族精神、代表着执政党理念的纪念碑为什么取名“人民英雄纪念碑”而不是某某军队英雄纪念碑？这座纪念碑明确昭示了：一切为中华民族的自由与解放事业而牺牲的英雄们永垂不朽！真是海纳百川的胸怀，壁立千仞的气概！共和国缔造者们的海量令人肃然起敬！

其实，早在1938年初，毛泽东主席就在“追悼抗敌阵亡将士大会”上发表过激情而悲壮的演说：“八个月以来，陆空两面都做了英勇的奋战；全国实现了伟大的团结；几百万军队与无数人民都加入了火线，其中几十万人就在执行他们的神圣任务中光荣的、壮烈的牺牲了。这些人中间，许多是国民党人，许多是共产党人，许多是其他党派和无党派的人。我们真诚地悼念这些死者，表示永远纪念他们。”（转摘自《永济革命老区》，第61页。）

对全民族抗战的历史定位，对参战者的身份确认，对阵亡将士怀念之情，毛泽东主席说得还不清楚么？

由此我们更理解了，天安门前的那座纪念碑为什么要叫“人民英雄纪念碑”，而不是其他什么名讳！

从立碑砌墓到拆碑平坟再到市委机关报发文呼吁，其间过去了六十三个年头，多半个世纪飘忽迷离的风雨使半个多世纪前的那段历史蒙上了一层厚重的尘埃！我们注意到了，《西安日报》在发表那篇消息时，编者特意加了个黑底白字醒目的标题《揩去历史尘埃》。我们为此而感动！因为我们看到了历史的进步，文明的苏醒。

尘埃覆盖的历史是该认真揩拭了！

揩去尘埃，审读历史，问天下谁是英雄？请去咨询我们的母亲河。

奔腾咆哮的黄河会以豪迈的涛声向世人宣告：我来做证！

第二十五章 25

百年浮沉

立于武汉中山公园的“受降碑”，碑文为孙蔚如亲书

点击

冈部直三郎进入受降堂，双手举着象征着强权、暴力和罪恶的日本武士刀，脱帽垂首，双膝跪地，向以孙蔚如将军为首

的受降团、向中国人民认罪投降。孙蔚如将军威风凛凛地站起来，接收了冈部呈交的武士刀，随即通过翻译向冈部一行宣读了《中华民国第六战区长官司令部第一号命令》，宣布接受日军投降；命令冈部属下的二十一万日军及九万皇协军向我军无条件缴械投降；命令日军三百六十个军械、后勤、厂、局、库受我军无条件接收……

《命令》宣读完毕，孙蔚如命令冈部直三郎："签字!"

陕军抗击日寇的历史，应从1937年7月全面抗战爆发，段象武、赵寿山、李兴中、许权中、李振西将军率部开赴华北战场开始，到1945年9月，孙蔚如将军在武汉令三十万日伪军缴械投降为止。陕军抗战八年，从未一日苟且。其间惊天动地的战斗场面、可歌可泣的英雄事迹，远非一部书可以写尽的。本书虽然只是截取了其中的一段，也终难免有遗珠之憾!

带着这种遗憾，我们说，关于中条山战役，就此收笔。但是，按照中国文学的传统写法和读者的阅读习惯，作者对书中一些主要人物的命运浮沉、人生归宿还应有一个交代，习惯上称之为"尾声"或"大结局"。对此，我等也不敢偷懒。但是，丑话说到前头：一般文艺作品喜欢用的那种艳阳高照凯歌高奏好心好报善始善终劫后重逢举家团圆有功者衣锦还乡有情人终成眷属有志者终成正果的美好结局，我们却未必能做到。小说、戏曲、影视之类的作品，虚构法力无边，甚至可以戏说，但纪实文学却是"戴着镣铐跳舞"。"镣铐"就是生活的真实，"舞"则是艺术的真实。我们虽然也殚精竭虑地想做到二者尽可能的完美统一，却不能卸去"镣铐"，跳出生活真实的圈子。而现实永远比作家们浪漫的想象更残酷。本书的尾声也许会有些凄婉，有些伤感，怕坏了你的好心情，你现在就可合上书本，打开电视，没准这会儿那位后脑勺梳着长辫子的风流天子乾隆正和江南村姑躲在鸡毛小店里缠绵哩！

当然，浮沉即有浮有沉，也不全是悲剧。

孙蔚如

1940 年 10 月，孙蔚如率第四集团军离开中条山，奉命在郑州、洛阳一线担任保卫黄河的任务。1941 年中原战役爆发，日军从邙山白浪渡偷渡成功，蒋介石的嫡系汤恩伯、蒋鼎文、胡宗南部一战即溃。唯孙蔚如所率陕军与日军在东线之广武、汜水、偃师一带与敌激战十九日，给日军还以颜色；在虎牢关、府店作战时亦有斩获。但由于中央军牛曳马不曳，第四集团军被困在邙山。孙蔚如命令新编三十五师师长孔从洲组织突击部队，全军奋勇冲杀，突出重围后转入卢氏、洛河一带布防，继续阻击日军进攻。毛泽东在评说中原战役时曾叹曰“只有杂牌军还能打一下”，说的就是第四集团军。

第四集团军在河南作战五年，经大小战阵无数，其中以 1944 年 4 月间的豫西会战为最。此役虽以中国军队的失败而告终，但由于陕军的苦战，阻敌于官道口，掩护了陕东，使抗战策源地关中未受到影响，亦为有功。中原战场，蒋介石调集的军队颇多，军令不统一，军心不团结，战局多有不利，但陕军英勇顽强却颇受中州百姓之赞誉。

1945 年 7 月，孙蔚如调任第六战区司令长官，授上将衔。接到调令后，孙带警卫团（团长张镜白，后根据孙的安排随程潜起义）赴湖北恩施就职。正当孙蔚如布置攻打宜昌时，8 月 15 日，日本天皇在《波茨坦协定》上签字，宣告无条件投降；9 月 2 日，日本正式在投降书上签字（以后，9 月 3 日遂被定为中国抗战胜利纪念日）。在这个举国欢腾的日子里，曾率领三秦健儿血战沙场抗击日寇八年的孙蔚如将军也禁不住喜极而泣。

但更让将军想不到的是：远在西安的老母亲听到抗战胜利的喜讯后因极度兴奋，不幸逝世。消息传到恩施，孙蔚如痛哭失声，想起当年带兵渡河作战前曾于母亲膝下真情许诺：待儿杀退倭寇，抗战胜利后即弃官不做，终生在母亲身边尽孝……如今日寇已降，母亲却不待儿归先我而去，为人子者，既未能侍奉老母于病榻之侧，又不能跪守于亡人灵堂之前，实为大不孝也……于是，孙蔚如电呈蒋委员长，要求准予丧假，千里奔丧。不料，电报发出后，忽接蒋介石来电：命孙蔚如为第六战区受降主官，接受日本第六方面军投降并全权处理六战区受降事宜。当日，又接到蒋介石第二封电报："太夫人丧事安置，已命陕西省政府主席祝绍周偕第八战区司令长官胡宗南，妥为料理。望君以抗战胜利为重……"

国事家事，尽忠尽孝，孙蔚如权衡过后，只得在长江岸边向北方、向黄河岸边母亲的亡灵泣泪长拜，祈求母亲的在天之灵宽恕儿之不孝……9 月16 日，孙蔚如从恩施乘江轮奔赴武汉，随行人员有战区高参胡振家、李百川、蒋听松、王子义；机要秘书姚警尘（姚系共产党员，原为赵寿山秘书，因"上峰"追查甚紧，孙调其至身边意在保护）、米暂沉、严信民以及副官赵文斌、徐鸿恩，卫士李映光等。

孙蔚如将受降时间定在9 月18 日。因为"九一八"是中国人民的国耻日，孙蔚如曾多次书写过"誓雪国耻"的书品以赠友人。在这一天接受日军的投降，会使饱受日军伤害的中国民众抚今追昔，倍感胜利的来之不易，也是告慰那些抗战中的死难英灵。

从 1931 年的"九一八"日军兵犯我东三省之日起，十四年来，日本侵略者在中国大地上耀武扬威，暴戾恣睢，张牙舞爪，不可一世；然而，十四年后的9 月18 日，在江城武汉，日军第六方面军司令官冈部直三郎大将却带着他的几名高级指挥官，举着白旗，敛眉俯首，丧家犬似的被我军押进了受降堂。

受降堂设在武汉中山公园里，高大伟岸的中国国民革命军陆军上将孙蔚如全副戎装，气宇轩昂地坐在受降主官的位置上，两旁分坐着八十八人组成的受降团（其中有以董必武为首的中共三人代表团）。

冈部直三郎进入受降堂，双手举着象征着强权、暴力和罪恶的日本武士刀，脱帽垂首，双膝跪地，向以孙蔚如将军为首的受降团、向中国人民认罪投降。孙蔚如将军威风凛凛地站起来，接收了冈部呈交的武士刀，随即通过翻译向冈部一行宣读了《中华民国第六战区长官司令部第一号命令》，宣布接受日军投降；命令冈部属下的二十一万日军及九万皇协军向我军无条件缴械投降；命令日军三百六十个军械、后勤、厂、局、库受我军无条件接收……

《命令》宣读完毕，孙蔚如命令冈部直三郎："签字！"

罪恶累累，双手沾满中国人民血迹的日本战犯冈部直三郎抹了抹额头上的冷汗，弯腰伏案，用颤抖的手，在受降书上签上自己的名字……

为纪念这一胜利的时刻，武汉中山公园内竖起了一块汉白玉凿成的"受降碑"。碑面镌刻着孙蔚如将军的草书铭文："中华民国三四年九月十八日，蔚如奉命接受日本第六方面军司令官冈部直三郎大将率二十一万人签降于此。第六战区司令长官孙蔚如题。"（与此同时，接替孙蔚如担任第四集团军总司令的李兴中将军也在河南接受当地日军的投降。）

"受降碑"在新中国成立后被拆除，又无声无息地弃于武汉中山公园地下室，直到1998年才得以重见天日。而孙蔚如接受日军投降时的珍贵历史照片——孙将军珍藏多年的历史见证，却在"文化大革命"中，被那些无知又狂热的"红卫兵小将"在抄家时一把火烧掉了。

1946年春，第六战区改组为武汉行营，程潜为行营主任，孙蔚如为副主任。为改组一事孙曾赴重庆见蒋。蒋在谈话中对曾辅佐杨虎城、孙蔚如多年的民主人士杜斌丞多有诋毁。孙除当面为杜开脱外，又托王菊人返陕告知杜斌丞，劝其暂离西安。但杜疏于防范，终被特务密捕，新中国成立前夕，被惨杀在玉祥门外（同时遇害的还有方向知的哥哥方涛等）。

蒋介石改组军队指挥机构，目的在于发动内战。当年夏，内战（即“三年解放战争”）首先在中原打响第一枪。对内战历来深感忧患的孙蔚如自此情绪低沉，每天除到办公室转一圈后，其余时间或读书看报习练书法或与高参们下棋解闷。1948 年，孙蔚如被调任“总统府战略顾问委员会”委员，名为委员，实为赋闲。孙由武汉移居杭州，居岳坟街原杨虎城的东山别墅，身边仅有随员李百川、徐鸿恩等五人，过了一年多闲居生活。在此期间，程潜将军曾给予他多方面的保护与关照。

1949 年初，蒋介石见大势已去，准备逃往台湾，让孙也去，并答应专机送孙赴台。孙借口台湾无住房予以拖延。孙的高参、共产党员胡振家从上海来杭州，传达周恩来指示：“让将军无论如何设法留下来。”孙一面派人到台湾修房，以遮老蒋耳目，一面将身边稍大一点的孩子疏散，自已偕夫人李定荫和副官徐鸿恩、赵文斌，警卫李映光及秘书移居上海。

1949 年 5 月 21 日，上海解放。陈毅司令员来看望孙蔚如，并传达周恩来总理指示：邀请孙将军赴京参加全国政治协商会议。孙欣然从命。孙进京后，受到毛泽东、周恩来接见，毛泽东在中南海设家宴招待孙蔚如。

孙蔚如在杭州赋闲期间，曾四处托人打听杨虎城将军的下落，又与多人联名要求释放杨虎城。1949 年初，蒋介石“下野”，李宗仁代理总统。报纸上披露了政府准备释放杨虎城的消息。孙蔚如“漫卷诗书喜欲狂”，即刻赴南京准备迎接杨虎城。但此事最终却因蒋介石从中作梗，放杨不成，孙蔚如含泪而归……1949 年，新中国成立后，传来杨虎城被害消息，55 岁的孙蔚如恸哭不已。

新中国成立后，孙蔚如历任民革中央常务委员、陕西省民革主委、陕西省政协副主席、陕西省副省长、中央国防委员会委员等职，为陕西的经济恢复和社会主义建设做出了重要贡献。为了实现祖国统一大业，他时常撰写文章，发表广播讲话，与在台之故交旧友写信，希望台湾的国民党军政人员以国家民族利益为重，顺应历史潮流，为祖国统一大业做出贡献。

1973 年，周恩来总理重返延安，途经西安时，提出要到医院看望孙蔚如，因被告知“修路”而未成行。

1979 年 7 月 27 日，84 岁的孙蔚如将军因患病在西安逝世。追悼会上，邓小平、叶剑英、徐向前、乌兰夫、习仲勋等国家领导人送来花圈；许多故友或发唁电或亲临会场沉痛悼念。

孙蔚如夫人李定荫先他一年而去。

赵寿山　孔从洲

赵寿山随孙蔚如转战河南，多有战功，但他深感国共和平前途渺茫，便于 1942 年秘密加入了共产党。1943 年，蒋介石以明升暗降的手法，调赵寿山到甘肃武威接任国民党嫡系部队第三集团军总司令，另派其亲信张耀明接任三十八军军长。赵知道这个总司令只是个空衔，蒋的真实意图是夺去他的兵权。1946 年，赵寿山以出国考察的名义，卸去第三集团军总司令职务，多方辗转，在中共地下党的护送下，于 1947 年 3 月进入冀鲁豫解放区，7 月 6 日通电反蒋，宣告起义。1948 年 1 月，赵寿山被任命为中国人民解放军西北野战军副司令员。新中国成立后，赵寿山先后担任青海省政府主席和陕西省省长等要职。

1965 年 6 月 20 日，赵寿山将军因病在北京逝世。

赵寿山的入党介绍人是毛泽东，所以赵生前，毛泽东称其为“中共特别党员”。

…………

1943 年初，赵寿山在接到蒋介石调令到甘肃省赴任前，曾专程返回河南偃师第四集团军总部。此前，赵就蒋调他到甘肃的事请示了中共中央，中央指示，让他尽量说服孙蔚如，让孙给蒋打电报，让赵留下。毛泽东主席亲自发话：“如果有一线之路，官得做下去，对党有好处。”赵见到孙后就请孙给蒋打电报。孙却不愿打。（对此，赵寿山的回忆录中对孙颇有微词。而孔从洲却认为，孙有孙的难处，他怕为此而危及在押的杨虎城的安全，故向重庆方面提出他去甘肃，由赵接任第四集团军总司令，但被蒋拒绝了。）虽然当时二人之间有些不快，但对孔从洲的信任是一致的，遂商定赵走后，三十八军内部由孔从洲负责。赵在临走时曾与孔倾心交谈，嘱咐孔：“迫不得已时就打出红旗来……”

孔从洲与中共地下党早有联系，早就有起义的打算，但考虑到抗日的重要性，一直带兵坚守河防，没有举事。1945 年 7 月，十七师五〇一团在团长刘威诚、张复振（二人均为共产党员）率领下，在河南洛宁故县举兵起义（起义时，逮捕了十七师代师长、山东大汉李维民。后根据中共方面批示将李释放）。起义部队于 8 月间进入冀鲁豫解放区，受到刘伯承、邓小平、陈赓等将军的接见。9 月，周恩来与一位原十七路军的人谈话时说：“请告诉蔚如先生，抗战以来，我们没有分化瓦解过任何友军。十七师是虎城先生的部队……他们主动拉入解放区，我们不能拒绝。你告诉蔚如先生，我们仍保留该师原来的番号，和八路军部队同等待遇。有一天虎城先生出来要带兵，我们一定让它再回去。”

硝烟散去几十年后的20世纪80年代，孔从洲（左）与老战友温朋久（右，原任三十八军参议）又一次相聚

孔从洲在河南坚持到抗战胜利。在接受了驻地日军投降后，孔出任郑洛警备司令。随后，孔从洲多次策划起义，终因三十八军军长张耀明和特务们监控太严而未能如愿；直到1946年5月15日才得以在河南巩县（现为巩义市）起义，但起义部队遭到张耀明部的围堵，损失惨重。五十五师副师长孙子坤为掩护孔从洲而被捕。孔从洲历尽周折，化装后跋涉千里，只身投奔山东解放区。其余起义人员以后也陆续赶到。同年9月1日，孔从洲被批准为中共党员。中共中央按照起义部队保留番号的承诺，9月13日，“西北民主联军第三十八军”在河北邯郸正式成立。孔任军长。原三十八军旧部刘威诚、张复振、李慕愚、杨健等担任副军长、师长、副师长等职。

刘伯承司令主持成立大会。毛泽东主席发来贺电：“祝贺你们胜利地参加了人民军队大家庭！希望你们团结一致，为中华民族的解放而奋斗到底！”

起义后的孔从洲率三十八军参加了解放战争。

新中国成立后，他历任西南军区炮兵司令员、中国人民解放军炮兵副司令员、炮兵学院院长等职。

1955年，孔从洲被授予中将军衔。

1959年，孔从洲的二儿子孔令华与毛泽东之女李敏结婚，孔、毛成了儿女亲家。

1991年6月7日，孔从洲因病去世，享年85岁。

他是一位传奇将军。

需要提及的是：无论是赵寿山还是孔从洲，起义之前都得到了原三十八军中共地下党负责人蒙定军、郝克勇（范明）、张西鼎、孙作宾等人的鼎力支持，这些人帮他们与中共中央联系，传达中央指示，策划起义方案等。然而，新中国成立后这些人大多命运多舛，有的被打成反党分子，有的被关进监狱，有的……好，不说了。

许权中　李振西

许权中因离开中条山战场较早，故在本书中提得不多，但他却是位抗日名将。

许权中原籍是山东临淄，其父早年逃荒到陕西。1895年，许权中生于临潼县辛理村。1911年，16岁的许权中参加“辛亥革命”；1918年加入于右任的陕西靖国军；1925年经史可轩介绍加入中国共产党；1927年任西安中山军事学校总队长（邓小平为政治部主任）；1928年与刘志丹等人发起“渭华暴动”；暴动失败后，党中央送其到莫斯科中山大学与红军大学学习，与叶剑英结为同窗好友；回国后受党指派，先后在冯玉祥、吉鸿昌部队担任师长、副军长等职。

1936 年，“西安事变”前夕，杨虎城派人邀许权中到西安，任命许为警二旅副旅长，事变中率兵扣留了蒋鼎文、陈诚等国民党要员。事变后，杨征得周恩来同意，任命许为一七七师五二九旅旅长，奉命驻守渭南。

“七七事变”后，许权中奉孙蔚如令渡河作战，初守曲阳，后参加忻口战役。10 月 16 日，许权中在前线阵地指挥作战，一颗炮弹落在身旁爆炸，许被震昏，醒来后捡起一块炮弹皮写了两行字：“落于吾右，而未成仁，岂有意留我救国？抗战四月，失地未还，吾知勉之！”许旅在山西战场作战英勇，卫立煌曾对战地记者说：“自许旅增上后，形势已转危为安。”

1938 年 3 月，日军兵临风陵渡。5 月初，许改任一七七师参谋长，协助李兴中师长指挥作战，旋即收复晋南十三县；后因伤病回西安，在东郊读书村其岳父家中养病，但经常遭到国民党特务的盯梢。孙蔚如为了保护他的安全，派部属王宝灵（中共地下党员）回西安探视。孙蔚如委任他为第四集团军少将参议和农垦场场长，亲笔写信嘱其到眉县偏僻处隐蔽起来。许利用孙授予的合法身份，组织民众，准备在千阳、眉县一带建立抗日根据地。1943 年 12 月 9 日，许权中带人赴秦岭山下的千阳察看地形，骑马行至眉县槐芽洪水沟时，被胡宗南派的特务暗杀。时年 49 岁。

1949 年 12 月 6 日，中共西安市委、陕西省军区分别在西安市和临潼县举行许权中烈士遇难六周年追悼大会。西北军区在会上挂的挽联是：“革命先驱；人民功臣。”

与许权中相比，同为抗日名将的李振西在新中国成立后却“不被人看好”。

第四集团军移师河南后，教导团团长李振西升任一七七师师长。孔从洲起义时，李振西曾有过“大义灭亲”追捕孔从洲之举。虽然李在1949年率部在四川茂县起义，但功不抵过，李振西在新中国成立后被判刑十四年（后平反）。李振西在西安曾与孔从洲会过面，虽然一个是走出高墙的“犯人”，一个是中央大员，但念及并肩抗日之谊，两位老人“相逢一笑泯恩仇”，握手言和。

平反后的李振西担任过省政协文史编撰委员会委员。

孙蔚如病重时，李振西到家探视，一进门就扑倒在地，长跪不起。孙蔚如与老部下紧紧抱在一起，两位80多岁的老战友只有泪水，没有交谈……孙蔚如只在临分手时用微弱的声音叹息了一声，留下了半句话：“有些事……不……尽……人……意……”

1979年，两位老战友一前一后撒手人寰。

原一七七师师长陈硕儒（式玉）新中国成立后曾任西安市副市长。其余不详。

原十七师师长耿子介后事不详。

原九十六军军长李兴中将军在河南接任孙蔚如的第四集团军总司令后，曾参加河南日军的受降仪式；不久，第四集团军番号撤销，李也被解除了军职。新中国成立后，他先后担任河北省政协副主席、河北省交通厅厅长等职；1962年在北京逝世，骨灰安放在八宝山公墓。

在讲述下面各位将士的命运沉浮之前，有一份重要文件值得注意。那就是由中共中央组织部、中国人民解放军原总政治部联名下发的“组通字［1984年］31号文件”。文件的开头是这样说的：

原杨虎城部三十八军是我党统一战线工作的一个典范。虽然形式上是国民党的编制，但实际上三十八军地下党组织是按我党的路线、方针、政策改造、建设部队的，广大指战员同日、蒋进行了艰苦的斗争。

现对原三十八军指战员的参加革命时间问题做如下规定……

这是一份中央文件，我们不宜抄录，其核心精神就是原国民革命军第三十八军的官兵，可以有条件地按参加革命对待……各级党政部门应按文件规定的原则为他们“落实政策”……

这份1984年底下发的文件（以下简称《31号文件》），虽然是一个“迟到的关怀”（在此之前，已有不少三十八军官兵背着“敌伪军官”“残渣余孽”的罪名含冤而去），并且明显有操作上的难度，但它毕竟是改革开放时代的产物，体现了党的实事求是传统的回归。文件出台，救了不少人，也帮不少人洗雪了沉冤（如李振西的平反）。遗憾的是，由于文件没有在社会上公开，许多原三十八军的老人至今根本不知道有这么个文件。说它是“迟到的关怀”，还有一层意思：这个文件总的精神是按毛泽东主席1944年的一次讲话内容确定的，有些话甚至是毛泽东主席的原话，如“西北军这支部队早就有地下党组织，1935年以后就接受中央领导。三十八军形式上是国民党的编制，但实质上地下党工委始终是按照党的路线、方针、任务去建设部队，同日军进行了艰苦卓绝的斗争……你们要把他们当作八路军一样地去做工作”。如此明确的最高指示直到四十年后才变成中央文件体现出来，“迟到”得也太离谱了吧？

冯迩革　孙子坤

“西安事变”生擒省主席，生死关头带领士兵和鬼子“挽蛋蛋”，紧急关头亲自操炮向敌人开火……炮兵团长冯迩革（先后兼四十六旅、四十七旅副旅长）中条战罢又赴中原，一直打到抗战胜利，鬼子投降，可谓抗日英雄！但中原战后，眼见内战一触即发，这位爱国志士便断然辞去团长之职，于郁郁寡欢中回到西安，留在香米园家中赋闲。但他不久即被胡宗南关进了军法处监狱。

原来，冯迩革在西安并未静心赋闲，他在密切注视着局势的变化。1945 年 7 月，刘威诚率部起义成功，这消息让对共产党仰慕已久的冯迩革心跳不已。于是他找到军械处的孙天爵（新中国成立后曾任甘肃日报社社长），让孙到洛阳找孔从洲密议起义之事。不幸的是，孙到洛阳后被捕，冯在西安的居所也被特务监视。

1946 年孔从洲起义后，部队被打散，孔只身逃到解放区，西安城里凡孔之旧部皆被逮捕，曾任孔旅副旅长的冯迩革自然也在逮捕之列。冯在军法处坚不招认，特务们便使出“放线钓鱼”之计，放他出来。临出监时给他一个小本，让他记下他的战友们的活动，可冯迩革一字不写。1948 年初，冯迩革再次被抓进监狱。

在此期间，中共地下党组织曾派阎揆要夫人和冯的旧部昌志亚等人来西安，准备接冯到解放区去。但因特务监管太严，无法成行。

冯迩革的遗孀——年近九旬的王扶英向我们讲起冯迩革二次被捕的情景：“那是 1948 年的农历三月十八，家里来了六个穿便衣的特务，说，胡长官有请。接着便用枪押着冯迩革往后门走。我上去拦挡，特务说，再搅和我们就不客气了！我赶忙绕到前门，眼睁睁地看着他被特务拉扯着走远了。我想撵却跑不动，因为我怀着孩子呢！四月初三，我的小女儿冯莉就出生了，可怜女儿生下来就没有见过她爸爸……”

冯迩革二次被捕后关在太阳庙门监狱，这是一个与世隔绝的暗监。从此，家里人再也打听不到冯的任何消息。1951 年镇反时，王扶英从街上贴的镇反公告上看到：刘某某，敌莲湖警察局局长，曾杀害我爱国民主人士冯迩革……

于是，王扶英便牵儿抱女带着五个孩子找市政府，要求查清冯迩革的死因和葬身之处。后来，冯家收到盖有市政府大印的公函，称：“冯迩革先生系匪特刘某某派人杀死在西安南郊一战壕内。以后该地已填平，无法找寻。”

尸体无法找寻，这也算说得过去，但既然承认冯先生是爱国民主人士，就该善待其家属与后人吧？然而，新中国成立后的几十年间，冯家却一直被按敌伪军官家属对待，房屋被无理霸占，子女被遣散，唯一的一个有正当工作的儿子冯建国也被单位开除，成了黑人黑户，36 岁时还孑身一人。

早在 1970 年的“清理阶级队伍”中，泾阳县公安局就“清理”出来了杀害冯迩革的凶手。那人招供，冯迩革是他处置的，没有用枪，是勒死的。勒死后又在脸上浇镪水，装进麻袋，扔到南郊一旧战壕里了。

但是，冯家却一直在阴影下艰难度日。

2001 年，“西安事变”六十五周年纪念前夕，《西安晚报》发表了我们采写的大特写《冯迩革：一个不该被历史湮没的英灵》。文章见报后社会反响强烈。冯的小女儿冯莉据此找民政部门，要求给其父一个说法。冯莉奔波两年之久，在冯迩革生前战友范明、宁必成、李子含、郑元温、胥继昌及赵寿山之女赵铭锦的帮助下，终于为惨死了半个多世纪又忠骨难觅的父亲讨回了公道：2003 年 10 月，冯迩革被民政部追认为“革命烈士”。

民政部颁发的“革命烈士证明书”上称：冯迩革系执行革命任务时被敌特密捕杀害。而范明将军证明：冯迩革是中共党员。

这也是《31 号文件》起到了作用。但这时，距《31 号文件》下发已经十九年了！

…………

孔从洲在巩县起义的当天即遭到了国民党部队的四面包围，危急关头，孙子坤挺身而出，让孔突围，自己率部掩护。孔突围了，孙被捕了。

孙子坤是西安灞桥豁口村人，是孙蔚如的同门兄弟，1924 年即在“三边教导队”受训，和孔从洲是同学，后来又和孔长期并肩作战，孔任旅长，他是副旅长；孔升师长，他为副师长。从中条山到中原，在抗击日寇的战斗中，二人结下了深厚的友情。孙子坤被捕后，面对酷刑，坚贞不屈，大义凛然，一口咬定是自己要起义，自己负责，与他人无关。1947 年 11 月 9 日，孙子坤、孙乃华（即陆仲平，共产党员）被蒋介石下令以“阴谋反叛政府罪”押至南京，在雨花台前慷慨就义。

孙子坤牺牲后，夫人改嫁，撇下三个幼小的女儿孙汉云、孙汉文、孙汉洛，三人均由孙子坤的挚友、军需副官董策三抚养成人（新中国成立后董曾任西安市运输公司经理）。然而，新中国成立后，孙子坤却被扣上了一顶反动军官的黑帽子，致使他的三个女儿备受歧视。后来孙汉云被其父好友范明、黎子湰带到西藏工作，两个妹妹在侠肝义胆的董策三照应下在西安上学。1963 年，孙的二女儿汉文以优异成绩高中毕业，却因其父是反动军官而高考落榜。“文革”中，孙家姐妹被打成“黑五类”，开除公职，流放农村。

孙子坤给三个女儿留下的唯一遗产就是东关龙渠堡的一座四合院，但就因为孙子坤的“反动”身份，房产被政府的房地部门强行占去，至今要不回来。

1979 年，孙蔚如逝世，孔从洲从北京到西安参加追悼会。孙汉云在追悼会后拦住了孔从洲，叫一声“孔叔”后便霹雳火炮般发了一通怒火，说：“我父亲为掩护你而死，你现在官做大了，为什么不站出来替我父亲说句公道话呢?”说着便泣不成声。

在那种场合，在那个年月，孔从洲没有跟孩子计较，也无法解释，只是痛苦地叹息一声离开了会场。

孙汉云哪里知道，孔从洲为了原三十八军的老同志、老战友的冤屈，在中央做了多少工作，费了多少口舌。毛泽东主席在世时，孔甚至多次告“御状”，呼吁为孙子坤、蒙定军、张西鼎等人平反。但是，政治斗争错综复杂，孔从洲也不是权倾朝野的人物。泰戈尔说：“上帝是万能的，上帝能撬起他撬不起的石头吗?”上帝亦有不能之事，何况凡人孔从洲。正如孙蔚如临终前对李振西说的那半句话：“有些事不尽人意。”但是孔从洲确实尽力了。为孙子坤的事，孔曾专门给国务院副总理乌兰夫和民政部部长程子华写过信……1987 年 3 月 16 日，蒙冤近四十年的孙子坤终于被追认为革命烈士。孙汉云捧着盖有中华人民共和国民政部大印的“革命烈士证明书”喜极而泣。

据孙氏姐妹说，那年，在中央党史办工作的蒙定军到南京查阅历史档案时，翻到了一份 1947 年 11 月 30 日的国民党报纸，上面正好有孙子坤被害的消息：

本报讯 国防部军法处昨晨六时半枪决两名阴谋反叛政府罪犯。一名孙子坤系陆军第三十八军五十五师少将师长；一名陆仲平系该师中尉译电员。该两犯率部叛变。经该部长官派部队追击包围缴械，解送国防部军法处讯办依法判处死刑，褫夺公权终身，并呈蒋主席核准执行。昨晨押至中华门外刑场正法。

孙子坤的平反究竟是孔从洲之功还是蒙定军之力，答案已经并不重要了（没有《31 号文件》，谁也无力回天），重要的是，烈士英灵终于可以瞑目了！

冯迩革、孙子坤的故事让我们感到困惑：明明知道他们是被国民党杀害的爱国人士——且不说抗战功臣，为什么一直要按反动派对待？而平个反又这么难呢？

郑培元　李慕愚

“六六战役”中，第四集团军在“开局不利”的情况下，按照孙总司令的命令，各部开始分兵突围。孔从洲率独立四十六旅主力插入敌后，胜利突围。但孔旅七三八团却被日军包围在茅津渡以西。孔从洲曾派人打听七三八团团长郑培元、团附李慕愚的下落，可直到战役结束也没有得到准信，只听士兵说可能是阵亡了。孔在久寻无果的情况下便向郑、李两家下了阵亡通知。不料，四年以后，孔从洲（此时已升任新编三十五师师长）在河南偃师一带对日作战时，郑培元、李慕愚却先后回到部队。

原来，七三八团在茅津渡与日军血战，被日军层层包围，又与旅部失去联系，一个团的人几乎打光了，郑培元、李慕愚负伤而被日军抓获。好在最后的白刃相搏使这两位军官（郑为上校）的军衣脱落，日军并没认出他们的身份。敌人虽曾严刑拷打，但郑培元等始终说自己是普通士兵，只知道扛枪打仗，其他一概不知。郑培元等人随后被押到日军工程队服苦役，挖沟修路运粮食，受尽折磨。四年后，郑培元、李慕愚趁给鬼子买菜的机会，换装逃出虎穴。

郑、李归队后立即投入战斗，郑任上校团附、李为搜索连连长，在中原战场上再立战功。郑后来升任二十六纵队少将副司令。1946 年，孔从洲起义遭到围捕，郑培元未能跟上起义部队。孔未能带走的部队被解散，郑培元因伤病回到老家陕西礼泉骏马乡三郑村务农。

郑培元 1906 年出生于一个贫苦农家，1925 年参加十七路军，次年参加了“二虎守长安”（杨虎城、李虎臣坚守西安，与镇嵩军刘镇华作战）。“西安事变”中任警二旅五团团长，率该团在西安城内解除了中央宪兵和地方军警的武装，控制了机场、车站，为“西安事变”的成功立下不小的功劳。（关于郑在中条山战役的事迹，请参看本书之第五、六章。）

郑培元回乡后，方知家里人早已给他挖了个衣冠冢，并设灵堂祭奠。见他活着回来，全家人都惊呆了，以为是见了鬼了……郑培元虽从此解甲归田，但仍向往革命，他把自己家当作联络点，掩护过许多地下党和三十八军旧部。孔从洲曾派人联络，让他到解放区，但因他身份特殊，有特务监视，无法成行，便动员其胞弟郑培光到解放区参加了革命。

1951 年镇反开始后，咸阳军分区副政委姚杰（曾任三十八军班、排、连长和情报参谋，参加过中条山和中原诸役）到礼泉县检查工作，县里将准备处决的反革命分子名单呈给姚杰审查。姚杰一眼就看见了郑培元的名字，不禁大惊失色。他连忙对县上的领导说：“郑培元怎么会是反革命分子呢？他是我的老上司，在抗日战争中立下过大功啊！”

姚杰救了郑培元一命。在姚杰的多方努力下，郑培元被安排到县供销社和五金公司工作，当过副股长、副经理。但郑培元的命运却并未出现根本性转机。1959 年，郑培元被撤职；1965 年，留在县供销社当小职员的郑培元又被社教运动揪出来，定为“漏划地主”，加上原来的“敌伪军官”，二罪并罚，开除公职，遣返农村，接受监督改造。一波未平一波又起，在接踵而来的“文化大革命”中，郑培元被残酷批斗、殴打。1968 年 11 月，这位在中条山、中原战场上与日军挽蛋蛋的虎将，在凄厉的寒风中含冤而去。当年的衣冠冢变成了实实在在的坟墓。

1980 年 1 月，郑培元得以平反昭雪。礼泉县为其召开了追悼会。那天仍是北风凛冽，但当地的老百姓却冒着寒风自发地从十里八乡赶来，人数之多，现场哭声之烈，在该县均属空前！这使主持追悼会的县政府领导大出意料，也深为感动。看来，老百姓眼里有水，心里有秤啊！

李慕愚随孔从洲起义后，转入解放区，参加过解放战争，新中国成立后转入地方工作，在国有大型企业担任领导职务。

王镇华　范文英

孙蔚如率军东渡黄河之前，曾在西安城内东教场举行誓师大会，会上，带领六千多名士兵宣誓的是独立四十七旅旅长王镇华，“我为中华生，我为中华死……”的誓言响遏行云。

独立四十七旅是中条山战役的主力，关于旅长王镇华在战场上的表现，相信读者从前面的篇章中已经有所了解，以“英雄”二字冠之亦无愧！然而，这位抗日英雄真的是“为中华死”了么？

王镇华，字云亭，河南灵宝阳店乡下村人（该乡原为陕西管辖，新中国成立后划归河南），16 岁投身杨虎城将军的十七路军，先为杨虎城贴身卫士，后升任连长、营长、团长、旅长等职。值得一提的是，在他的军旅生涯中，有将近八年的时间先后任手枪队长、手枪连长、手枪营长和特务团长。他的枪法在十七路军中赫赫有名，素有“神枪手”之美誉。

望原会战中，王镇华身负重伤，被打断了一条腿，孙蔚如派人将他护送回西安的家中休养。1947 年 5 月，在西安闲得无聊的王镇华，因思乡情切，便拖着断腿回到了阔别多年的故乡。村里人都知道这位少小离家的汉子是位抗日英雄、国军旅长，纷纷到家中拜访。这其中少不了有乡间名流士绅。而重情重义的王镇华也少不了对乡邻的回访，无论接访还是回访，无非是聊聊天、叙叙旧而已，离乡三十多年，西安已有家室，王镇华只身返乡，岂有他图？他做梦也不会想到，这一闲谈之举，不久竟为他招来杀身之祸！

1950年秋，被蒋介石杀害的杨虎城将军的灵柩回到西安，王镇华参与了接灵仪式。这位16岁就跟着杨将军征战沙场的老兵扶柩恸哭，秉烛守灵……杨将军安葬完毕，王镇华泪痕未干，家中突然闯进两名不速之客，其中一个是他认识的老乡。来人不由分说，架起王镇华就走。可怜这位在战场上威风八面的百战将军“单腿”难敌四手，硬是被他们“拖”回了灵宝，随后就被关押在灵宝县（现为灵宝市）拘留所。关人者不审不问，无法无据；被关者百口莫辩，呼天不应。这正是当年“镇压反革命”运动中普遍的现象。

1951年1月9日，灵宝县人民政府以［法刑字317号］文书，将王镇华以“政治匪霸倒算杀人”罪判处死刑；同年2月26日，经河南省法院陕州分院核准执行。

判决书称：“大匪首王镇华是我县最大当权首恶分子之一，一贯血腥统治人民、霸占掳夺、残杀奸淫，无恶不作。1947年该匪勾结恶霸王增寿、亢智谋大肆倒算农民四十余户，并指示匪霸史书青打死我农会工作人员姚宗喜等五人。该犯有三个老婆，因二老婆不悦该眼，便无故将其打死……”

“政治匪霸”“血腥统治”“霸占掠夺”“残杀奸淫”……这一串骇人听闻的名词组合起来集于一身，王镇华的确该杀该斩了！可是，一个16岁就离开家乡，跟随杨虎城、孙蔚如、赵寿山、李兴中诸将南征北战近四十年，抗日战场上舍身杀敌、血染征袍的铁血男儿，就算他有将这些恶行揽于一身的欲望，能做到吗？他是神枪手，不是拔根毫毛就变出一群毛猴的孙悟空！至于王镇华二老婆之死，西安的法院早有判词：属自缢身亡。

县法院将枪决王镇华的任务交给了王镇华故乡村子里的民兵执行。村里的民兵无人执枪，村农会就雇了一个叫姚成亮的人执枪，付给姚的工钱是四捆棉花。于是，五花大绑的王镇华从一个破窑洞里被拉了出来，四捆棉花雇来的杀手就地枪杀了我们的抗日英雄！没有验明正身，没有宣读判词，更没容王镇华喊一声："我为××死！"

56岁的王镇华英武一生，就这样含冤而死！

王镇华有三个儿子，新中国成立后虽都参加了工作，却一直在"反革命子女"的阴影下过着战战兢兢的日子……

1990年，在孔从洲、阎揆要、周梵伯等诸多战友出具的证据支持下，王镇华获平反昭雪。而对王镇华之死的说法是两个字：错杀！

据说，错杀的原因是当地政府要抓两名恶霸，而王镇华那年回乡时与这二人皆有过接触，两个恶霸没抓到，只好拿王镇华顶账了。

世间啥错了都有可能设法弥补，唯独这杀人的事不能。人头落地，神仙也安不上！这是玩尿泥的孩子都知道的道理。而连小学生都会使用的《现代汉语小词典》告诉我们：所谓烈士，乃指为正义事业（特指为人民革命事业）而牺牲的人。那么，为全民族的抗战事业殊死拼杀却死在了"棉花杀手"枪口之下的王镇华将军该怎么称呼才算"死得其所"呢？

…………

一把刺刀，连挑十个鬼子，年轻的营长倒在了他深深依恋的祖国的土地上。

在他倒下的地方，开着一丛丛淡蓝色的野花，他的鲜血洒在了蓬蓬勃勃的山花上。

那花叫勿——忘——我……

这段文字在本书的第二十一章出现过，文中的“他”指的是我三十八军所辖的九十八团二营营长范文英。在介绍范文英时，我们说过，他是一名中共党员。

错!

谁错了?范文英是户县石井镇石中村人，与赵寿山将军是同乡，1929年投至赵将军麾下；1936年加入中国共产党；参加过“西安事变”，牺牲于中条山保卫战的“六六战役”；范文英牺牲后，赵寿山军长亲笔题写“范遗恩劳”牌匾，差人连同棺木一同运回老家户县。没错呀?

事实没错，现实却大谬不然!

范文英死后，其3岁的孩子因惊吓而死，其妻子敬怀揣着范家的全家福照片北上延安，临走时丢下一句话：“只要我子敬人在，就一定会回来看你们!”可这一去便杳如黄鹤了……

新中国成立后，范家被定为地主，而范文英共产党员的身份和为国捐躯的壮举也全然被忘记了，唯一没有被忘记的是他在国民党军队中任职，所以就一直按“敌伪军官”对待。地主加敌伪军官，两顶帽子压得范家人半个世纪抬不起头，但凡运动一来，家里总会有人挨批挨斗（范家是个大家族，范文英兄弟九人，范文英排行老九）。

范文英无后。2000年，报上披露了几位作家在中条山采风，准备写“中条山战役”的消息后，范文英的两个侄子范中迤、范中孝带着记载范文英事迹的材料和书籍找到户县党工委主任赵学民。经赵学民指点，又找到了原三十八军地下党工委书记范明。范明及其他几位三十八军老战士共同证实了范文英的中共党员身份和牺牲时的壮举。范氏兄弟又经过多方奔走，终于在2003年从省民政厅领到了叔父范文英的“革命烈士证明书”。

领到这一迟到的证书后，范氏兄弟在九叔的遗像前喜极而泣……苍天有眼，总算是“共和国没有忘记”啊！

樊仰山　张迺芸

这两个名字读者一定会感到陌生，因为他们在前面的章节中几乎没闪过面，只有樊仰山被提了个名。对，他们不是第四集团军战斗序列的人。可是，抗日战争是一场“地不分南北，人不分老幼”全民族共同参与的正义战争。军人在前方与鬼子以命相搏，而他们的身后则是倾情倾力支援他们的广大民众。一个毋庸置疑的事实是，后方支援者的队伍远比前方打仗的队伍阵容庞大得多！他们的事迹也同样光照史册。

那么，这两位权且就算“后方”的“群众代表”吧。

先说樊仰山。

热爱秦腔的陕西人可能没有人不知道西安易俗社这个名字，它是名满三秦、驰誉全国的秦腔剧团。孙蔚如率兵东渡前在易俗社剧场与西安各界人士见面，并向民众发表了壮怀激烈的抗日宣言。

樊仰山是司马迁故里、陕西韩城人士，生于1909年。依此推算，抗战初始，他还是位不满30岁的青年人。

青年人的热情冲动和文人以天下为己任的责任感，使他义无反顾地跟随孙蔚如的队伍走上了中条山战场，不日便置身于血战永济的炮火硝烟中，冒着敌人的炮火进行战地采访；回西安后立即彻夜秉烛疾书，创作出了大型秦腔现代戏《血战永济》。秦腔艺术本身的慷慨悲壮加上剧本本身强烈的真实感，使此剧一经上演便轰动全城，极大地激发了西安民众的抗日热情。据老辈人回忆，《血战永济》连演数日，不仅剧场内观众“爆棚”，连剧场外都被市民围得水泄不通。随后易俗社又带着此剧赴山西作战地演出，甚至到牺牲于永济战场的烈士邓祥云的家乡——蒲城县上王乡张王庄演出（邓祥云在剧中化名邓刚）。

这场演出出现了两个感人的场面：一是邓祥云10岁的独子主动要求登场饰演一位小战士，他逼真的表演赢得阵阵掌声；二是演出现场群情激奋，“打倒日本鬼子”“为死难烈士报仇”的呼声此起彼伏，不等演出结束便有十几位本村青年要求参军上战场杀敌报国。据该村82岁的邓汉林老人回忆，现场报名参军的有邓启才、邓振山、邓双定、邓润郎、邓辛春、邓存彦等。邓祥云的儿子邓金广后来也入伍当兵，后随部队起义。新中国成立后在新疆生产建设兵团工作。

我们从《西安易俗社七十周年资料汇编》中查到，从1938年到1949年，樊仰山共创作了十五部大戏。其中有五部是反映抗日战争中我国军民英勇杀敌或支援前线的现代戏。

樊仰山是编剧中的佼佼者，文人中有责任心、使命感的佼佼者，是不穿军装的侠肝义胆抗日英雄！

然而，从1951年到1975年，樊仰山整整坐了二十四年的“班房”，也就是说，樊仰山从41岁到65岁的岁月全是在监房和劳改场度过的。他在劳改场的序号是“253”。

樊仰山的罪名是“文化特务”！

一个文化特务却“摇唇鼓舌”，呕心沥血地动员民众抗击外侮，维护民族尊严、国家利益，你信么？

当然，樊仰山不是完人，作为易俗社社委会的常务理事，他在参与社务管理中也有过遭人非议的不当之处，但这与“特务”何干？

樊仰山领的是无期徒刑，二十四年后出监是提前释放，用老戏上的台词叫“大人恩宽”……

中国传统文人的“臭毛病”就是执着，对所从事的事业痴心不改，“虽九死而不悔”。释放三年后，樊仰山又欣然接受了韩城文化馆馆长秦海浪之约，以 68 岁的高龄去做文化馆业务辅导员。于是他又“疯疯癫癫”地下乡采访，搜集整理民间非物质文化遗产，撰写司马迁碑文，并且加入民革，成为韩城市政协委员、省文史馆员。1985 年 7 月，77 岁的樊先生溘然长逝。

笔者（指本书作者之一徐剑铭）有幸与樊先生有过短暂的交往。1981 年前后，笔者作为陕西省青年自修大学讲师团成员，与十余名作家、教授一起赴韩城为学生讲课。那天，韩城文化馆派了辆面包车来接，负责接人的恰是樊老先生。一路上，70 多岁的老人谈笑风生，看来是很有学养之人。但让我记忆至今的却是一条歇后语的产生过程。

樊老说：“现在写‘双十二’西安事变的戏——无论是影视还是戏剧，都没有这样一个场面：事变的枪声打响之前，张学良还在犹豫，直到午夜，在众将领焦灼的目光下，张学良猛地把手中的雪茄摔到了地上，狠狠地说：就这么弄了！这才开始了捉蒋行动。所以，那一段便流行起一个歇后语：张少帅扔雪茄——就这么弄了……”

之所以记得这个小段子，是因为其中的“就这么弄了”很值得人玩味。张少帅发动兵谏是经过长时间犹豫思索后才下了“就这么弄了”的决心，可现代生活中，有很多人对很多事却是连想都不多想，一冲动，一拍桌子，一瞪眼：“就这么弄了！”反正老子手中有权，反正错了也没人追究，怕个鸟也！谁撞上了谁倒霉，那是你的命不好，与我何干！

…………

在讲张迺芸的故事之前，咱先算个再简单不过的账：陕军初到中条山作战时，人数为三万左右，两年多的十一次反扫荡牺牲了两万出头，而 1940 年 10 月奉命撤出中条山时，部队人数还是三万左右，那么，中间这两万多的差额是怎么补齐的呢？答案不言自明，后方不断补充的结果。

动员参军——包括“抓壮丁”的事自然是各县政府战时最重要的事了。

张迺芸就是户县保安团团附，因团长是由县长兼任，张迺芸实际上就是保安团的团长。除了维护地方治安秩序，保安团主要任务是组织兵源，输送新兵。

张家是户县数一数二的名门大户（近年新修的户县县志上刊载的张家名人就有十数位）。其父张廷赞毕业于北京大学，留洋于美国哥伦比亚大学，回国后致力发展民族工业，并自造轮船在黄河、汉江上试行，被誉为江河驶轮第一人；新中国成立后任陕西省政协委员。张迺芸是张廷赞的二儿子，毕业于黄埔军校第六期。这位二公子人长得英俊帅气，胸藏文韬武略，却被人称为“娃娃头”。原因是他性格随和、贪玩，打球、照相、唱秦腔、打麻将无所不能，穿一身团长戎装却跟谁都能谝到一块儿。有一次，四五个十七八岁的穷小子竟搂住他的腰，把他摁倒在地，嬉闹着搜走了他的烟和零钱，他笑骂一声：“这伙碎崽娃子！”拍拍身上的土扬长而去。

张迺芸负责为部队招兵买马的事，他严令手下人“有话好好说，不准抓壮丁”。当时，一是国难当头，民众抗日情绪高涨；二是张团长广有人缘，户县给前方输送的新兵数量一直是各县之首。1939 年麦收之后，张迺芸又招募到了一百多名壮丁，他将其中的多数按规定送往西安行营，私下却留了二十八名他挑选出的冷娃，在自己家由自己担任教官培训了十多天，然后亲自带他们上了中条山。他想会会他的乡党、威名在外的三十八军军长赵寿山。张迺芸赶到茅津渡时，第四集团军正在清扫“六六战役”战场。庆祝胜利，安葬死难兄弟……张迺芸见到赵军长时，二十八条精壮汉子站在身后，张迺芸行军礼，对赵军长自报家门。赵寿山哈哈大笑：“早就听说二公子一表人才，果然名不虚传啊！”张迺芸说：“将军过奖了，小弟顽劣成性不堪大用，将军才是国之栋梁哩！这次我为老兄挑了二十八个冷娃生坯子，都是打捶不要命的主儿，请将军调教吧。”说完，回身对身后的人说：“听到了没有？以后要好好听从赵军长指挥！”不料那伙冷娃却一哇声地吼道：“听着咧，俺听张哥的！”

赵寿山又笑：“看，人家说听你的，那你就留下来，我给你个营长当，咋样？”

张迺芸爽快地说：“留下就留下，你给我个小排长就行。”

赵寿山说：“谁不知道你二公子是正牌黄埔生，几年前就是正规军的团附了，我敢留你？我还怕你将来夺我这个军长的权呢……哈哈……”

“惭愧！那不是我吃了败仗才被撤了职么！”

知道赵军长很忙，张迺芸赶忙从脖子上取下外出时常挂在胸前的洋照相机，给赵寿山拍了张戎装照，说了句“下次再来时给你把相片带来”，转身归去。

可是，历史再也没有给张迺芸面见赵军长的机会。

1949 年 3 月，已经升任国军二十师副师长的张迺芸，因其部被彭德怀部击败于泾阳后只身逃回西安，此后决心退出行伍，在西安城办起了烟厂，生产销售“狸猫”牌香烟。1950 年，张迺芸被捕；次年 5 月，以反革命罪被处以极刑，时年 44 岁。

张迺芸的父亲在新中国成立后曾受政府重用，但仍免不了白发人送黑发人的悲情。

这里我们想简单介绍一下张迺芸的独生女儿张漪瑗，因为这位女士有一定的典型性。

张漪瑗天生丽质又聪颖过人，上学十二年，成绩没有一个学期不是全年级第一。她1960年报考北京电影学院导演系，高分通过考试却因政审不合格而让学院不得不忍痛割爱。后到西安美术学院进修国画，虽才华过人却终因父亲的牵连，她只好屈就于一个集体性质的小刺绣厂搞工艺美术设计。经多年努力，她终于成为秦绣的创始人，领工艺美术大师衔。

说张漪瑗有典型性是因为：自从其父被镇压后，她就完全接受了党的教育和训示：与反动家庭划清界限，做可以改造好的地富反坏右子女。在向组织呈交入团、入党申请时就一再向党表决心……团是入了，党却对她大门紧闭……

“三年困难时期”，她回户县看望堂兄，说话间，不时有人进来，有的端一碗苞谷面，有的拎几斤米，说让她给她妈捎回去。她疑惑地问嫂子：“这都是些啥人?”嫂子说：“全是穷人。”她又问送粮人：“我家都这样了，你们咋划不清界限呢?”送粮人喃喃地说：“娃呀，你大是好人呀……”

每次回乡，路过父亲的坟地，张漪瑗连侧身望一眼的勇气都没有。后来她发现父亲的坟前有两棵柏树，便问她堂兄：“谁在坟上栽的柏树?”堂兄幽幽地说：“除了贫下中农，咱家的人谁敢呀？当年二叔死后，几户贫农将尸体藏在祠堂里三天，等他们将棺木置办好了才由他们抬出去安葬的。清明节，还有人给二叔坟上烧纸哩……”

直到“文革”结束，政治局势开始转暖，人过中年的张漪瑗才第一次随家人一起给父亲上坟烧纸。当他们一行人来到坟前时，正在附近麦田劳作的几个农民主动走过来，用双手压倒坟前的麦苗，让他们全家人跪在柔软的麦苗上祭拜亡灵……

如今，68岁的张漪瑗对笔者说：“活到这把年纪，我才恍然悟出什么是天道人心啊!”

据当地老年人讲："张团长给抗日前线输送的新兵，没有一千也有八百！而且从不抓丁……"

天道人心的另一个佐证是，张廷赞、张迺芸及其妻（教师）刘百孝、其女张漪瑗至今仍在县志上作为当地名人赫然在列，且无一字贬损之意。

以上为中条山战役后，第四集团军部分将佐的命运沉浮和最后归宿。说"部分"，一是因为我们无法掌握更多的资料，二是仅此已经可以起到"管窥"的作用——毕竟这只是一部纪实文学作品。

关于将佐们的命运，还有一点必须强调说明：本书关于中条山战役中各级指挥员的战场表现，只限于当时的历史真实，而不是对其一生的定论。战争年代风云变幻大浪淘沙，每个人都会有自己的选择。如赵寿山、孔从洲选择了起义，而某些和他们一起浴血中条的将佐却没有起义，甚至叛离起义部队，但这并不影响我们从正面描述他们在中条山抗战中的事迹。诚如林彪后来成了叛党分子，但近几年的影视作品中，林彪在他所指挥的战役中仍以正面形象出现。应当说，这是历史的进步。

第二十六章

26 士兵传奇

陈作斌（左）、李玉杰（右）当年均为孔从洲旅长的部下，新中国成立后均受到不公正待遇。暮年聚首，“欲说当年好困惑”

点击

张恒站在舷梯上给老岳母打电话，准备撤梯的机场工作人员和守在机舱口的空姐全都呆呆地迎着迷茫的风雪，听这位乘客大声地向家人报告天大的喜讯……

张恒走进温暖的机舱时，西安城内，年逾古稀的杨翠娥老人泪水涟涟地走进了漫天风雪中……

张恒回来后问老岳母：“那天雪那么大，您这么大年纪了，就不怕……”

杨翠娥老人老泪纵横地说：“这张证书让我们三代人等了几十年啊！天上下刀子也得去啊！”

九十六军军长李兴中的侍从副官张维新，西安市雁塔区辛家坡村人。新中国成立之后一直受到不公正待遇，于1992年含冤逝世

为写好本书，我们曾登门拜访过上百位中条山战役中的幸存者。他们大多在80岁以上，那场战争对他们来说是刻骨铭心的记忆。本书中许多不入正史难为人知的细节大多数都是这些老人们提供的。他们是普通士兵或兵头将尾的小官，但他们在抗战中的出生入死，为国效力，同样应受到人民的尊重和政府的关照。

然而，新中国成立后几乎从未间断的、以阶级斗争为纲、以极“左”思潮为主导的政治运动，使这些战争的幸存者长期处在不幸的境地。

想知道他们是怎样活着并痛苦着的吗？好，让我们请出几位老人来——

赵志杰，今年89岁，西安市灞桥区柳巷村人，在三十八军十七师当过小连长，参加过“西安事变”，抗战爆发后随赵寿山赴华北抗战，亲历过娘子关、雪花山诸战，中条山战役中从始到终一直未离战场，曾多次负伤，也多次立功受奖。部队调往河南前，赵志杰因长年作战，伤病缠身，十七师师长耿子介见怜，给他发了二百大洋，让他回西安治病。赵志杰在协和医院治疗了八个月，病情虽有好转却落了个终身丧失生育能力的下场。

尽管如此，赵志杰出院后又要重返中条山，出门时恰好接到耿师长来信，说“部队已开往河南了，你就不要来了”。

采访中，刘老太太眼泪汪汪地对我们说：“结婚第二天他就出门当兵去了，整整十年没有回过家，如今俺俩都是快要进棺材的人了，却无儿无女，落得这么恓惶……”说着就呜呜恸哭。

赵老汉的家真的恓惶到了让人不敢想象的地步：土坯围墙早已被风雨剥蚀得豁豁牙牙，手一撑就能过去人；临街的门是用苞谷秆扎成的，连猫狗也挡不住；一间破瓦屋已陷入地下，房檐离地面不足二尺，人进屋须将腰弯成九十度爬进去。而赵老汉身高一米九，真不知他每天出入要受多大罪！

赵老汉说：“刚从部队上回来时还好，因为热心好管事，还在村里当过几天‘人物头’。后来社教中被划成了‘漏划地主’，人家又说咱是敌伪军官、国民党残渣余孽，日子就过成这𡳞势咧！唉，不咋的！人嘛，生下来就是受苦的，不怕。只要有一双劳动的手，能拢棉花秆就饿不死。真的，不咋的！”

赵老汉是1965年被划成漏划地主的。那时的地都是公社集体所有，“漏划地主”却没有地给贫下中农分。队上只好把他家庄基地上的几棵大杨树伐掉分给农民。队上说：“你以前伐树还卖过三百元钱哩，吐出来。”赵老汉吐不出来，只好东挪西借，凑了三百元钱交到队上。

我们采访时赵志杰已经86岁，还和老伴一起在地里劳动。

那时，赵志杰虽然已平反，但并没有按《31号文件》落实。当我们问起他的结果时，老两口都伤心地落下泪来："啥结果？五保户待遇，一季度发一袋面几斤油，其余啥也没有。"

我们把赵志杰的窘况说给范明、郑元温、胥继昌等老先生，他们都不敢相信。郑元温、胥继昌随我们到了赵家，三位老战友抱头痛哭。临别时，郑、胥从腰包里凑了五百元，丢下后含泪而去。

赵志杰是因战争夺去了他的生育能力而成为"绝户头"的，而豁口村孙家的孙芾棠成为该村唯一的绝门绝户，却是新中国成立后因其不幸遭遇而造成的。

孙芾棠也是孙蔚如的近门兄弟，早年同孙子坤一道投奔三边教导队，1938年随孙蔚如到中条山作战，直到在河南打完抗日战争。其间当过炮兵营长、团长。抗战胜利后，孙芾棠因不愿打内战而离开部队，在西安西大街开了家小药铺以维持生计。新中国成立后，药铺对面成了西安警备司令部（现市公安局），司令是他的老战友刘威诚。刘常到药铺找孙闲聊，问他愿不愿参加工作，如愿意可到警备司令部当差，"和我并肩战斗"。孙说："工作倒是想，可我药铺这一摊子咋弄？"孙的淡然造成终生遗恨。不久，土改镇反运动开始，孙在一夜间被打成"地主分子"。更可悲的是，工作队和民兵在抄没他家财产时，从地窖里搜出一条锈得拉不开栓的破枪。地主分子加上敌伪军官再加上私藏枪支，孙芾棠立即被送进了监狱，一下子就被判了十六年的大刑。

孙芾棠想不通：老子抗战这么多年，砍杀鬼子无数，怎么为一杆鬼知道啥时候遗到地窖里的破枪而成了历史加现行的双料反革命呢？那破枪别说打人，就是抡起来打一条狗自己先成了碎片片了。

判了刑的孙芾棠被押到正在修筑的天兰铁路上去服苦役。一天，他和另一位同在中条山打过仗的战友在桥梁上相遇。两位在战场上从死人堆里爬出来的老兵“相顾无言，唯有泪千行”。最后孙芾棠说：“活啥哩，死了零干（方言，解脱的意思）!”战友说：“对，死了去屎!”说完，两个人同时向水泥桥墩上一头撞了过去……

孙芾棠的尸体至今不知葬于何处。

孙芾棠死后不久，先是11岁的小女儿孙鸟啼夭折，后是16岁的儿子孙朝邑（孙在朝邑驻守黄河时其妻所生）偶染小疾却因无钱就医而三天毙命，其妻改嫁他乡，孙芾棠一家绝门绝户了。

值得我们又赞又叹的是，豁口孙家可谓“一门忠烈”，孙蔚如、孙芾棠、孙维坤、孙子坤、孙维棠、孙修、孙效武、孙博义、孙涛、孙作宾，他们或兄弟，或叔侄，或爷孙，均上过中条山的战场，但命运却多有沉浮，这里不再详述。有一点需要说明：孙蔚如、孙作宾新中国成立后虽然当过副省长、省委副书记，但那个高压政治的时代，他们对家人的不幸遭遇也是爱莫能助（孙作宾在运动中也受到过打击）。

说个轻松点的小故事：

孙蔚如的门中兄弟孙维坤在部队上没当过什么大官，仅是个教导队队副。在中条山作战期间，他奉命回西安接收新兵。为安顿新兵家小，他竟偷着把家里的三十亩地卖了。中条山战役结束后，他因伤病离开部队。临行时孙蔚如赠给他两匹马，让他回去好好种地。其中有一匹红马，在“六六战役”中蹚水入黄河，救过十几名士兵，算是“有功之马”。孙维坤回家后，宁肯自己用肩膀曳犁担套，也不舍得让红马出力。直到合作化运动，孙维坤牵着马入了合作社。马在合作社“埋头苦干”，马的主人却在1975年病故了。

轻松的小故事是个“缓冲”，下面的故事就有些沉重了——

于登博是血战永济中为数不多的幸存者之一。1946年，孔从洲准备在河南起义，提前密遣上士文书于登博回西安，让于设法将其家属隐藏起来。于登博会同李蔚茂将孔的父亲和夫人从西安的桥梓口转移到高陵，又怕不安全，再度转到三原，使孔在起义失败后，其家属安全地避过了特务的追捕。

新中国成立后，于登博供职于陕西师范大学，在后勤当了个伙食管理员。但是，1957 年“反右”时，小小的伙管员却成了右派，全家都被遣返回农村（于是灞桥新筑乡于家村人）。“文革”中，于登博又以“历史反革命”屡遭批斗。

1984 年后，于登博偶然听说中央有个《31 号文件》，喜出望外的他急头绊脑地去找单位要求给他落实政策。单位说：“没见过这文件。再说，谁能证明你是抗过日的?”于登博就四处找人做证，仅孔从洲就先后写了两份证明，单位却就是不认账，并说：“你少拿大肚子夯人，孔从洲咋咧？办不成就是办不成，有本事你告去!”

于登博跑了五六年毫无结果，真是叫天不应，叫地不灵。老汉在万般无奈之下，想起了在中条山作战时和鬼子挽蛋蛋的事，于是一咬牙，一跺脚，豁出去了！老汉用六尺白布写成血书，跑到省委门前或长跪不起或就地滚蛋蛋。过往行人初时认为老汉是撒泼耍赖，及至看了血书内容方才唏嘘不已：“哟，老汉还是跟日本鬼子玩儿过命的!”“老汉救过孔从洲一家，咋会落到这个地步?”

年近八旬的老人终于在血泪交融的滚蛋蛋中脱去了反革命的帽子。如今，老人已成为享受国家离休干部待遇的老革命了。

以上我们讲的是几位战争的幸存者在新中国成立后的不同遭遇，那么，那些血染沙场命丧黄泉的人们呢？他们的身后又该有多少令人唏嘘的故事呢?

长安县（现为西安市长安区）东大乡太平河有个杨世伍，年轻时受其恩师、共产党人杨明轩影响，考取了保定军官学校，毕业后投奔杨虎城的十七路军，参加过著名的西安围城之战和“西安事变”。1938 年，已是孔从洲警二旅连长的杨世伍获悉部队很快就要开往抗日战场的消息后，便骑马回了一趟家。不料，次日一大早，当他与妻子匆匆话别，走到院外翻身上马时，老父亲大步跨至马前，伸手就将他拽下马来，骂道：“你个混账东西，结婚三天你就跑得不见影了，这会儿回来你打个照面又要走，你当你是逛隍会呀！”

老父亲连人带马都扣了下来，不准儿子出门半步……可这能关住这位热血男儿吗？杨世伍当天夜里便冲破囚锁，打马飞奔西安。

杨世伍烈士遗像

杨世伍革命烈士证明书

孙蔚如率军渡河作战前，孔从洲率新编独立四十六旅作为先遣部队在三原集结，准备先期过河。恰在这时，杨世伍突发重病，部队赶快通知他的家人，可杨妻赶到三原后，杨世伍却神奇地康复了……夫妻俩谁也没有料到，这，竟是他们的最后一次见面……

杨世伍是在“六六战役”即将胜利的前夕，牺牲于太臣阻击战中的。

本书在《古渡大捷》一章中曾有这样一段话：“日军一千三百多人

狼狈溃逃，途中又遭我独立四十六旅拦击，死伤大半……”这段描述过于简略，实际上这场阻击战打得相当惨烈，企图夺路而逃的日军对我军阵地的冲击是在赌命。战至黄昏，日军见久冲无果又死伤大半，便迂回至我军背后，企图偷袭，不料反被我另一支部队抄了后路。腹背受敌的日军退至沟底，于绝望中祭出灭绝人性的“法宝”——毒气弹……杨世伍所在的二营官兵多数被毒气弹熏死，没死的也中毒昏迷失去抵抗力，日军趁机爬上沟顶，用刺刀刺死我昏迷官兵后慌忙逃窜……

第二天的黄昏时分，我三十八军、九十六军会师圣人涧，“六六战役”以我军收复阵地、日军全线溃逃而结束。战后，孔从洲旅长在太臣阵地见到了杨世伍的尸体，心痛不已，连声叹息：“可惜，可惜……”五十多年后，孔从洲将军对杨世伍的孙女婿、西北大学教师张恒说：“部队把提升杨世伍为营长的命令都写好了，只是因战事紧张没来得及宣布……”

杨世伍牺牲后，其妻一直带着两个女儿艰难度日，深受众乡邻的敬重。然而，一顶“反动军官家属”的帽子却压得她们母女抬不起头来……

20 世纪 80 年代末，杨老太太过世后，其女杨翠娥得到一个消息，说中央有文件，原三十八军的人可按革命军人对待，于是便四处打听如何为父亲落实政策。多方打听无果后，年过花甲的杨翠娥老人拿出父亲的遗照，打发女婿进京去找父亲的老首长孔从洲。原想是碰碰运气，不料竟受到了孔从洲的接见。孔老将军一眼就认出了照片上的杨世伍，一番惋惜与感叹后，孔从洲将军让张恒回去后找当年的老战士段思治等人为杨世伍做证。而段思治等人见到杨世伍的照片后异口同声地说：“这是我们的杨老师嘛！杨老师可是文武全才，常给我们上文化课呢……”

证人证言都有了，张恒去找民政部门，得到的回复是：光有这些还不行，还得有当时政府发的抚恤令。

几经奔波，在本书作者之一张君祥的帮助下，张恒从南京第二档案馆查到了当年国民政府为杨世伍颁发的抚恤令……

2005 年 12 月，一个大雪纷飞的日子，因公出差的张恒刚刚登上飞机的舷梯，身上的手机响了（迟一分钟就会按乘机规定关机）。民政部门通知他到省民政厅为妻外爷杨世伍办理烈士证书手续。

张恒站在舷梯上给老岳母打电话，准备撤梯的机场工作人员和守在机舱口的空姐全都呆呆地迎着迷茫的风雪，听这位乘客大声地向家人报告天大的喜讯……

张恒走进温暖的机舱时，西安城内，年逾古稀的杨翠娥老人泪水涟涟地走进了漫天风雪中……

张恒回来后问老岳母："那天雪那么大，你这么大年纪了，就不怕……"

杨翠娥老人老泪纵横地说："这张证书让我们三代人等了几十年啊！天上下刀子我也得去啊！"

从此，老人将那张盖有中华人民共和国民政部大印的"革命烈士证明书"一直揣在怀里，碰到需要排队等候的事，老人掏出来对人说："我是……能不能让我站前头？"旁边的人看看烈士证，叹曰："抗日英雄的家属啊！当然得优待，大娘请……"

老人感慨地说："父亲生前，我基本上没享受过父爱。没想到父亲去世这么多年后，因为父亲，我受到社会上这么多人的尊敬和爱护！这下，父亲的在天之灵可以安息了……"

长安区翟家堡有个翟家骐，毕业于省立三中，这个学历在当时堪称知识分子，但他却投笔从戎，成了十七路军的一员，历任排长、连长、上尉参谋等职。1929 年 2 月的"二一七战役"中，已是独立四十七旅中校参谋主任的翟家骐冲锋在前，日军的一颗子弹从他胸部穿过，差一点击中心脏。身负重伤的翟家骐被送回西安治疗，可他只待了半个月，伤未痊愈便重返前线。“六六战役”中壮烈牺牲。国民政府曾为翟家骐发来嘉奖令，可惜“文革”中被焚毁。本书作者之一的张君祥在省档案馆查阅档案时发现了阵亡壮士名录中有翟家骐的名字，经多方打听才找到了其子翟宏儒和其女翟云霞。翟氏兄妹在张君祥的指点下，多次向民政部门提出为其父办理烈士证的申请，却一再收到不予办理的回复。

革命烈士证明书

牺牲，经批准为革命烈士，特发此证，以资褒扬

翟家骐革命烈士证明书

翟家骐烈士遗像

2006 年 11 月，张君祥在为另一位烈士亲属帮忙办证时，在南京第二档案馆的抗日烈士档案资料中，又一次发现了翟家骐的档案资料，当时就给翟氏兄妹打电话告知原委。翟氏兄妹赶奔南京，拿到了“国民政府死亡官兵调查表”的复印件，但民政部门提出，仅凭此表还不行，还要有人证。最终还是在张君祥的帮助下，找到了一位人证。翟氏兄妹才为牺牲了近七十年的父亲领到了烈士证书。

从花甲之年到七十有四，靠几亩桃园过日子的农民作家张君祥为帮素不相识的烈士亲属为烈士正名的事可谓呕心沥血，不辞劳苦，先后帮陈善文、杨世伍、刘子介、王致民、翟家骐等十三位烈士的家属为自己的亲人领到了烈士证书。

不妨摘引一篇报道文章——

七十年寻亲终有果

本报关于山西为陕军抗战烈士立碑的报道，成就了一段历时70年的寻亲。

原籍长安区王曲镇马厂村的王义民老人，是咸阳市渭城区财政局的离休干部，今年已经86岁了。70年前，他的哥哥、24岁的王致民跟随十七路军渡过黄河到山西前线抗战。到山西后，王致民给家里写了一封报平安的家信，然后就再也没有任何消息了。之后王义民家里人只听说，王致民去的那里打了大仗、恶仗，许多人牺牲了，但哥哥究竟是死是活，却没消息。因为等不到哥哥的音信，嫂子也改嫁了，离家时带走了王致民唯一的一张照片。因为思念哥哥，王义民又要求嫂子把哥哥的照片复制了一张，自己小心地保存到了今天。

70年来，王义民逢人就打听哥哥的下落，但总是没有结果。王义民十分伤心，因为家里只有他们兄弟俩，他和哥哥的感情特别深，搞清楚哥哥的生死，成了他这辈子迫切的愿望。

从财政局副局长的位子上退下来以后，王义民不顾年老体衰，仍为实现这个愿望而奔走。

转机出现在本报11月4日的一篇报道。那篇报道提到，70年前，陕军渡过黄河后在中条山与日军激战，弹尽粮绝之际，800壮士跳黄河殉国，而求证出这一历史史实的是本市的张君祥等老人。王义民的一个朋友拿到报纸后多方打听，终于找到了张君祥的联系方法。

前不久，王义民和自己的老伴、女儿、儿子，在那位热心朋友的带领下，来到张君祥家。张君祥问清王致民当年所在的部队后，拿出自己珍藏的历史资料：“那支部队 500 多人，一仗就牺牲了 306 人！看，烈士的名字全在这块碑上刻着呢！”

张君祥在碑文的拓片上一眼就看见了王致民的名字，指给王义民看。王义民和张君祥抱头痛哭：“70 年了啊！我可找到哥哥了，我可找到哥哥了！”

张君祥向王义民详细介绍了王致民参加的那次战斗的惨烈程度，然后说：“为抗日而死死得光荣，你应该给哥哥申报烈士。你把碑文的拓片复制一份，再到南京档案馆去查部队的档案。70 年了，再不能让你哥哥不明不白了。”

发稿前，记者与王义民取得了联系，王义民十分欣慰：“南京档案馆的档案已经查到了，我们将找民政部门为我哥哥申报烈士。先烈九泉有知，也要感谢你们的报纸啊！”

（西安广播电视报：记者王海安　特约记者刘洁）

2009 年 4 月，王致民被中华人民共和国民政部追认为革命烈士，并颁发了“革命烈士证明书”。之后，王义民带领一家老小赶赴蒲州旧城，从哥哥牺牲的地方捧回一罐泥土，以示英灵回归故里，后又在家乡立碑纪念。

囿于篇幅，“士兵传奇”就此打住。

在书写以上两个章节时，作者总有一个疑问：那些罹难官兵明明是战死沙场，为国捐躯的；那些幸存者也都是为国家利益、民族尊严而舍生忘死抗日的，可为什么他们的事非得要他们自己或亲属四处奔波、求神拜庙、磕头打躬呢？为什么对他们出手相助的多数都是民间侠义之士呢？我们的政府用纳税人的钱养了那么多“国家公务员”，他们都在忙啥呢？

话赶到这儿了，忍不住就想再讲个“小花絮”。

一七七师一〇六团机枪连连长吴俊德牺牲于1939年的“六六战役”，安葬于他的家乡扶风县闫王村。1941年，他的生前好友吕剑人（新中国成立后曾任陕西省副省长）等三十余人联名为他做了一块匾，上书“为国捐躯”四个大字。字是由于右任的外甥周伯敏题写的，至今匾仍完整保存。但当地在1981年的“烈士调查表”上填写的职务和事迹却让人啼笑皆非：“吴俊德烈士出生于1901年，共产党员，1938年参加中国人民解放军，在部队曾任少校连长；1942年在中条山抗战中英勇牺牲，时年20岁……”在曾任职务一栏中写的是“伪一七七师一〇六团机枪连连长”……

这张书写流畅、字体端正的调查表内容却完全是醉眼蒙眬中的一派胡言乱语：

1938年他上哪儿参加七八年后才有的“中国人民解放军”？

1901年生，1942年死，你有啥法术算出他“时年20岁”？

一七七师是国民党部队，咋能划入汪精卫的“伪军”？

伪军就是汉奸、日本鬼子的走狗，怎么能说他是“英勇牺牲”于抗日战场呢？

共产党员、伪军官、解放军、烈士……把这些词搅和在一起，吴俊德究竟是人还是鬼？

这个“小花絮”，似乎能解答作者前面所提到的问题：他们都在忙啥呢？

…………

强权者说：历史是胜利者写的。而曾经享受过胜利者胜利果实却又被无情的政治风暴拉下马来，并陷入绝境的前国家主席刘少奇说：“好在，历史是人民写的！”可惜，这只是末路英雄的生命绝唱！

历史究竟是谁写的？这问题太哲学，我们搞不懂，还是留待哲学家们去研究吧。

我们只想说：在那场为捍卫国家主权、捍卫民族尊严的抗日战争中，有七百多万中国士兵壮烈捐躯！

他们应当受到后人的尊重！

我们认为：历史要进步就要揩去蒙在历史道轨上的灰尘，再用真理的泉水洗净车窗上的油污。尽管我们说不清历史究竟该由谁写，但“实事求是”应该是写史最基本的原则。舍此原则，就是亵渎历史，愚弄民众！中国历史上被人称为明君的唐太宗李世民有句很有名的话：“以史为鉴，可以知兴替……”“兴替”是什么？就是事业兴败，江山更迭。换成现代的警句就是“关系到党和国家生死存亡的事”！这么大的干系，那么，这个“史镜”如果被人篡改成“哈哈镜”呢？

君不见：炙手可热的大明星穿起日本“军旗装”搔首弄姿，风华正茂的大学生被问及卢沟桥一头雾水，几十名妙龄女子在皮条客的带领下走进星级宾馆向日本人“卖春”……真是“商女不知亡国恨”，真是“少年不识愁滋味”，真是……

忽然想起，前两年，中央电视台直播全国青年歌手大赛实况，我们一位穿着军装的歌手，在回答红军长征经过的娄山关在何处时，一下子就扯到了河北省……而我们那些德高望重的评委却在观众的哄笑过后向那位军旅歌手送上一个慈父般的微笑而了之。

话又说回来，不一笑了之又该如何？这一切，能简单地责骂孩子们吗？上帝说：原谅他们吧，他们不懂。可他们为什么不懂呢？谁来回答？

郭义鸿，陕西长安人，原是一七七师师长李兴中的警卫，在河南抗战，转调三十八军十七师（师长李维民）后参加起义。战后回家乡务农。他曾多次申请落实政策，临终未果

忽然又想起一件事——

为了写好这部书，我们到档案馆查阅抗战烈士的档案。在省档案局，我们查到了“214”号卷宗，共一百六十八页，记录了一千五百多名抗战阵亡烈士，其中百分之八十是在中条山抗战中牺牲的。当然，这也很不全面，因为这里记录的只是营以上的军官。然而，等我们再次去查找时，工作人员又抬出了一大箱档案，几十本精装的烈士名录。我们查来查去，仅查到一名抗战时牺牲的烈士，其余的均是解放战争、抗美援朝中牺牲的。我们只好悻悻而归。

需要强调的是：214 号卷宗是 1942 年建立的；而第二次见到的那一大箱档案卷宗却是 20 世纪 70 年代建起的。

真的就该忘记那些抗战中为国捐躯的烈士吗？知道还有多少人在苦苦地寻找他们的足迹、字字血声声泪地呼唤着他们的名字么？

27 第二十七章 秦晋情深

西郑村新修的后死碑纪念亭

点击

陕西的陈家后人陈忠岳等终于和山西的杨家后人杨春生及她的哥哥一家人见面了。当双方核对了各自从父亲那里听到的情节后，两家人相拥而泣……

陈家给杨家送来了一面锦旗，上书“救命之恩，永世不忘”。2008 年清明节时，陈忠岳再次带家人赶赴杨家，两家人共同在杨继周老人的坟上焚烧纸钱，泣泪跪祭……

陕西以孙蔚如长子孙存汉为主任的十七路军军史研究会也给杨家送了一面锦旗，旗上绣着八个大字：兵附于民，秦晋情深。

2007 年夏末秋初的时节，一个特殊的考察团走进中条山下的芮城。考察团中有专家、教授、作家，也有部分原十七路军的亲属子女。他们要考察的是当年的陌南战役中八百壮士跳黄河殉国的历史真相。这种事，当然少不了多年来一直关注这段历史的“二张”——本书作者之一张君祥和西北大学教师张恒。

那一天，他们结束了对陌南镇的考察，队员们正陆续登上停在路边的大轿车，这时，一位年纪在 60 岁左右的女人凑到车门前，从挎着的筐子里掏出些桃子，热情地往众人手里塞。众人多有疑惑，都不敢接。那女人怯怯地笑了笑，说：“俺不是卖桃的。俺听说你们是从陕西来的，专门打听当年打日本的时候，咱们的部队战士跳黄河的事，对不？”见有人点头，那女人又说：“其实俺家跟这事有些牵扯，俺父亲在世时常念叨这事呢！他老说，俺救的那人还活着没……”

张恒一听，觉得这里面肯定有故事，连忙说：“大姐，请坐在车上慢慢说，外面天热。”

大姐坐到车上，从头说起。随着她的讲述，一个久远的画面呈现在人们面前——

这位大姐说她叫杨春生，她的父亲叫杨继周，是码头崖紧邻的道东村人，“六六战役”那会儿，杨继周还是个20多岁的小伙子，6月6号那天，他亲眼看到了我军战士与日寇浴血搏斗的惨烈场景，据他后来对家里人讲，那些壮士硬气得很，当数百人被逼到码头崖上，日本鬼子哇哇叫着向崖上冲时，壮士们砸了枪支，齐声呐喊着“不当亡国奴”的口号，从悬崖上扑向黄河……第二天早上，杨继周背了个篓子，拿了把镰刀，装成割草的样子从小道上下了码头崖。他知道崖下的河边还有一片狭窄的滩地。他想的是，会不会有人落在河滩上？会不会还有活着的人？他用镰刀轻轻地拨拉着河滩上的草丛，果然，他发现草丛中躺着一个人，虽然浑身的军装都被血糊住了，但身子却在轻轻地动弹着……杨继周赶忙扔下镰刀和背篓，将那伤兵扶起来，第一句话就是：“哎呀，你还活着呢?!”满脸是血的伤兵睁眼望了望杨继周，点了点头又昏过去了。杨继周看看崖下无人，连忙背起那伤兵挪步到河边上，撩起河水为他洗脸，冷水一激，那人醒过来了。杨继周从身上摸出一块玉米面饼子，又用手掬了些干净点的水，让那人吃喝了几口，那人慢慢地缓过气来。那人说他要找部队去。杨继周说：“鬼子还没走远，村里还有伪军。你要走也行，得换换衣服。”于是，杨继周将自己的衣服脱下了，帮那人换上，又给他指了指从崖下河边逃生的路。那人跪在地上给杨继周磕了个头一瘸一拐地走了。杨继周光着膀子、赤着脚，身上只穿着裤头回到村子……

至于那伤兵为何没有被摔死，杨春生说：“俺爸说，他是落在河边的一棵树上，被树枝弹落在地。那地方是滴水崖，地上很是松软。就在他躺卧的旁边，有一棵树，俺爸看见那树上还有一个当兵的，身子被挂住了，没摔下来，已经断气了……”

从那以后，杨继周就常常念叨着一句话：“也不知道那人还活着吗?”直到80多岁过世前还在这么念叨……

杨春生大姐的讲述并不利索，断断续续，讲到父亲去世时忍不住地抹泪。车上所有的人都听清楚了她讲的故事，车上一片肃然……

张君祥忙问：“没听你父亲说，他救的那人是哪的人，姓啥叫啥，在哪个部队吗?”

杨大姐仰脸沉思了片刻，喃喃地说：“听我爸说，那人是兴平人，姓陈。再啥就不知道了……”

“兴平人？姓陈?”张君祥忽然兴奋地高声喊道，“对上号了！这下对上号了!”

有人问：“咋叫对上号了?”

张君祥说：“两年前，咸阳杨凌区的一位读者给我打电话，说他叫陈忠岳，父亲陈志清当年是一七七师一〇五九团的一名副连长，血战陌南时也随新兵团跳了黄河。但没有死，落在河滩的草丛中被当地村民救了，直到2005年才去世。老人新中国成立后因当过国民党的兵而饱受各种运动的冲击，所以对参加中条山抗战的事闭口不提。就是有人问起他也是摇头否认。但是，他对于救命恩人却念念不忘，临去世前还叮嘱儿子：‘以后要是能找到救我的那家人，一定要好好对人家表示谢忱，没有他们就没有咱这一家子人呀……’你想，杨凌过去就属兴平，杨继周老人救的不是陈忠岳的父亲陈志清还会是谁？一定是他!”

后来，在“二张”的奔走联络下，陕西的陈家后人陈忠岳等终于和山西的杨家后人杨春生及她的哥哥一家人见面了。当双方核对了各自从父亲那里听到的情节后，两家人相拥而泣……

陈忠岳为救父恩人杨继周家送锦旗

陈家给杨家送来了一面锦旗，上书“救命之恩，永世不忘”。2008年清明节时，陈忠岳再次带家人赶赴杨家，两家人共同在杨继周老人的坟上焚烧纸钱，泣泪跪祭……

陕西以孙蔚如长子孙存汉为主任的十七路军史研究会也给杨家送了一面锦旗，旗上绣着八个大字：兵附于民，秦晋情深。

…………

张铁铮先生

芮城县陌南镇沟南村63岁的张铁铮是位退休教师，为配合陕西人对十七路军和中条山战役的调查、寻访，他亲自动手撰写了万余字文章《缅怀十七路军抗日烈士的在天之灵》。张铁铮的父亲张务本早年毕业于西北陆军学校（校长系李兴中将军），抗战时期曾任第四集团军九十六军一一七师话剧团团长、辎重连连长等职；新中国成立后回乡务农，1988年病逝。张铁铮先生的文章是根据其父亲生前的讲述整理的，文内披露了许多鲜为人知的历史事实。限于篇幅，我们仅选摘其中一个片段——

关于“六六战役”的情况，据父亲说他当时还在洛阳（第一战区长官部）集训。七月回来时又听部队介绍和看到一些场景很伤痛很感动，一生都忘不了。他说这些情况没有当过兵或者没参加战斗的人员是很难理解这份感情的。据说下游黄河面上漂着的士兵遗体很多，男女都有。据说在平陆沙口和三门峡附近黄河打捞上来的很多很多，很惨。死亡的中国士兵大多数年龄都是二十岁左右的青年战士，也有十五六岁的娃。许多士兵身上没有枪伤，完全可以说是在处于绝境下跳河的。当地群众说，河水都有一缕被流血的士兵染红。他当时听到在陌南沿河激战跳河壮烈牺牲的士兵情形后更是痛心，因为他知道这事出在自己的家乡，而且在老家村边不远处，如果自己幸存，将来回去一定要纪念（何况住在大沟南村工兵营和骑兵连里还有他熟悉的战友）。后来在平陆驻地的部队还举办了一次吊念“六六战役”牺牲官兵的追悼会。他还亲手书写过几副挽联和大“奠”字，内容当时很多。他曾记得有这么一副挽联，多年后长留在脑海里：

血洒条山英灵同日月齐辉；

躯捐黄河忠魂与河海共存。

横批：

名垂千古

我父亲在新中国成立后回家务农期间，当时政府把他作为无党派人士对待。在当年“六六战役”壮士勇跳黄河的码头崖处，有我家种的十亩土地，父亲在那里务农。我年幼时，常随父亲前往，据我记得，好几年我在场，父亲在清明节或者农历十月初一，当地风俗给死去的亲人送“寒衣”的日子。父亲在当年部队跳崖投河的地方崖边方向，焚纸化钱。我不解其意，以后才知道他在祭奠当年壮烈殉国的战友。他曾对我说过，当年死在这里的大部分都是陕西士兵，人叫陕西娃，年龄都不大，离家很远，亲人都不知道他们死在何方，谁来祭奠，成了孤魂野鬼。在咱家门口，咱离得近，应尽点心，纪念他们是应该的。父亲一生不好喝酒，但他在酒桌上喝酒前，别人让他酒，他总把酒倒到地上说：让我地底下的弟兄们喝吧（还是指牺牲士兵）。直到1957年后，政治运动频繁，色彩浓厚，父亲去码头崖祭奠少了，最后停了，但每年在清明节或送“寒衣”时节，除在祖上坟头烧纸外，晚上总在大门口画个灰圈，开口朝东南方向（一七七师的工兵营跳黄河的码头崖在我家东南方向）又烧许多纸钱。直至现在我也形成习惯，每年烧纸画个东南方向开口的灰圈。

父亲在十七路军时，有一战友，也是他的卫士，平陆县城人，叫田有义（原陕西人，后落户到平陆），1980年秋来芮城看望他，他们见面后交谈的内容大多是在十七路军时在中条山抗战的情形。当谈到“六六战役”时在陌南一带跳河官兵壮举和平陆沙口惨烈之事时，两位老人都流出了热泪。他们还回忆到当年虎牢关战役，他们说国民党正规军装备精良，但不战；咱四集团军，杂牌军武器低劣还能打。我父亲说：“我当年的估计也不错吧，咱们队伍里多少领导都是共产党人，咱们能受群众欢迎，能战斗，这与共产党的领导和教育是分不开的。”后来我父亲还把战友带到当年战友跳崖、投黄河的码头崖和大沟南村的崖边走了一次，缅怀当年壮烈场面，告慰当年战友在天亡灵。

…………

我父亲在81岁过世的那一年曾说过，埋在他心中最大的愿望是国家以后能实现统一，消除偏见，正视历史事实；给当年十七路军一个正确的肯定，最好在我们这里给十七路军的抗日将士树碑立传，让后人将中华民族当年遭受日本侵略的苦难史和牺牲的抗日英雄永记心中。若有这么一天，要我到他坟前告诉他一声。

…………

张恒在多次赴中条山采访中，先后接触平陆、芮城的一百多位那场战争的目击者，他们多为80岁上下的老人。这里我们也选几位有代表性的目击者，听听老人们的悲情述说——

被采访人：张真灶，84岁

离休老干部

采访时间：2009年2月16日

采访地点：山西省平陆县寨头村

采访人：张恒、杨长安

你们做的事情很有意义，我把我知道的事情都给你们说说。抗日战争时期，我是平陆东边虎庙村人。我知道当年日本人在运城中条山以北，杨虎城的部队把守着中条山和山南。他们在这里和日本人不知道打了多少次仗，日本人始终没有打过来。孙蔚如的第四集团军素质比较高，顽强抵抗，军民一心共同抗日啊！在当年，老百姓按照部队的要求，从河南把部队的粮食运回来，在自己家把面磨好，再运到中条山的毛家山上给咱的部队吃，支持第四集团军打日本人。可以说第四集团军在中条山取得三年防守的成功，与当地老百姓支援、支持是分不开的。

我见过赵寿山军长，长得高高大大的，很魁梧，很结实。那时我村坡底河里面有金沙，我们小孩子常去河里淘金沙。他经常从他住的柏树爻（村名）旁边河滩路过，到望原村去，我们经常见。赵军长有时候走到河滩还停下来和我们小孩子说说话，看我们淘金。他曾问我："小孩子，你们淘啥呢?"我说："我们淘金呢。"他还问："能淘上不能?"我说："十日淘金九日空，一日干的九日工。这就看运气了。"赵寿山听了后说："好好干，淘好了可以养活家了。"我没有见过孔从洲，赵寿山我见过的次数多了，他的印象我很深。他总是一个人早上骑个大骡子从河滩过去到望原和三门村，下午三四点多，就又从河滩回来，很自在。我还经常见李振西团长，李振西就住在坡地村（村名），大个子、高鼻梁、深眼窝。有时部队开会他讲话时候，我们小孩子爱看热闹，都挤到旁边看他说话。李振西歪得很（方言，厉害得很），有一件事十里八村都知道。有个警卫连当兵的把一个妇女欺负了，李振西召开军人大会，公审了这个人，后来把这个人拉到后面的沟里枪毙了。那一次影响很大。老百姓都知道人家第四集团军的纪律是很厉害的，没有人敢欺负老百姓的。所以，第四集团军在这里老百姓心中的威信是很高的。

当年，第四集团军受朱德和彭德怀影响很大，经常打仗的方式也是游击战的做法。老在日本人屁股后面打日本人，哎，效果好得很！搞得日本人有时顾头不顾尾。当年阎锡山围剿山西牺盟会的时候，第四集团军就让牺盟会的人到第四集团军来躲避阎锡山追杀，穿上第四集团军的衣服，阎锡山就没办法围剿了，没办法抓了。那个时候第四集团军保护我们山西牺盟会不少人呢。这些事情山西当年很多牺盟会老同志都知道。

我叫刘石贵，今年83岁了。说起“六六事变”我永远不会忘记。那是割麦子的时候，一七七师在中条山和日本人打了几天，后来，日本人的八架飞机在二十里岭（芮城县中条山峪口）和张店（平陆县中条山峪口）一带的山上来回飞着，用机枪扫射配合地面的日军进攻咱的抗日部队，咱的抗日军被人家飞机机枪扫射压得抬不起头。这一架飞走了，那一架又飞来了，不停地在一七七师头上飞来飞去扫射。日本人在飞机大

被采访人：刘石贵，83岁

采访时间：2009年2月18日

采访地点：山西省平陆县沙口村东坡

采访人：张恒、张空军、杨万石

炮的攻击下，才突破了中条山咱的防线。咱的队伍在中条山守了两天，实在打不过人家，才从山上退了下来。第一天先是退到了张村塬（地名），日本人跟着从中条山南坡也追到了张村塬。接着日本人第二天又从张村塬攻下来，一七七师在张村塬上挡不住人家，就从张村塬退到了我沙口村，日本人跟着打了过来。那天，村里的人都逃日本人跑空了，就剩了退到村里的一七七师，还有其他的零散队伍的人。日本人从张村塬追到村子的时候，咱一七七师人没退路了。因为，西面二十里岭（中条山在芮城县的峪口）的日本人也都围了过来，咱这些队伍上的人没了退路，后来绝大部分跳了黄河，那次黄河岸上和河里死人不少，大约有一个旅都是陕西人，都是20多岁。还有一些被日本人围住了被抓的穿老百姓衣服的队伍上人和老百姓，有一百多人。在我村西面有个沟，两丈多

深，日本人把这些人还有一些老百姓都捅死，推到了这两丈多深的沟里。

“六六事变”我村里死了几十口子。因为，日本人进村的时候大部分村里的人都躲到北边的地里去了。在我沙口村，死的老百姓有很多是东边老县城逃过来的。日本人为了在老百姓中间找抗日部队的人，就专找年轻人查看。看你手上有没有干活的茧子，看你头顶四周有没有戴军帽压的帽印子，凡是手上没有茧子头顶有帽子印记的年轻人全部都杀掉。

被采访人：高凤梧，88 岁

三十八军抗日老战士

采访时间：2009 年 4 月 6 日

采访地点：山西省平陆县圣人涧村

采访人：张恒、张空军

我叫高凤梧，凤凰的凤，梧桐树的梧，今年 88 岁了。

我首先要给你们说的是日本人来的时候我还在上学，后来，二十九军宋哲元队伍来了在这里和日本人干，学校上不成课了。接着二十九军就撤到黄河以南走了。不久，杨虎城的三十八军来了，由我一个在三十九军一〇二团的亲戚介绍我就参加了三十八军。参军后在五十一旅一〇二团无线电排当兵。

“六六事变”前，我和无线电班几个人被派到垣曲县的稷王山做情报工作。我从垣曲返回平陆的时候，在平陆曹川镇的黄河边上，看到黄河里有很多我们部队的弟兄，这些弟兄是在“六六事变”时被迫跳黄河的漂尸。我惊呆了，要不是我被派到垣曲去执行任务，我也可能就是这漂尸中的一人。

跳黄河是打不过人家，没办法，弟兄们都不想投降，不想被日本人侮辱和打死。但我们的实力、人数比日本人差得太远，没办法才跳了黄河。你想想，我们拿的是“汉阳造”（一种中国制造的老枪），打得不远，还经常拉不开枪栓，老卡壳，最好的是机枪，大炮都是少数。日本人有飞机扫射、战车进攻、各种大炮轰炸，人家经过正规长期军事训练和准备，拿的三八大盖也打得远，加上歪把子机枪火力又强，还用毒气打仗，天上地上一起开火进攻。咱们的大部分弟兄打仗前都是务农的庄稼人，怎么打得过人家？所以，跳黄河的人太可怜了！

咱的人在中条山和日本人打了一两天的时间，从 6 号一大早上打到第二天大半天。日本人调了各地方很多人马，比咱的人要多。双方在中条山一带打了很多次争夺仗。咱的部队实在是打不过人家只有撤退，撤退中才被日本人包围了，没办法只有跳黄河一条路。听说跳黄河的人大都把枪砸了或者扔到黄河里，人扑到黄河里的。

被采访人：荆孟楼，78 岁

采访时间：2009 年 2 月 14 日

采访地点：山西省芮城县陌南镇坑南村

采访人：张恒、杨长安、张铁铮

我姓荆，叫荆孟楼。孟子的孟，楼房的楼，78 岁了。

我那时还小，这里住着的是十七路军的骑兵连。大小沟南村、道东村都有十七路军的队伍驻扎。日本人是从陌南镇现在的养鸡场那里过来的。打仗的时候人家是用机枪打了很久，在飞机的出动掩护下才开始攻打这里。刚开始日本人打不动（攻不下来），后来由汉奸带路绕到东边平陆从小沟南摸过来，抄了咱的后路。当时东、西两边阵地都有海壕（战壕），几丈深，要不是日本人抄了后路根本攻不下来。日本人抄后路后，从坑南村北边、小沟南村南边、陌南镇三个方向向这里攻。当时攻到大沟南村的大槐树附近（现在大沟南村枣园那里），咱的队伍从枣树园（地名）退向黄河边码头崖两边，日本人机枪扫着，上面还有飞机打着。咱的人没有活路了，扑河的扑河，有的扑到崖下绊死（摔死）了。当时我家人躲日本人在坡头（黄河边崖坡）那些沟沟壕壕里头藏着（在码头崖附近的黄河岸边斜坡旁的沟壑躲着），看到了队伍上往河里跳。多年后，那些跳下的沟壕里、坡底下的草草窝窝里、黄河边都是跳黄河的队伍上人的骨头，有胳膊和腿和头骨头。我们小娃都不敢到那里去，要去都是十来个娃厮跟着（一起）去。后来在大沟南村和小沟南村交界的东北方，挖了一个大坑埋了很多人，人称“千人坑”，都是部队被打死的人拉到那里埋了。我的印象最深刻。

被采访人：李庚旭，73 岁

采访时间：2009 年 2 月 18 日

采访地点：山西省芮城县芮城宾馆

采访人：张恒、杨新铁、肖永平

我姓李，叫李庚旭，是芮城东垆乡东吕村人。日本人打到这里的时候我还是一个小孩，也算是经历了抗战时期，因此我对当年十七路军在这里打日本和抗战的中国英烈有着很浓厚的情结。

我多年来一直关注十七路军抗日历史。多年前，我在我们当地了解了很多十七路军和其他国民党部队抗战的历史后，我就感到，“六六战役”是那样地惨烈和悲壮，十七路军的抗日军死得太惨！太惨！应该在烈士们跳黄河的地点“圣天湖”（陌南镇黄河河滩游览地）畔为他们竖立一块纪念碑，没想到这个愿望就要实现了。听说还是美国一个胡女士资助咱们修“六六战役”跳黄河烈士们的纪念碑。你们也开始准备了，太好了！

“圣天湖”可来之不易，不简单啊！在20世纪90年代初也就是抗日战争胜利五十周年来临之际，当时“圣天湖”那里是陌南镇曲里村一个河滩。当年是一片柳树林，老百姓见柳树没用，在1992年开始伐柳树准备开垦河滩种地，没想到黄河蓄水形成了今天的“圣天湖”湖面，而且两千亩野生莲藕自生自长，没有人去种，从哪里来的呢？而且这些野生莲藕的藕芯是红色的，又怎么解释呢？再说人们给“圣天湖”名字的叫响，也是含义很深的，很有神秘色彩。后来，冬天又飞来了上万只白天鹅，夏天就一片荷花盛开，成了“圣天湖”一景。这不得不让老百姓联想到当年“六六战役”在这里与日本人打仗的烈士们和在这里跳黄河的壮士们，是他们造福了这一带黄河岸边的老百姓。这也说明老百姓到今天都没有忘记当年的十七路军，没有忘记在这里、在周边土崖和河滩上下为国捐躯的抗日英雄们。这些烈士实际上活在芮城人民心中，活在陌南人民心中。

我在前些年收集到了当年“六六战役”后，我们当地老百姓自发为这场战役牺牲的烈士们召开了一次追悼会的历史事件。这个追悼会时间大概在阴历九月，也就是在跳黄河发生的三个月后，是在东吕村的大庙里搭的“连三舞台”上举行的。当时，是谁主持搞的无从查到。大家都知道陌南的这一仗是很残酷的，牺牲了很多人，很多人跳了黄河。老百姓只是想借村中演戏，在演戏前面举行一个祭奠，也就是现在的追悼会。在这里农村演戏时人比较多，四邻村里人也都来了。当年参加会的有一位我们村的老年人姜勋伯老人，在他那里存有当年追悼会的三副挽联。我很喜欢这三副挽联。老人去年去世了，活了88岁，当时，他将追悼会的对联抄了下来保存了起来。后来，我誊写在我的本子上。对联一共三副，是在三个台子（搭了三个唱戏的台子，同时唱三台戏）上贴着。

第一副挽联是东边台子上的：

斯世半贪生孰是陷阵冲锋节烈美名彰百代；

若人不惜命真乃忠肝义胆猖狂勇气冠三军。

中间台子是主台子也是演出台子，台上贴着这副挽联：

藉歌舞慰幽魂慷慨激昂大为若人吐气；

借管弦档节义翁声梨韵直与烈士争光。

西面台子贴着的挽联是：

人都惜生生无可称虽生若死；

尔不畏死死得其所即死犹生。

这三副挽联是“前清”读书的一位老文人写的，流传到我村姜勋伯老人那里，老人记录下了这三副挽联，也一直保存着这三副挽联。可见除了挽联的文笔外，老百姓在心中对烈士们的缅怀是很深的。

这就是我为“六六战役”和跳黄河的壮士们在前些年收集到的当年历史记录。我今天把它给你们，感谢你们七十年后没有忘记这些烈士的举措。同时表达我对“六六战役”和跳黄河烈士们的敬仰心意。虽然我多病，年龄也大了，我还是要见见你们。我想，老一代人和我这一代人都会感激你们为这段历史和建立纪念碑所做出的工作。七十年了，真是苍天有眼啊！

我家原来住在陌南镇西南边的马家庄，现在这个村子不存在了，黄河改道把村子淹没了。现在是新移民到北边坡上了。

被采访人：马振山，78 岁

采访时间：2009 年 3 月 16 日

采访地点：西安小寨杨家村第二干休所

（山西省芮城县马家庄人）

采访人：张恒

我给你们讲的是第二次和日本人打仗的事，这也就是“六六事变”（“六六战役”）那次，我当时才六七岁吧，跟着我二嫂子“跑日本”（躲避日军）。村里的人听到日本人打过来了，都在躲日本人，四处乱跑，当时我的嫂子带我藏在岸滩边的芦苇丛里。日本人的枪都打到我们脚底下了，这时看到一些从战场上退下来的国民党兵，提着枪向黄河边跑去，看得出这些人没子弹了，一边跑一边把枪都砸了，有的把步枪还有机枪往河里一扔，连同身上的子弹袋和其他东西都扔到黄河里去了。这时，咱部队上在河边找不到船，只有跳黄河一条路了，一个当官的喊了一声“跳河”。当时，那一带的河水相当深，咱队伍上的人在跳河前都把枪不留给日本人，边跑边砸，来不及砸了就往黄河里扔，咱的战士口中叫喊着“大”“妈”，一头栽到黄河里。我看得清清楚楚。跳到黄河里的人，一会儿冒上来一会儿沉下去，后来都被黄河水冲走了。这些都是在我面前我亲眼看到的。后来听人讲在我村子西面的沙窝村（村名）、东北的曲里村（述说人解释：也就是柳湾村那里，这些村子现已被黄河水淹了，就是今天的“圣天湖”景区一带）和祖寺庙村一带，那里还有很多跳黄河的人，都是陕西的抗日军队。

这些人没有一个人投降，没有一个人被俘虏。宁跳黄河死也不让日本人抓住，不投降。真了不起。

…………

（以上讲述材料均由张恒先生提供。原稿为对话形式，较长，本书作者做了较大删节。敬乞见谅。）

除了提供资料，张恒还向笔者讲了两个很动情的故事——

《立马中条》（人民出版社版）出版后，张恒先后看了十遍，由此也萌发了继续“打捞”这段历史的强烈愿望。书中有一个情节让他很感动，那就是沙口村村民李良智救我军小战士的事。2009 年，他找到了李家，知道已经去世多年的李良老人（李良老人于 1962 年去世）至今没有个墓碑，便问李良的儿媳妇、69 岁的孙俊英，立一个碑大约得多少钱。孙说得一千块钱。张恒立即掏出五百元，说：“我代表十七路军后人捐五百元，表达我们对老人的感激与怀念之情；你们家的姊妹们再出五百元，尽一份孝心。咱们给老人立个碑子吧……”

墓碑铭文是张恒代为撰写的，节录如下：

……“六六事变”，一曲悲歌。陕军忠勇，血流成河。吾母仁爱，挺身护呵。视兵如子，坦荡落落。鸿深大爱，苍穹有觉。追念英灵，竖碑之说。启迪后昆，中华美德……

赴晋南考察的西北大学学生

说到启迪后昆，张恒说，2009 年放暑假期间，在他的倡导下，西北大学七名在校大学生组成了以调查十七路军历史为主题的“余天休爱心接力”社会实践调查团。这群孩子冒着 7 月的酷暑，走遍了晋南大地，采访了大量的历史见证人。历时月余，行程万里，最终写出了十余万字的调查报告，对几近湮没的十七路军的历史沿革，对那场悲壮的中条山保卫战做了比较深刻的探究考证。这是难能可贵的!

是的，这种精神实属难能可贵！但是，作为“白发苍苍到老境”的本书作者，我们认为，孩子们的这种活动，重要的不仅仅是打捞远去的历史，而是塑造自身的灵魂。让年青一代学会辨析真伪，从墨写的谎言中走出来，在血写的历史面前坚定追求真理的信念。如此，则青年幸甚！民族幸甚！历史幸甚！

28 第二十八章 天地悠悠

鸟瞰圣天湖抗战纪念碑

点击

这一切，都在向我们昭示：虽然岁月无情，总是流水般匆匆而过，但天地悠悠，天道如煌煌日月永世不灭！人类社会在走向文明的进程中，虽九曲回环，路转峰回，但最终还是要告别一切荒蛮，剥离一切伪饰，荡涤一切烟尘，营造出一个光明鲜丽的社会！而这个社会的支撑力决不会是强权与苛政，而是公平、正义、真理、良知、民主、自由！

寻亲行动，创意出自民间

二十年前的一个清明时节，中条山下细雨霏霏，一辆小车开到了平陆县洪池乡西郑村北。车停稳后，一位老人走下来。老人抬头仰望烟雨笼罩下的中条山，沉思良久，缓步走到一块麦田边，在一块石碑前停了下来。老人用手将石碑轻轻地抚摸了一遍，然后从怀里掏出一沓烧纸恭敬地放在碑前，蹲下来用打火机点燃。橘黄色的火苗跳动几下，很快就被细雨浇灭了。老人没有再点，站起身来，抚碑凝神，站了五分钟左右，口中似乎在喃喃自语……最后，老人退后两步，朝着石碑深深地鞠了三个躬，转身向小车走去……

这一幕，被西郑村的村民看见了。但是，没有人听到老人说了些什么，只是从老人凝重的神色和蹒跚的脚步中读到了一种悲凉与沉重。

老人祭扫的那块石碑叫“后死碑”。

作者在以后的查访中得知，那位老人叫张雨亭，是当年立这块碑的发起人和主持者。那时，他是长眠于此的二十八位英雄士兵的长官——中国陆军第一七七师一〇五九团三营营长。

作为那场血战的参与者、幸存者，面对长眠地下的战友、兄弟，张雨亭一定是百感交集，张营长一定会有深情诉说，只是人们没有听见，或者说，他也不想让人听见他埋藏在心底的声音。

但是，二十年后，我们听到了这样一个声音，并且相信，这声音一定能代表张雨亭老人的心愿——

保护抗日战争文物　建立中条山抗日纪念馆

今年是抗日战争全面爆发70周年纪念。经历过抗日战争的人大部分都已作古。随着时间的推移，当年战争的痕迹也都被抹平，战争中的工事和遗物能够保存下来的少之又少。中条山是当年抗日战争的主战场之一，是华北战区的一个重要支撑点，国民党曾在中条山布防20多万部队，与日军鏖战四年多时间。因为整理抗战资料，我们走访了中条山各个抗日战场，寻觅当年抗日志士的足迹。有幸的是，我们在平陆县洪池乡西郑村北300余米的一个小沟岔里，发现了一块抗日烈士纪念碑；在这块纪念碑的北边，有一处还算完好的抗战时期修筑的作战工事。

这块碑的石质不是很好，高约1.70米，系四棱柱体，每边宽0.31米，四面均刻有文字，字迹大部分完好，有个别字迹漫漶不清。碑额上四周刻有“为国捐躯”四个大字。碑的正面刻有“陆军第一百七十七师五百三十旅第一千零五十九团第三营阵亡将士纪念碑，营长张玉（雨）亭暨全营官兵敬立”。碑的背面刻有悼文：“民国二十八年春，本营奉命扼守中条山南之磨凹、坛道、朱家窑等地，六月二十三日芮城县之倭寇以步骑炮兵联合二千余，经风疙瘩向我三路进犯，我全营官兵英勇奋战，坚守阵地，先后有28名士兵壮烈牺牲。”烈士用生命捍卫中条山，张扬的是民族大义、爱国精神，然而，他们没有一个坟茔，甚至连一个小小的土包都没有。就在这块碑的北边，有烈士们曾经与日军战斗的工事，土堰上一个又一个射击孔仍然保存完整，这不能不说是一个奇迹。

一提起这块抗日烈士纪念碑，我的心就紧紧地揪在一起，我为自己是中条山人而汗颜，也为自己人微言轻、无能为力而惭愧，我只能拿起手中的笔，替为国捐躯的烈士鸣不平，为抗日志士呐喊！

深情呼吁人民政府和全社会伸出救援之手，保护这些珍贵的抗日文物。陕西的新闻媒体、史志部门多次到我们平陆采访，我们山西人为什么就不能搞一次回访烈士故乡的活动呢？我们山西人为什么就不能以这些文物为依托建一个中条山抗日纪念馆，使烈士纪念碑不再受风吹日晒雨淋，使为国捐躯的英灵有所归属呢？若如此，日军侵华罪行的物证得以保全，对广大国民和青少年进行“发奋图强，不忘国耻”教育也有了基地！

富平宁　毛淑霞

2007 年 7 月 7 日

这是一份反映社情民意的提案，作者富平宁是平陆县政协文史委员会主任。

据富平宁考证，这块石碑是目前中条山地区唯一的为抗日烈士所立的比较完整矗立在烈士墓地的纪念碑。而且，此碑有一个浩气激荡的名字——后死碑。了解到后死碑的情况后，富平宁心里一直无法平静：烈士为国捐躯长眠他乡，七十年来，没有一位烈士的亲属前来祭奠。这些烈士有后人吗？后辈们是否知道他们的事迹呢？2007 年抗战全面爆发 70 周年纪念之际，作为平陆县政协委员，富平宁和毛淑霞在深入考察后死碑的基础上，于 2007 年 7 月 7 日写出这份提案，并且发出了“搞一次回访烈士故乡的活动”的深情呼吁。

2009 年 2 月中旬，平陆县工商干部张空军陪同去晋南搜寻十七路军抗战史料的张恒老师在平陆几个县镇采访，并介绍他和富平宁认识。富平宁遂提议陕西方面帮助寻找后死碑烈士亲人，并组织他们来山西祭奠先烈。张恒早在几年前就从《立马中条》一书中知道了后死碑，这两年的调查走访更使他萌生了寻找烈士亲人、告慰烈士英灵的想法。秦晋两省的“志愿者”一拍即合，一场饱含深情的“寻亲”活动从民间起根发苗。

富平宁拿出了后死碑上镌刻着的二十八位烈士姓名和籍贯。本书作者说明：在本书的第二十一章，对于这块碑，我们曾写道：“岁月流逝，风雨剥蚀，碑上的小字已很难辨认了……”这的确是真实的，但富平宁整理出来的名单却基本上可称清晰。这期间，又是谁为辨认烈士的身份做了艰辛而细致的工作呢？我们现在还不知道，但我们要向这些好人表示深深的谢意！

后死碑二十八位烈士名单

一等兵杨金禄，年二十二岁，河北无极礼上村；

下士王明义，年二十七岁，山东河吉简家集；

中士范生贵，年三十岁，陕西岐山东南乡二保二甲；

下士袁冠武，年二十二岁，陕西□城陈家营；

一等兵徐治帮，年二十一岁，陕西商洛治安乡徐家村；

上等兵韩根元，年二十二岁，陕西□城南街；

一等兵谭清海，年二十五岁，陕西城固大盆坝原家坪；

一等兵赵天彦，年二十二岁，陕西蒲城东乡姚堡；

一等兵王生才，年二十二岁，陕西礼泉安镇堡□村；

一等兵李祥中，年二十六岁，陕西耀县北雷村；

二等兵王俊民，年二十七岁，陕西□城县；

一等兵魏瑞生，年二十一岁，陕西商南南二乡二保；

一等兵张金根，年三十岁，陕西安康安海乡四保二甲；

一等兵周盛泰，年十九岁，陕西商南东广乡一保；

一等兵王善文，年二十五岁，陕西商南白家□麻沟；

一等兵郝兴泗，年二十五岁，陕西洛南北良乡四保五甲；

一等兵冯振祥，年二十五岁，陕西商县南家乡□增村；

一等兵陈光有，年二十四岁，陕西长安三兴乡七保；

一等兵李树云，年二十七岁，陕西商南西二乡张三村；

一等兵李兴明，年二十五岁，陕西岚□南乡五保一甲；

一等兵傅青山，年二十四岁，陕西安康红口镇；

一等兵高智，年二十六岁，陕西商南大□乡一保；

一等兵侯谙银，年二十岁，陕西商县上沙十村；

一等兵孙志成，年二十四岁，陕西安康一□中保；

一等兵任兴福，年二十七岁，陕西商南王家庄；

一等兵王振峻，年二十六岁，甘肃天水北乡四甲；

一等兵吴京□，年二十一岁，陕西柞水东乡九间房；

一等兵任丙扬，□□□□□□。

（注：“□”为无法辨出的字）

对于这样一个年代久远、经历沧桑变迁的名单，仅仅依靠一个群众团队和几名民间志愿者之力要完成对地跨五省数县的烈士亲属的寻亲是很难的。他们希望更大的团队或官方的支持。于是赵寿山将军的外孙杨新铁便和张恒去找杨虎城将军的女儿、杨虎城福利会会长杨拯英大姐，请她出面支持。杨大姐长期担任陕西省政协委员，与省政协上下很熟。3月24日，杨新铁、张恒和十七路军军史研究会副主任张振基等敲开了杨大姐的大门。杨大姐70多岁了，思路清晰，反应灵敏，没有寒暄几句，拿起电话就与省政协有关人员联系。按照杨大姐的交代，他们又赶到省政协办公厅，很快就被领到分管副秘书长王吉德的办公室。王秘书长曾经担任陕西省档案局副局长，对十七路军与党的合作和中条山抗日都比较熟悉，当即表示可以协助平陆政协寻找烈士亲人。

得此信息，富平宁立即向县上报告，平陆县政协于3月30日向陕西政协正式发出请求协助寻找二十四位陕籍烈士公函。4月1日，《西安晚报》在显著位置以“有烈士亲人信息请告之”为题，发表寻亲信息。记者报道说，平陆县政协的公函已经转给了陕西省政协办公厅，省政协副秘书长王吉德表示，他们已经将这些材料转给了二十四位烈士所属的市、县政协帮助寻找。

寻寻觅觅，谁知其中艰辛

陕西的张恒与山西的富平宁，从此踏上了寻找烈士亲人的旅程。尽管事先做好了心理准备，但真正开始行动，他们才发现事情比想象的还要困难。因为寻找烈士亲人，主要依据碑文、翻阅县志、向当地老人打听。但对于从模糊不清的碑文上辨认出来的名字的准确性，谁也没有十分把握。更难的是，后死碑上记载的烈士家乡的地址，有不少是国民党统治时期实行保甲制的地址。保甲制时间较短，许多老人都不清楚，后辈就更不用说。而知情的老人也是风烛残年，如果不能马上找到，这些老人一旦去世，这段历史也只能随之埋没……

5月11日下午，他们来到柞水县，寻找汪家强和吴京□两名柞水籍烈士的亲人。次日清晨，张恒一行从县城出发，翻山越岭，驱车二百多公里，在柞水县城以北的丰北河乡北河村三组，找到汪家强的亲人。丰北河乡北河村三组现年67岁的汪祥才（汪家强的叔伯侄子）说：“我爷和汪家强的父亲是亲兄弟，汪家强兄弟三人，汪家强是老大，汪家胜是老二，汪家和是老三。三叔王家和几年前已搬到泾阳县居住。听我父亲汪家印（已故多年）讲过，大叔汪家强当年参军时只十三四岁，一直没有回来，也没有音信，我们也没办法寻找。”

报纸寻亲

随后，张恒一行又来到四十公里以外的九间房乡，找到86岁的吴绪斌老人。据吴绪斌回忆：“我们这里过去有两个人被拉去做壮丁，其中有一位叫吴宗著（已病故多年）跑回来了，另一人是小柳林沟的吴宗树，一直没回来。”小柳林沟一位76岁的吴家婆婆证实：“当壮丁的就是吴宗树。吴宗树有兄弟三个，吴宗万为老大，吴宗发为老二，吴宗树为老三。吴宗万和吴宗发都已过世，吴宗发有三个儿子，至今还住在小柳林沟。”

当晚，丰北河乡党委书记王华岁在电话中向张恒报喜：“据土桥村支部书记柯长喜提供线索，已与烈士汪家强二弟汪家和取得联系，他提供的情况与调查结果一致。”5 月 13 日上午，九间房乡党委书记吴绪成也打电话来告知：“吴宗（京）树（□）的侄子吴绪龙（今年 72 岁）证实，他二叔吴宗树是被双坪村汪得民保长叫去当兵的。当时吴宗树在曹坪纸房沟教书，离家时间大概是 1938 年 3 月左右。第二年他所在部队来过一封信，通知说吴在作战中阵亡。”根据得到的线索，张恒一行奔赴泾阳县，在云阳镇张群村四组找到烈士汪家强的二弟——78 岁的汪家和。据汪家和说，在他七八岁时，他大哥汪家强，被拉去当兵，一直没有回来。

自从开始寻找烈士亲属，就经常有陌生人找上门来，急切盼望在张恒这里能找到自己的亲属。张恒也总会耐心地拿出自己收集到的资料，与他们一起查证。寻找烈士亲属的这些日子，他不知道走过多少周折，见证了多少人的悲喜交加，听到多少过去的辛酸故事。作为西北大学的一名教师，几年来一直往返秦晋之间，挖掘陕西人血战中条山历史的张恒年届半百，身材壮硕，坐着不动都出汗，而开着那辆旧车往来奔波，翻山越岭，真够辛苦的。但他却说：“这是陕西人对抗战的巨大贡献，不应埋没在历史的封尘中。这次寻亲活动就是通过寻亲，抢救这段历史，还原这段历史，让青少年记住七十年前，我们陕西的热血男儿为抗日战争、为中华民族的解放献出了宝贵的生命！为此，再苦再累，我也无怨无悔！”从 5 月 5 日至 17 日，张恒、富平宁他们走过陕南的商洛、商南、柞水，关中的长安、泾阳、礼泉、耀县（现为耀州区）等十多个市县，十二天辗转近一万里，找到了六名烈士的亲人。事后，张恒拍着那辆富康车对本书作者说：“这匹‘老马’给我把力出扎咧！”

五省联动，媒体推波助澜

3 月 31 日，西安晚报社记者王海鹏以“长眠山西 70 年不见后人来凭吊——寻找 24 位陕籍烈士家人”为标题，首次在新闻媒体上披露了寻亲消息。4 月1 日又以“有烈士亲人信息请告知”为题，发了“寻找24 位陕籍烈士追踪”新闻。再后，又连续发了“寻找24 位陕籍烈士追踪”多篇消息。

《山西晚报》4 月26 日发布消息，称本报今起推出系列报道，关注平陆西郑村一石碑记录的二十八位抗日英雄。记者说，该报已与《西安晚报》《燕赵都市报》《兰州晨报》和《枣庄日报》四家在当地有较大影响的媒体取得联系，从今日开始将与陕西、河北、山东、甘肃四省的新闻媒体进行联动，寻找烈士的亲属和后人。二十八名烈士中，有四位烈士分别来自山西、山东、河北、甘肃。该报发起媒体联动后，各家媒体都尽力寻找线索查证。《天水晚报》知道此事后，主动加入联动，先后七次发表报道，在当地引起广泛关注。当地热心人士、乡镇和公安派出所大力协助，烈士身份已获得确认。

富平宁和张恒的为烈士寻亲之行，所到各地都受到极大关注和重视，市、县电台、电视台、报纸都跟踪报道采访。许多乡镇干部开着车带路找人。安康市汉滨区委宣传部副部长罗先余看到二十四位陕籍烈士中有四位是安康人，他不仅查阅资料找线索，还发动朋友寻找。罗先余了解到，安康籍烈士傅青山的家在汉滨区恒口镇，而且傅青山的亲侄子傅长生现在就住在该镇傅家营村。《商洛新闻信息》发布寻亲消息后，治安乡徐沟村烈士徐治帮的亲属已经搬家许多年了，在看到报道后，他们立即找到商洛电视台“认亲”。

不只平面和电视媒体，烈士家乡所在地的网站、论坛，以及社会热心人士的个人博客、全国一些大型网站也对寻亲消息转载、传播，对寻亲活动顺利开展起到积极作用。

西郑村民，深情守护英灵

二十八位烈士长眠平陆县西郑村，七十年来，西郑村的村民们没有忘记这些为国捐躯的英雄。对于那场战事，90 岁的柴昌老人依然记忆犹新。“当时三营正在吃早饭，一听说鬼子来了，立刻放下碗筷提着枪上了阵地，最后一直打到天黑，二十八名战士就是在那次战斗中牺牲的。”柴昌老人回忆，牺牲的士兵先是被简单地安葬在村边的一片空地。一个月后，营长张玉（雨）亭带人来第二次安葬战友，给烈士们每人备了一口棺材，并在每口棺材内放了一块用刺刀刻着烈士姓名、籍贯、年龄、军衔的青砖，随后又找来石匠，用一块青石刻成了后死碑。提起往事，87 岁的刘富和 85 岁的柴作栋两位老人你一言我一语地抢着讲述当时的情景，说到动情处，老人们眼里噙满了泪花。他们说：“杨虎城将军带出来的这支部队纪律严明，很受群众欢迎，安葬烈士的许多棺材板都是村民自愿捐的，立碑的青石也是人们自发帮助从沟底抬上来的。当时，我也帮着转移过烈士的遗体。”烈士安葬后，每到清明节，西郑村的村民都会按照当地风俗自发带着祭品为烈士扫墓，即使“文革”期间也从未间断。一个神奇的现象是，不知何时，后死碑前长出了两棵柏树！村里人证实，这不是人栽植的，而是自然长出来的。老人们说：这是上天派来给烈士们守灵的！今年 71 岁的张文光，1993 年从教师岗位退休回村后，开始搜集整理二十八位烈士的事迹。十八年来，他坚持清明节期间义务为附近八个村庄的四百余名学生讲解抗日先烈的事迹。“我是 1938 年出生的，那次战役是 1939 年发生的。父亲生前经常给我讲起那段战事，告诉我不要忘记先烈。”张文光说，为了让人们永远怀念烈士，他不但为学生当义务讲解员，还先后多次组织学生将倾斜的纪念碑扶正加固。

当地政府也没忘记这二十八位烈士。自 2005 年发现后死碑后，平陆县政协文史委员会主任富平宁很快提交了《保护抗日战争文物，建立中条山抗日纪念馆》的提案，希望政府保护抗日烈士纪念碑："烈士用生命捍卫中条山，把热血倾洒在中条山，中条山的人民没有忘记他们，人民政府更不应该忘记他们！"平陆县县长任秀红得知后当即表态，拨出专款，责成民政部门高标准设计，高质量施工，尽快建成纪念亭。听说要为纪念碑建亭，西郑村更是积极配合。对建碑亭的占地问题，村民们表现得异常慷慨："先烈为了国家民族，把生命都献出去了，为纪念他们，占我们的一点地算啥！"在各方齐心努力下，2008 年清明节前，纪念亭如期竣工。

有了亭的守护，烈士的英灵再也不会受到风吹日晒、霜压雪欺之苦了！

官方"领衔"，烈士魂归故里

2009 年 6 月 5 日晚 7 时，"中条山抗战七十周年平陆'六六战役'座谈会"在平陆宾馆会议室召开。中共平陆县委党史办原主任赵月德介绍了陕军中条山抗战经过，平陆县委副书记廉广峰、县人民政府副县长潘长青出席座谈会并分别发表讲话。平陆县政协主席赵旭光总结会议时指出："第四集团军在中条山坚持抗战近三年，牺牲将士两万多人，仅有二十八位烈士留下了姓名。那些为抗击外侮而捐躯的无名英烈，更值得我们缅怀。"

让我们深感欣慰的是，"官方行动"虽然是"千呼万唤始出来"，却并未"犹抱琵琶半遮面"，秦晋两省政府部门组织的烈士祭奠活动有声有色，庄重肃穆。

2009 年 6 月 6 日，是中条山"六六战役"七十周年纪念日。为了纪念这些英勇抗战的将士，由陕西省政协和平陆县人民政府、平陆县政协主办的“山西平陆西郑村中条山抗日阵亡烈士公祭暨‘六六战役’七十周年纪念活动”在山西省平陆县举行。陕西省政协、中共陕西省委党史研究室、陕西省作家协会、西安事变研究会、杨虎城将军福利会、杜斌丞教育思想研究会等的相关领导组成公祭团，与阵亡将士亲属代表以及陕西电视台等多家新闻媒体赴山西省平陆县，凭吊献身抗日事业的先辈们。

6日上午10时，洪池乡西郑村“中条山抗日战争七十周年第四集团军西郑战场阵亡将士祭奠仪式”活动现场安静肃穆，全体与会者向抗日阵亡将士默哀，洪池乡党委书记成胜生向大家讲述了“一·二三”战斗经过和“六六战役”的历史，陕西省政协原副主席刘石民以及平陆县人民政府副县长潘长青分别讲话、宣读祭文，然后举行了隆重的献花圈仪式。

平陆县民政局局长向已经找到的十八位烈士亲属颁发了烈士为国牺牲的证书，遗属们依次领取证书，并向全体与会者鞠躬致谢。随后，遗属们依次进入碑亭，动情地抚摸着那块经历了七十年风雨、字迹已有些模糊的石碑，逐字辨认、寻找亲人的名字。“找到了，找到了，在这里！爸爸，我看您来了。您安息吧……”一位老人抚摸着碑上的字，动情地说着，脸上已经挂满了泪珠。王振峻烈士系现天水市麦积区渭南镇吴家庄人，原名王振院。得知祭奠团来平陆的消息后，王振峻烈士的儿子、今年72岁的王宝玺老人特地早早赶到陕西，和大家一起来到了平陆。

中共天水市麦积区委常委、武装部部长任长军的爷爷任丙扬，也是一位后死碑留名的陕西籍烈士。作为烈士亲属代表，任长军上校的讲话道出了大家的心声。他说：“七十年前二十八位热血青年抛头颅、洒热血，用生命树起了一座永久的历史丰碑！追忆前辈的光荣历史，我们深受教育；感受先烈英雄壮举，催人奋进。我们一定要勿忘历史，勿忘英烈，承英烈遗愿，为建设更加富强的祖国而贡献自己的力量。”

当年在中条山抗战的第四集团军最高将领孙蔚如将军的女儿孙存朝，这次也赶来祭奠烈士。她今年 55 岁，是孙将军最小的女儿。她告诉村民，杨虎城将军的外孙本来也要来祭奠，因临时另有紧急任务没来成，以后会来看大家的。

来自陕西的张采芹老人并非后死碑上烈士的亲属，她是带着儿子李武到平陆来寻亲的。她说自己的伯伯张怀德，原本是第四集团军独立六旅的中尉连长，也是在中条山抗战时牺牲在平陆周仓庙一带。张怀德牺牲后，家里人当时就知道了消息，同时听说张怀德早已在外成家，留下了一个女儿。多年来，亲人们四处打听一直未能找到。张采芹老人说：“这次全国都在关注这件事，可能我伯伯的女儿也能看到，我们特别希望她能和家里人联系上。”

陕西省政协原副主席刘石民在祭奠仪式上的一段话似可为这次五省联动、规模宏大的抗日英烈寻亲活动做一个总结：“我们认为今天的寻亲结果，早已超出了寻亲本身的初衷。它不仅仅是找到了十几位烈士家人，它的过程体现了我们党实事求是，尊重历史，努力构建和谐社会和以人为本的宗旨……”

75 岁的徐治云没想到，在他有生之年还能到哥哥牺牲的地方为他点上一炷香。在掩埋哥哥的麦地里，一行热泪从他苍老的脸上缓缓流下，徐治云轻声地呼唤着：“哥哥，我们来看你了，跟我们回家吧。咱娘临死前对我说过：‘找到你哥，一定要带他回家呀！’”

经过漫长而凄苦的七十年，英雄们终于等到了魂归故里的这一天！

其实，类似的活动又何止在平陆。据作者所知，近年来，香港凤凰卫视曾连续做过多期关于中条山战役及寻亲行动的专题节目；由美籍华人胡余锦明女士捐资建立的中条山抗日英雄跳黄河殉国纪念碑主体已经完工；芮城县无偿划拨三十六亩地，在全力支持纪念碑建设的同时，又筹资建一座纪念馆，目前，碑馆一体的纪念馆已被确定为运城地区青少年爱国主义教育基地；永济县早已竖起抗战纪念碑，最近也在筹建新的抗战纪念馆；在陕西，许多与抗战烈士有关的市、县都在由官方出面或举办悼念活动或立碑勒石纪念，2007 年11 月，牺牲在永济战役西姚温战斗中的烈士张希文的家乡渭南临渭区张贵村举行了张希文烈士碑落成典礼……总之，一股起于“青萍之末”的热风正在秦晋大地上吹拂；一页被扭曲了的历史正在热风中显露出本来面目；一群被淡忘甚或被玷污的民族英烈正在人民心中复活，受到人们的尊重和景仰！

这一切，都在向我们昭示：虽然岁月无情，总是流水般匆匆而过，但天地悠悠，天道如煌煌日月永世不灭！人类社会在走向文明的进程中，虽九曲回环，路转峰回，但最终还是要告别一切荒蛮，剥离一切伪饰，荡涤一切烟尘，营造出一个光明鲜丽的社会！而这个社会的支撑力决不会是强权与苛政，而是公平、正义、真理、良知、民主、自由！

这就让我们想起了2005 年时，国家主席、党中央总书记、中央军委主席胡锦涛同志在纪念中国人民抗日战争和世界反法西斯战争胜利六十周年大会上向全国、全党、全军发表的那篇讲话中的一段经典论述：

> 中国国民党和中国共产党领导的抗日军队，分别担负着正面战场和敌后战场的作战任务，以国民党军队为主体的正面战场，组织了一系列大仗，给日军以沉重打击……

壮哉斯言！诚哉斯人！

也就在胡主席讲话前后，西安文艺界在中共西安市委大礼堂举办了一场纪念抗战胜利六十周年的诗歌朗诵会，本人（徐剑铭）应约写了一首诗，由电台主持人在晚会上朗诵后在报刊发表。这首诗是作者站在全民族抗战的立场上，对一切为捍卫国家主权、民族尊严而牺牲于抗日战场上的烈士们的祭奠之作。抄录于此，权作本书的杀青之笔——

人间九月，请英雄与我把酒同歌

披着九月的秋风，
轻轻地，我从祖国大地上走过。
——走过松柏掩映的山冈，
走过金穗摇曳的原野，
走过奔腾呼啸的江河……
怀着一个后来人的虔诚，
我来寻觅那不屈的英魂，
凭吊那为国捐躯的先烈。

这是人间九月的祭礼，
九月的祭礼是“马踏匈奴”后的把酒放歌；
这是一个后来人的祭礼，
后来人的祭礼是热泪倾洒后的深情诉说……

是号角声中跃出战壕的中国士兵，
还是青纱帐里游击杀敌的北方豪杰？
是推着独轮车支援前线的父老乡亲，
还是穿过封锁线传送情报的邻家大哥？
是英雄又何须打问出处，
我敬重你的凛然正气，

我景仰你的男儿本色！
在民族危亡的关头你挺身而出，
挺起中国人不屈的脊梁，
汇入驱逐日寇、誓雪国耻的战斗行列！

也许，手中只有一把菜刀或一杆长矛，
也许，脚上只有一双草鞋或打着赤脚；
也许，那天你刚刚放下放羊的鞭子，
也许，那天你匆匆离开学堂的书桌……

——跪拜白发老娘，你说：
“小鬼子不灭，儿誓不生还！”
告别家乡热土，你说：
“中国不会亡，中国有我！”

为了民族大义你甘愿赴汤蹈火，
为了祖国尊严你何惧抛洒热血！
多少风雨黎明，多少残阳黄昏，多少喋血长夜，
你呐喊着：大刀向鬼子们的头上砍去！
挥动大刀，与倭寇以命相搏。
…………
当最后一滴鲜血流尽的时候，
你踉跄着扑向大地，
扑向祖国母亲的怀抱，
头枕青山，足抵江河，

把最后的依恋投向天边的星月……

披着九月的秋风，
轻轻地，我从祖国大地上走过。
问大地：这里长眠着多少不屈的忠魂？
问江河：有多少星辰在东去的浪花中沉没？
六十年啊，历史不曾冷却，
即使一百年，一千年，人心也不该淡漠，
不——该——淡——漠！

我在九月的热风中拜谒英灵，
——我相信那风不是萧瑟，风中有血……
我是来完成“捷报飞来当纸钱”的遗愿，
我是来兑现“家祭无忘告乃翁”的嘱托……
“忽报人间曾伏虎”哟，
风不萧瑟，雨不凄切。
我在祖国的大地上举杯相邀：
人间九月，请英雄与我把酒同歌！

…………

增订稿2010年7月5日完成于西安建国饭店

后　记

有些事，不能忘记……

中条雪压云垂，
黄河浪卷冰澌，
血染将军战史。
北方豪士，
手擒多少胡儿！

（于右任《越调天净沙》小令）

率三万关中子弟，在三百里中条山筑起钢铁防线，经三年浴血苦战，拒日本侵略者于黄河北岸，从而保住了黄河天险不失、关中沃野无虞、大西北父老乡亲免遭日寇铁蹄践踏——孙蔚如将军指挥的中条山保卫战是中国抗战史上悲壮而辉煌的一页，也是陕西军民用鲜血与生命谱写的一首气壮山河的英雄史诗！

时光在黄河的涛声中流过了六十多个春秋，江山更替，沧海桑田，斯人已去，风过无痕，还有多少人记得起那场血与火的战争？

由于众所周知的原因，由官员们主持编纂的正史，或蜻蜓点水，或闪烁其词，“犹抱琵琶半遮面”；由亲历者们撰写的回忆录，或张冠李戴，或欲说还休，“王顾左右而言他”；而在这个号称文化大省、文学大省的文化人群中，这件事也因望“烟锁秦楼”而三缄其口……

于是，用一千多个烟雨黎明血色黄昏呼啸长夜和两万多名“陕西冷娃”血肉之躯不屈魂灵铸就的那段历史，就这样被我们淡忘了！即使留下的，也是一片令人扼腕的混沌！

是历史的健忘，还是人世的无情？抑或是“昨夜雨疏风骤”，直叫那满园海棠“绿肥红瘦”？

这世间，有些事，可以忘记，譬如墨写的谎言；有些事，不能忘记，譬如血写的历史。

这人生，有些人可以忘记，譬如用花言巧语赚你芳心摇曳的肖小；有些人不能忘记，譬如怀侠肝义胆救你出水火之灾的英雄。

君不见：千娇百媚的大明星穿起日本“军旗装”搔首弄姿，风华正茂的大学生被问起卢沟桥一头雾水，一群妙龄女子在中国的宾馆里向日本人“贱卖青春”……凡此种种，你是否会在愕然与愤然中想起列宁老人家的那句警世名言：“忘记过去，就意味着背叛！”

有感于此，我等不自量力不揣冒昧，背上老妻烙下的锅盔大饼，踏上了寻找散落于烟尘中的那段历史的坎坷之路，并且天真而执着地幻想着，要为那些不屈却又蒙屈的先辈找回一个“说法”。

现在，这本《立马中条》终于问世了。浅薄是毋庸讳言的，疏漏也是显而易见的，唯可聊以自慰的是：扪心自问，我们尽力了。

纪实文学写作是“戴着镣铐跳舞”：“镣铐”是历史的真实，“舞”是艺术的真实。作为一部作品，我们当然希望“舞”能跳得好看一些，但我们却不敢卸下“镣铐”，跳成疯狂的“迪斯科”。“戏说”之法虽妙，我等实不敢仿效。因为，八荒之上，苍天有眼；九泉之下，先烈有知！

但纪实文学毕竟还是文学，要做到生活真实与艺术真实的完美统一，我等深感力有不逮，衷心祈盼读者及大家们不吝赐教！

作者

2004.6

本书参考资料要目

1.《孙蔚如将军》，靳英辉著，陕西人民出版社

2.《赵寿山将军》，户县政协编，中国文史出版社

3.《晋绥抗战》，中国文史出版社

4.《国民党高级将领列传》，解放军出版社

5.《百战将星孔从洲》，陈东德著，解放军文艺出版社

6.《陕西军民抗战纪实》，中共陕西省委党史办编，陕西人民出版社

7.《中国共产党在国民党十七路军的活动》，中共陕西省委党史办编，陕西人民出版社

8.《新四军和华中抗日根据地史料选》，上海人民出版社

9.《徐州会战》，中国文史出版社

10.《中国抗战画史》，舒宗侨、曹聚仁著，中国书店影印版

11.《抗日战争中的第十七路军》，姚杰著，中国文史出版社

12.《殉国血阵》，湘明著，漓江出版社

13.《血祭大江》，张洪涛著，中共中央党校出版社

14.《燃烧的土地》，成都出版社

15.《西安事变与第二次国共合作》，陈元方、史础农著，长城出版社，陕西旅游出版社

16.《从九一八到七七事变》，中国文史出版社

17.《山西文史资料》，山西省政协编印